# 戦争と月と

髙田美智子［訳］

*NIENTE E COSÍ SIA*

*Oriana Fallaci*

オリアーナ・ファッラーチ

人間★社

# 戦争と月と

❖もくじ

1　サイゴン一九六七年十一月　5
2　ヴェトコン囚人との会見　49
3　戦闘機A37の実践に参加　93
4　ニューヨークの街角で　145
5　レ・ヴァン・ミンの日記　181
6　廃墟と化したフエ　225

7 ゴーヴァップの孤児院 282
8 サイゴンでの日々 315
9 プレイク山岳民族の村 380
10 ロアン将軍との会見 424
11 メキシコ三文化広場の惨劇 448

# 1
# サイゴン一九六七年十一月

何かをおねだりしようとする子供にありがちな、そっとためらうような足どりで、エリザベッタが私の部屋に入って来た。そして私をじっと見ていた。外は、十一月の冷たい風がトスカーナの森を震え上がらせていた。

「ほんとうに行っちゃうの?」

「そうよ、エリザベッタ」

「じゃあ、わたしここで寝る」

私がいいと言うと、エリザベッタは急いでパジャマと一冊の本『植物の生命』を持って来てベッドに潜り込んだ。小さくて安心しきった満足そうなエリザベッタ。あと数か月で五歳になるエリザベスを抱きしめながら、私はその本を読み始めた。不意に私の目を見つめて言った。

「生命《いのち》って、なあに?」

私は子供の相手が得意ではない。子供の会話や好奇心についていけない。私の返答はばかげていて、エリザベッタを満たすことはできなかった。

「生命《いのち》は、生まれた時から死ぬまでの間のことよ」

「それだけ?」

「そうよ、エリザベッタ。それだけ」

「じゃあ死って、なあに?」

「死はおしまいってこと。もういなくなるの」

「冬に木が枯れるみたいに?」

「まあ、そういうことね」

「でも木はおしまいじゃないでしょ? 春になったら木はまた生まれるでしょ?」

「人は違うのよ、エリザベッタ。人は死ぬとそれきり生き返らないのよ」

「女の人も? 子供も?」

「女の人も、子供も」

「うそよ」

「でも本当なの。エリザベッタ」

「うそよ!」

「本当よ。さあ眠りなさい」

「眠るわ。でも、お姉さんが言ったことはうそ。人が死ぬのは冬に枯れる木と同じよ。春に生き返るの。だから生命《いのち》って、もっと違うことだわ」

「もっと違うことでもある。さあ眠りなさい。また話してあげるから」

「いつ?」

「あした」

翌日、私はヴェトナムに向けて出発した。ヴェトナムは戦争の最中にあり、ジャーナリストであれば、いずれはそこへ行くことになっていた。派遣されるか志願して。私は志願していた。エリザベッタに答えてやれなかった「生命とは何か」という問いに、自分自身の答えを出すために、そして、死者が春に生き返らないということを、あまりにも簡単に知ってしまった時のことを再考するために。今私はサイゴン(現ホーチミン市)にいるが、私の目は戦争が見えないことに驚き、戦争はどこ? ときょろきょろしている。タンソンニャット空港には、ジェット戦闘機、重機関銃を装備したヘリコプター、ナパーム弾を積載したトレーラーが、浮かぬ顔をした兵士たちと整列していた。でも、これはまだ戦争ではない。市街に通じる道路には有刺鉄線、土嚢の砦、兵士たちが銃を構える小塔が築かれていた。でもこれもまだ戦争ではない。街には武装した兵士を乗せたジープ、小型砲を水平に構えたトラック、弾薬の箱を積んだ自動車隊が通り過ぎて行く。しかしこれもまだ戦争ではない。ペダルを踏んで往来をすいすい走り抜ける力車、竿秤の両端の皿に載せた商品の釣り合いを取りながら、小刻みな足どりで行く水売り、黒いヴェールのような長い髪を肩の後ろになびかせたアオザイを着た小柄な女たち、自転車、オートバイ、靴墨とブラシを入れた箱を持った靴磨きの少年たち、機敏だが汚れたタクシー、これらは戦争と関係はない。一九六七年十一月、サイゴンには陽気とも言える混沌があった。エリザベス、あなたが一九六七年十一月にサイゴンに来ていたら、あまり戦争は実感できなくて、ひょっとしたら戦争は終わったのかと思うことでしょう。食料品で溢れた店、金細工が豊富な宝石店、営業しているレストラン、そして太陽。ホテルに入ればエレベーターが作動しており、電話も天井の扇風機も機能し、ヴェトナム人の給仕は合図すればすぐに来てくれるし、テーブルにはいつも新鮮なパイナップルやマンゴを盛った大皿があり、死ぬことなど考えられなかったでしょう。

ところがその夜、突然戦争が私の耳をつんざいた。一発の砲撃が。そして一発、また一発。壁はその衝撃で震え、ガラス窓は割れんばかりにカチャカチャと音を立て、部屋の中央の電灯は大きく揺れた。窓へと走った。地平線あたりの空は真っ赤だった。人間は春になっても生き返らないということを、あまりにも簡単に学んだのは戦争であった。そして、この同じ瞬間に、地球の別の場所では、心臓移植について激しい論戦が繰り広げられていることを思った。別の場所で、人々は余命十分の患者の心臓を摘出して、余命十か月の患者に移植することが合法であるか否かを問うている。ところが、ここヴェトナムでは、健康で正常な心臓を持つ若者たちの生命を奪うことが合法であるかどうかを問う者はいない。怒りが皮膚を通り抜け、脳をも突き破り、体の隅々まで広がった。だからこの矛盾を書くことを誓い、エリザベス、あなたのために日記を残します。私は笑う時には思いきり笑い、泣く時には思いきり泣き、満足といえばほんの少しで満足し、要求する時にはちゃんと要求する。それがなぜなのかを知らないあなた。生命は生まれた時から死ぬ時までの時間以上のものであるのは、なぜなのかということを知らないあなた。この地球では、人は瀕死の人を救うための奇跡を起こすこともあれば、健康な人々を一度に百人、千人、百万人を殺すこともあるのです。

＊　＊　＊

十一月十八日　午後

そのニュースは正午頃、突然に入った。その時私はフランス通信社にいた。ニュースを得るにはフランス通信社がいいと聞いていた。編集長のフランソワ・ペルーを知っていたので、正午前に彼を訪ねた。ペルーはそこにいた。白髪交じりのハンサムな男性で、強健な体格、厳めしく思慮深い顔、何物をも見逃さない目には悲しみと皮肉がこもっていた。まず、私が受けた印象はほかの人とは違う何かに惹かれて振り返って、もう一度見てしまうというタイプの人。態度が荒々しく怒りっぽいという印象を受けた。人に親しみを与えないし、与えようともしなかった。ついにそれを証明する事件が発生した。迷彩服を着た一人のヴェトナム人が入って来て、ペルーにメモを渡し何かをささやいたが私には聞こえなかった。ペルーは飛びつくように左手を受話器に掛け、荒々しく取り上げ、怒り狂ったように右手の人差し指でダイヤルを回し始めた。ほかの者は釘付けされたように、それを見ていた。何があったのかと尋ねたが誰も答えてくれなかった。数分後にわかったことは、明朝五時、サイゴン中央刑務所でヴェトコンが三名銃殺されると言うのだ。ブイ・ヴァン・チェウ、ル・ミン・チァウ、チュオン・タイン・ダインの三名で、昨年の夏に死刑判決を受けていた。ブイ・ヴァン・チェウは背信と武器の不法所持、ほかの二名は居酒屋に手榴弾を投げ込んだ罪であった。

「何を意味するかわかるだろう」ペルーは受話器を叩きつけて舌打ちをした。事実を確認するために、警察庁長官であるロアン将軍を懸命に探していた。

「わからないわ、どういうことなの?」

「死ぬのは三人ではなく六人か九人になるということだ」

「それはどうして?」

　そこでペルーは私にその理由を説明してくれた。もし、死刑囚三名がサイゴン政府の権限によって処刑されれば、アメリカ人の捕虜が少なくとも三名が報復としてFLN(南ヴェトナム解放民族戦線)に処刑されるだろう。一九六五年六月、チャム・ヴァン・ダンの銃殺が告知された時から繰り返されている。その男はヴェトコンで、メトロポール・ホテル事件の実行犯だった。南ヴェトナム政府が銃殺を告知すると、FLNラジオは「もし、チャム・ヴァン・ダンが銃殺されたなら、我々はアメリカ人捕虜を一人処刑する」と答えた。チャム・ヴァン・ダンが銃殺されたその日、即決裁判の後、ジョージ・ベネット兵士がヴェトコン小隊の砲撃に倒れた。アメリカ大使館は抗議し、ヴェトナム政府は銃殺を延期すると約束した。それでも、三か月後、九月二十二日早朝、ダナンの競技場で、ティ将軍は裁判することもなく、ヴェトコン三名を銃殺した。フィン・ヴァン・ラム、フィン・ヴァン・カオ、ファー・ヴァン・カウの三名を。ラムとカオは兄弟であった。そこで九月二十六日、FLNラジオは急遽次のような臨時声明を報じた。「軍事委員会からの報告、我が愛国的戦士がダナンで殺害されたという理由で、アメリカ人捕虜二名が即決裁判で裁かれた。ケネス・ドラバック軍曹とフンベルト・ヴェルサーチェ大尉である」拘束された時、ヴェルサーチェは兵役を終えて司祭になろうとしていた。ヴェトナム戦争には反対であった。

　ペルーがロアン将軍を探すのに、少なくとも三十分かかった。ようやく話ができたが、ロアンはニュースが事実であると認めた。刑務所への襲撃を避けるため、すでに安全措置が執られているということだった。みんなおし黙っていた。静寂の中ペルーは受話器を置き、ふたたび受話器を取り上げた。今度は冷静だった。誰もが黙って見守る中、人差し指でダイヤルを回し、アメリカ人の外交官バリー・ゾルシャンという人と話をした。

「そうです、バリー、銃殺……そうです、バリー、明朝五時に……いいえバリー、残念ですが、ほぼ確実です……政府がそちらに知らせるべきでしたが、知らせませんでした。バリー、そういうことです。ぐずぐずしている時間はありません」

話している間、ペルーの顔は彫像のようであった。瞳は石のようであった。その石のような目でサイゴンではどのようにしてヴェトコンを銃殺するかということを淡々と話してくれた。中央郵便局の正面にあるメルカート広場で銃殺する。夜明け前、消灯令の時間内に、ジープのヘッドライトを照明にして処刑する。土嚢に杭を打ち込みその杭に処刑者を縛りつけ、ひそかにヴェトコンにというより、アメリカ人にあてつけに処刑するのだ。とりわけヴェトコンでない場合はそうだ。その証拠にヴェルサーチェ大尉の死後、アメリカ人は冷静さを失ってしまった。「我々は我が軍隊を送って君たちを殺す。君たちにまた犠牲者が出るがいいか」その上、このようなことが二度と繰り返されないという保証としてティ将軍の追放を強く求めてきた。しかし、一週間後また、五名がメルカート広場で処刑された。ヴェトコンのレッテルを張られた一般の犯罪者たちで、通常なら三、四年の刑で免れる者たちであった。つまり、面目を保つために、ワシントンの命令に屈するまいとする南ヴェトナム政府の犠牲になったのだ。同じ理由で、数か月前、あの裕福な中国人、ター・ヴィンが、ヴェトコンとかかわったという罪で処刑された。この時は隠密にではなく、ジープのヘッドライトの必要もない白日の下で処刑された。その上、家族が、妻、両親、子供たちが呼ばれ、立ち会わされた。子供たちは、パパ、パパ、と泣き叫んでいた。男は泣いていた。FLNラジオは「茶番劇が続いている。報復は行われなかった。犠牲者が同志ではなかったからだ。だが、南ヴェトナム政府に告ぐ。銃殺されたヴェトコン一人につき我々はアメリカ人捕虜を二人、あるいは三人殺す」

「ねぇ、フランソワ、死刑が延期される可能性はどれくらいなの？」

「五〇パーセント。アメリカ軍が早急に行動すればのことだが」

その後、私はJUSPAO（アメリカ統合広報局）の情報部へ行った。職員たちは何も話してくれない。ジャーナリストにしかもフランス人に詳細が通報されていたことに腹を立て、刑の執行が延期されそうにないという確報に落胆していた。アメリカ大使自らグエン・ヴァン・ティエウ大統領のところへ確かめに行ったらしい。延期されることになるのかどうか、誰も言わないし誰も信じない。あらゆる手を尽くしたペルーでさえも信じていない。JUSPAOの後、フランス通信社に戻ると、驚いたことに、ペルーはまたロアン将軍と電話で話をしていた。この人は処刑が延期される可能性は五〇パーセント以上ではなく四五パーセントだと思っているのだ。いずれにしても、午前零時まで結果はわからない。

現在、午後六時、待たされる苦しみは続く。二十三年前に逆戻りしている気分だ。あの時、私の父とほかに二人に対する刑の執行が延期されるかどうかを気にかけていた。三人のヴェトコンの誰が、私の父の立場に似ているのだろう？　三人ともそうだ。みんな私の父と同じ立場にいる。私はいたたまれない。電話から電話へ、テレタイプからタイプライターへと忙しく立ち回っているペルーが理解できない。

ほかの人たちのことも理解できない。たとえば、フェリックス・ボロ、当惑で眉をしかめる以外は落ち着いた表情で、「ぼくは、あの人たちは殺されると思う」と言う。クロード・ロリュー、丸顔に貯金箱のような口で、「君、これが戦争だよ」と言う。私はそこを出て、十一時頃に帰った。わかるよね、戦場で人々が死ぬのを見ることは、同時に死の危険にさらされていることを。九人の命が、腹いせをしようとする数人の愚か者の意志に左右されると考えるとやりきれない。午前七時。あの九人は誰のために祈るのだろうか？　誰を呪うのだろうか？　サイゴンの夜は暑い。空気はむしむしする熱気に阻まれて、息苦しい。

夜。十時に戻って来た。一人でいられなかった。「こんばんは」と言っても、誰も答えてくれなかった。みんな神経質になっていて、話そうとしない。静けさの中でテレタイプの音だけが響き、椅子を動かす音はまるで大砲の轟音のようだった。ロリューは爪を噛んでいた。ボロは耳をいじっていた。ペルーは肘掛け椅子に、まんじりともしないで座っていた。足を机に乗せ、腕を組み、口を堅く閉じていた。こうした状況が一時間以上も続いた。そして、十一時を過ぎた時、電話が鳴った。二本、四本、六本の手が受話器に伸びた。猫のように素早く、ペルーが受話器を取り上げて言った。「もしもし、フランス通信社です」胃が締めつけられる思いだ。ペルーの顔を見ると、その鋭い目のきらめきが、話している内容を語っていた。ほかには考えられなかった。処刑は延期されたとすぐにわかった。私は笑いが込み上げてきた。ありがとう、フランソワ、ありがとう、と繰り返していた。

フェリックスが言っていた。ヴェトナムでは、初めはいつもこうだ。無駄に腹立たしい思いをし、後にいつものごとくおさまる、と。

## 十一月十九日

激戦地であるダクトーへ行くべきだと、誰もが言う。そこで今朝、モロルドと私は軍服を買ったり、署名するために出掛けた。我々が死ぬようなことがあっても、アメリカ軍とアメリカ政府に迷惑をかけないという内容の書類に署名した。それに加えて興味深い項目があった。それは書類の下部に書かれた「不幸にしてあなた方の遺体を送る必要が生じた場合、誰に送ればいいですか？」という質問だった。「サイゴンのイタリア大使館」と書き、トルネッタ大使が二つの荷物を受け取った時の顔を想像し、私たちは笑い転げた。モロルドは写真を撮るためにここに来ている。ヴェトナムに来てすでに二年になるので、私にはない落ち着きがある。しかし、戦場に行ったことはなく、ダクトーへ行く話をする時は私と同じくらい不安げだ。私たちは十七日金曜日にサイゴンに着いたので、十七は縁起が悪いと繰り返し言っている。真面目な話、二年と少しの間にヴェトナムで十人のジャーナリストが死んだ。辛いことだが思い出してみよう。ピーター・ロナルド・ヴァン・ティエ、一九六五年五月、サイゴン南部でヴェトコンに殺される、ジェリー・ローズ、一九六六年六月、クァンガイで砲撃され飛行機とともに墜落。バーナード・コーレンバーグ、一九六六年十月、非武装地帯で追撃され倒れる。フィン・タン・ミー、一九六六年十月、カントーの戦闘で殺される。ディッキー・チャペル、一九六六年十一月、ダナン南部で地雷に吹き飛ばされる。チャーリー・シェラフ、一九六六年十一月、クーチーで迫撃砲により爆死。サム・キャスタン、一九六六年十二月、中央平原における戦闘で死ぬ。バーナード・フォール、一九六七年二月、フエの森で地雷に腹部をやられ死ぬ。ロナルド・ギャラガー、一九六七年三月、サイゴン近郊でアメリカ砲兵隊員の誤射により死亡。一九六七年五月、フェリペ・シューラー、ヘリコプターに便乗し、ダナンに行く途中、機銃掃射に倒れる。

負傷者についていえば、今年は三十人ほどになる。一昨日、コンチネンタル・ホテルのバーで、カテリーヌ・ルロワというフランス人のカメラマンと知り合った。この女性は十七度線での戦闘で迫撃砲の破片が十八片、体に刺さったのだ。二十三歳の金髪女性であったが子供のような体と老人のような顔を持っていた。右手、右足、右頬は傷だらけで足の傷はいまだ癒えず、足を引きずっていた。「なぜ郷里に帰らないの、カテリーヌ？」と尋ねた。私はばかな質問をしたというように、彼女は無関心を装った。ヴェトナムの私の同僚たちはなんて変な人たちだろう。ペルーのような人たちはジャーナリストの精鋭で、ロンドンやパリにいようと思えばいられるだろうに、悪口雑言を吐きながら留まっている。カテリーヌのような多くの人たちは、急ごしらえの報道記者であり、自腹を切って旅費を出さなければ誰も派遣してくれない。ここで何を探しているのだろう？　以前は持っていなかった目的？　憂さを晴らしてくれるぞくぞくするもの？　苦しみを解く弾丸？　ヘミングウェイの真似？　私は調査してみた。ある人は「ぼくは、父がいうようなばかではないということを証明したい」と答えた。別の人は「ぼくは妻と離婚した」と言った。もう一人は「刺激的だよ。それにもし、いい写真を撮ったら、永久に仕事にあぶれない」と言った。カテリーヌは言った。「戦争がどんなものか見たかった、いつも話に聞いていたから」

私がなるほどと思うような返答は誰からも聞けなかった。私は人間を知るためにここに来ている。殺すか、殺されるかという境遇にある人間が、何を考え、何を求めているのか知るために。私が信じていることを証明するためにここに来ている。つまり、戦争は無益でばかげており、人類の愚行の中で最も野蛮なものであるという証明である。心臓を別の心臓に取り替える外科医が称賛される社会が、いかに偽善的であるかを説明するために、私はここに来ている。そして、健康な心臓を持った百万もの若者が、国旗のために、屠畜場の牛のように死にに行くことを承認している社会についても。物心ついた時から私の心を痛めているのは、国家、祖国、というこの崇高な言葉の名において、殺し合うのは尊いことだと思わされていることである。そして、なぜ強盗が人を殺すのは罪であり、なぜ軍服を着ていれば人を殺すのが栄誉なのかを話してくれた人はいない。今朝買ったこの軍服に不快感を覚える。ばかばかしくて、着る気にならない。軍靴は履き心地が悪い。私は死にたくない。怖い。フランソワがメモしてくれた助言に従うのは容易ではない。

夜、ホテルに戻った時そのメモを見つけた。省略記号で署名されていたのですぐにはわからなかった。でも、その優しさのこもった、ぶっきらぼうな文面でフランソワからだとわかった。「ダクトーで楽しめ。怖がるな。ＦＰ」

十一月二十日　午前

たやすいことではない。怖いと思う気持ちは手足を凍りつかせ離れてくれない。飛行場に向かっている間は恐怖心はほとんどなかった。おそらく、興奮していたからだと思う。しかし、プレイク行きの輸送機に乗り込んだとたんに、恐怖心が戻ってきた。ブレイクはダクトーに着くまでの最初の着陸地である。C130型は大型輸送機だった。八十人の兵士を前線に送っていた。兵士たちは足の間に銃をまっすぐに立て、私に会釈することも好奇の目を向けることもなく、悲しげなあきらめの表情をしていた。ヘルメットを目深に被り、眠っている者がいた。離陸して一時間たった時、軍曹が口を開いた。

「君たち、昨日、ブレイクとサイゴンの間でC130型機が撃墜されたのを知っているか?」

「黙ってろ」誰かが言った。

「なぜだ?」

「なぜかだって?」

「妨害活動だろうな、おそらく、それとも砲撃かな。誰もパラシュートを開く時間がなかった。要するにパラシュートはなんの役にも立たない。今、同じ事態が起こったとしたら、地上に降りる時には相手は銃で撃ってくる」

「黙ってろ!」

その時、軍曹はモロルドの方を向いた。

「ジャーナリスト、あなたたち二人?」

「そうです」

「ダクトーへ行くの?」

「はい」

「ばかな、誰の命令で?」

私もそのことを考えている。今、私たちはプレイクにいる。テントの下でダクトーまで乗せてくれるヘリコプターを待っている。戦争はもう、新聞やテレビの文字や映像ではなく、ガラス窓のカタカタ鳴る音でもなく、間近で見て、触れるものとなっている。一張りのテント以外は何もないこの平原で。ダクトー、ダクトー、ダクトーという言葉を繰り返しながら、誰もがただ待っている。ダクトーはラオスとカンボジアの国境から十マイルのところにある村である。そこはホーチミン空港に通じている。すなわちハノイの補給物資を、南に潜入するヴェトコン隊や北ヴェトナム軍に運ぶ通路である。十月末頃は、ダクトーにはアメリカ軍の一大隊だけの小さな空軍基地があるのみであった。後に一人のヴェトコン脱走兵が暴露したのだが、北ヴェトナム軍は優に六千人の兵士をその山々に集結させることに成功した。こうして猛襲する準備を整えたのである。ウエストモーランド司令官は落下傘隊と海兵隊を一万人集結してそれに対抗した。十一月一日、ヴェトナムにおいてかつて体験したことのない凄まじい戦いが始まった。サイゴンでは、「アメリカがダクトーを七日以内に征圧するか、ダクトーがディエンビエンフーになるか」と噂されている。

駄目だ。怖がるなと言っても無理だ。

午後。ところがそうでもない。ほかの人の恐怖心のために、自分の恐怖心は不意に消えてしまった。私たちがプレイクで乗ったヘリコプターにはパイロット二人と機関銃兵二人のほかに四人分の席があった。その一つにニューヨークから着いたばかりのテレビキャスターが座っていた。その男は恐怖におののき、真っ青な顔をし、動揺し、悔しがり、嘆いていた。ついに立ち上がって戻ってくれとパイロットに頼んだ。パイロットは返事もしなかった。それを見て私は同じ気持ちでいたことを恥じ、自分を変えようとした。落ち着いた、気の確かな慎重な人間に。例のテレビキャスターが嘆いている時、私はヘリコプターから身を乗り出して左側の山々を冷静に眺めることができた。それらの山から、アメリカ軍の戦闘機が北ヴェトナム軍に放ったナパーム弾の黒煙が立ち上っていた。右手の山々からは白煙が立ち上っていた。北ヴェトナム軍がアメリカ軍に放ったロケット弾のものである。あの中間を飛んでいるとしてもまったく気にならなかった。実は私が平静でいられたのは、右側の銃手が機関銃を構えて動く茂みに向け、二度連射するまでであった。このあたりのジャングルにはヴェトコンが多い。この静けさ、この戦争がほかの戦争とは違うといわれる理由を悟った。明確な前線というものがなく、いたるところが前線なのだ。アメリカ軍はヴェトナムに孤塁をいくつか持っているにすぎない。つまり、空軍基地である孤塁から孤塁へはヘリコプターか飛行機で移動するしかない。そういった飛行機やヘリコプターに乗ると、もう前線にいることであり、それは有蓋馬車に白人が一人で乗って、ナバホやチェロキーのインディアン居住区を通り抜けるようなものだ。

私たちはダクトーにいる。軍の基地、今夜の攻撃で穴が開いた滑走路。赤い土埃をもうもうと上げ、耳をつんざく轟音を立て離着陸する飛行機、約十機。疲れたまなざしの髭の伸びた兵士たちを輸送する約百台のトラックとジープ。地響きを立て臓腑をかき乱しながら、三十秒ごとに大砲を発射する砲座。侘びしく惨めで粗末な家並み。それでもどんなに美しく陽気だったことか、戦争のなかった時は。今、人が死んでいる山々は翡翠やエメラルドが大量にある。今、爆弾が飛び交う空はヤグルマギク色のマントであり、今、消火に利用されている川は澄んだ冷たい水が流れている、ここで幸せな気分になるのはいかにたやすいことか、川岸で釣りをしたり、森の中を散歩したり。でも、どうしてその美しいものをいつも汚さなければならないのだろう？　この男も、気分を台無しにしてしまった。私がこの青と緑にうっとりしていたのに。彼は中尉の立場で、お節介にも私たちそれぞれにリボルバーを差し出した。

「いりません」とモロルドは言った。

「いりません」と私は言った。

「いいですか、あんたたちは軍服を着ている。軍服を着ている者は誰でも標的になる。北ヴェトナム軍は捕虜にはしない」

「いりません」

「たいていのジャーナリストは銃を持っている。たとえ死ぬとわかっても、必死で抵抗する方がいい」

「いりません」

　中尉は私たちの「いりません」と言う言葉にひどく驚いたようだった。哀れな中尉。ネズミのような間抜けな口元に、間抜けな口髭を生やしている。そして、被ったまま生まれてきたようなヘルメット。おそらく被ったまま寝るのだろう。ズボンのポケットには、カラー写真のケースが入っていて新しくやって来た人みんなに見せている。ネグリジェ姿の写真、ネグリジェを脱いだ写真、それは彼がホノルルで休暇を過ごした時に撮った恋人の写真である。中尉は報道の任務に就いていた。そういうわけで、私たちはジャーナリスト用のテントに連れて行かれた。私は簡易ベッドに座って書いている。私のベッドではない。どのベッドも塞がっており、今夜は地面の上で寝ることになりそうだ。仕方がない。五分前に見たあの北ヴェトナム兵よりは心地よく寝られるだろう。その男は十八歳くらいだった。一三八三高地で捕えられたのだ。飢えと渇きで死にかけていた。ズボンは血に染まり、目を閉じ、あえいでいて、歩くこともできなかった。二人のＭＰ（憲兵）に脇を支えられ、引きずられていた。

「中尉、その人をどこへ連れて行くのですか？　医務室？」

「いや、そうじゃない。尋問をするために連れて行くのだ。レコードに録音し、それを拡声器で山頂から放送する」

「何を録音するのですか？」

「同志に降伏を呼び掛けることを」

「では、もし嫌だと言ったら？」

「それはない。ないよ」

その北ヴェトナム兵は靴を履いていなかった。石につまずいた。二人のＭＰはその兵を引っ張り上げた。一瞬、裸足の両足は首吊りのように無様に垂れ下がった。中尉は声を立てて笑った。「見ろよ、あのざまを！」その兵は片目を開け、その目で中尉をにらみつけた。

ひょっとしたら、サイゴンの多くの店で売られていた刺繍入りのジャケットを考案したのはこの男かもしれない。防水ジャケットの背中に刺繍がある。「死んだらぼくは天国へ行く。この世で地獄を見たんだから。ヴェトナム、一九六七年」と書いてある。しかしそれはアメリカ製のジャケットだった。言葉は英語で刺繍されていた。

夜、警報が鳴った。迫撃砲の攻撃が始まり、橋と滑走路に落ちたのだった。モロルドと私は士官用食堂で食事をしていた。みんな、皿やコップをひっくり返しながら、あわてて逃げ出した。私も飛び出して防空壕を探したが暗くて見つけられなかった。「迫撃砲だ！　迫撃砲だ！」と言いながら走る黒い人影の群れだけが見えた。「防空壕、防空壕はどこ？」と尋ねたが、誰も答えてくれなかった。戦場ではこれほどエゴイストになるのか。アメリカの砲撃隊がロケット砲を発射していた。山の方に向かって、次々と上がる炎で空は燃えていた。今ではどちらから発射されたものか区別がつかなかった、この混乱状態の中、モロルドとはぐれてしまった。「モロルド、どこにいるの、モロルド？」と叫んだが見つからなかった。ふと、モロルドの声が聞こえたように思った。その時誰かの手が私の手を摑んで言った。「一緒に来るんだ」それから背中をどんと押されたと思ったら兵士たちでいっぱいの防空壕の中にいた。背後から声がした。「大丈夫？」

「ええ……」

「あなたが迫撃砲を潜り抜けるのは難しい」

「そうですね……」

その声はさらに優しくなった。

「フランソワ・マジュールです。フランス通信社の者です。ペルーがサイゴンから電話をしてきました。あなたがここに来られたこと、あなたを助けるようにと言っていました。あなたのカメラマンは？」

「見失ってしまいました」

「ご心配なく。たいした攻撃ではありません」

マジュールはそう言ったが、私たちはそれから一時間あまり防空壕にいた。耳を襲する爆音にさらされて。兵士たちも我慢できなくなり、慰みに私の顔の前でマッチに火をつけた。「本当だ、まさしく女だ！」マッチの一本がマジュールの顔を照らした。鼻が高く、ヤグルマギク色の目をした美青年だ。その後はマジュールと一緒に兵士たちの会話を聞いた。

「いいかい、扶養しなければならない母親がいるという理由で、あいつロサンジェルスに残ってプールを造ってもらったんだ」

「ふぅん、ジャックはもっと狡いぜ」

「何をした？」

「酒を飲み始めたんだ。飲んで、飲んで、ついに胃潰瘍になった。そのせいで退役させられたんだ」

「胃潰瘍になりたいなぁ！」

「だけど、いちばん狡いのはハワードだ」

「どうして？」

「女が好きかと聞かれた時、こう言ったんだ。嫌いだ、男とならとことん付き合うよ」

「なんだって⁉」

「嘘だよ、ばかかお前は？　しかし、ゲイと言えばすぐに退役させられるぜ。知らなかったのか？」

「知らなかったとは残念！　今、言えばどうだろう？」

「遅すぎるよ。もっと早く考えつくべきだったよ。ぼくも、君も」

警報が解除された時、橋がほとんど壊れてしまったこと、六名の死者が出たことを知らされた。マジュールはそれを確かめに行き、私はテントに戻った。そこにモロルドがいた。モロルドはヘリコプターで怖がっていた臆病者と一緒に、積み上げた土嚢の後ろにいたと言う。私に腹を立てていた。

「どこに消えていた?」

「あなたはどうなの?」

「このろくでなしといたよ! こいつが吐いた時、ぼくにかかったんだぜ!」

「それが何? その人があなたのそばで吐いたのは、私のせい?」

「もちろん! 君を探していたんだよ!」

「私はあなたを探していたわ」

「くたばっちまえ!」

「あなたこそ」

不思議だった。今まで、モロルドと口論したことはなかった。死に直面して平常心でいられなくなっているのだろうか? たぶん、この場所にいるからだ。この場所にいると、穴に閉じ込められている、罠にかかっているという感じがする。北ヴェトナム軍が占める山々は我々を放射状に囲んでおり、ただ三つの山だけがアメリカ軍の手中にある、つまり一三八三高地、一一二四高地、一〇八九高地である。昼も夜も迫撃砲やロケット弾の攻撃にさらされている。我々のテントの前の穴はしばらく前に迫撃砲でやられたものだ。今回は制圧できていない八七五高地から発射されたものと思われる。昨夜、第一七三空挺部隊は、是が非でもその頂上に到達するよう命令を受けたが、攻撃は失敗に終わった。現在兵士たちは狭い範囲に集結していて、そこから前進することも後退することもできない。その上、北ヴェトナム軍はどの木の陰に潜んでいるかわからない。この多くの兵士のうち少なくとも百名が死に、多くの負傷者がいる。太陽が死体を腐らせ、負傷者は血を流して死んでいく。負傷者を避難させるのは不可能だ。ヘリコプター十機が試みたが、八機が撃墜された。戦場にいる兵士たちは落胆している。中尉の監視を逃れて何人かの兵士に接近した。一人のプエルトリコ兵が大声で怒鳴り、喚いていた。

「こんなこと俺のサムおじさんは言ってなかった。お前は共産主義と戦わなきゃならないと言ったんだ、サムおじさんは。共産主義が何なのか俺は知らないし、知ろうとも思わないし、忌々しいヴェトナム人なんかどうだっていい。共産主義と戦っているのなら、どうしてここに南ヴェトナム兵が一人もいないんだ」

伍長がこの男を攻撃した。

「黙れ、ヘクター」

しかしヘクターはそれぐらいでは黙らなかった。

「親父の言った通りだ。俺が志願したと知って怒ったんだ。ばかたれ、親父は言ったよ、金持ちの息子らに行かせろ。あいつらは行った試しがない。俺の親父は労働者だ、わかるだろ？　戦争に行って死ぬのはいつも労働者の息子たちだ！」

「黙れ、ヘクター！」

一三八三高地では、反撃を待っているらしいという噂が流れている。明朝、私たちはそこへ行く。でも、とりあえず眠らねばならない。それに寒い。日中は暑く、夜は寒い。ありがたいことにマジュールが自分の寝袋を私にくれた。モロルドは毛布二枚をなんとか手に入れた。彼が寝るのは地面である。私たちのすぐ近くに、大砲の砲座が設置されており、砲撃により、モロルドの不機嫌はおさまらない。寝返りを打ち、ため息をつき、ぶつぶつ不平を言う。「撃って、撃って、撃ちまくる。一発の値段はいくらだ？　五十万ドル？　百万ドル？　どれほどお金を持ってるんだアメリカは。俺はアメリカと戦争はぜったいにしない」

十一月二十一日　午前

名前はピップ、二十三歳、きりっとした、整った顔立ち、銃が一丁、ライカのカメラ、そして、一綴りの紙と鉛筆。この男は、第四歩兵師団の情報部に所属しており、私たちを一三八三高地へ連れて行ってくれる。私たちは、この滑走路でヘリコプターを待っている。

「あなたは書いてばかり。いつも書いているのですか？　何を書いているのか聞いてもいい？」ピップは言った。

「日記よ、エリザベッタのために、私の幼い妹のために」

「妹さんは何歳ですか？」

「五歳よ」

「あなたの日記が読めるのですか？」

「大きくなったら読めるわ、ピップ」

ピップは信じられず、笑った。

モロルドも笑い、私も笑った。私たちは満ち足りた気分で目を覚ました。生きていることはなんて素晴らしいことか。もし、我々が生きているというだけで満足することを悟ったとしたら。コップ一杯の水で顔を洗うことが嬉しいと思えるだろうし、軍服を着たまま寝て汗まみれであっても、寝袋が臭くても、トイレが劇的な大仕事だとわかっても、仕方がないと思えるだろう。共同で使用する水が一缶あったが最後に行くとコップ一杯の水も残っていなかった。トイレについても同じこと、ピアズ将軍が、自分用の便器を使ってもいいと言ってくれた。便器といっても〝私用〟と書かれた木の箱であるが、私が行くといつも、必ず使っていた。四度目に行ってみると便器は空いていたが、ピアズはシャワーを使っていた。顔を赤くして「あーっ」と叫んだ。そして裸のまま裸足で、小石をまるで針であるかのように避けながら逃げて行った。かわいそうに。裸で裸足のこんな姿を見ると、第二次世界大戦中、ビルマで日本兵を恐れさせた鬼将軍にはまったく見えなかった。ましてや、二十日間、若い兵士たちを八七五高地に送り戦死させるという決死の大作戦は考えられない。将軍は毎晩「今夜、八七五高地は我々の手に落ちるだろう」と言い続けている。

私はピップにも彼のことを話した。ピップは、あなたはシェール大尉に彼のことを話すべきですよ、と言い続けている。

シェール大尉は三つの高地を征服した人であり、もし八七五をシェール大尉が指揮していたら、あの日の朝のような結果にはならなかっただろうとピップは断言する。何があったか知っていますか？　八七五の司令官は北ヴェトナム軍の塹壕を爆破するためにファントムジェット戦闘機の出動を要請した。しかし、塹壕は負傷兵が多く集められた場所のすぐ近くだったのでファントムの爆弾の一つがその負傷兵たちの中に落ちたのだ。三百キロ爆弾であった。多数の兵士が死んだ。

正午。ピップのせいで、ピップがその場を離れたせいで、最初のヘリコプターに乗れなかった。次のヘリコプターがやって来た。パイロットが言った。「君たち三人のうち、誰が幸運を持っている？　君たちが乗り損なったヘリコプターは、ヴェトコンの攻撃でプロペラをやられて墜落したよ」私はぞっとして、それ以上は聞けなかった。確かに、誰もが慣れてしまっている。死が、あなたに目を留めることなく、すぐそばを通り過ぎたからといって驚くこともなくなっている。ヴェトコンがヘリコプターの羽をめがけて撃ってくる森の上を飛ぶのに慣れている。銃手が銃撃に応戦している時に戦車の窓から顔を出すのに慣れている。悲しみや恐怖に直面しても眉一つ動かさなくなっている。この一三八三高地には、黒く焼け焦げた樹木の残骸が残っているだけだ。無数のねじれた残骸になって、空に向かって立っている。その周囲に見えるのは、穴、塹壕、土嚢に覆われたテント、茫然とした表情でよろよろと歩く兵士たち。私は爆弾で真っ二つに割れた樫の木の幹に腰掛けた。そばに迫撃砲のかけらが落ちている。悲しそうな眼をした青年が八七五の頂上に向けて砲撃していた。

「ラリー、君に小包だ」とピップが言った。

「ちょっと待って」ラリーが答えた。そして臼砲を迫撃砲に装塡し、金髪の頭を砲身にもたせかけてひざまずきき、大声で言った。「三〇四八、一、二、発射！」

「ラリー！」ピップはもう一度言った。

「ちょっと待って！　三〇四九、一、二、発射！」

持ち場を離れ、小包を受け取った。それはカンザス市に住むドロレス叔母が送ってくれたものであった。ポップコーン、ハシバミバター、ヌガーが入っていた。キャラメル好きのラリーにとって、キャラメルは格別だった。

「ラリー、ここに来てどれくらいになるの？」

「ばかみたいに長くいるよ」

「なぜ？」

「志願したんだ」

「なぜ、志願したの？」

「なぜってぼくの兵役はヴェトナムで三年だった。結局、ぼくは思ったんだ、志願兵として行く方がいい、一か八かだとね。国に帰れたら、月に百五十ドルの恩給が入る。両親はかんかんに怒ったよ。母は泣いていた。そんなこともあって、すぐに自分がやっていることを後悔した。でも、もう取り返しがつかない」

「いつのこと、ラリー？」

「ああ、一世紀も前のことに思える。たった三か月前のことなのに。ここにまだ九か月もいなければならない。ぼくは家に帰れるだろうか？」

「もちろんよ、ラリー」

「ときどき、帰れないんじゃないかと思う。そんな時は祈るんだ。祈るしかないよね。時間がない時にも祈る。たとえば攻撃を始める時とか。急いで言うんだ。神さまぼくを死なせないでくださいと」

囲い地から金切り声が聞こえてきた。

「なぁ、ラリー、この厄介な仕事をやってくれるのか、くれないのか？」

するとラリーは、ドロレス叔母が送ってくれたキャラメルを噛みながら行ってしまった。自分のような若者を殺すために、切れ長の目をした黄色い肌の若者を。

「本当なの、ジョージ?」

ジョージは金切り声でラリーを呼んだ兵士だ。二十四歳、自動車整備工、一九二六年にニューヨークへやって来た、イタリア人移民の息子である。ここへ送られる一か月前に結婚していた。

「ああ、本当だよ。でもいいかい、撃つ時は何も考えちゃいけない。あんたが相手を撃たなければ、相手があんたを撃ってくるんだから」

「じゃあ、人は何を考えるかしら、ジョージ?」

「殺すこと。殺されないこと。余計な恐怖心を持たないこと。ぼくは前線に出た時、とても怖かった。初めてのことだったし、妻が妊娠したと手紙で知らせてきたし、とても怖かった。ボブとは体を寄せ合っていた。ボブとは親友だった、いつも一緒に出掛けたし、いつも一緒だった。ボブは無口なやつだったし、ぼくはおしゃべりだったからね。まるで恋人同士のようだった。そして……聞いてくれる?」

「いいわよ。ジョージ」

「このことはまだ誰にも話していない」

「話してちょうだい」

「それは……ボブのことだけど、ロケット弾が飛んできた時。ぼくはそれが飛んでくるのを見たのに、ボブには言わなかった。ぼくは地面に伏せたのに、ボブを伏せさせなかった、わかる? ぼくは自分のことしか考えていなかった。自分のことだけ考えていたら、ボブが爆破されるのが見えた。胸の真ん中で破裂したんだ。ボブは死んだ。初めて見たよ、目の前で人が死ぬのを。それがボブだった。ボブ！と叫んだ。でも、もう死んでいた。そして、神さまお許しくださいと言って、そして……。このことも、誰にも言っていないけれど……」

「話してちょうだい、ジョージ」

「話すよ、話さないと気が変になる。その後、そう、その後あのロケット弾が、ぼくではなく、ボブに当たったことを幸運だと思った。そんなことを考える？」

「考えるわ」

「恥ずかしいよ。ああ、なんて恥ずかしいことだ。でも、そうなるんだ。ざっくばらんに言おう。あんたにわかるだろうか？　もし、たった今、ロケット弾が飛んできたら、ぼくにではなく、あんたに当たればいいと思う。わかる？」

「ええ」

「それにぼくは一人殺している。初めてだったよ。人を殺したのは。若いヴェトコンだった。ひたすら走って逃げるその男をみんなで撃ちまくったんだ。ルナパークの射的場にいるようだった。でも、その男は倒れなかった。ぼくが撃ったら倒れたんだ」

「ジョージ、その人が倒れた時、どう思った？」

「何も。木をめがけて撃ったら命中したというふうだった。何も感じなかった。ひどいよね」

「私にはわからないわ、ジョージ。だけど、それが戦争なのよ」

「中尉もそう言うよ。それが戦争だと。でも、それでもひどいですよね、中尉？」

「少し休めよ、ジョージ」中尉は言った。

ここ一三八三高地は、穏やかな一日に思われた。私たちには、ロケット弾も手榴弾も落ちてこなかった。日差しは暑く、優しく、若者たちは下着を洗い、木切れに干して乾かしている。ピップがCレーションを持って来てくれた。骨を抜いた鶏肉と豆。食事をしていると、ここが激しい戦闘が繰り広げられた場所だとは思えなかった。たとえ、黒く焼け焦げた草や木が目にとまっても、これは、夏、トスカーナで起こった火事で、不運にも焼けた森だと思えるのだった。次に中尉と話をしてみようと思った。中尉は、切り株にただ一人で座り、足元の何かをじっと見ていた。見つめながらその上に土と木の葉を積み上げた。ゆっくりと、根気よく、靴のつま先で。まるで砂浜で無為に過ごす時のように、足元を見つめ、足で砂の山をピラミッド型に作るように……。

「こんにちは、中尉さん」

「こんにちは」

「あの人……ジョージだけど。まだショック状態ね。きっとすごく怖いんだわ。そうでしょう?」

ピラミッド型に自分で作り上げた山から目を離すことなく、中尉は頷いた。そのピラミッドのてっぺんに、中尉はきれいな赤い葉を置いた。

「怖いんだ。ぼくは戦争を映画でしか見たことがなかった。こんなものだとは思ってもみなかった。今朝、弟に、十八歳の弟に手紙を書いた。ぼくには弟が二人いる。マサチューセッツにね。一人は十五歳で、もう一人は十八歳なんだけど。弟はヴェトナムに来る危険を冒そうとしている。手紙に書いたんだ、ぼくが見たことを、お前には見せたくないから、ヴェトナムのことは考えるなと。海軍に志願すればヴェトナムには来なくていいからね」

中尉は身をかがめて、赤い葉をもう一枚拾った。それを丁寧にピラミッドの上に置いた。墓でもないだろうに。

「弾丸が頭上をかすめて木に当たる。そんな時はその木を抱きしめたいくらい好きになる。もうぜったいに離さないぞってね。その木を抱きしめることなく前進する。兵士たちを前進させる。頭さえ守ればいいと言うように頭を庇いながら。頭さえ無事なら大丈夫というように。最初に死んだ男が頭をやられたからだろうね、たぶん。ボールのように頭が吹っ飛んだよ」

中尉はそのピラミッドが小さいお墓でもあるように、じっと見つめていた。

「こんなことを弟に見せたくない。死なせたくない。アメリカがぼくにここで死ぬことを求めるのなら、甘んじよう。しかし、弟は死なせない。家族の中で一人死ねば、それだけで十分高い犠牲を払っている。それに、たとえ従順な市民であろうと、ヴェトナムにいる我々と同じ考えを持っていようと、誰がここにいたいと思う? 誰が誇りに思う?」

そう言うと、中尉は怒りに任せてピラミッドを蹴散らし、崩してしまった。指を伸ばした黄色い手が現れた。三日前の犠牲者の物だ。

午後。戦闘は三日前に始まった。午前九時から、ひとときの休みもなく午後六時まで続いた。一三八三高地は頂上が尖った険しい山にあった。その山は、鬱葱とした樹木や、蔓植物や、竹が生い茂っており、シェール大尉は率いる軍隊を、急げと駆り立てるが、兵士たちはのろのろと進んだ。一歩進むごとに北ヴェトナム軍の塹壕に出くわすからである。作戦法としては見事な塹壕であった。頂上から下へ、オレンジの皮を一本のリボン状に剝くように螺旋状に下っていた。これらの同心円は地下道と連結していた。古いものは六か月もたっていた。六月から、黄色い肌の兵士たちは、アメリカ軍の目を盗んで、黙々と掘り続けていたのだ。アメリカ軍はまったく気付かなかった。塹壕は小さかった。ヴェトナム人は小柄だから、ごく狭い空間で事足りる。それが余計に、発見を難しくしていた。背後に銃を持ったヴェトナム兵に気付いた時には、もう遅いのだ。シェール大尉と部下たちは、大変な思いで進んだ。低木や灌木に手当たりしだいに摑まりながら、滑ったり、転んだり、一本の木を占領すればもう勝利者だった。ここからあの竹まで、何メートルあるだろうか、せいぜい十五メートルだろうが、それを一、二時間かけて進んだ。午後三時頃、大尉はもう駄目だと考え、自分も爆弾でやられるかもしれないという危険を覚悟で空軍の出動を要請した。ファントムが到着し、塹壕の上に多量のナパーム弾を投下した。黄色い肌の兵士たちは、松明に替えて銃を持ち、空に向けて撃っていた。その後、攻撃はずっと早く運び、二時間で大尉はここ山頂に着いた。

ここは山の最も高い場所である。ここからは、谷間全体が見渡せる。下に滑走路と宿営地があり、曲がりくねって伸びている川は水墨画のようだ。私はシェール大尉とヘリコプターで来たが、歩いて来たとしたら、地雷やヴェトコンに遭遇していただろう。ヘリコプターは着地することもできなかった。低く下がるだけなので、飛び降りなければならなかった。大尉は飛び降りる前、私に「あそこで転ばないように気をつけて」と言った。しかし、私は距離感がわからず、まさに注意された場所で転んでしまった。柔らかなものの上に足を取られて。それは土をかけられたばかりの北ヴェトナム兵の死体であった。

ここには、いたるところに死体がある。三日の間に約六十体が埋葬された。死体が塹壕の中にあれば作業は簡単である。スコップ一本で事足りる。だが、あちこちに散乱した死体には時間がかかる。

「大尉、この山でどれだけの命が犠牲になったのですか？」

「多かったよ、とても。百五十人か、二百人か。正確にはわからない。北ヴェトナム軍は死体を運び去ったからね。戦闘の前に長いロープを準備しておいて、撤退する時死体の足をロープで縛り引きずって行く。ほらこの男はしんがり部隊に所属していた」

「大尉、では、捕虜は？」

「ヴェトナムでは捕虜にしない。敵側も味方側も。ごくまれな場合を除いて捕虜にしようなんて誰が思う？　敵は君に近づいて来て爆弾を破裂させて、君と一緒に死ぬんだよ」

大尉は、私がその上に飛び降りた死体を指して言った。

「この男もそんなふうに死んだの？」

大尉は肩をすくめた。

「おそらく」

そして私の腕を摑んだ。

「見てはいけない。あっちへ行こう」

三十六歳の大尉は、若き日のタイロン・パワーのような美しい顔である。何か月も女の人を見ていなかった。そのせいだろうが、私といることに動揺しているようだった。私の目をじっと見つめ、障害物があれば優しく手を差し伸べてくれ、その必要がなくなった後も、しばらく、私の肘から指を離さないでいた。でも、意識していないようだった。意識していたら、顔を赤らめていただろう。私たちがここへ来たことが、大尉にとって嬉しいバカンスになっていることにも気付いていなかった。私たち二人は空の臼砲や、ねじれた鉄片を飛び越し、血に染まったゲートルや銃弾を踏みながら山を歩いた。大尉は一人の女と一緒で、とても幸せだった。この女が汗臭いのも、汚れた顔であるのも、兵士と同じ服を着ているのも、まったく気にしていなかった。自分の横にいるのは香水の匂いを漂わせる、清潔な青い服を来た女性に見え、あたかもマーガレットの咲き乱れる平原を行くかのように、死体の散乱する中を導いてくれた。きっと、今夜、私は死ぬんだわ。そうよ。この人に夢のような時間を与えたと思いながら死ぬだろう。地獄のような日から三日後、私はマーガレットの花咲く草原の散歩をこの人にプレゼントしたのだ。「気をつけて……手を貸して……そう、そうだ。こちらの方が歩きやすいよ……」彼の足元には幻想のマーガレットが咲き乱れている。それとも失望の……かしら？　なぜなら、これはね、大尉、マーガレットではないのよ。そうではなくて、これは人間だったのよ。よく見て、大尉。なぎ倒された竹林に身をよじって横たわっている、その黄色い顔はすでに青く変色している。黒い染みで汚れたカーキ色の軍服は胸に穴が開いている。トカゲが一匹、その死体を這っている。尾を振りながら、その死体の首を這って進み、目の上で止まっている。トカゲの足が瞳の上に乗っている。

「大尉……」

　大尉は私の腕を離した。ヘルメットを脱ぎ、髪を指で整えて、ヘルメットを被り直し、小声で言った。

「ああ、なんてむごいんだ戦争は。軍人である私に言わせてもらえば、戦争をして楽しむ者たちは、戦争を栄光に満ちた刺激的なものと思う者たちは頭が狂っているのだ、きっと。戦争は栄光に満ちてもいないし、刺激的でもなく、ただ悲しいだけの汚らわしい悲劇にすぎない。君が一本のタバコを吸わせてやらなかった男がパトロールに出掛けたきり戻らなかった。その死を嘆くがいい。君が叱りつけた男は目の前で爆死した、その死を嘆くがいい。君の仲間を殺したこの男の死を嘆くがいい」

大尉はその死体を指し示した。

「三人殺したんだこの男は。一発の手榴弾で。この茂みに潜んでいたのが三人には見えなかった。ところが、この男は彼らの喉の奥までも見ることができた」

「それで、この男を誰が殺したの、大尉？」

「ぼくだ」

「あなたが？」

「ぼくが……集中射撃でね、すぐ後で。こいつだってニューヨークのバーで会っていたら、いいやつだったよ。共産主義とか資本主義について話し合っただろうし、家にも招待していたよ。ああ、なんてむごいんだ、戦争というものは」

「では、どうして戦争をするの、大尉？　どうして職業に選んだの？」

「入隊した時は、この職業が人を殺すことになるとは、まったく考えなかったからだよ。人を相手に働くのが好きでね、教官になると思っていた。以前は教官だった。人を殺す瞬間は、突然知覚麻痺のようになる。だがもう遅すぎる」

「どんな感じだった、大尉？　この男を殺した時」

「怖かった」

「あなたが？　怖いですって？」

とても雄々しく、自信に溢れていると思わせる大尉であった。「怖かった」大尉はもう一度言って苦笑した。

「その日、九時から六時まで、ぼくはずっと恐怖にとらわれていた。それ以前も。以前はいつも恐怖心を持っていた。死にたくないと思ったからね。ぼくは兵士たちに、恐れるなと叫びながら先導する。そのぼくが怖がっている。ぼくの言うことわかりますか？　そんな時には義務を果たせなくていい。勇気が持てなくていい。怖がっていいと自分に言い聞かせる」

そこで草原が消え、マーガレットが消え、喜びも、バカンスも消えてしまった。この焼けただれた岩山の林には、白人の若者三人を殺し、そのために胸を撃ち抜かれた黄色い肌の若者の腐臭が漂っているだけであった。そのヴェトナム兵の唇は開いていて、まるで笑っているようだった。でも、いったい何に向かって？　この男が最後に見たのは、彼に恐怖心と機関銃を向ける大尉だった。それ以前にはロケット弾や、臼砲や、ナパーム弾による苦しい戦いがあった。それより前には、寒さの中での待機があり、同志が死んだ場合に繋ぐロープがあり、暗闇の中で黙々と塹壕を掘る数か月があった。ほかに何があっただろう？　生まれた日から、たぶん十八年か十九年前だろうが、この男は戦争しか見ていなかった。フランス人との戦争、アメリカ人との戦争、つまり、そこにいるはずのない誰かとの戦争、なぜなら、この男の国にはいつもいるはずのない誰かがいた。いったいなぜ、共産主義と非共産主義なのだ。この山は、この男のものだ。白人の若者三人は奪いに来ていたのだ。そのことを考えなかったの、シェール大尉？　そのことを考えないの？　そう、大尉はそんなことを考えはしない。人間らしい心を持っているにもかかわらず、大尉は自分のものではないこの山の、そのほかの山々、平原、川、すべて自分のものではないのに、そこにいるのは当然だと確信している。正義や自由の名のもとに殺したのだと確信している。どんな正義？　どんな自由？　と尋ねたとしたら、悪びれる様子もなく驚いて私を見ることだろう。

追記、このメモは宿営地に戻るヘリコプターの中で書いている。私たちは砲弾を潜って行った。たぶん恐れていた反撃だろう。ヘリコプターに大急ぎで飛び乗った。私は頭が痛くなるほどしっかりとヘルメットを被った。「頭、頭、頭を守れと、まるで頭さえ気をつけていればいいみたいに」ジョー・ティネリーが、フィラデルフィア出身で中学を中退した二十歳の青年がヘルメットも被らず大声で言っていた。「あのう、失礼ですが、ジャーナリストでしたね、あなたは。お願いがあるのですが。写真を送ってくれませんか？　ジュリー・クリスティーのサイン入りの。忘れないで！　ジョー・ティネリー第三大隊！　第一二歩兵隊！　そう、ジュリー・クリスティー！」その男は楽しそうだったが、大尉は塞いでいた。その目は二つの泉のようだった。

夜。私たちはふたたび宿営地にいた。八七五高地の負傷者に会うのに間に合った。今朝、第一七三空挺部隊の一縦隊が多くの死者を出した地域に入る許可を得た。今、負傷者がヘリコプターで運ばれている。私は滑走路にいたが、ヘリコプターは次々に戻ってきた。スズメバチの群れのように降りてきて、赤い土煙を巻き上げ、目を開けていられなかった。ヘリコプターがまだ空中にいる間にも、看護士たちは担架を担いで走っていた。だが瀕死の状態にある者だけが担架に乗せられた。ほかの者は地面に放って置かれた。傷つき、血を流し、足を引きずり、笑いながら私たちの方にやって来た。ヒステリックに笑っていた男が、私に向かって吐き出すように大声で言った。「その山を占領しろ。それが命令だった。我々にはできなかった」そして不意に笑うのを止めた。男は私から離れ、真面目な顔で私を見て言った。「あんたは誰？　何がほしい？」別の半裸の男が激しい発作に襲われていた。足を叩き、額を叩き、しゃくり上げていた。「やつらが憎い！　お前らが憎い！　畜生！　卑劣なやつら！」その男を落ち着かせ看護士のところへ連れて行こうとする者がいたが、まったく駄目だった。ある黒人はミネストラの入った食器を持って来て座ったまま、黙って泣いていた。涙がミネストラの中に落ちていた。「あの爆弾、あの爆弾のせいで死体の山だ。逃げることも、隠れることもできなかった。死体の下で眠る者がいた。ぼくはジョーの下で寝ていた。ジョーは死んでいたけど温かかった。煙草を一本くれないか。暖まるために、死体の下で寝たことある？」

クレチン病患者のような中尉がやって来て、恥知らずなやつら、フィルムを渡せと喚きながら、ジャーナリストたちを追い払った。私はフィルムを取られたくないので、逃げ出さなければならなかった。ここでは、恥知らずを判断する基準がふつうではない。記者会見で将軍は、アイロンのかかった軍服を着、髭を剃ったばかりの顔で表明した。「楽観的だと思われるのは心外だが、今回は確信をもって諸君に伝えることができると思う。今夜のうちに八七五高地は我々の手に落ちるだろう」

## 十一月二十二日　朝

八七五高地は、将軍の手に落ちることはなかった。将軍はシャワーを浴びてさっぱりしようと、長い間浴室にいたので、私はトイレを使うことができなかった。そればかりか、私たちジャーナリストが八七五高地に行くのは、もう不可能である。ヘリコプターは、もっぱら死にに行く兵士たちをそこへ運んだ。夜明けに試みたが、駄目であった。アメリカから到着したばかりの中隊が乗り込んでいたが、軍のカメラマンたちも断られていた。その中隊に赤毛の若者がいた。その若者は喉の奥から絞り出すような声で、「あちらはとてもひどい状況だというのは本当ですか?」と、私に聞いた。

「さあ、どうでしょう。今日はたいしたことないわ、きっと」と私は答えた。

若者はその言葉を信じた。

私たちはこの宿営地に留まった。時折、臼砲が飛んできたが誰も気にしなかった。差し迫った爆撃でなければ、警戒警報も鳴らない。運に任せるより仕方がない。そう思えなければ、ずっと穴蔵に身を潜めているしかない。いい天気だった。モロルドと私は、ノーマン・ジーンズ軍曹とボビー・ジェインズ伍長の二人と親しくなった。二人とも二十三歳で、ノーマンは夜のような黒髪でボビーは太陽のような金髪だった。いつも一緒に行動し、決して離れることはない。実はノーマンは戦闘でボビーの命を救いボビーは同じくノーマンの命を救ったのである。昨年の五月から二人はともに、優に七回戦闘に参加した。モロルドと私は川で水を汲んでいた二人と知り合ったのである。ボビーが水を入れたブリキ缶をトラックに積んでいる間に、私はノーマンに話し掛けた。ノーマンは十一か月前からヴェトナムにいるのだが。十一か月をまるで十一年のように話す。

「ぼくは結婚したばかりだったんだよ、国を出た時は。妻はぼくが出発するのを見たくなくて、ずっと泣いていたよ。それで、妻が眠っている間に家を出た。そっとベッドを出て、静かに服を着て、靴を履かずに家を出た。眠っている妻はなんて美しかったことか。キスさえできなかった。また、会えるだろうか?」

「会えるわよ、ノーマン。一か月たてば」

「一か月の間には何万回も死が巡ってくる。今朝、大尉は前線へ行く志願者を募っていた。ぼくは拒否したけど、それでも、必要とされれば送り込まれる。ボビーは言うんだ。お前はいつも、憂鬱そうだな、笑えよと。以前は、こんなふうではなく、陽気で、おどけていた。若かったからね、もう若くない。白髪があるだろう? ほら、左側のここに、真っ白なのが」

「見えないわ」

「見えなくてもあるんだ。たぶん、弟、チャーリーの手紙を読んだ時からだ。徴集されて、ヴェトナムに送られると言っていた。チャーリーには、お前は輸送班に入れてもらうんだよ。歩兵隊は駄目だぞと返事を書いた。チャーリーは本当にいいやつで、人を殺したことはない。ぼくはある。家族の誰かが死ななければならないとしたら、当然、ぼくだ。そうだろう? ウォーターズ司祭にも、そのことを話したんだ。ときどきウォーターズ司祭と話すけれど、本当に気分が落ち着く。死ななければならないとしたら、ぼくが死にますようにと言うと、司祭はその時は私が死ぬべきなのですよ、ノーマン。と言ってくれた」

「あなたはきっと大丈夫よ、ノーマン」

「みんな、そう言うんだ。でも恐怖心はどんどん強くなる。たとえば戦闘に参加した二度目。ぼくは最初の時より怖かった。ぼくは思っていた。ノーマン、今日、お前はやられるぞと。そして三度目は二度目より、四度目は三度目より怖かった。そして、いつも、そう、いつも負傷した、次は、ぼく、やられる」

「言わなくていいわ、ノーマン」

「なぜ、言っちゃいけない？　ぼくはそう思っているのに。それに、人を殺すことは好きじゃない、どうして殺さなければならないのかわからない。みんな幸せに生きてほしい。それなのにぼくは何人も殺した。すぐにそのことを考えなくなる。仲間を何人も殺されて憤る。そして、そんな世界を憎む、敵にその世界を生々しく示される。それが嫌で、神さま、お許しください、神さま、と言う。いつ終わるのだろうこの戦争？」

「わからないわ、ノーマン。でもきっと終るわ」

「そうだね。でも、その時は別の戦争が始まる。いつもそうだ。なぜ、戦争をしたいやつらが、安全な場所にいて、ほかの者を戦場に送る。我々が送られるんだ。ぼくはね、金持ちにならなくても、英雄にならなくてもいい、ただ、生きていたいんだ。生きていることは素晴らしいから。以前はそのことがわからなかったけど、今はわかる。わかってから、ぼくは人としてずっと良くなった。でも、ぼくの白髪、本当にわからない？　あんたが見つけられなくたって、あるんだよ」

そう言って、ノーマンは水を入れたブリキ缶を、ボビーにかわって運び始めた。ボビーはノーマンのいた場所にやって来て座った。そして、ノーマンを好きな理由を話してくれた。

「それはね、たとえば、今朝、あいつにトランジスターラジオが届いたんだ、ぼくが気に入っているとわかると、それをぼくにくれた。いや、それだけじゃない。初めて会った時の印象だね。軍曹らしくなくて、肌の色なんか気にしないし、兄のようだ。二人でパトロールに出掛ける、地雷が埋まっている道を通る、あの男は自分が先に行くと言う。ぼくには離れていろと言う。それに、一緒に戦った最初の戦闘でノーマンが負傷した。駆け寄って助けようとしたら、ぼくも負傷した。ぼくは気を失った。気が付いた時、ノーマンはぼくに覆い被さっていた。破片がいっぱい刺さった足と腕で地面を這いながら、ぼくを引きずって行ってくれたんだ。信じられる？　信じてよ、これが友情なんだよ。友情は素晴らしい、愛情よりも素晴らしい。戦争でただ一つ肯定できることは、時には親友と出会えるということ。それ以外は最悪。ぼくはね、志願兵としてやって来た。でも今は、この戦争が言葉で言い表せないほど嫌だ。たぶん、こういうことだと思う、来なければよかった、ここに来たことが恥ずかしい」

「ここに、どれぐらいいるの、ボビー？」

「三か月。何度、死線を潜り抜けたと思う？　負傷したから今日まで宿営地にいたけど、もう治ったから前線に送られるのを毎日待っている。あんなひどい戦場には、もう行きたくない。ぼくはこんなに若いんだから、まだ何年も生きられる。二十歳で戦死するために生まれてきたんじゃない。年老いて、ベッドの上で死ぬために生まれてきたんだ」

よく晴れた、美しい日だった。緑の樹木、清流の川、その時ヴェトナムの子供の一団が、とんがり帽子を被って、歌いながら私たちの方にやって来た。子供たちは近くの農家からやって来たのだったが、よく考えてみれば、特別なことではなかった。しかし私には特別なことに思われ、ボビーに話した。ボビーは答えてもくれなかった。目には涙が溢れ、緑の樹々も、清流の川も、とんがり帽子を被って歌っている子供たちも、何も見ていなかった。そんなボビーを一人にして、私はトラックの方へ歩いて行った。トラックのバックミラーに目が止まった。鏡に姿を映さないまま、三日が過ぎていた。恐る恐る近づいて鏡をのぞき込んだ。見たこともない顔を見て驚いた。たった三日間でこんなに変わることってあるのかしら？　ボビーのことが頷けた。ここには、緑の樹々も清流の川も歌っている子供たちもいなかった。

夜。夕暮れに叫び声を聞いた。「戦死者だ！　戦死者だぞ！」私たちは滑走路に急いだ。ヘリコプターは、すでに、戦死者を降していた。百十体だったが、八七五高地から運ばれたのだった。それらは中央にジッパーのある銀色のビニール袋に入れて並べられ、長い列を作っていた。気をつけの姿勢で将軍の前を行進する必要はないだろうに……。人間の形を留めている者もあったが、そのほかは形すらない物体の包みだった。どれも腐敗していた。中尉は「ここに来るな、あっちへ行け！」と叫んでいた。

私は息をつめて離れた。トラックの列の陰に、ボビーとノーマンがいた。二人は腕を組み、滑走路を見つめ釘付けになったように立っていた。ボビーが言った。「チャーリー・ウォーターズもいるんだ。でも、見つかったのは頭だけなんだ」ウォーターズはノーマンに「誰かが死ななければならないとしたら、その時は私でありますように」と言っていた神父だ。するとノーマンは何かを口ごもりながら言った。「嘘だろ！」

今、私は眠るところだ。簡易ベッドが与えられた。ほっとしている。地面に寝ると、爆弾の破裂音が、腹部を殴られるように響く。それにほかの人たちと一緒にいるのは実に安心する。私のベッドの隣にはマジュールがいる。マジュールは、明日八七五高地でまた攻撃が始まる、今度はアメリカ軍は勝利すると繰り返し言っている。

十一月二十三日　夜

八七五高地はアメリカ軍に征服された。プレイクからサイゴンまで私たちを乗せてくれた飛行機の中で、このメモを書いている。思い出したくないから、このメモを書くのは気が進まない。思い出したいと思う者などいないと信じる。それに、私の頭の中はひどく混乱している。すべてが、あまりにも急速に起こった。不意に、あのばかな中尉が現れて、手を叩きながら言った。「ヘリコプターを配備せよ、最前線だ！　最前線へ！」まるで劇場へ行くための、無料チケットを配るかのようだった。滑走路に整列させられ、ヘリコプターは、次々に飛び発った。高地からは黒煙が舞い上がっていた。北ヴェトナム軍の抵抗を押えるための最後のナパーム弾を雨と降らせているのだった。互いに、誰も話し掛けようとはしなかった。マジュールは、むっつりと、引きつった醜いともいえる顔をしていた。ヘリコプターは激戦区近くを飛び交っていた。兵士たちと第一七三空挺部隊の落下傘兵たちは、連合するのだろう。攻撃の準備をして。ここでも誰も話さない。誰もが無意識のうちに、空虚なまなざしをしている。三時間前に、ロイ・ピーターズ神父が、ウォーターズ神父の代理として、ミサを行った。多くの者が聖体を拝領していた。周辺は、まだ、血に染まった包帯や薬の空箱、黒くなった薬莢、穴の開いたヘルメットなどが散乱していた。NBCのジャック・ラッセルは、ただ一人、質問して回る勇気があったが、「あなたは、この戦争をやる価値があると思いますか？」と同じ質問を繰り返していた。たいていの人は、

「ええ、多くの若者を失いましたからね。この忌々しいあの高地を、我々の物にしなければなりません」と答えた。「いいえ」と言う者もいたが、それ以上は何も言わなかった。一人の黒人兵が俯いたまま答えた。「ほっといてくれ、ぼくには関係ない。死んだってかまわない」その後、金切り声が聞こえた。「さあ、あの山に行って、人でなしどもをやっつけろ！」全員が飛び出し、登り始めた。五分間は何事もなく、山中での階段形体形で歩いた。すると、ヒューという音が聞こえ、もう一度ヒューという音がして、その後は地獄だった。照明弾、迫撃砲、手榴弾の爆撃、炎幕が、転げ落ちてくる。転がりながら膨れ上がり、広がり、悲鳴の中を無数の炎のなだれと砕け散る。みんな大声を上げていた。「進め、前に進め！」と叫んでいる者。「担架、担架だ！」と言っている者。ひどい悪態をついている者。照明弾が黒人兵に命中した。「ほっといてくれ、ぼくには関係ない、死んだってかまわない」と言っていた男だ。後に残ったのは、片方の靴だけであった。もう一発が赤毛の兵士の上に落ちた。片方の靴さえ残らなかった。残ったのは、今もマジュールのシャツに染みついている赤茶色の染みだけであった。「あちらは、とてもひどい状況だというのは本当ですか？」と聞いたあの兵士だった。「それほどでもないわよ。今日はたいしたことないわ、きっと」と私は答えたのだった。攻撃は一時間続いた。山の頂上に最初にたどり着いたのは、写真撮影をしていたエウラーテ・カジカスだったそうだ。実は、その山の頂上には誰もいなかった。北ヴェトナム軍は戦死者までもすべて連れて、夜のうちに立ち去っていた。アメリカ軍が着いた時にはエウラーテと、石ころと、焼け焦げた木々の幹と、死体のかけらだけであった。無線通信士が、司令官に、「宿営地の方から、北ヴェトナム兵の死者数を聞いていますが」と告げると、「我が軍の死者数ならわかると答えてくれ」と司令官は言い、続けて言った。「百五十八名だ」

あるいは、二百五十八体だっただろうか。私は覚えていない。マジュールに聞いてみよう。マジュールは、血で汚れたシャツを着て、私の横で眠っているが、ときどき、ぴくっと体を震わせている。私も眠りたいが、ここでは眠れない。ああ、ベッドで眠りたい。お風呂に入りたい。この軍服を脱ぎたい。

# 2
# ヴェトコン囚人との会見

私は、サイゴンに戻りたくてたまらない時がよくある。でも、私が知っていたテト攻撃の頃とか、その後、一九六八年二月と五月、私が初めて訪れた時のサイゴンではない。あの緑のヤシ、あのとんがり帽子や、軍用トラックや、力車で混み合った道路、なんともいえないけだるさに、眠ることで頭の冴えを取り戻す、あの重苦しい暑さを夢見る。私の人生にサイゴンはナイフのように突き刺さった。たぶん、死に直面して、どんな瞬間も、どんな物も、どんな感情も、すべてが大切になったからだろう。だから、食べ物はずっとおいしく、友情はより固く、愛情はより深く、喜びはもっと大きな喜びとなった。そんな夢に思いを馳せる時、忘れられない悲しい記憶の中に、ダクトーから帰った日の夜の思い出がある。なぜなのか何度も考えてみた。その夜は、特別なことは何もなかった。ホテルに戻り、軍服を脱ぎ、風呂に入り、ベッドに潜り込み、すぐに眠ってしまった。しかし、ふと気付いたことがある。ほぼ安全な場所にいて、心地いい浴槽で体を洗い、清潔な毛布の間に体を横たえるということは別として、問題は軍服を脱いで、投げつける行為である。床に脱ぎ捨てられた軍服が今も見える。湿っていて、臭くて、汚れている。今もなお、軍服を脱いだ時の喜びを感じる。それは、まるで、あのシャツとズボンと一緒に嫌悪感と恐怖と苦しみを、体から引き剝がすかのようであった。その後、何度そのシャツとズボンを着たことだろう。何度、そのシャツとズボンを嫌悪を持って脱ぎ捨てただろう。しかし、二度とこんなに強い感情は湧かなかった。軍服は投げ捨てるべきものであり、世界の悪の大部分は軍服に原因があるという確信も、もうなかったと思う。

そのような夜の後に来る朝は、私のやりきれない気持ちを募らせる。数か月前、市を苦しめていた妨害活動は終熄しており、数か月後、激戦区と化す戦闘はまだ始まっていなかった。その頃は、街を歩いていて銃で撃たれたり、クレイモア地雷とともに空中に吹き飛ばされる不安はなかった。貧しくなければふつうに生活することができた。日曜日の午前中は、川か運河で水上スキーをし、日曜日の午後は、馬場へ行き、トロットやギャロップで駆ける。昼は、プールの設備を持つ、ノーティック・クラブで食事をし、夜は、外出禁止令が始まる前にレストランで食事ができた。レストランは、おいしい食事をたっぷり出してくれた。小さな楽団席を備えたレストランもあった。ダンスホールやナイトクラブもあり、トゥーゾー通り（以前のカティナ通り）にある私のホテルの窓からは、夜になるとネオンサインの看板が見えた。夜が更けるにつれ、歩道には、屈託のない恋人たちが行き過ぎ、ミニスカートの売春婦や、外国人や、ぽん引きで溢れていた。真夜中頃、トゥーゾー通りも灯が消えた。歩道は人気がなくなり、しんとして、軍事警察のジープや、遠くの爆撃の音が聞こえるだけであった。しかし、朝になると、すべてが何事もなく再開される。信じ難いことだが、金、銀、象牙製品で溢れた宝石店、二十四時間でオーダーメイドの服を縫ってくれる仕立屋、あらゆる化粧品を揃えた美容院が目に留まる。忌まわしいことは何もない。ときどき葬式に行きあたる。その頃、サイゴンで死ねば、まだ葬式が行なわれた。ヴェトナムの葬式は、世界でいちばん色彩に富み、華やかである。死者は、流星と極彩色の竜で飾られた馬車に横たわり、親族は、白装束で、涙を見せずに付き添う。楽隊は、タンブリンを鳴らしながら付き従がい、悪霊を死者から追い払う。まるでカーニバルのようで、見る人に悲哀を感じさせなかった。悲哀は隠れたところにあったのだ。傷ついた人々の胸の内に秘められ、殺され拷問されていたヴェトコンたちの閉じ込められた牢獄にあった。だから、牢獄に行って、テロリストのグエン・ヴァン・サムのような人に直接会って、話を聞く必要があった。

そして、ついに、フランソワとの良い交友関係が始まったこと、それもサイゴンの懐かしい思い出のひとつとなっている。ダクトーの後、フランソワのぶっきらぼうな性格が気にならなくなり、彼の自由な考え方に心惹かれたのは事実である。彼が徐々に、大切で必要な存在になっていることを理解した。私が実行しようとしている地獄への旅を、フランソワはすでに体験していた。ヴェトナムだけでなく、朝鮮にも戦争中ずっといたということで、戦争時の人々を、私より先に学んでいた。私が疑問に思っていた問題を、彼は私と同じように疑問に思い熱心に考えていた。それだから、サイゴンでは、フランソワの前に扉を閉ざす者はなく、彼を拒絶する者もなかった。必要とあれば、誰もが快く答えてくれた。そういうわけで、私はフランソワに会うためパストゥール通りの支局へよく行った。ある時は助言を求めたり、協力してもらったり、ある時は、精神的にまいって、慰めを求めた。当時、フランソワは私とは別の問題に取り組んでいたが、必ず手ほどきしてくれた。少しずつ私を導き、意識を目覚めさせてくれた。

＊　＊　＊

十一月二十五日

あの山でどれほど凄まじい戦闘があり、どれほど多くの死者があり、そしてまた、信仰も希望もすっかり失ってしまうモラルの崩壊という恐ろしい情況にあるにもかかわらず、サイゴンのある種の人たちと話していると心の静寂が伝わってくる。ヴェトナム人は平和というものを知らないまま、長い間待ち続け、夢や雅量の種をまくことができないほど無気力にされた。驚くことに、サイゴンの人々はダクトーの兵士たちと同じように反応する。「もし、たった今、臼砲が飛んできたら、私ではなく、あなたに当たってほしい」「ほっといてくれ、もう、どうでもいい、死んだってかまわない」

今日、カン医師と知り合った。救急病院に勤務している二十六歳のヴェトナム人である。私が宿営地で気管支炎を患ったために、その医師を知ることとなった。私の診察をした後に言った。「この六日間で、武器による負傷ではなく、自殺行為による昏睡状態でもなく運び込まれたのはあなただけですよ。サイゴンでは自殺が多くてね。毒物、睡眠剤、首を吊るといった方法で。二十四時間のうちに十八名の自殺者が運び込まれました。私が救ったのは二人だけでした」後で、私をモロルドとともに食事に誘ってくれた。医師が選んだのは橋の向う側にあるレストランだったが、そこはマクナマラ訪問中に、ヴェトコンに爆破されたのだった。現在は、鉄製の平底船で再建されていた。食事は素晴らしかった。ナイチンゲールの巣、生まれたばかりのカニ、エンドウの芽など。そのレストランは川の上の湖上家屋形式であったが、ヴェトコンが多く潜んでいる森に加え、あまり静かではなかった。飛行機はひっきりなしに飛び、照明弾を投下していた。偵察隊は絶えず発砲していた。今にも、料理の上に銃弾が落ちてくるのではないかと怯えながら食事をした。

「カン先生」とうとうモロルドが悲鳴を上げた。「もっと安全なところはありませんか？」

カンは肩をすくめた。

「私は慣れました。生まれた時からこうでしたから。私は死ぬために生まれたのです。あなた方がよく言われる平和、それがどんなものか私は知りません」

「でも、想像はできますよ、カン先生」

「できません。いいですか、イスラエルで戦争が始まった時、あなた方の新聞を読んで不思議に思いました。なぜ、それを大げさに取り上げるのかわかりませんでした。私からすればイスラエルは当たり前の事態を迎えたにすぎない。つまり、戦争です」

「では、自由は？　自由を想像できますか、カン先生？」

「いいえ。パスカルやサルトルの本で読みました。けれど、何なのかわかりません。何ですか？」

そこで、私はカン医師にどちらの味方なのか、ヴェトコンか、アメリカ軍かと尋ねた。にべもない返事が返ってきた。

「どちらの味方でもありません。カミュの本を読まれましたか？　私はその異邦人のように感じています。みんなが〝私〟に無関心で冷淡です。戦争を、私は非難することなく眺め、いつ終わるともわからない嵐のように眺めていて、それに対して何もできない。エスキモーが雪を眺めるように、というか。与えられたありのままの環境で生きているのです」

「カン先生、でも、その異邦人は首をはねられましたよ」

「そのことにも、私はぜんぜん驚きません。死は比較の問題です。その数が少ないと重大視され、多いと、もはや問題にされない。もしある子供が、ローマかパリで自動車にひかれて死ねば、誰もがその不幸を嘆き悲しむ。もし、ここで百人の子供たちが爆弾や地雷で、一度に百人死んだとしても、ほんの少し同情されるだけです。多いか少ないか、それがなんですか？　死んだ百人の子供たちは、ドイツのユダヤ人の死体と同じように見られる。私は重態の患者が運び込まれても、その人を救おうと努力しない。少量のモルヒネを打って、後は死ぬのをただ見ている」

「そんなふうにあきらめてはいけないわ」

「私の場合はあきらめではありません。静思です。私にその時が、死の時が来たら静思しているでしょう。ことによると、今日まで無事だったと考えるでしょう。ヴェトナムでは多くの人がそういう状態です。私たちにとって、苦しみは当然のことで、苦しみに対して腹を立てたりしない。生き伸びようとしているにすぎません。私たちはダンスに行ったり、パーティを企てる。結局、死ぬ者が損をする。そうでしょう？」

「さあ、私にはわかりません」

「そうでしょうね。あなたは西洋の論理をもってここに来たのです。学校で教えられた博愛主義を。人間は皆、平等であり、生きることは素晴らしい、そして、人を殺してはいけないというような。たわごとにすぎません。この国では通用しませんよ、あなた、ここでは、米を食べているのです。パンではありません。この国では、考えることは論理学ではないのです。この国では、生と死は同じものです。死ぬか生きるかが、まさか私のせいだと？　私の、医師としての能力にかかっていると？　おそらくそうでしょう。カール・マルクスというドイツ人が本に書いていたと思いますが、そこに書かれているように、今、無学の者たちによるイデオロギーの戦争が行なわれているのでしょうか？」

「責任はカール・マルクスにあるとおっしゃるのですか？」

「民主主義や自由について、あなた方が話すのと同じようなものです。私にどちら側に立つかなどと聞かないでください。答えることはできないし、答えたくありません。私の国は、誰かに病気を移された病人のようだと思います。私には治すことはできないし、治る見込みがないとしたら、病気を移したのは誰なのか、わかったところで意味がない」

そう言いながら、医師は無作法にがつがつと食べていた。私たちも食べていた。銃撃はもう聞こえず、照明弾もおさまっていた。ふと、モロルドが言った。「なんだか、ピエディ・グロッタ聖母の祭りで、ナポリにいるようだ」すると、軽い振動があった。ごくわずかな揺れだった。私たちのいる場所から少し離れた川に銃弾が落ちたのであった。パン！　小石のように。湖上家屋から出て、かがんで見た。水面にきれいな同心円が広がっていて、それに向かって犬が吠えていた。ひょっとして、カン医師の言う通りだろうか？　一九一四年の戦争で、ある死刑囚が別の死刑囚に、「何を悲しんでいる？　人の命と新聞は一ソルドの値段だ」

十一月二十六日

フランス通信社にタン・ヴァン・ランという名のヴェトナム人がいる。会計と書記の任務に就いている。机はフランソワ・ペルーの部屋にある。朝から晩までそこに座っている。この男の存在に気付かないほど無口だし、動かない。そのあたりに視線を移して男を見ると、はっとする。何もないところからいきなり顕現したとでもいうように、立ち上がることもなく、話すこともなく、ただ黙々と書いている。細く長い指と、インクに浸す旧式のペンを使って。しかし、ペンをインク瓶に浸す動作がとても鈍いので、そんな動作はなかったかのようだ。この男を動揺させ、邪魔するものは何もない。その日の午後、ヴェトコン三名の死刑執行に立ち会っていたのだが、この男だけは動揺を見せなかった。男の机の周りには目に見えない壁がありそれが私たちから男を孤立させており、その壁の向こう側で目だけを動かして、フランソワの様子を窺っていた。こっそりと謎めいた顔で。痩せた、黄色い、年令不詳の顔である。

ここ支局内で彼の唯一の繋がりは、フランソワである。現に、二人は奇妙な協調関係にあるのが垣間見える。ごく稀に男は口を開き、言葉を話すことがあった。いつも痛烈なフランソワの口調はランと話す時には優しいささやきになる。存在感のないランは幸せな小鳥のさえずりのような声で、言葉少なに話す。「ペルーさん……」「ランさん……」今朝までなぜかわからなかったが、実はその理由を私なりに考えてみた。ランは決してミイラではないとわかった時から彼に関心を抱いた。まず、この男は、仏教の許しに従って、三人の妻を持っている。三人目の妻と暮らしているが、どの妻をも平等に愛している。たとえば、祭日は最初の妻の家で三人の妻とともに過ごし、友人を食事に招待する場合は、二番目の妻の家で晩餐会を開き、ほかの二人はやって来て手伝う。要するに、この男は人が好きなのだ。だからこんなふうに寡黙で閉鎖的なのは無気力とか軽蔑のためではない。ランは決してドアの方を振り向かないのに、気配だけで、今、何が起こっているか、誰がやって来たかを掌握するということを私は気付いたはずだ、とフランソワは言う。

「いいえ、フランソワ、私は気付かなかったわ」

「じゃあ、君と話すように彼に言っておこう」

そういうわけで、今朝、ランはあの小鳥のさえずりに似たしゃべり方で、私に話をしてくれている。この人は話している間にも、何が起こっているか、誰が入って来たかということを見なくてもわかっているると気が付いた。ごく小さい物音にも耳をそばだてている。

「いったい、何を怖れ、何を待っているの、ラン？」

「ふたたび逮捕されることです」

「逮捕されたことがあるの？」

「はい、もちろん！」

そして、次のように話してくれた。一人のヴェトコンがバーの店内に爆弾を投げ込んだ。ロアン将軍の部下が一帯を包囲して、まったく関係のない者を呼び止めていた。そして、付近の人々に「犯人を知らないか？　犯人を知らないか？」と質問を始めた。協力しようと思ったランは知っていると言ってしまった。警官隊はランを拘束し連行して行った。中央刑務所の留置場に入れられ、一か月ほど忘れられていた。手入れで捕えて牢に入れ、そのまま忘れてしまうということは珍しくない。ランが思い出されたのは、三番目の妻がフランソワに助けを求めて来たからであった。フランソワはただちに看守長、ファム・クアン・タンに話をしに行った。

「とても幸運でした。その日私は尋問されることになっており、取調べを待って、タン大尉の執務室の隣の部屋に入れられていました。ペルーさんがタン大尉と話しているのをすっかり聞きました。あの人は気付かなかったでしょうが、私は全部聞きました」

「それで、あなたは釈放されたのね、ラン？」

「はい、すぐに」

「それじゃ、なぜあなたを再逮捕する必要があるの、ラン？」

「それは、つまり。一度逮捕されると罪人なのです。タン大尉はペルーさんの機嫌を取って私を釈放したことが間違いだったと思っていたら。私はフランス人と戦いましたし、アメリカ人が嫌いです」

「アメリカ人を憎んでいるの、ラン？」

「ええ、憎んでいます。すべてアメリカ人のせいです。アメリカ人がいなかったジェム首相の時代は、これほど情勢は悪くなかったのですよ。たとえば、五ピアストルでフルコースの食事ができました。今では二千ピアストルでも足りません。ジェムの時代は住居について問題はありませんでした。今はあばら家しかありません、ヴェトナム人であれば。まともな家はみんなアメリカ人に取られてしまいます。彼らは、べらぼうな金額を払いますからね、彼らは。野菜は全部アメリカ人に食べられてしまいます。豆類生産家連合と専属契約しましたからね。サイゴンではイチゴはもう買えません。アメリカ人はイチゴがなくては生きられないのです。だから全部接収するのです。要するに、経済全般が崩壊したのです。ランブレッタ商標の力車は月四万ピアストル稼ぐのに、医者は一万五千ピアストルです。売春婦は月に十万ピアストル稼ぐが、エンジニアはたった一万ピアストル。闇市は今では公然の市となり、抗生物質はもう薬局で買わないで泥棒市で買うのです。アメリカ軍の軍服、アメリカ軍の毛布、アメリカ軍のリボルバーなどを買うように……」

「そのことでアメリカ人を憎んでいるの、ラン？」

「いいえ、違います。そのこともありますが」

ランは声を潜めて、ドアの方をちらと見た。

「アメリカ人は敵を尊敬することができない敵だからです。我々を野蛮人、のろま、ばかと呼びます。ことあるごとに我々を侮辱する横暴なやつらです。世界はアメリカ人を今も第二次世界大戦の時と同じように見ています。純真で温和な青年だと。ヴェトナムではそうではない。憐れみの情はありません。村の掃討作戦を行う時のアメリカ人を見ればいい。味方の韓国人を一人同行させる。韓国人はもっと冷酷ですからね。そして、拡声器で村民に告げる。『四十五分以内に、あるいは三十分以内に村に火をつける』三十分や四十五分の間に何ができますか？　村人たちは家財道具を集めようとするが、韓国人はその時間を与えない。村人たちを銃で殴り、蹴りつけて追い立てる。女たちは泣き、子供たちは金切り声を上げる。村では死者を崇拝する気持ちが強い。それゆえ、死者を祭った教会に、ろうそくも灯さずに捨てていくことは許しがたい行為なのです。トラックが走り出す前に、誰かが急いでろうそくを灯しに行くのはよくあることです。すると、韓国人はろうそくを灯している者を銃で撃ち殺す。村に火の手が上がる時には、必ず蜂の巣のように銃で撃たれた死体が、何体も残される」

「それが戦争なのよ。ラン」

「それは違う。それは戦争じゃない。自分たちの手を汚すことなく行う、アメリカ人の偽善行為です。アメリカ人は韓国人のやり方をちゃんとわかっているのです。たとえば、囚人の尋問についても。囚人を二人一組でヘリコプターに乗せ、その一人をロープで縛り外に放り出す。その囚人は揺れ、回転し、叫び始める。そしてぐったりと死んだようになると、ロープを切る。もう一人の囚人は同じ殺し方はされないそうです。尋問を終えた後、突き落とすのです」

「ヴェトコンも穏やかじゃないわ。ラン」

「確かにそうです。あなたはドイツ軍のもとで穏やかでいられましたか？　私は悪い人間ではなかった。牢に入って変わった。昼も夜も拷問を受ける同志の呻き声が聞こえてきた。昼も夜も。その声といったら。どんな気持ちだったかわかりますか？　同志たちのことを苦しんだのではなく、自分のことで苦しんでいたのです。こんなふうに考えていました。今、あいつはぼくの名前を言っている。そして、こう思いました。いつか立場が逆になる」

「立場が逆になるって？」

「わかりません。我々は皆、勇気をなくし、無気力になっている。その証拠に、サイゴンではもう妨害活動をしなくなっている。そこらじゅうにスパイがいるから。誰がスパイかわからない。妻か、兄弟か、息子か。私には十八歳の息子がいます。徴用を免れるため、息子を寄宿学校に入れて匿いました。息子が私の言うことを聞かず、召集されれば応じると言って、私に逆らった時にはどんなに怖かったか」

「息子さんのことが？」

彼はうなだれて泣き始めた。大粒の涙が、組んだ手に静かに落ちた。この涙でいつもの無口な男に戻ってしまい、それ以上何も話さなかった。

十一月二十九日

人々の心の中を探ることができ、人々の歴史を知ることができ、すべての理由を知ることができる、この町では。ペルーはロアン将軍のところへ行くと約束してくれた。彼自身が五か月前に会ったことのあるヴェトコンの囚人に、私が会って話を聞く許可を取りつけてくるためである。この人の心に入り込むための最善策だとペルーは言う。「でも、ぼくが人と言う時は、君のカン医師のような退廃的な人間を指しているのではなく、ぼくの友人のランのような健全なタイプを言うのだ」たぶん、明日、ロアンは許可してくれるだろう。さて、ペルーのことだが、モロルドはハン・スーインがその著書 ***Love Is a Many Splendored Thing***（映画「慕情」の原作）の中でフランソワ・ペリンという名で彼のことを書いているのを見つけていた。一九五〇年にモロルドはホンコンで記者活動をしており、ハン・スーインもマーク・エリオットも知っていた。そんなわけで、私はその本に彼の名前を探し、一文を見つけた。マーク・エリオットが韓国からの手紙で、ハン・スーインに報告している。「兵士たちは不満が溜まっている。兵士たちは質問する。教えてくれ、なぜ我々は戦っている？　誰か説明してくれ、なぜ我々はこんなひどい戦争をしているんだ！」フランソワが言ったように「なぜ人々は殺し合わなければならないのか？　兵士たちに教える必要がある」。

夜。すでに夜は更けていた。支局には、フランソワがただ一人、プレイク発のクロードの通信を待っていた。電話が鳴るとすぐに受話器に飛びつき、ヘッドホンをつけてタイプライターに向かった。「オーケー、クロード、準備オーケー」クロードの言葉にフランソワは激しい驚きの表情を浮かべて言った。

「それは確かなのか?」驚きの表情は怒りで引きつった。指はせかせかとキーを打ち始めた。打ち終わると、その原稿をテレタイプのタイピストに渡した。私は何が書かれているのか見に行った。次のように書かれていた。「注意せよ、パリ／マニラ発パリへ11900AFP／至急／八七五高地はアメリカ軍に放棄された。カンボジアから七キロ離れたその頂上を支配していたアメリカ軍のパラシュート部隊は、爆弾を投下して北ヴェトナム軍の要塞を爆破した後、ダクトーに降りた。この放棄に至る動機について、アメリカ合衆国の軍部からはなんの説明もなし。アメリカ軍は八七五高地を際限なく支配することは不可能だということが唯一の動機のようだ。ダクトーのキャンプの支配下にある、一三八三高地を除き、ほかの高地も放棄された。ダクトーは平穏である」

つまりこういうことだ。なぜ、十一月のある朝、八七五高地の中服で合流し、ミサに参列し、銃を握り、「さあ、上に向かって突撃だ、あの犬どもを捕まえてこい」と言う愚か者の金切り声を聞き、なだれ来る炎の中を突撃し、数日後には放棄される土地の、ごくわずかの地面に十八歳や二十歳で死に果てるのはなぜか、兵士たちに教える必要がある。たとえ訳があるとしても、言う必要がある。そうでしょう、フランソワ?

「なぜ人々は殺し合わなければならないのか、兵士たちに言う必要がある」

フランソワはクロードの記事をテレタイプで読み直していた。ゆっくりと首を横に振った。

「もっと彼らに話す必要がある。なぜ殺し合わなければならないのかを彼らに話す必要がある。この二つの間に大きな違いはない」

「あるわ。たとえば憐れみよ」

「憐れみは戦争では意味のない言葉だ。君が銃を持ち、相手も銃を持っている。君が発砲し相手も発砲する。相手より速く撃てるのはどちらか。相手が君を殺す時、君は相手を殺したように思う」

「それでも戦争をしたい人がいる」

「確かにそうだ。どんなに戦争を否定しようと、どんなに非難しようと戦争はいつも最後は人を熱中させる。必ずそうなる。戦争はね、ボクシングに似ている。ボクシングは乱暴で嫌なスポーツだ。人間の獣性むき出しで殴り合う。しかし、君だってリングの前に行けば少しずつ興奮してくるよ。引き込まれ興奮する自分に驚く。ボクシングにはとてつもない魅力がある」

「どんな?」

「極限状態にある人間。十五分あるいは一分、ボクサーは自分の極限を見せてくれるからね。勇気と恐怖心を持って。知恵と苦しみを振り絞って。最後は負けた悔しさか、勝った喜びで終わる。戦争も同じだ。戦争には、とてつもない魅力がある。そのために、戦争を憎みながらも引きつけられ、あるいは夢中になってしまう」

「私は違うわ」

「違わないよ。兵士たちが山を奪うために出撃した時、十二時間、二十四時間、二週間、炎の中で恐怖におののいて……そう、人生でこれほどいい手本はほかにはない。人の勇気と恐怖の手本、人の知的能力と苦しみに耐える能力の手本。暴力の中に人間は、自分のその能力を再発見するというより、むしろ、自分の能力を発見するのだ」

フランソワは椅子にどっかりと座り、両足を机の上に乗せ、テレタイプの方にときどき目をやった。

素早くちらっと。マニラとの交信を逃すまいとして、テレタイピストは使用済みのリボンを取り替え続けていた。テレタイプのキーはずっと同じ情報を打ち続けていた。「八七五高地はアメリカ軍に放棄された……八七五高地はアメリカ軍に放棄された……八七五高地は……」

「確かに、互いに爆撃し合う愚か者たちを見るのはばかげている。実に悲しくなる。ぼくは戦争ではよく泣いた。アメリカ人のため、ヴェトコンのため、南朝鮮人のため、中国人のために。戦争は倫理的にも我慢ならない。しかし、正直に言うと、君が乗っているヘリコプターが機関銃掃射されたら、非常に興味深い体験をすることになる」

「もし、死んだら?」

「死んだら……もう何も感じない、もう何も考えない。でも、死ななければ、ヘリコプターから降りて、生きているとわかった時、君はとても幸せだと思う」

「そのために、戦争を認めるのね」

「いいや、そうじゃない。というか、逃れられない災難として受け入れる。要するに、戦争を阻止しようとする文明が一つもなかった。一つの例だがね、愛が基礎となっている有名な、素晴らしいキリスト教徒の文明。その文明が、ほかの文明すべてを合わせたより多くの戦争を起こしてきた。キリストの名のもと、牧師や神父たちは戦いを始める前に、旗と部隊に祝福を与える。そして一人の男が撃たれて死ぬとそこで儀式をやり遂げる。銃撃を戦争を止めようとする牧師や神父を見たことがない」

「いつか、戦争のない日が来るわよ」

「ばかばかしい。マルクス主義だって戦争をやめなかったじゃないか。それどころかキリスト教文明と同じように戦争を利用している。戦争を止めるには主義も哲学もない。現在戦争に反対する唯一の存在であるヒッピーたちは、後に軍服を着たんだぜ。幻想を抱いてはいけないよ。戦争は永遠に続くのだ」

オペレーターは眠っていた。集中射撃のようなキーの音を子守唄がわりにして。テレタイプの長い紙が床に流れ落ちていた。そこには例の言葉が執拗に、十センチ刻みで記録されている。「八七五高地はアメリカ軍に放棄された……八七五高地は……」八七五高地では、無駄に百五十八名の死者が、無駄に三百名の死者が、無駄に五百名の死者が出て、無駄に手足をもぎ取られた人は数知れない。それでも、戦争は永遠に続く。フランソワと交代するフェリックスがやって来ると、フランソワは私をホテルまで送ってくれた。別れ際に、ヴェトコンの囚人とのインタビューは間もなくだと教えてくれた。ロアン将軍が許可証を出してくれたのだ。明日、それを受け取れるだろう。

## 十二月一日

私たちは許可証を受け取った。このヴェトコンは誰だと思う？　二年前に、レストラン〝ミーカン〟を爆破した男、グエン・ヴァン・サムだった。モロルドはすっかり興奮していた。その事件の時にはサイゴンにいて、山ほど写真を撮っていた。「あの人でなし」モロルドは繰り返し言っている。「あの人でなしをぜひ、この目で見たいものだ」フランソワは、あの人でなしは敬意を持って見るべき人間の例だと思っている。それに彼の場合は……などとモロルドに言っても無駄である。ここに彼の事件の経緯がある。この通り、急いで簡略に私たちに書いてくれた。インタビューの相手がわかるようにと。

それは、去年、六月の朝だった。動物園に髭を生やした男が、モーターバイクに乗ってやって来た。

もう一人の男と会い「明日、爆発物を渡す。明後日の準備はすべて整った」と言った。警察詰めの記者の一人が、偶然それを聞いた。刑務所の班長に急ぎ電話した。正午前に、髭の男が発見された。髭を生やしたヴェトナム人は多くない。その男はグエン・ヴァン・タームといい、二十六歳で、ポケットには時限爆弾の起爆装置用の時計を五個持っていた。ヴェトコンが自ら準備するのだ。時計のガラス面に穴を開けその穴に糸を通し、正確な時間に起爆装置を作動させるために時計の針に糸を繋ぐ。

「では、これはなんだ?」刑務所の班長に尋問された。その男は黙っていた。一晩中尋問された。生殖器に電気を掛けられ、目を殴られ、濡らしたタオルを鼻や口に押しつけて呼吸ができなくされた。男は黙秘を続けた。そこで、根負けした尋問者はファム・クアン・タン隊長に助けを求めた。彼は特殊警察の長官であった。タンは、「あの男をここに連れて来い」と命じた。

夜が明けると同時に、その男はタン隊長のもとへ連行された。

「この椅子に掛けなさい」とタン隊長は言った。

男は立ったままでいた。

「タバコは?」とタン隊長は尋ねた。

男は首を振った。どうせ吸うことなどできないだろう。唇はその顔や体と同様、傷ついていた。

「君は馬から落ちたんだ。だが、敬意を払うよ。君は本物のリーダーだとわかったからね」

男は黙っている。

「君はリーダー、私もリーダーだ。だから我々はわかり合える。個人的に質問しよう」

男は黙っている。しかし、タン隊長はひるまない。急ぐ必要はない。グエン・ヴァン・タームの口が開くまで待てばいい。翌日、午後十時になって、ようやくグエン・ヴァン・タームの口が開いた。

「ぼくをどうする?」

タン隊長は腕を開げ、小声で言った。

「当然、死んでもらう」

グエン・ヴァン・タームの顔が晴れやかになり、むくんだ目が輝いた。

「裁判をして銃殺ということ?」

するとタン隊長は
「そうじゃないよ、君。そんな期待をしてはいけない。ヴェトコンの英雄伝のようなわけにはいかない。君はアメリカ軍のトラックにひかれて死ぬ。誰にも知られずに。私が事故を企てる。オートバイも横に置いておく。すると、翌朝、新聞に短い記事が出る。『さる男がバイク事故で死亡。早朝、トラックと衝突。警察が取り調べている』と」

「ホン!(NO!)」とグエン・ヴァン・タームは叫ぶ。

「君が黙秘を続ければ……ということだが」タン隊長が答える。

「話したら裁判をしてくれるのか? 銃殺刑になるのか?」

「もちろん」

「それなら話すよ」

グエン・ヴァン・タームは翌朝の三時まで話し続けた。独立広場で実行されるはずだった陰謀をすべて、JUSPAOのビルに三個のクレイモア地雷が予定されていたことも、すべて白状した。地雷の一つは戦死者の記念碑の近くのベンチの上に。一つは正面のテラスに。もう一つはＪＵＳＰＡＯの建物を標的にして。前者の二つは正午頃。ＪＵＳＰＡＯの職員らが昼食に出る頃に、三つ目は、その数分後に爆発するよう計画していた。その頃には警官や救急隊員が死傷者を収容しているだろう。クレイモア地雷がどこにあるかを教え、組織の名前を、ついには首謀者の名前、彼とよく似たグエン・ヴァン・サムという名前を告白し、次のように言った。その男を見つけるのは難しくないだろう。ベコベコにへこんだオートバイを乗り回している。運転がうまくないから、よく自動車や壁にぶつけるからと。これで、タン隊長はサムにたっぷり時間をかけることができる。サムを収容すればサイゴンの妨害活動の計画を麻痺させられる。でも、どのように？　辛抱強く。タン隊長はとても辛抱強い。罠を仕掛けて待つ。

罠かも知れないとグエン・ヴァン・サムも疑った。ＪＵＳＰＡＯでの決行の最後の打ち合わせをするために約束の場所で空しく待った時に。しかし、あわてなかった。流産したばかりで入院していた妻を避難させることもできた。サムは病院へ行き、妻を連れ出し秘密の場所へ行くように命じた。それから、信頼できる副官と連絡を取り、その男に多くを委ねた。バスに乗りロンアン県に行き、彼の妹の家に隠れていた。そして、間違いを犯してしまった。サイゴンに戻らなければ、ベイコック通りの倉庫に集められた弾薬のほとんどを失ってしまうと言ったのが始まりであった。サムはサイゴンに戻りバイコック通りに向かった。三十分もたたないうちに、両手を縛られタン隊長の執務室にいた。グエン・ヴァン・ターームに面通しさせられた。

「裏切り者！　卑怯者！」サムはタームの顔につばを吐き叫んだ。

無言のまま、タン隊長はその卑怯者を去らせた。そして、捕えたばかりの男だけを残した。男の手を自由にしてやり、座らせ、タバコを一本差し出した。

「よし。君は馬から落ちたんだ、だが君を丁重に扱おう」

沈黙。

「君はリーダー。私もリーダーだ。だから理解し合える。そこで、君に個人的に質問をする」

「理解し合えるなんてぜったいにない！　話すもんか！」

「話すよ。君は話す」

「死ぬことは怖くないんだ、ぼくは。死にたいんだ！」

「死ぬよ。君は死ぬ」

「ぼくの裁判をした後、銃殺するんだろ？」

「そうじゃないよ、君。そんなことを期待してはいけない。いずれ君に話そう。どうなるのか……」


例の、トラックにひかれるというトリック。今回は二日ほどの待ち時間も必要なく。銃殺と交換に、グエン・ヴァン・サムはすべてを白状した。何もかもすべて。十歳の時、ハノイで妨害活動の訓練所、一九六五年三月一日から一九六七年七月十日までに企てた二十九の陰謀、例のレストラン〝ミーカン〟を含めて。あっという間に二十五名の死者を出し、二年あまりの間に五十八名の死者と、百九十六名の負傷者を出した。

「わかってほしい、タン隊長、ぼくの上官らは月に少なくとも十件もの計画を強要する。時には二十件も、ぼくの仲間は訓練されていないから、ぼく一人で何もかもやることになる」

「わかるよ。よくわかる。続けたまえ」

「話すよ。でも、約束は守ってほしい。本当に銃殺してくれるんでしょう?」

「約束するよ、君。君は銃殺されるのだ」

後で、フランソワはタン隊長に電話を掛けるだろう。そうすれば私との会見時間がわかるだろう。

十二月二日

夜、グエン・ヴァン・サムに会える。外出禁止令の一時間前、十時の約束だった。特殊警察の宿舎の前でタクシーがとまると、八人の警官が駆け寄って、ボンネットとトランクを開け、爆発物の有無を確認した。タクシーの運転手は仰天して、大声を上げていた。私たち、モロルドと私と通訳は一列に並ばされ、機関銃を持った兵士に護衛されて、その地獄に入った。中庭を通り、回廊を通り、タン隊長の執務室に続く階段を上った。タン隊長は机の向こう側で私たちを迎えた。見たことのないような背の高いヴェトナム人で、豚のように太り、人を簡単にひねり殺せるような手を持っていた。髪はアメリカ人のように短く刈り、シャツはアメリカ人のように格子縞だった。小柄で、気取った、冷酷な外見を想像していたので、とても驚いた。冷酷どころか、いつも声を立てて咳き込むように笑ってばかりいるように見えた。そんな笑い声を上げながら、私たちにビールとコーヒーを出してくれた。彼は三十七歳で、八人の子供がいること、心理学に添った尋問の創案者であることを話してくれた。

「うまく説明できるかわからないが。拷問ではヴェトコンは白状しない。肉体の痛みで彼らを追いつめることはできないのだ。ところが、心理学を使えば白状する。なぜなら、ヴェトコンはたいてい無学な農民だからね」

「隊長、心理学でって、どういうことですか?」

「グエン・ヴァン・タームとグエン・ヴァン・サムに使った方法ですよ。彼らは死ぬことはかまわないが不名誉な死に方はしたくないと思っているからね」

「隊長、拷問とはどういうことですか?」

「第三度の尋問のことだ。生殖器に電流を流したり、湿らせたタオルを鼻や口や耳に詰め込んで、じわじわと窒息させたり、その他いろいろ」

「あなたは拷問という手段を執られたことはありますか?」

「どうしても必要な時だけだが。たとえば、時間が限られている場合とか。陰謀が実行されようとしているのを知ったが、その場所が特定できないとする。至急、情報がほしい。そうだろう? そこで、素早く情報を得るために……」

「隊長、あなたは拷問に立ち会うのですか?」

「もちろん」

「同情されたことはないのですか?」

「同情だって?」

「感じられたことは……当惑するとか?」

「当惑だって!?」

タン隊長は自分の仕事が好きで、喜んでやっている、自分にとっては仕事というより、気晴らしだと言った。囚人たちに話し掛けるのが気晴らしになっている。何よりも、優しく接すれば、拷問のような骨の折れることをする必要はない。拷問、特に、厳しいやり方は疲れる。囚人たちはもがいたり、逃げたり……優しくする方が効果がある。「今日は、気分はどうだ、君？　少し顔色が悪いね」とか、「朝ごはんを食べるかい？　ミルクコーヒー、ブリオッシュ？」あるいは「衰弱しているようだね。ビタミン剤を飲むといい。ほら、これだ。この丸薬を朝一錠、夜一錠飲むんだよ、いいね」机の上にその薬瓶を置くと、いつもうまくいく。そう、うまくいくとも！　たった一度、強情なフイン・ティ・アーンだけは駄目だった。去年、五月に捕まった二十二歳の女だ。まったく偶然だった。その女が家で爆発物を作っている時、暴発したんだ。反逆者だ。死なせておいてもよかった。重傷だったからね。ところが、優秀な外科医に治療を頼み、命を救った。あの恩知らずの女を。白状させることはできた。でも手段を選ばずに白状させたことを、タン隊長はひどく悔しがった。拷問を厭わない同僚たちは、タン隊長をばかにして、「結果を出したじゃないか？」と言った。

グエン・ヴァン・サムに会う前に、フィン・ティ・アーンに合わせてもらえないかとタン隊長に尋ねた。タン隊長は承諾してくれた。しばらくすると、ドアが開いて警官が二人入って来た。二人の間には黒い服を着て、黒い布で目隠しされた裸足の少女がいた。両手を前に伸ばして歩いていた。

「目隠しを取ってやりなさい」とタン隊長が命じた。

警官は少女の目隠しをはずした。美しいうりざね顔をしていたが、その目には憎しみがこもっていた。そんな目でタン隊長を見つめた後、私をちらと見て、モロルドをちらと見た。それからふたたび、タン隊長の方に視線を移し、じっと見つめた。

「座りなさい」タン隊長は命じた。

少女は座って、腕を組み、足を組んだ。狂った男に顔を傷つけられた聖母のように、気高く、凛として、美しかった。実際に頬、あご、額にいくつも傷跡があった。暴発と拷問で受けた傷である。

「この婦人が、君と話をしたいそうだ」とファム・クアン・タン隊長が言った。

少女は眉ひとつ動かさなかった。無言のままタン隊長をにらみつけていた。

「わかったね?」タン隊長は怒鳴るように言った。

相変わらず、眉ひとつ動かさず、黙ったまま、タン隊長をにらみつけていた。そこで私は通訳に合図をして、少女に近づいた。

「私は、この人となんの関係もないのよ、フィン・ティ・アーン。私はジャーナリストよ。あなたに尋ねたいことがあって、ここに来たのよ」

通訳がそれを少女に伝えた。少女は私の方を見ようともせず、タン隊長を見続けた。

「あなたが私を敵だと思うのはわかる。でも、私はあなたの敵じゃないのよ。私を信じて、フィン・ティ・アーン」

ゆっくりと、フィン・ティ・アーンはタン隊長から視線を移して、私を見た。冷淡に。そして、ようやく聞き取れるほどのか細い声で言った。

「信じるわ。でも、あなたが誰であろうと、私のことを理解できない」

「私はあなたのことを理解できるわ、フィン・ティ・アーン。だって、私はアメリカ人ではないのよ。私はあなたの国と戦争をしていない国から来たの。あなたが立派だと書きたいと思っている。私を信じてちょうだい、フィン・ティ・アーン」

「あなたを信じるわ。でも、私のことを立派だと、私をヒロインみたいに書いてほしくない。私は白状したのよ」

「なぜ、白状したの、フィン・ティ・アーン?」

「タオルを押しつけられて、息ができなかったから。殴られて、とても痛かったから。私は臆病者だから。それ以上は聞かないでほしい。私を拷問する人たちにだけ白状する」

「ばかね、フィン・ティ・アーン。世界はあなたのことを知る必要がある、それがあなたの国のためになるということが、どうしてわからないの」

こう言っても少女にわからせることはできなかった。それどころか、少女の無関心は軽蔑に変わった。

「世界が私のことを知る必要があるなんて思ってない。それに、私の国のこと、あなたには関係ない。あなたにとって重要なのは、あなたの新聞に載せるインタビュー記事が必要なだけ。新聞に私の名前を載せてほしくない。私はここを出て、戦場に戻りたいだけなの」

「残念ね、フィン・ティ・アーン。あなたを助けたかったの」

「私を助ける方法はただ一つ。ここから出してよ。私をここから出してくれる?」

「いいえ、フィン・ティ・アーン、私にはできない」

「じゃあ、私にかまわないで、さようなら」

少女は立ち上がった。タン隊長は席に戻れと、声を荒げて言った。少女は座った。タン隊長は、お前はどうしようもない女だ、無礼だし、たちが悪いし、と叱りつけた。少女は相手をひたすら憎しみを込めた目で見つめながら、黙って聞いていた。こういうわけで、少女はふたたび目隠しをされ、連れて行かれた。敷居をまたぐ前に振り向いて言った。

「ごめんなさいね」

私は答えることができなかった。恥ずかしいという思いがあった。沈黙が続く中で、グエン・ヴァン・サムを、あの凶悪犯を待った。しばらくするとグエン・ヴァン・サムが入って来た。フィン・ティ・アーンと同じように黒い服を着て、同じように目隠しをした裸足の青年は、きゃしゃな肩と、か細い手を持っていた。目隠しがはずされた。そこに現れたのは、当惑し、憔悴しきった顔、悲しみをたたえた澄んだ瞳だった。そして驚いたことには、私の目が青年の目と合うと、青年は私に微笑みかけた。通訳者と私の間に座った後もずっと私に笑いかけていた。私が誰であるかも知らないのに。すぐに青年が好きになった。二十九回の陰謀を実行し、五十八人を殺したというのに。私は陰謀をこの青年が実行したことが理解できなかった。たとえ、ナチスの残虐行為に慣れていた時代であっても理解できない。黙って私は青年に微笑み返した。青年は何にでも、タン隊長にも、タンの部下である警官たちにも、青年の足に止まったハエにも、間近に迫った死にも微笑みかけていたので、私にもそうしているのだと気付くまで黙っていた。私たちは午後十一時から午前二時まで一緒だった。会話はすべて記録した。文字通り、一言一句漏らさずに書き留めた。

「こんなに遅くごめんなさい、グエン・ヴァン・サム。起こされた?」

「いいえ、眠っていなかったんだ。ぼくの部屋はとても暑くて。上着を脱いで、マットの上に寝転んで、考えていたんだ。たまにね、あんまり暑くて。考えることさえできなくて、まるで自分の汗に溺れ死ぬウジ虫のようにじっとしていることがある。すると、何も気にならなくなって、ただ、もう少し涼しくなってほしいと思うだけだ。それなのに、そこにいて天井を見ながら夢を見ることがある。何を夢見ると思う？　息子のこと、部隊の仲間のことなんだ。でも、昨日は森の中でぼくが死ぬ夢を見た。ココヤシの林やアナナスの茂みがあって、やっと呼吸が楽になった。この部屋みたいに。ここは気持ちがいい。ここは涼しい」

「タバコはいかが、グエン・ヴァン・サム？」

「ありがとう。タバコは好きだ。呼吸が楽な時はいろんなことがしたくなる。たとえば、タバコを吸うとか。獄舎では許されないけれど。なんでも禁止される。本や新聞を読むことも、人と話すことも、あの男が白状したのに、その理由を知ることも許されない。要するに、ぼくの房には誰もいないし、ぼくがそこを出るのはタン隊長に呼ばれる時だけだ。ひどいよ。この静寂、それは、まるで墓の中にいるみたいだ、すでに銃殺されて、死人のようになんの役にもたたないと感じる。なぜかといえば、ぼくは銃殺されるが、死ぬことは嫌じゃない。役に立たなくなること、それは嫌だ。どれほど絶望的になることか」

「私が誰なのか説明するわ、グエン・ヴァン・サム。私はジャーナリストで、あなたの人生を書くために来たの。気に入らない？」

「どうしてぼくが気にする？　ぼくは言っちゃいけないことをペラペラしゃべったんだよ。あなたに、ぼくの人生を話してもいいよ。あなたはジャーナリストだね、わかった。それに、ここは涼しいし、あなたのタバコはうまいし。でも、つまらないよ、ぼくの人生は、あなたの気に入るかな。ぼくは農民だよ、物事をうまく話すことができない。話せることといえば、ぼくはサイゴンから三十キロ離れたビンズオン県で生まれた。三十六年前に。だから、戦争に行く日まで祖父の土地で働いていた。土地は三エーカーだった。稲を植えて、家畜を飼って。ぼくは水牛の見張りをしていた」

「その仕事、好きだったの、グエン・ヴァン・サム?」

「ああ、好きだった、よかったなぁ! 素晴らしかった。野原や森で自由に生きるのは素晴らしいことだから。あなたがぼくに、どんな生活をしたいかと聞くならば、また、農業をやりたいと言う。水牛やニワトリを飼い、果樹園を持って、果樹園はいちばん大きな喜びを与えてくれるから。それに、何より素晴らしいのは自然の風景だ。海もいいよね。ぼくは北へ送られる時、海を見た。船に乗って行った。白くて、滑らかな砂浜を見た。でも海は木がないからぼくは恐怖心のようなものを感じた。木のない世界は、ぼくには世界とは思えない。死ぬ前に林の中に沈む夕日をもう一度見たいなぁ。太陽が赤くなって、林に吸い込まれるように沈み、稲田は緑色で、そよ風が稲の穂を揺らすのを見たいなぁ」

「サム、どうして農夫をやめて、ヴェトコンになったの?」

「ぼくは学校へ行きたくなかったからだよ。水牛と泥んこになっている方が楽しかった。それで、十六になった時、叔父が言ったんだ。『お前は学校に行け!』と。そして、ヴェトミンの学校へぼくを入れた。ヴェトミンというのは旧制度のヴェトコンで、フランス軍と戦っていた。叔父はこうも言った。『お前を教育してくれる、間違いなく』叔父はヴェトミン部隊の財務班の班長だった。その学校はイグサの平原にあった。生徒は男子三十名、女子十名だった。最初、学校が退屈に思えた。文法、数学、書き取りを教えられたからね。でも、その後、書くことを学ぶのは素晴らしいと気が付いた。ぼくの母は読み書きを学んでいないし、兄も、結婚している二人の妹たちも、中国ヴェトナム語の文字が少し読める父のほかは誰も読み書きができない。そして、土曜日の夜にはフランス軍と戦う訓練をするための軍事コースがあった。行進や右向け右、左向け左、そして、木製の武器で戦争の真似ごとをしたり、子供の頃の戦争ごっこのようだった」

「サム、フランス人を憎んでいたの？」

「憎んでなんかいないよ！　フランス人を憎めと教えられたことはない。愛国心を教えられたんだ。つまり、ずっと昔、中国人侵略者を打ち破った偉大なクァン・チュン王やレ・ロイ王を模範にするように教えられたけど、ぼくが祖国について聞いたのは初めてのことだったから面白かった。初めは祖国を持っていると知らなかった。祖国が何を意味するか知らなかったから、わかりますか？」

「どういう意味なの、サム？」

「それは、祖国というのは母のようなもので、尊敬し命を懸けて守らねばならない。祖国というのは家のようなもので、もし奪おうとする者がいれば、命を懸けてその男を撃退しなければならない。それが誰であろうと。ロシア人であろうと、中国人であろうと、フランス人あるいはアメリカ人であろうと。とにかく学校に戻るためにそこで三年過ごした。でも、毎年一か月の休暇があって、その時は両親と過ごした。そして一九五二年、レジスタンスの試験を受け三〇九部隊に入り、別れを告げるために家に帰り、一日だけ家族と一緒だった。母は、もう二度と会えないだろうと言ってずっと泣いていた。本当に二度と会うことはない。でもね、あの日、母はアヒル一羽とニワトリ三羽潰してごちそうを作ってくれて、ぼくは腹いっぱい食べた」

「サム、初めて戦場に出た時のこと覚えている?」

「ああ、もちろん。母に会った後、すぐだった。一九五二年四月、ぼくの仲間が三人死んで、六人が負傷した。この目で見たんだ。そして、死んだ仲間から、この手で腕時計を取ったよ。ぼくは銃撃戦に参加したのではなく、ぼくの任務は死者から腕時計や銃を回収することだったから。フランス人もたくさん死んだなあ。それはひどかった。戦いの最中は、トランペットが鳴り響き、ぼくらは興奮しているし、怖いとは思わない。でも、トランペットが鳴りやみ、死者は、死者と一緒に残される。それまで死人を見たことがなかった。母が言っていた言葉を思い出したよ。死者は、夜戻って来て、足を引っ張るってね。恐ろしくて震えた。死んだ仲間のことを嘆き、その夜、ベッドに横たわって考えたことはね、戦場でも考えなかったけれど……なぜ、人間は殺し合わなければならないのかということ」

「答えは見つかったの、サム?」

「いいえ、全然」

「それで?」

「それで、もうそのことは考えなかった。年々、死を見るのに慣れていった。いろんなことに慣れていった。たとえば、飢え、靴を履かないこと、雨の中で眠ること、そして苦しむことに。たとえ、楽しいひとときがあるにしてもとても辛い思いをする。たとえば、戦った後は楽しい。司令官は、死者を忘れるために歌え踊れとぼくたちに言う。それに農民たちが激励して、よく肥えたアヒルを差し入れてくれる時は嬉しい。そして、部隊間を連絡して回っている時、ちょっと休んで川で魚を釣りながら平和を想像している時は楽しい。平和というものを想像できなくてもね。平和なんて知らないのだから。いつも戦争ばかり見てきた。でも、ぼくが想像していた平和は、死ぬ人はなくなり、国は繁栄し、幸福で、ぼくはあの美しい娘と結婚する」

「その娘さんと肉体関係はあったの、サム？」

「いいえ」

「サム、女の人と初めて関係を持ったのは、いつ？」

この時、サムは顔を赤くし、その顔を両手で覆ったのを覚えている。そして、両手を下ろし、救いを求めるかのようにタン隊長の方を向いた。タン隊長はサムに言った。「さあ、答えなさい。初めての体験はいつだったかをこの人に答えなさい」

「えーっと……ぼくは……初めての体験は二十三歳だった。その頃、ぼくは何年も前から戦っていた。こんなことを言っても仕方ないことだけど。その人を愛していて結婚するつもりだったから、決して遊びではなかった。ぼくたちは女の人を尊敬している。ぼくたちと一緒に戦っているし、何世紀もの間、虐げられてきたからね。男と同じ権利があるとも知らずに。その娘のことをあなたに話します。知り合ったのは、ぼくの部隊がニートー県のチョゲイ管区に行った時、一九五四年二月二日だった。すぐ好きになった。優しくて、美人だったから。あんなに美しい人に会ったことはなかった。十二月に結婚するはずだったのに、七月、ジュネーヴ協定が成立し、ぼくは北へやられた。その人には待っていてほしい、すぐに会えると言った。ところが十年。十年ですよ。どんなに辛かったか。十年の間、裏切ることなくひたすら待ち続けた。その人への愛は変わらなかった」

「本当に、その人を残していかなければならなかったの、サム？」

「たぶん、そうする必要があったというのではなく、それが義務だった。ぼくたちヴェトコンは兵士であり、従わなければならない。命令はハノイへ行くことだった。ハノイへ行って、妨害活動のコースを選んだ。なぜかわかるよね？　とても難しいコースだった。まさに学校の授業、もし落第すれば、もう一年勉強しなければならない。地雷やニトログリセリンについて教えられ、港や空港や都市で実験する。とても辛かった。北の生活が悪かったわけでもないのにね。稲田は区画整理され、大地主の土地は小作人に分配されていたし、ぼくの報酬は良かった。月に百二十四ピアストルと週に肉一キロですよ。恋人との結婚資金を蓄えることもできた。でも、いつも孤独だった。南部出身者の数は少なく、北部出身の者もぼくたちと一緒にいるのは少なかった。南部の者が北部の女と結婚することなど許されるはずもなかった。だから恋人を裏切りたいと思ってもできなかっただろう。一九六四年に妨害活動を実行するため南部へやられた時には本当に、ほっとした」

「それで、恋人と再会したの、サム？」

「いいえ、それどころじゃなかった。自分が戻って来たこと、ようやく結婚できるという手紙を書いた。すると、恋人からは別の男と結婚して子供が二人いるという返事が届いた」

「辛かったでしょう、サム？」

「ええ、おそらく恋人は悪気はなかったと思う。ぼくが戦死したと思ったのかもしれない。あるいは、ぼくが農民だから心変わりしたのだろうか。恋人はお針子だったし。もう二度と会うまいと思った」

「それで、すぐに別の人と結婚したのね、サム？」

「すぐじゃない。やることがたくさんあったから。サイゴンの地形図をしっかり覚えなければならなかった。道路を一つ一つ知ること、時限爆弾の作り方や、その装置を仲間に教えること、つまり、破壊活動の訓練だよ。ぼくは結婚しないことを自分に誓った。その誓いを守る決心をして、クーチーの秘密基地の部隊に加わった」

「あなたが結婚した女の人のことを話してよ。サム」

「同じ部隊にいた女で、ぼく同様ゲリラ兵だった。でも、あらかじめ説明しておかないとね。ぼくたちの部隊では、ふつう五人に一人が女なのです。この人たちとは結婚しなければ、関係を持つことはできないし、森の中を二人で歩くこともできない。敵を探るためにパトロールする時は別だけど。この女はいつもぼくと一緒にパトロールした。ぼくは、その女に触れることばかり考えていた。ある日、一緒にパトロールしている時、その人を見て初めて幸せだと感じた。同時に、ぼくを裏切った恋人のことはもうなんとも思わなかった。この女の方がずっと素晴らしかったから。そういうわけで『ぼくと結婚してくれませんか?』と言った。『ええ、ありがとう』と言ってくれた。基地に戻ると、司令官にぼくたちのことを話し、許可をもらった。妻のことはうまく説明できない。ぼくより一歳若く、ぼくより背が高く、体格がいい。丸顔で、髪は黒く、美人とは言えないけれど。でも生き生きした優しい目は美しい。妻は優しく、自尊心に溢れ、徳が高く、勇敢に戦っている。妻を愛しているんだ。妻はぼくを愛してくれているからね。それに息子を与えてくれたし、妻は国を愛しているし。それに、ぼく同様、妻はごくわずかな見返りしかない人生を送っている」

「あなたの結婚生活について話してよ、サム」

「隠れ家でした、結婚式は。ゴム林の中の農家でね。一九六五年五月一日だった。資格を持った上官が結婚式をしてくれた。とても簡素で短い式だった。上官は『君たちが夫婦であることを証明する』と言った。その後書類に署名し、ささやかな宴会があった。妻は制服を脱いで式服を着ていた。黒い絹のパンタロンに、白い絹のブラウス。ぼくは洗いたての、アイロンを掛けた制服。プレゼントももらった。タバコ、お菓子、タオル、レースのハンカチ、そして祝福カード。ところが、その日の夜に、戦闘があって、ぼくたちもそれに加わらなければならなかった。これがぼくたちの初夜さ。楽しくはなかった。けれど、ぼくたちがそういう生活を選んだのだ。子供が生まれるまで、家を持てなかった」

「あなたの息子さんのことを話して、サム」

「いいよ。妻が妊娠していた時、同志の中には『こんなひどい時代になぜ子供を産む?』と言う者もいた。ぼくは『それは、自分よりいい人生が送れそうだからだよ。戦争が終わる時には、ヴェトナムの独立を享受できるからね。ぼくたちは、みんな次々に死んでいく、戦争の終結を見る者は少ないだろう。ぼくたちの苦しみの果実を収穫するために子供を残さなければならない』と答えた。息子が生まれた時は嬉しくて泣いてしまった。泣かないんだよ、ぼくは。北にいた時、母が死んだと知らされても泣かなかった。南に戻って来て、父が死んだと知らされた時も泣かなかった。なのに息子が生まれた時は泣いてしまった」

「サム、あなたの息子さんはどこにいるの?」

「わからない。妻と秘密基地にいるけれど、秘密基地は転々と変わるから。知ってなんになる? もう、息子に会うこともないだろう。とても会いたい、抱きしめたいと思う。息子のことを知りたい。いつか、あなたの記事を読んで、息子に対するぼくの気持ちをわかってくれればいいのだが。頭のいい子であってほしい、ぼくができなかった教育を受けてほしい。パイロットになってほしいなあ。戦闘機のパイロットではなく、ふつうの人を乗せる旅客機のパイロットにね。息子には、ぼくのような体験はさせたくない。息子を抱くこともなく、殺すか殺されるかという状況にいなければならない、こんな体験はさせたくない。息子に会いたい。何よりも息子に会いたい。自由よりも、息子に会いたい」

その時、タン隊長が身を乗り出した。それまで黙って書類を書いていた。ペンを置くと、ぞっとするような笑い声を上げ、グエン・ヴァン・サムに言った。お前の妻と、息子の居場所はわかっている。いつでも二人を捕まえることができるし、いずれ捕まえると。グエン・ヴァン・サムはタバコを吸っていた。平静を装うために。あるいは涙を流すまいとしていたのか。グエン・ヴァン・サムはタバコが落ちるのも気にせず、顔を覆い、「やめてくれ！」と口ごもりながら言った。そして、片手を頭にやり、苦しげに髪をかきむしり、もう一方の手を膝に置き震えを抑えた。顔は蒼白になり唇は笑みを浮かべようと、空しい努力をしていた。

私は我を忘れ、タン隊長にそれは止めてと叫んでいた。確か、私は机を拳で叩いていたと思う。タン隊長は、私の反応が過激すぎるが、ロアン将軍の紹介で来た者だから大目に見ようと言った。そして、この人は近いうちに、夜、もう一度君に会って話を聞きたいそうだとサムに告げ、退席させた。サムは黒い目隠しをつけられ、つまずきながら、何も言わずに去って行った。

十二月三日

ミーカンの事件について聞かなかったねと、モロルドは何度も言った。そうよ、まだ聞いていない。

何かが、それが何だかわからないが、聞くのをためらわせた。だから、次回は聞かねばならないと思うと、気が重くなる。おそらく四人の犠牲者が知人だったというフランソワの話を聞いたせいだろう。放送局に勤務するフィリピン人二人と、グラル病院に勤めるフランス人夫婦であった。フィリピン人はその日の夜、出発する予定だったが、飛行機が遅れて出発できなかったのだ。フランス人夫婦は子供たちとともに、一か月前、サイゴンに来たばかりだった。家族はひどく怯えてやって来た。特に妻は。その一か月の間で、グラル病院の門から外へ出たのはただ一度であったと言う。妻は爆破テロの恐怖が頭から離れなかった。ミーカンに行こうと説き伏せて、連れて行ったのは例の二人のフィリピン人だった。

「そんなことあるものですか。大丈夫。四人で食事に行きましょう。あなたたちの歓迎と、私たちの出発を祝いましょう」グエン・ヴァン・サムの最初のクレイモア地雷はレストランの反対側で爆発し四人にはなんの影響もなかった。四人とも驚いて立ち上がり、ミーカンと歩道を繋いでいるタラップの方へ逃げた。ミーカンは川に停泊している大型船のようなものだと説明したかしら。タラップにたどり着いた時、次のクレイモア地雷が炸裂した。まさにタラップの方で、そして最初の犠牲者は妻だった。無数の針金でずたずたにされて。その二発のクレイモア地雷はグエン・ヴァン・サムが自分の手で作ったのだが、針金が詰め込んであった。それは鉄筋コンクリート建築に使われるものである。その針金をグエン・ヴァン・サムは根気よく、三、四センチの長さに切断したのだった。

「ミーカンの陰謀について、君はあの男に聞いていないよね」とモロルドが何度も私に聞いた。フランソワが「ミーカンで死者を出した後、どう思ったかをあの男に聞くんだよ」と付け加えた。

十二月四日

昨夜、ふたたびサムに会った。面会は真夜中だった。タン隊長はビールを勧めてくれた。グエン・ヴァン・サムは数分後に現れた。目隠しをはずされた時、私に気付くととても嬉しそうだった。タバコを求めて、私の方にずうずうしく手を差し出した。一箱全部与えた。獄舎へ持ち込むことはできないので、二時間でそれを吸ってしまった。私たちは二時間一緒にいたのだ。手元にその時の会話がある。これも私が記録した。

「サム、ミーカンであなたがやったことを話してほしいのだけど。ミーカンにいた人たちを殺した後、どんな気持ちだったかを教えてほしいの」

サムは顔を赤くしたがすぐに話を続けた。

「ぼくが感じたのは、アメリカ軍のパイロットが、無防備な村に爆弾を落とした後は、きっとこんな気持ちになるんだろうと思った。違いは、アメリカ軍のパイロットは飛び去ってしまうから自分がやったことの結果を見ない。ぼくは見た。ばらばらになって転がっているのを。男たちが、女たちが、子供たちが。戦いの後の戦場さながらだった。ぼくは目を覆った。こんなことをやったのが自分だとは信じられなかった。地雷の導火線をつけただけなのに。ミーカンの件は、ぼくの初めての仕事だった」

「それで?」

「それから、立ち去った。そして考えたのは、殺された仲間のこと、拷問された友人たちのこと。南ヴェトナム軍に頭を切り落とされ切り刻まれ、口の中に〝局部〟を詰め込まれたヴェトコンたちのことだった、このことが、ぼくに勇気を与えてくれる。ふとためらうような時、思い出さなければならないことだ。ぼくがやるべきことは、アメリカ軍とアメリカ軍に協力する者たちと戦うことだ。そのために、時には罪のない人を殺さねばならない。それが戦争だ。戦争で罪のない人々が死ぬのはとても辛い。大砲を発射するのも、戦闘機から爆弾を投下するのも、人々が食事しているレストランに地雷を爆破させるのも、たいした違いはない。同じ卑劣な行為だ」

「サム、あなたは信仰を持ったことはある？」

「あるよ。子供の頃、両親が仏教を教えてくれた。両親は仏教徒だったから。儒教やキリスト教についても話してくれた。クリスマスのお祝いをしたよ。それから、イエス・キリストという名の白い髭の神さまの話も聞いた。羽を持っていて、雲の上を飛ぶそうだ。その神さまは酷い死に方をしたらしいね。ヴェトコンのゲリラ隊員のように。でも、その神さまは悪人が死ぬと地獄へ送り、油の釜で煮る。牧師がそう言っていた。そして、善人は天国へ送るそうだ。天国では踊ったり歌ったりするんだってね。信じてはいないけど。死んだら何もないとぼくは思っている。涙はこの世で全部流してしまうのだし。死後に期待したり、怖がったのは子供の頃のことだ」

「サム。憐れむ心も子供の頃？」

「それは違う。憐れむ心は人間の美徳だ。ぼくはね、人がひどいことをすれば、ヴェトコンの頭をちょん切って口にあんなものを突っ込むようなことをすれば、すぐに怒りが込み上げる。そしてすぐにその男に憎しみを感じる。でも、後で、憎しみは消える。憎しみを感じた時のようにすぐに消えて、憐れむ心が大きくなる。アメリカ人に対してもそうだ。戦っている間はアメリカ人を憎んでいるが、戦いが終わるともう憎しみは消えて、こんなことを考える。あの人たちにも罪はない。人間であるせいだ。志願した者もいるが、理由もわからず徴兵されてきた者もいる。とても辛いことに違いないと思う。理由もわからず戦って死ぬんだよ。戦争がなければ、この国が抑圧されなければ、ぼくは誰にだって優しくできる。この哀れな国はいつも誰かが踏みにじっている。まずは中国人、次にフランス人、そして今、アメリカ人がいる。だから、ぼくたちは殺して、殺して、殺しまくらなければならないのだ」

「サム、アメリカ人について何を知っているの?」

「北で噂していることをね。五月一日はアメリカの祭日で、労働記念日って言うそうだ。では、なぜ五月一日を祝っている人たちにアメリカ人は腹を立てるんだ? これも北で聞いたことだが、アメリカがイギリスの植民地であることに我慢できなくなった時、一つの国になったそうだ。それなら、どうしてアメリカ人はぼくたちヴェトナム人のことがわからないのだろう。ぼくたちはヴェトナムを自分たちの国にしたいだけなのに。アメリカ人が悪い人間だとは思っていない。人間はどこでも同じだ。アメリカの政治家が悪いと思う。なぜなら、政治家はお金持ちだし、自分たちの家が爆弾やナパーム弾で焼けるのを見たことはないし、戦争にはほかの者を行かせ、夜は自分のベッドで寝るのだから」

「サム、あなたは共産主義者なの?」

「ああ、そうだよ。ぼくは一九六四年に党に入った。妻とともに、最高の日だった。党に入るのは簡単じゃなかったからね。それにホー・チー・ミンさんがとても好きだったし。すみません、タン隊長、こんな話聞きたくないのはわかっている。でも、ぼくたちに勇気を与え、導いてくれたのはホー・チー・ミンさんだ。ホー・チー・ミンさんは有徳の人で、無私無欲で、祖国のために身を投じ結婚もしなかった」

「サム、ぶしつけな質問なんだけど。逮捕された後、どうして自白したのか聞きたいわ。トラックの件は知っている。それでもあなたは酷いことをしたのよ」

「わかってる、悔しくて、空しくて、やってしまった。とても酷いことだ。死ぬ覚悟はできている。どうせヴェトコンは死ぬのだから。けれど、まずい死に方はしたくない、それは嫌だ。タームが自白したと知った時はがっくりしたよ。それでぼくは認めて付け加えて話した。わかってほしい。肉体の痛みに耐えきれず自白する者のことを、心の痛みに耐えきれず自白する者のことも。精神が肉体と同じように泣く時がある。すると、肉体は立派に死ぬという誇りだけが残る。ぼくは立派に死ぬという誇りを奪われたんだ。自白したよ。恥ずかしいと思っている。恥ずかしいと思う一方で、哀れなサムと思う。幸せな日がほとんどない一生だったな。お前が幸せだったのは両親に再会した時、母がアヒルを料理してくれた時、息子が生まれた時は幸せだった。それから？　それだけだ。子供の頃からずっと、逮捕される時を、殺される時を待っているだけだった。子供の頃からずっと、犠牲と苦しみに耐えてばかりいた。お前は誇り高く死んで当然だ。銃殺刑を望んで当然だ」

「サム、それがあなたを英雄にすると思っているの？」

「そうじゃない。銃殺されれば英雄になれるということではない。英雄は別の話だ。英雄は徳が高く、勇気があり、賢明な男、自分が正しいと思うことは決して譲らない男だ。英雄は、誰にも知られずトラックにひかれて死ぬことができる男だ。そうでしょうタン隊長？」

タン隊長はあくびで答え、眠いから早くすましてくれと言うように時計を見た。私はタン隊長の気持ちを静めようと、手で合図をし、サムの最後のタバコに火をつけた。

「サム、あと少しだけ。間もなく、あなたは独房に連れて行かれる。私たちはもう二度と会うことはないのよ。だから、もう一つだけ、ぜひ聞かせてほしい。ばかげた質問かもしれないけど。サム、楽しく遊んだことはないの？」

「そうだなあ。幼い頃は犬と遊んだよ。利口な犬だったから大好きだった。見知らぬ人が家に近づいても噛みついたりしなかった。吠えて家族に知らせるだけだった。それと一九四八年に一度映画を観に行ったよ。戦争の映画でね、アメリカ軍が日本軍を銃撃して、征圧してゆく映画だったけどとても面白かった。この映画の後、もう一本観たけど、あまり面白くなかった。妨害活動を学ぶための映画だった。そして、一度サイゴンで、サーカスを見に行った。ミーカンの実践活動の少し前だった。気持ちが沈んだから、一人で行ったんだ。素晴らしくて見ているうちに浮き浮きしてきたよ。モーターバイクに乗って、男が穴の周りを回るのだが落ちない。一台の一輪車に三人の男が乗った。それでも動くし転ばなかった。それから……それだけだ。ぼくは踊ったことはないし、陽気な歌も教わらなかった。知っている歌といえば戦争の歌だけだ。こう言うんだ。戦え、友よ、南を解放せよ。どんな障害も、どんな苦しみも乗り越えよ。たとえ難しいと思っても……」

「でも、その歌が好きなのね、サム？」

「ああ、好きだよ。特に、子守唄が演奏される時はね、目を閉じて聞くと、優しく撫でられているような気がする」

「その歌詞が好きなの？」

「大好きだよ。北では詩をよく読んでいた。ある日、ある本にすばらしい詩を見つけたんだ。そのページを破って、いつも持ち歩いていた。今はもう持っていないけどね。捕まった時になくしたのだ、きっと。取り上げられたんだ、たぶん。でも暗記している。聞きたい？」

「もちろん」

サムはその詩を暗唱した。次の通りである。

愛なくして生きるのは
沙漠に生きるのと同じ
飢えと渇きで死ぬのと同じ
測り知れない深い苦しみと同じ
闇の中にひとり泣いているのと同じ
私たちが生まれた理由を知らないのと同じ
愛することとは、つまり、考えることを意味する
友よ、いいかい、いろんな愛があるよ
民主主義への愛
君たちの政府への愛
若き妻、息子たちへの愛
戦友への愛
これらのいずれの愛も素晴らしい
愛の信念があるから

勇ましく戦うために
花に花を咲かせるために
自分たちの子供との生活を続けるために
愛し合うのだから。
しかし、友よ、戦うことを忘れないでほしい
愛のことをよく考えて。
さもなければ、この国に愛はなくなるだろう。

「サム、ありがとう。あなたのために何をすればいいかしら？」

「ぼくが立派に死ねるように祈ってほしい。ぼくを銃殺する男たちの顔をしっかり見て言ってほしい。ぼくが祖国のため、ホー・チー・ミンのためにやったことは間違っていないと確信していたと。ぼくはあなたの国の平和と繁栄を祈ります。決して戦争に脅かされることがないようにと。あなたが健康で、幸せに長生きされることを祈ります」

サムは胸に両手を合わせ、私にお辞儀した。サムは黒い布で目隠しされ、連れて行かれた。タン隊長はふたたびあくびをし、私をホテルまで送る護衛を呼んだ。道路は閑散として、ひどく暑かった。夜の爆撃音がその静寂を破っていた。空には月が輝いていた。人類は、その威信をかけて、この月に行きたいと思っている。昨日、フランソワが私に言った言葉を思い出した。

「月は、夢を持たない者の夢なのだ」

# 3 戦闘機A37の実践に参加

実際、いつ疑い始めたか、愛し始めたか、あるいは考えが変わったかを語るのは容易なことではない。病気に罹ってもはっきりと症状が現れた時、たとえば目眩がして初めて気付くのに似ている。したがって、私が戦争に夢中になったのがいつだったのか、戦争には、とてつもなく人を惹きつけるものがあると言うフランソワの言葉には真実があるとわかったのがいつだったのか定かではない。そのことを議論した夜のことはあまり覚えていないが、フランソワの言葉に驚いたのはよく覚えている。ダクトーに行く前だっただろうか。グエン・ヴァン・サムに会った後だっただろうか。グエン・ヴァン・サムに会っている時だっただろうか？　あるいはダクトーにいた時だったのか？　あるいはダクトーでグエン・ヴァン・サムとの会見中、私がその言葉を受け入れようとしているという確かな直観を、はっきりと私に認識させたのは、フランソワであったのだろうか？

「男の人生でこれほど決定的な試練はほかにはない。暴力に人は自分の激しさを再発見するというより、発見するのだと君は知るだろう」私にはわからない。ただ言えることは、考えが変わったと最初に気付いたのは、グエン・ヴァン・サムとの会見を終えた時だった。閑散とした道路を夜の爆撃の音が静寂を破る中をジープに乗って帰る途中だった。私は自分を護衛してくれる武装した兵士たちを見ていた。兵士たちは周囲の闇にどんな小さな音にも細心の注意を払っていたのを覚えている。その顔をグエン・ヴァン・サムの顔に重ねていた。地雷を仕掛けるグエン・ヴァン・サム、森の中で銃を撃つグエン・ヴァン・サム、死刑囚射撃隊に立ち向かうグエン・ヴァン・サム。すると、不意に恐ろしい疑いが湧いてきて、そして目が眩むような興奮を覚え、ヴェトナムにいることが嬉しかった。それは英雄的行為と呼ばれるものが目の前にあるという目眩だった。

誰も英雄的行為に無関心ではいられず、戦争という環境にいれば英雄的行為は自然についてくる。愛情関係も当然あるし、危険な目にも遭うし、途方もない仕事である。もちろん私はそれを否定しない。でもどんな場合でも戦場でのように、いきなり英雄的行為は成立しない。戦場では、英雄的行為は唯一、かけがえのない代償、〝死〟がついてくる。人間が自分の持てる力を出しきるボクシングの試合を戦争と比較した時、フランソワは私に言うのを忘れていた。人が極限状態に達する絶望的な瞬間は、死に直面する時だということを。そのために、戦争は突然私を興奮させたのだ。戦争はもはや非難すべき犯罪ではなく語るべき英雄的行為だと思った。僧侶の自殺を含め、あらゆる方向から戦争を研究した。自ら空中戦の挑戦を求めた。ちょうどその頃、ある男に出会った。その男の話からいろんなことを学んだ。その男はグエン・ゴック・ロアンである。

＊　＊　＊

十二月六日

トゥ・グエンのパゴダ（寺院の塔）のテラスに黒く焦げた染みがある。それは、あぐら座の人間の形をしている。大きな仏陀像が座す祭壇の方を向いている。その染みは洗っても擦っても消せなかった。石までも火で焼け焦げていた。そこを通り過ぎる時、尼僧たちは合掌する。一年前サイゴンの若い教師、フィン・ティ・マーイが自殺したのがこの場所である。夏のある日曜日、午前五時であった。ガソリン一缶と、マッチ箱と、果物を盛った籠を手に寺院のパゴダにやって来た。気付いた者はいなかった。夜、寺院で祈祷をしていた老尼僧は鐘に頭をもたせかけてうとうとしていた。ほかの尼僧たちは自室にいた。つまり、誰もフィン・ティ・マーイを目撃した者はいなかったようだ。夜が明け始める頃、よくその寺院に来ていたテイ・マーイのことを尼僧たちはよく知っていた。

フィン・ティ・マーイは果物籠をそっと仏陀像の足元に置いた。マンゴ、バナナ、パイナップルの籠を。その上に手紙を置いた。それから眠っている尼僧のそばを爪先立ちで通り過ぎ、ドアを開けてテラスに出てガソリンを被り、火をつけた。炎は即座に燃え上がった。その光に驚いて老尼僧は目を覚ました。体をぶつけて鐘が音を立てた。叫び声を聞き、すぐに尼僧たちが院長とともに駆けつけた。院長はあわてることなく「濡れタオルを」と命じていた。炎は透明な光を放って高く立ち昇っていた。その炎の中に、悶え苦しむフィン・ティ・マーイの姿があった。目を見開き、苦痛に口をゆがめ、耐えられないようだった。でも耐えていた。そして、院長を見つめながら片手を上げた。邪魔しないでと頼むように。私たちが教会でするように、その手にもう一方の手を合わせた。そのまま前のめりに倒れ込むまで動くことはなかった。顔は仏陀像の方を向いていた。

「濡らしたタオル！」院長は何度も言っていた。もう待ちきれないようだった。濡れタオルが持ってこられた。燻っている体にタオルを掛けたが無駄だった。フィン・ティ・マーイの指は焼失し、右手の一部、顔の一部がなかった。もう呼吸は止まっていた。その時、院長は「アヅィダファ」と小さな声で祈った。それから、祭壇に近づき、果物籠に載せてある手紙を取り上げた。手紙には「私は気が狂ってはいませんし、不幸でもありません。人生は素晴らしい。最後まで人生を慈しみたいと思っていました。でも、その人生を祖国のため、信仰のために捧げるのは正しいことです。この行為の結果が、今もヴェトナムを支配する不実な者たちに降りかかりますように」とあった。

院長ティック・ニュー・フエは目に悲しみをたたえながらも、しっかりした声で私に話をしてくれている。院長は剃髪で、多くの寺院ではオレンジ色のペプロスに替えていたが、青い僧服を着続けている。汗の雫が涙のように頬を伝っている。うだるような暑い午後である。寺院からは、鐘のそばで祈る老尼僧の挽歌と、詩の一行ごとに打つ鐘の音が聞こえてくる。鐘は鈍い、厳かな音を響かせている。椅子に座って不動の院長ティック・ニュー・フエは、玉座にある女王のようである。三十五歳で尼僧になった彼女は、現在五十四歳であり、ヴェトナムの全尼僧およそ六千人を統べている。そのためにティック・ニュー・フエは殉教の許可を下すことができる。自殺を希望する尼僧が百五十人、その許可を待っている。この寺院には十人が許可を待っている。そのうちの一人は、入って来たばかりで、ティック・ニュー・フエを扇子で煽ぐ役目についている。ようやく焼死して殉ずる女たちのことを話してくれた。その数は年々増え続けている。ジェムでは七人、六人の僧と一人の尼僧が焼死。キーでは十三人、九人の僧と四人の尼僧が焼死。ヴァンティエウで八人、一人の僧と七人の尼僧が焼死。しかし、最近の四人は院長の許しもなく殉教した。まず、昨年三月にカントーで、二人目は十月八日にサデックで、三人目は十一月四日にサイゴンで、四人目は十一月二十二日にニャチャンで。院長は、埋葬するために死体を引き取ってほしいと頼まれた時になって初めて知ったのである。これも彼女の任務である。ところが、引き取ることができたのは二体だけで、ほかの二体は葬式をすれば民衆を刺激し、墓が巡礼の地になるのを恐れ、政府が引き取っていた。結局、新聞は公表せず、事実を知った者は面倒を避け、無関心を装った。

「また女？　女の方が焼死するのが多いね」フィン・ティ・マーイが自殺した時は、誰でも見ることができた。テラスは建物の密集した通りに面している。だが、窓際にいたのは三十人ぐらいで、歩道では子供たちが「燃えろ！　燃えろ！　燃えちまえ！」と大声で囃しながら走り回っていた。

「院長、それでは何のために？」

「政府に反対するためです。国民が望まない政府、ただ単にアメリカが望む政府、それは私たちの不幸の主たる原因です。私たちは前にもフランス人の支配下で植民地として苦しんできました。今、フランス人と同じことをアメリカ人が繰り返しています。わたしたちを劣った民族とし、侵入し、自分たちの利益のために戦争をしている。だから焼身自殺は、敵に対する貴重な武器なのです。それは憐れみや恐怖心を呼び起こし、罪の意識を持たせるのです」

「院長、このような自殺はどれほど続くのですか？　殉教の許可を求めている百五十人のうち、何人が許可されるのですか？」

「何人もの人が必要でしょう。全員が必要かも知れません。許可するのをためらう時がありますが、それはそのつど、よく検討しなければなりません。殉教を望むのがたいてい若い人だからです。若い人が死ぬのはよくありません。それに殉教が二十代の勇気と熱狂に駆られた情熱に任せた行為であってはなりません。人生がわかっている大人がよく考え、自覚した上で行うべきです。若者が許可なく焼身自殺をするのは悲しいことです。殉教を熱望している、この寺院の十人の尼僧たちに私は言うのです。我慢しなさい、待ちなさい、その時はやって来ますと。でも、フィン・ティ・マーイの場合と同じような知らせが届くのではないかと、いつもびくびくしながら暮らしています」

「院長、確かに、あなたは一度ならず殉教者に立ち会われました。どのように思われましたか？」

院長は優しく微笑んだ。

「そうね、私はふつうの女の人のようには反応しないと思ってください。私はもう女ではなく尼僧なのです。私たちにとって、死は悲しいことではありません。死体を、私たちは荼毘に付すか、森の獣に与えるか、海の魚に与えます。獣や魚の糧として。死体を焼く火もなく、獣も魚もいない時に限り埋葬します。私たちは肉体の苦痛、たとえそれが大きくても怖くありません。肉体の実在は重要ではないのです」

「院長、あなたは生きたまま身を焼くのはとても苦しいと思われますか？」

「もちろんですとも！　本人は窒息するから苦しむことはないというのは事実ではありません。それどころか、意識は最後まではっきりしています。ただ、並みならぬ決意でその場にじっと動かずにいることができるのです。助けを求めることなく。フィン・ティ・マーイについていえば、とても苦しんでいたわ。濡れタオルが間に合わなくて、あの娘はとても苦しんでいました」

「院長」最後に私は尋ねた。「あなたは殉教する覚悟をしていらっしゃいますか？」

「ええ、もちろん。もちろんですよ。私の義務の一つです。それに、私は殉教するということを、とても尊いことだと思っています。僧や尼僧が焼身する時、憐れみや恐怖心を覚えることはありません。この上もない称賛と尊敬と、少しの羨望を覚えます。なぜかといえば、立派に死ぬことは悪く生きるより良いからです。悪く生きることは何よりもひどい犠牲です」

私は僧か尼僧の、焼身という殉教の場に居合わせたいと思う。とても興味深いものであろう。

## 十二月七日

フランソワはまっぴらだといっている。気分が悪いだけだと言う。一九九六年七月に、一度見たことがあり、驚いた彼はなんとかその行為を止めさせようとしたそうだ。「タム・チャウ院長の記者会見に行く途中だった」とフランソワは語る。

「コンリー通りに差しかかると歩道の近くの炎に気付いた。また同じことが、また一人燃えていると思った。車を降りて炎の方へ走る。炎の中に一人の僧がいる。周りには、それを面白がっている悪童の一団がいる、悲痛な呻き声を立てる女たちがいる、尼僧たちもいる。通行人はちょっと振り向くか、まったく気にもかけず通り過ぎて行く。自動車やペダル付き力車は炎を避けて通る。交通は影響を受けないのだろうか？　僧の体は黒くなり始めていた。油がよく染み込むようにと綿を詰めた服は、特によく燃える。長い布切れがひらりと地面に落ちる。ぼくは駆け寄ってそれを蹴飛ばす。僧の顔には穏やかな表情が浮かんでいる。ふと残りの布をすべて僧から剝ぎ取りたいと思う。しかし、一人の尼僧が燃えている布を火傷することも恐れず、手で拾い上げ、僧の頭に載せる。僧は苦痛に顔をゆがめる。ぼくは僧に駆け寄り、布を頭から払い落とす。すると尼僧はふたたびそれを僧の頭に載せる。その行為は実に恐ろしい、異様な光景だ。その布切れを払い落としたり、載せたりする行為は。哀れな男は身振りで訴えている。今はもう明らかに、彼は死にたいという気持ちはほとんどない。たぶんそのような気になったことはないだろう。しかし、その炎の周りを僧たちが取り巻き、ぼくが中に入るのを、そして燃える男が逃げ出すのを妨げている。急いで電話を掛け、警察を呼んだ。警察の車が駆けつけた時、僧はまだ生きていた。三十六時間後に病院で死ぬことになるのだが、医師はその男が麻薬を打たれていたのを確認している」

「よくあることなの、フランソワ？」

「そうだと思うよ。要するに、体が焼ける間じっと我慢できる強い人なんていないんだよ。麻薬の力を借りなければね。洗脳っていうやつだよ。七十歳の僧であれ、十七歳の尼僧であれ、ヴェトナムの運命はあなたの犠牲にかかっていると頭に叩き込まれると、すぐに焼身するのを引き受けるだろう。焼身が誰のためにもならないことはよくわかっているのだが」

彼の主張である。なぜ仏教徒は流行遅れになったと言われるのか。四年足らずのうちに思いもしなかった栄華を極め、考えもしなかった凋落を迎える。政治的影響力はなく、たまたま彼らに巡ってきた絶好のチャンスと歴史を失ってしまった。ヴェトナムの第三勢力の役割を担う機会、つまりカトリック教徒がヨーロッパの多くの国々で見られるように、政権を握るという機会である。理由は明らかである。ヴェトナムは決して仏教の国ではなかった。人口千六百万人のうち仏教徒はわずか百万人である。二百五十万人はカオ・ダイ宗派に所属し、二百万人がカトリック教徒、五十万人がアニミズム派（大地の神、溪流の神、山の神を崇拝する）である。その他の者は死者の祭壇にろうそくを灯して祖先を崇拝する以外は関心がない。ヴェトナムでは仏教徒について語られ始めたのは一九六三年、ある利発で大望を抱いた僧，チ・クァンがフエで政府に反対する演説をした時である。フエには仏教徒が多い。そのために暴動が起こったのだ。警察が出動し、八名の僧を死なせた。するとチ・クァンはそれを理由にジェムに宣戦布告した。最初の焼身はその頃のことである。焼身自殺をしたのはサイゴンのサーロイ寺院の僧であった。チ・クァンはその事実を知らずにいたはずがない。前日の夜、あるカメラマンが不意の電話で知らされていた。チ・クァンからの発信だと言われている。写真が世界に流れた。それを見て人々は嘆いた。アメリカ人はジェムに失望し、仏教徒がそれまで持ち得なかったある役割を彼らに与えることを決めたのである。つまり、彼らを国の思想のリーダーにしたのである。茶番劇の始まりである。

黒焦げの死体からなる、ぞっとする茶番劇。また一体、そして一体、また一体、そして一体、また一体、さらに一体。七人目は十八歳の若い修道女だった。いずれの場合も、ニューヨーク・タイムズ、AP通信社、UPI通信社の特派記者に写真を撮られ、脚色され、報道されたとフランソワは断言する。三人ともアメリカ人で、三人とも若く利発だが、専門家としては少しばかり未熟である。というのも、三人は彼らの大使館がまるで一人の女優を売り出すプロデューサーのように、僧たちを売り出していることがわからなかったのだ。おおかたの人々が立証するには、仏教徒によってではなく、真正ヴェトコンによって成立するということさえも三人は知らなかった。不実だが愚かではないニュー夫人が「仏教徒は、黄色い服を着た赤だ」と叫んだのは間違っていなかった。だから、このあいまいな状態で、仏教徒は不満を持つ民衆と相和して活動することができた。仏教徒たちは不満の象徴となり、ついにはジェムの失脚という功績を得た。アメリカ人の助けで軍隊によって実行されたのだが、長くは続かなかった。実は、人民はすぐに仏教徒をその短所も含めて再評価したのだ。はっきりした動機付けがなく、人民の支援がなく、聡明なリーダーがいないという短所、アメリカ人は過ちに気付き、もはや無用の靴のように彼らが落ちぶれるに任せた。したがって、チ・クァン側とタム・チャウ側の間で争いながら、彼らはふたたび闘争の中に飛び込んでいった。誰にとっても、もうどうでもいい闘争であり、これらの黄色い服、青い服を着た哀れな者たちは、特派記者に写真を撮られることもなく、ふたたび焼身自殺を始めることだろう。

「ニュースはないの、今日は?」

「ないよ、また一つ焼肉があったけどね」

「男の人、女の人?」

「さあ!」

フランソワは仏教徒に対してとても厳しいので、極力、些細なことのように話す。ともかく、焼身による自己犠牲が焼肉といわれる事実がいまだに残っている。もしロアン将軍が焼身事件を知ることになれば、消火器を持たせて部下を送り込む。その場面を想像してほしい。まず殉教者の炎上、そしてパトカーのサイレン、そして軋り音を立てて急停車する救急車、そしてその僧はクリームケーキに包まれた喜劇役者のように白い泡で覆われる。クリームで飾られた僧を見るといい。死んでもなお殺されるという感がある。滑稽だ。滑稽であるとしても敬意を払わずにはいられない。ガソリンを浴び、マッチを擦り、自身の身に火をつける人間、叫び声も上げず、後悔もせず燃える人間、個人的な不満のためではなく思想のためにこれをなす人間、こういう人こそ英雄だと私は思う。ヴェトコンや塹壕の中の兵士と同じく英雄である。

私は宇宙飛行士たちを英雄だと言っていた。しかし、九九・九パーセントの安全を保障され、最後のボルト一本に至るまで検査され、数えきれないほどの技術者や科学者や正確無比な機器が、二十四時間体制で必要な場合に備えている、そのような宇宙船で月に行くのが英雄的行為だろうか？　それでも失敗したら、月面で死ぬようなことになれば、英雄的行為は世界中の人々が見守る中で終わる。世界中の人々がその人を称え、称賛し、その人のために泣くのだろうか？　それは違う。英雄的行為は、宇宙飛行士であるあなたたちのものではないと私は思う。英雄的行為とは、ある夢を叶えるために裸足で殺し、殺されに行くヴェトコンのものである。それは森の中で犬のように一人寂しく死ぬ兵士のものである。彼には関係のないどこかの高地で攻撃が開始されている時に。それは消火器で無残な姿にされるかも知れないのに、自身に火をつける娘や僧のものである。

## 十二月八日

だからなおのこと、これらのパゴダには人を英雄的行為に駆り立てるものはない。パゴダとさえ思えない。そこには厳粛さも悲惨さもない。バンコクやアジアのほかの地で見たような魅惑的で美しいパゴダを想像していたが、そうではなくて町の周辺地区の汚い悪臭の漂う路地にまぎれて建つ粗末な家である。ほかの家と区別ができないから、すぐには見つけられない。探す努力を続けた者だけが《パゴダ・トゥン・グエン》、《パゴダ・サーロイ》と書かれた看板の掛かったファサード（正面）を見つける。その周囲は騒々しく活気ある生活に満ちている。自転車や力車の呼び鈴の響き、商店からの呼び声、犬の鳴き声、追いかけっこをしたり、壁に小便をかけている子供たちの笑い声。フランス人が占領していた頃の古いサイゴン、ヨーロッパの富裕層の旅行者が好む貧しい民族。ここには装甲車も、機関銃手を乗せたジープもなく、土嚢もない。しかし、円錐形の帽子を被って行き交う幸せそうな人々がいる。高みから見れば、さらさらと滑るように進む円錐形の帽子の川を見るだろう。どの小路にもちょっとした市が立っていて、そこでは商人が地面に座り、地面に並べられた商品、ピチピチ跳ねている新鮮な魚、ローストチキン、ご飯、固茹で卵、パイナップルなどを勧めて呼び掛ける。その呼び掛けに答えなければ、陽気に客の服を掴み、容易に離してくれない。その豊富な食材と陽気さの中にいると死を考えたりしない。ここでは人は死も戦争も忘れてしまったように見える。

今朝、私はチ・クァンを尋ねてサー・ロイ寺院に行ったのである。物乞いや野良犬やごみの山、そして爆弾が残した穴を通り過ぎてそこに着いた。今、穴になっているところは二年前チ・クァンの副官、ティエン・ミン院長が自動車を止めていた場所である。ふたたび自動車に乗りエンジンを掛けた時、爆弾が爆発して彼の腹を裂いた。彼は人工の内臓で奇跡的に命を取り留めた。ヴェトコンの爆弾でないのは明らかだった。アメリカ軍と政府軍の手強い敵と思われたティエン・ミンは共産主義者の側に立ってフランス軍と戦ったが、今はヴェトコンを守るためにパゴダを使っていると非難されている。サーロイ寺院もですか？　もちろん。格好の避難所です。このように階段や、廊下や、秘密の庭へ出る通路がたくさんあるし、いくつものバルコニーや部屋もある。それらの部屋の陰に、こっそり人の様子を探り、追いかけ、ひょっとしたら付け狙うかも知れない、見えない視線がある。チ・クァンの部屋には扉が二つあり、どちらの扉も三、四人の敏捷で決断力のある僧に警備されている。まさにこれが自殺の上に根付く抵抗の拠点であると考えるのは困難である。

一九六六年に捕まえられ、殺されることから逃れるため、アメリカ大使館の塀をロジカのように飛び越えたチ・クァンでさえ自殺の気配はない。彼の丸くて抜け目のない顔、狡そうで不実な目つき、そして内に野獣を秘めた微笑みは自身を犠牲にするどころか、むしろ生きたいという強い欲望を物語っていた。尾行する者がいないのを確認する彼を見ればいい。家具といえば、ベッド、テーブル、テーブルの上にガンジーの写真、椅子、そして便器だけの部屋に鍵を掛けるのを見ればいい。最新型のラジオ、空調設備、チョコレート一箱もあったが。チョコレートは彼の大好物である。ヴェトナムで三番目の権威ある役目を果たす計画を語り、自分は共産主義者ではなく、植民地主義者でもないということを私に納得させようとするのを聞けばいい。死ぬことを考えている男と思えるだろうか？ 死にたいと思う者は外務省の塀を飛び越えて出たりしないし、鍵を掛けないし、長期の計画を立てないし、チョコレートを食べて余暇を潰さない。死にたいと思う者は諦念と静寂からなる素晴らしく平穏な中にたゆたっている。あらゆる楽しみ、あらゆる論争、あらゆる分別を超越している。そこで私はある質問をした。「チ・クァン院長、仏教徒民の焼身自殺は、今後も続くでしょうか？ あなたは多くの命を犠牲にすることが役に立つと思われますか？」すると次のように答えてくれた。

「仏教徒民の焼身自殺は、人民の虐殺が続く限り続くでしょう。個人的には、私はすぐにでも焼身自殺する用意があります。必要ならば、少なくとも役に立てるならば、すぐにでも。真の仏教徒ならば誰でも焼身自殺する用意はできています。二十リットルのガソリンと十分間の苦しみは、信仰と人民を守るために役立てるのなら、容易に耐えられます。カトリック教徒の人たちもきっとわかってくれるでしょう。祭壇の上で名誉ある殉教をなす時、カトリック教徒の人たちは何を考えるのか、私にはわかりませんが十字架に掛けられたり、ライオンに食べられる時の苦しみの最中に何を考えていたかはわかると思います。人間がなし得る最高の行為は人生の最後を苦しんで終わることです」

これが答えだった。

正午に、昼食をとるためにコンチネンタル・ホテルのテラスに行った。マジュール、カテリーヌ、ほかに数人の特派記者が一緒だった。気だるく、微風さえもない、むっとする暑さ、湿って潤んだ太陽、誰もが、捉えどころのない冗談のような会話がだらだらと続く、眠気を誘うような雰囲気に身を任せていた。「どうしたの？　何を考えているの？」マジュールがついに声を大きくして言った。「何も」私は答えた。ところが、私は考えていた。あの答えや、その後の出来事について考えていた。あの後、チ・クァンは私に頼み事をしてきた。私がローマに帰る時、手紙を一通持って行ってくれませんか？もちろん、いいですよと私が答えると、彼は手紙を書き始めた。書き直したり、考え込んだりしながらゆっくりと。そして、その手紙をコピーした後、痛ましく細い指で私に託した。

「これを誰に渡せばいいのですか、チ・クァン院長？」

「教皇です、渡すことができるなら」

「教皇にですって⁉」

「そうです。教皇は最高権威をお持ちです。相手が共産主義者であろうと、植民地主義者であろうと、話をお聞きになられます。この戦争の終結を話し合うために極秘の交渉に取りかかることができ、元日とテトの停戦を引き延ばすよう求めることができます。私たちの失望は、私たちを理解し助けてくれる人がいると考えるだけで救われるのです」

私はその手紙を教皇に届けることを約束し、チ・クァンと固く握手を交わした。ホテルに戻ると、その手紙を書類の山の間に隠し込み、一緒に引き出しに入れ鍵を掛けた。

「君、何かあったね」とマジュールは確信するように言った。

「いいえ」私は答えた。「何もないわ」

「じゃあ、何を考えているの？」

「何も」

私は身を焼いて殉教する者たちを、消火器でなぶりものにするロアン将軍という人に、できるものなら会いたいと思う。三人のヴェトコンに対する刑の執行が延期されたあの日から彼の名前がつきまとって離れない。どこへ行こうと、何が起ころうと、いつもロアン将軍という言葉を聞く瞬間がある。彼のことをサイゴンの恐怖、ヴェトナムでいちばん残忍な男と人は言っている。

## 十二月十日

今日、モロルドと私はふたたび軍服を身に着けて、バリー・ゾルシャンとともにメコン河のデルタ地帯へ行った。多くの教訓を得た一日であった。ことに、ゾルシャンはアメリカ大使館の一員で、ＪＵＳＰＡＯを管理し、サイゴンにはなくてはならない一人と考えられている。彼はアメリカ出身で、五十四歳である。大きな鼻、大きなお腹の男性で、この戦争に大いに忠誠心を持ち、民主主義とか技術の進歩について聞いたことのないこの貧しい民族に、アメリカは文明を教えなければならないという揺るぎない信念を持っている。別の言い方をすれば、ゾルシャンはアメリカがヴェトナムに多大なる貢献をしていると信じている。軍事的観点からのみならず、経済的観点からしても。「戦争に負けた時」と彼は言う。「ヴェトナムは日本のように裕福になり、日本のように近代的になり、日本のように高い評価を受けるようになるだろう。なぜなら、我々は産業に基づいて資源を最大限に利用することを彼らに教えるからだ。彼らはいたるところに工場や、高層建築や、幹線道路を建設するだろう。そうすればメコン河のデルタ地帯は、フロリダ州に匹敵するようになるだろう」デルタ地帯の農民たちはフロリダ州と競いたいと思うだろうか。手作業で稲を植え、手作業で収穫し、箸で食べる、そのような平和な暮らしがしたいだけではないだろうか……という疑いは、彼の頭によぎることのない疑いなのである。それとも頭によぎっても、彼ら、ヴェトナム人はあまりにも無知だから、どこに善がありどこに悪があるか知らないと思っているから気に留めないのだろうか。仮想のパラダイスは、彼らの国土の破壊、彼らの子息たちの死、飢えなどの犠牲の上に成り立つものであるという詳細は、彼が考えもしないことなのである。あるいは、考えてはいるが彼には重要なことではないということか。どうせ彼が報われるわけではない。彼はとても美しい邸宅に住んでいる。家具の整った部屋がいくつもあり、使用人が何人もいる。テーブルには必要なものはすべて揃っており、むしろ、ダイエットの問題を考える必要がある。そして、非常事態の場合にもあわてる必要はない。危険が迫った時には、今日のように六人乗りの小型機での逃避が約束されている。

私たちは十時頃、小型機で出発した。小一時間、輝く稲と緑の田園地帯の上を飛んだ後、クァンガイに着陸した。ここでゾルシャンはヴェトコンの逃亡兵たちが家族と住んでいる村々を訪ねなければならなかった。ジープが一台、私たちを待っていた。太陽に焼かれ、荒廃した平原に沿って、ただちに村に向かって車は走った。いったいこれが村と言えるだろうか。私たちが到着したところに村は見えなかった。私が見たのは有刺鉄線で囲まれた囲い地が点在していた。こちら側に出て来ることも、向こう側に入って行くこともできない。囲い地の小塔から機関銃が突き出ていた。囲い地の中には、二段ベッド、または床にマットレスを敷いた粗末な家々が建てられていた。家の周囲には、仏頂面の男たちや赤ん坊を抱いた女たちがいた。見た人は強制収容所だと思うだろう。ゾルシャンに強制収容所に似ていますねと言うと、彼はむっとした。そして、そうではないことを熱心に私に説明した。小塔の銃は逃亡したヴェトコンを守るためのもので、有刺鉄線は元同志に対して懲罰部隊を結成しているヴェトコンのテロを防ぐためのものであると。ちょっとおばかさんの娘を見る愛情深い父親に似ていた。愛情深い父親の態度で村を見回り、幼児の頭を撫で、みすぼらしい女たちに笑いかけていた。逃亡したヴェトコン兵たちには通訳を介して「おめでとう。君は戦場では立派な兵士だった。勇敢な兵士だったと知っているよ」逃亡兵たちはゾルシャンの言葉が信じられず驚きの表情で見つめていた。彼らは三十五歳から四十歳であり、約二十年間戦争で戦って、ついにくじけたのだった。

確かに、とても多くを学んだ一日であった。とりわけ、あるアメリカ人の話を聞いた時にそう思った。ここでは何事も簡単にはいかない。クァンガイ県はヴェトコンが多く、道路は常に狙われている。パトロール隊は、日中、地雷を撤去するのだが、夜にはヴェトコンがまた埋める、その繰り返しで……と彼は不平を漏らしていた。ちょうどその時、私たちが乗っていたジープが急停車し、運転手が大声を上げた。五メートルほど先に新しい盛土があり、地雷が埋まっていると言うのだ。彼の言う通りだった。ジープは地雷を踏まないように注意深くタイヤの跡をたどって後戻りした。運転手は冷や汗をかいていた。私たちもそうだった。こうして私たちはクァンガイを去り、最南端のアンスエンに向かった。私たちは月の上を飛び始めた。何マイルも下にはクレーターが、月の表面のクレーターと同じような穴が散在する沙漠が広がっていた。これはヴェトナムが日本のように裕福になり、日本のように近代的になり、日本のように高い評価を受けるようになるために、ファントムによって作られた爆撃の跡である。そして月を後にし、火星の上を飛んだ。冬のように幹も枝も裸だった。ヴェトナムが工場や、高層建築や、高速道路やフロリダ車を入れるガレージを建て、日本のように裕福に、日本のように近代的に、日本のように高い評価を受けるようになるために、枯葉剤で焼かれた森の上を飛んだ。太った指で窓の外を指しながら、ゾルシャンは、枯葉剤はヴェトコンが茂みの中に隠れるのを遮るために使われると説明していた。しかし枯れた樹木は少なくとも十年は再生しないとは言わなかった。二酸化砒素、硫酸ナトリウム、砒酸亜鉛、砒酸マンガン、カルシウム・シアナミドなどが、家畜を殺し、人への影響として火傷、血液混じりの下痢症状、失明、ことによると死に至らしめるのである。それから火星を後にして森の上を飛んだ。その森はまだ無傷であった。突然空にコウモリのような黒い影が現われた。アメリカの戦闘機だった。戦闘機は急降下し、ナパーム弾を投下した。森から黒い煙が立ち上った。

「ゾルシャン、誰を砲撃しているのかしら?」

「ああ、ヴェトコンのキャラバンだろうね。米を運んでいるんだ。その話知っている?」

「ええ、知ってるわ、ゾルシャン」

ヴェトナムの米の収穫は十二月に始まり七月まで続く。だから、北部のヴェトコンが米を手に入れるためにデルタに入るのは、この時期である。彼らにとって米は軍需品より重要である。なぜなら米がなければ彼らは生きていけない。軍需品はハノイが彼らに送ってくるが、米は送ってこない。米はすべて、ここデルタにある。米担当のヴェトコンは二万人いる。護衛もなく銃も持たず、米を入れた袋を担ぎ、秘密の小径や森だけを歩いて行く。九月に出発し、三月に戻って来る。彼らの行進は米戦争と呼ばれている。言い方は詩的だが、科学的基準で行われる戦いである。事実、ヴェトコンは物乞いのように米をくれとは言わない。税として要求する。デルタの農民は誰もがヴェトコンに一定量の米を渡す。その量は全収穫量の三〇パーセントから六〇パーセントと変動する。そのかわりにヴェトコンはFNLが印刷した証券を渡す。こうして米戦争は終わる。農民は証券の払い戻しを要求することができる。袋に入った米が不十分なことが稀にある。その場合はヴェトコンが不足の米に見合う金額を要求する。百グラムにつき百八十ピアストロである。農民はそれに応じる。愛国心、あるいは恐怖心のために。「頭は一つしか持っていない。だからそれを失いたくはない」のである。しかし、もっと恐ろしいのはヴェトコンだけでなく北ヴェトナム政府も米を接収することである。それは二〇パーセントから三〇パーセントである。ある県では農民はこのように米をあちらから取られ、こちらから取られという有様で、自分と家族の米は残らない。そういう事態に備えるためにアメリカは農民に米を作ることを禁じ、彼らにカリフォルニア米を与える。梱包された箱には、ライス・フロム・ロサンジェルスと書かれていた。しかし、農民はロサンジェルス米をほしいとは思わない。自分たちの水田で穫れた米がほしいのである。ヴェトナム米の方がおいしいし、柔らかいからである。水田は稲を植えるためにあるのだし、水田に稲がある時期には、魚、たとえばウナギがいるので、農民たちは稲を育てると同時にウナギも育てる。だから農民は反抗する。反抗して罰せられる。罰は県によって異なる。ある県では、稲を植え収穫する農民は迫撃されたり、ヘリコプターから銃撃される。ヘリコプターが水田に向かって降下してきたら、彼らはどうすればいい？　水に潜って、息を止めて、じっとしている。助かる時もあるが助からない時もある。銃撃が終わるといつも稲の間に一人、二人、三人と水に浮いているのが見られる。農民は泣きもしないで死体を運び出し、そしてまた稲の収穫をする。

「その話は知っていますよ、ゾルシャン」

アンスエンには小規模な滑走路と小さな基地があった。基地には六人の凄腕のアメリカ兵が住んでいた。その地域にいるヴェトコンの割合は九八パーセントで、六人のアメリカ兵がいまだに殺されていないのは奇跡だと思われていた。「あなたたちは、ここにいてはいけない」と彼らは繰り返し言っていた。「すぐに日が暮れる。暗くなるとよく攻撃してきます」ゾルシャンは彼らの話に耳を傾けていた。大きな鼻、大きな腹、アメリカ文明やその他のことをヴェトナム人に教えなければならないという揺るぎない確信を持って、彼は悠然と歩いていた。「いいから、話を続けて」ゾルシャンは厳格な、真の軍人である。第二次世界大戦では太平洋で戦った経験がある。そのため暗くなった時も笑顔を絶やさなかった。そして、アメリカがヴェトナムを放棄できない理由を説明し始めた。「ヴェトナムをあきらめれば、ラオスも、カンボジアも、タイも、インドネシアもあきらめることになる」

私はその話は知っていた。それについて何度か聞いたことがあった。初めて聞いたのは随分前のことである。ディエンビエンフーの前に述べられている。

十二月十一日

毎日、午後五時に記者会見がある。ＪＵＳＰＡＯで開かれる。記者たちは、一種の人形芝居を観に集まる。士官らはニュースを告げるために、舞台に上がる。今日の重大ニュースはメコンデルタについてだった。第二五歩兵隊は米運搬の一団に加わったヴェトコン中隊に遭遇した。その戦闘において、アメリカ兵十七名、ヴェトコン四十八名が死亡した。米運搬隊は逃げ延びた。だが、後に見つけられ、彼らも降り注ぐナパーム弾で殺された。黒焦げになった米に埋もれ、黒焦げになって倒れていた。米を運ぶ者たちに、戦闘機から爆弾を投下する男はどんな心境にあるのか、ぜひ知りたいと思っている。そのため、私は戦闘機に乗せてほしいと頼んだ。ピーターズ中尉は空軍との通信将校であり、許可が下りればすぐに知らせると約束してくれた。

十二月十二日

知らせが届いた。明朝ということであった。飛行機はヴェトナムで使われてまだ日も浅くごく新しいもので、Ａ37と呼ばれている。任務はデルタで行われる。しかし、米を運ぶ者たちを襲うのではない。橋頭堡を築設するためにヴェトコンが集まるのを阻止するのである。

「それでもいいですか？」

「いいです」

「当然、空軍はどんな事態が起ころうと、責任を持ってうまく対処してくれます」

「わかっています」

ピーターズ中尉は、ビエンホア基地に七時に行くようにと私に言った。その後、急に心配になって、本当に行きたいのかと尋ねた。もちろんですと答えると、彼は当惑していた。モロルドはといえば、君は頭がおかしい、みんな、彼女を引き留めてよ、ぼくだけでは説得できない、と言い続けていた。その時、フランソワが、危険なことは滅多にないこと、彼自身何度も同じような体験をしたし、パラシュートで降りたこともあるが、パラシュートの操作を知っていれば大丈夫だと言う。それを聞いたモロルドはもう何も言わなかった。A37はジェット座席だった。座席の両側に二つクランクがある。パイロットの指示で、右側のクランクが操作される。まず上に、そして下に。それから同時に両方のクランク。蓋がぱっと開く。自動的にパラシュートが開く。

「もし開かなかったら?」モロルドは納得がいかないらしく、尋ねた。

「開かなければ正面についている紐を引くことだ」

「それでも開かなかったら?」

「地上に着いた時、苦情を言えば、ちゃんと開くものを与えてくれるよ」

その言いぐさは、いつも私を笑わせてくれる周知のしゃれなのだが、今夜は笑えない。ひどく恐れているというわけではないが、ダクトーへ行くのだから多少の恐れはある。ピーターズのことを考えると膝ががくがくする。

「フランソワ、どんな任務かしら?」

「程度の差はあれ、爆撃だよ。君はボタンを押す男の後ろに座るのだ。爆弾が落ちるのが見えるだろう。水平作戦と呼ばれているものだ。垂直作戦というものもある。それは急降下爆撃だ。しかし、女をそれに参加させるとはね」

「フランソワ、膝に蛾が這ってるような感じよ」

「では、なぜ行く？」

「人が別の人間に爆弾を落とす時、どんな気持ちになるか知りたいの」

「どんな気持ちになるかだって？　何も感じないよ」

「まさか」

「今にわかるよ。とにかく、明日は早起きしてビエンホアまで送ってあげるよ」

それがフランソワの気持ちの示し方だった。思いがけなく、みんなが温かく接してくれた。マジュールは夕食に誘ってくれ、助言を与えてくれた。空軍での自身の体験、ヘリコプターからヴェトコンを機銃掃射した体験などの話でもてなしてくれた。レストランは中華料理店であり、マジュールは新しく美しいシャツを着ていた。フェリックスは明後日の昼食に招待してくれる予定。ヴィンチェンツォ・トルネッタは、私が戻ったらすぐに外務省に来るようにと言った。「でも、みんなが？　お願いよ！」なんて非常識なの、人間は。この人たちみんな、私が殺されるかもしれないと考えていて、ある意味で私が人を殺しに行くのだとは考えていなかった。

十二月十三日　午後

ことごとく再現したいと思う。最初から。つまり、今朝の六時から。六時にフランソワは、寝惚け眼でやって来た。あくびをしながら車のドアを開け、私を乗せた。道中、ヴェトコンや飛行機のことには触れずに、いろんな話をして眠気を払おうとしていた。ビエンホアで、私が軍靴ではなくモカシン靴を履いているのに気付き、彼は突如、目を覚ました。パラシュートで降りなければならないとしたら足はばらばらになるぞ、戦争に女とバカは受け入れるべきではない、靴を取り替えに戻る時間はない、などと怒鳴っていた。怒鳴りながら、私にサヨナラも言わずに行ってしまった。私は指定された場所、ビルディング54に入って行った。士官が二人いたが、興奮気味に迎えてくれ、コーヒーを勧めてくれた。そしてお待ちくださいと言った後、自分たちの会話を続けた。

「ぼくはその男に言う。君、君は、ヴェトナムは存在しないと言うことがわからないのか？　つまりこういうことだよ。君の奥さんがサンフランシスコから手紙を出す時、封筒になんて書く？　サイゴン、ヴェトナム？　そうじゃない。番号の後にアポ・メイルと書く。なぜかって？　それが軍隊の郵便の略号だからだとその男は言う。違うね、ぼくは言う。サイゴンが存在せず、ヴェトナムが存在しないからだよ。実際、サイゴン、ヴェトナムと書いても手紙は届かない」

「それはそうだ」と別の男が言った。

「もっといい話がある。もっと確かなことを証明しよう。君はサンフランシスコにいて、今日、十二月十二日の正午に、飛行機に乗りサイゴンに向かう。二十四時間かかってサイゴンに到着する。何時だ？正午だよ。日付は？　十二月十二日だ。なぜかって？　同一時差帯のためだとその男は言うんだ。ぼくは言ってないよ。そういうわけで、君は出発していないし、到着もしていない。だからサイゴンは存在しないんだよ、君」

「確かに面白い」もう一人が言った。「それから？」

「それからぼくは彼をＰＱＢまで送って行き、そこで別れた。その男は例のミサイル攻撃で死んだ。焼け死んだのだ。ヴェトナムのサイゴンという存在しない場所で」

「ＰＱＢでは、昨夜、ほかに二人死んだよ」

「そうだね」

その男は私の方を見た。視線がモカシン靴に移った。

「あなたはその靴で任務に就くつもり⁉」

「あのう、わたし……」

「気は確か？　飛び降りることになったら⁉」

「そのことだけど、わたし……」

「軍曹！　このいかれた女に軍靴を探してやってくれ！」

きっと将軍の部屋も探したのだろう。私と同じサイズの靴を誰も持っていなかった。どれも私の足に合わないのなら、モカシン靴を履いても変わりはない。私はモカシン靴を履き、軍曹の後ろをついて仮小屋へ行き、指導を受けた。愛想がよく、エネルギッシュな男だった。

「どうぞお座りください。この椅子はA37型機の座席とまったく同じ型です。飛行機にはパラシュートが搭載されています。クランク、クランクわかりますか？　そうです、急ぎましょう、司令官が離陸をせかしています。この上着を着てください。重いですか？　そう重いですね。ポケットを探ってください、こんなふうに。脱出する場合に必要なものは全部入っています。これはトランシーバー。地上に着いたらすぐに必要です。ボタン、ボタン。これは懐中電灯です。ここは赤、ここは黄、ここは青。これは初期処置用の包帯。そして、これは魚獲り網です」

「魚獲り網ですって?!」

「そうです。川のそばに着陸し、救援を待ち、腹を空かせた時、魚を獲ることができる。我々はあらゆる事態を考えています。その靴は?」

「ほかに持っていなくて……パラシュートで飛ぶ必要がありそうですか?」

「たぶん、その必要はないでしょう。アンディは優秀です。二百八十五回の任務をこなしたベテランです。アンディがあなたの乗る飛行機の機長です。教官パイロットです。確かに任務は厳しいものです。垂直飛行、わかりますね。アンディが来ました」

頭髪と髭が赤みがかった金髪の、背の高い、容姿端麗な青年が、引きずるような歩き方で近づいて来た。青みがかった灰色のつなぎを着ていた。右手には吸いかけのタバコを持っていた。

「軍曹、垂直飛行って?」

「垂直飛行中の垂直、直立飛行です。楽しめますよ。実に興奮します。これを持って行くと役に立ちますよ」

そう言って、五、六枚のビニール袋をくれた。吐く時のために。その時、例の青年が到着し、タバコを左手に持ち替え、紹介されるのをじっと待っていた。軍曹は青年を紹介してくれた。

「六〇四戦闘機隊のアンディ大尉です。大尉、こちらが乗客です」

「こんにちは」

大尉は声も穏やかであった。内気な雰囲気がある。目も穏和だった。澄んだ水の美しい緑色である。

顔全体が穏和であった。こけた頬の輪郭から皮膚の色まで、その色は赤みがかったブロンドによく見られる、そばかすのあるあのバラ色である。年は三十歳を少し過ぎているようだった。

「じゃあ……行きましょう……」

「はい、大尉」

行く前に、大尉は横に座っていたパイロットを紹介してくれた。髪と目が黒く、物静かだった。

「次の飛行機を操縦するマルテッル大佐です。二人で行う任務ですが、この男は一人で飛びます」

マルテッルはにっこり笑った。

A37機が二機、爆弾を搭載して待機していた。爆弾だけでできているように見えた。両翼の下に七百五十キロのナパーム弾を二基と、五百キロの通常型が一基取りつけられていた。ナパーム弾は長さ約三メートル、直径五十センチであり、滑走路すれすれの位置にあった。最も低い部分は滑走路との空間が十センチほどであった。そのため、飛行機の最初の動きで地面に当たって爆発するのではないかという思いが自然に湧いてきた。

「まず、危険はありません」とアンディは落ち着いて言った。私たちは操縦室に入り、座席に着いた。並んで座った。私の席は右、アンディは左だった。ベルトを締め、パラシュートのベルトを固定し、ヘルメットを被り、呼吸装置を口にはめた。なんとなく自分が滑稽に思えて、誰も見ていなくてよかったと思った。そしてなんて素晴らしい日、ヴェトナムで見た最高の日だ、こんな日に人を殺すのはよくないと思った。ヘルメットの中で何かぶつぶつ聞こえた。

「聞こえますか？　私の言うことわかりますか？」

「はい、わかります」

「目的地はミートーの南です。残っているヴェトコンを殲滅し、着陸基地を作ります」

「わかりました」

「もし、急降下の最中に砲撃されたら、飛行機を平行に戻します。それから指を一本立てて合図します。その時は、まずあなたが飛び出てください。私はすぐにあなたに続きます。いいですね？」

「わかりました」

「私たちが離れ離れになっても心配しないでください。昨日のパイロットは十分以内に救出されました。」

「昨日ですか？」

「ええ、この任務で二機を失いました。昨日一機を、一昨日もう一機を。でもパイロット一人を救出することができました」

「では、もう一人は？」

「駄目でした」

アンディは、私の靴をちらっと見てからエンジンを始動させた。エンジンが唸り、ナパーム弾が揺れ始めた。滑走路は素早く離れていき、私たちはヤグルマギク色の空に上った。

「素晴らしいでしょう？」

「ええ」

「好きなんですよ、私は、この飛行機が。パイロットがこの中に一人、フェリーに乗っている操縦士のように感じます。YAT37について聞いたことはありますか？」

「いいえ、ありません」

「それはもっと完成度が高いのです。任務を一つのエンジンだけでやり遂げることができます。一つのエンジンが離陸中に故障した場合を考えてみてください。それはまるで何事もなかったように静かに飛ぶのです」

「そうですか」

「A37機は、しかし、YAT37と性能はほぼ同じです」

アンディはおしゃべりのようだ。その声はすっかり変わって、穏やかな感じは、今はない。ミートーの南では、あちらこちらで、疲れた様子のヴェトコンのグループが空を窺がっていた。待ち伏せて。

「大尉、あとどれくらいで着きますか……目的地には？」

「三十分ぐらいです」

あと三十分もすれば、あの人たちは死ぬだろう。それとも死ぬのは私たちだろうか。あるいは私たちもあの人たちも、一緒に。あと三十分。ヤグルマギク色の空を、マルテッルは手を振りながら私たちのそばを飛んでいる。手を振るマルテッルがはっきり見えた。三十分はどれ位だろう？

時はすぐに過ぎた。

あっという間に目的地に着いた。アンディは「着きましたよ」と言った。その後、いろんなことが目まぐるしく起こった。飛行機は垂直に機体を下げ、まっすぐに空中を、というより森に向かって降下した。木々はだんだん大きく近くなり、今枝が見分けられると思うと、もう葉が見分けられ、その中に私たちを飲み込もうとしている。ヒューという音を立てながら私たちに向かってきていた。それは爆弾の音だったのか、私の右側で爆弾が落ちていく、アンディが投下したものだ。それは私たちと平行に降下していたが、長くて黒いナパーム弾だった。私はそれを見た、そして見失った。ナパーム弾は、私たちを捕まえようとしていた森の中に消えていった。剝がれる感じ、軽快な感じを覚えた。降下は終わり、森も見えなくなっていた。しかし、私たちの上に目に見えない岩、触れることができない岩が落ち、ヤグルマギク色の空が落ちてきた。非常に重く、だんだん重くなり、私たちを押し潰し動けなくするかのようだった。目を縛り、両手を縛り、脳をがんじがらめにする、もうほかのことは何も考えられなかった、このこと以外は。なんてこと、空が重いなんて、考えてもみなかった、お願いです、軽くしてください。空気が軽くなった時、アンディは興奮した声で叫んでいた。

「すごいじゃないか！　最高の出来だ、やったぞ！　九秒間で、我々は三千メートルの上空から二百メートルまで降下した。我々は六g（六重力加速度）をやったんだよ。それにあなたは耐えたじゃないか！」

「ありがとう、大尉」

「目は大丈夫？　見えなくなった？」

「いいえ」

「今度は胃の筋肉や腕が激しく収縮するかもしれませんよ。そのボタンを押してください。右側のそれです。酸素です。酸素を吸ってください」

「わかったわ」

ナパーム弾を投下したことについては、一言もない。

「うまくいきましたか、大尉？」

「もちろんです。従順な女の子のように真ん中に落ちました。あそこに黒い煙が見えるでしょう？　さあ、マルテッルの番ですよ」

マルテッルも機首を下げ、青色の中を青い点で急降下し爆弾を投下した。

マルテッルの爆弾も目標とする地点に落下し、黒煙が立ち上った。マルテッルはふたたび上昇飛行を始めた。青の中に青い点となった、向こう見ずな蝶。教えて、グエン・ヴァン・サム、死んだ人たちを目の前にしてどのように感じましたか？　私は、そう、爆弾を投下した後、アメリカ軍のパイロットがきっと感じるであろうように感じたのだ。その違いは、パイロットは飛び去って、自分のしたことを見ないということである。以前、私に同じことを言ったのは誰だったかしら？　ああそうだ、宇宙飛行士のウォルター・ソラーだった。あの日、ケープケネディ（現在のケープカナベラル）で韓国について話していた時だった。「我々パイロットは手を汚さず、目も汚さず、何も汚さずに殺す」

何も？

「気をつけて、降下します」とアンディは言った。「今度は私が爆弾を投下します」

そして二度目が実行された。その後、三度目が。そして、四度目、五度目、六度目。そのたびに三千メートル上空から二百メートルまで九秒。二度と上昇することなく、真っ逆さまに落ちて大きな穴を開けることになりはしないかという恐怖、そして、空に押し潰され、空に目を潰されることから逃れるための苦しみが続く。二度目は怖かった。ヴェトコンが銃撃しているのに気付き、できるものなら逃げたいと思った。でもどこへ？　地上なら逃げることも隠れることもできる。飛行機の中は逃げる場所のない罠である。三度目は観念して、アンディが爆弾を投下する瞬間を逃しませんようにとだけ考えていた。ふたたび、自分の側から投下された。私は見失わないようにずっと目で追った。アンディがボタンを押す、爆弾は震えるように揺れて難なく離れ、一瞬止まった後、前方にたわみ、私たちが急上昇するまで同行した。四度目、五度目、六度目はすっかり慣れてしまった。その光景をかなり冷静に眺めることができた。その光景というのは塹壕や土嚢で囲まれた場所から逃げ出す人々の小さな姿であり、炎から逃れようと両手を振り回しているものもあれば、炎の中で死に瀕している者もいる。私が罪悪感とか同情を感じていたというと嘘になるだろう。アンディが殺されることなく、任務を、殺すという任務を、果たせますようにとひたすら祈っていた。下にいる人々に同情するゆとりはなかった。同情する気もなかった。ただ、三千メートル上空で、私は助かったとわかり、マルテッルが降下飛行するのを見ていた時にだけ、穴を開けられたように感じた。気付かないほどの、ピンでつけたほどの穴。そのピンは私の良心ではなくて、知性に促された意識であった。

「大尉、終わりましたか？」

「まだまだ！　今度は、敵の機関銃掃射に気をつけながら下降します。見えますか？」

夜。今日、私は書くことを止めなければならなかった。心臓発作が起こったからである。深刻なものではなく、少し息苦しさと動悸を覚える程度のものであった。今朝、私の体にかかった空気圧が原因であり、すぐにおさまると医師は言った。医師によれば、急降下する前に心電図をとった方がいいそうだ。「アメリカ人ども！　アメリカ人どもといったら！」と繰り返していた。「彼らは自分の利益だけにかまけて、心のことは念頭にない」その医師はフランス人であった。

ともかく、今のところ症状は消え、以前の状態に戻っている。ところで、七度目の降下に入るとアンディが言った時、どのように感じたかを思い出してみよう。まず、ひどくがっかりしたように思う。次に興奮状態になり、死に向かっていくことの異常な快感というか。事実、機関銃掃射に向かって急降下するのがどういうことなのかよくわかっていた。つまり動かない標的にかわることであり、いとも簡単に撃たれることであり、とても危険な賭けをすることになる。それから、それから、わからない。たぶん、あのピンで突かれた穴を思った。おそらく。

「あっ！　今度はまずいぞ。君、神に祈るんだよ」アンディは笑った。

「この二十秒間、あなたが私の神よ」と私は答えた。

そして私たちは降下した。

降下している時、人々がはっきり見えた。人数は多くはない。五、六人だった。ダクトーで見た死者と同じカーキ色の服を着ていた。ダクトーの死者と同じく小柄だった。ダクトーの死者と同じようにヘルメットは被っていなかった。いるのは一グループだけで、二人は機関銃をほかの者は銃を構えて、私たちを待ち受けているように思われた。そうだわ、自分の上に降下してくる飛行機を待つのは、どれほどの勇気が必要だろうと考えたのを覚えている。その人たちに感心したのも覚えている。彼らはまだ撃ってこなかった。しばらくして撃ってきた。私たちに向かって飛んで来るあのホタルが、初めは一つの束で、次に飛び散って広がる。その時には、私はもう彼らに感心するどころか憎んでいた。この憎しみの中で、今の私の神ともいえるアンディに静かに祈った。神さま、アンディ、あの男たちを殺してください。そんな恥ずべき祈りをしているちょうどその時、アンディは攻撃にかかっていた。アンディは赤いボタンに親指を置いていた。7・62の発車口から、こちらに向かって上ってくるのと同じホタルが飛び出していた。銃を持ったヴェトコンが一人倒れた。次に機関銃を構えたヴェトコンが。次にほかのヴェトコンたちが同時に倒れた。それぞれの死に対してほっとしたというより嬉しかった。それが一人の人間であるということはまったく考えていなかった。一人の人間、一時間前あるいは一時間後には味方したかもしれない人を。空に戻る時、ひどく苦しかったが気にならなかった。闇が重く、重くのしかかってきた。重力が増し、押し潰され、目が開けられなかったからだ。彼らの死を確認するための八度目の降下は、どうでもよかった。ついに得意満面のアンディが喜びの声を上げるのを聞いた。

「すごいじゃないか！　約八gだよ、今回は！　やった、上出来だ！」

滑走路には大勢で私たちを待っていた。降り立った時、彼らは私たちを大騒ぎで迎え、空のビニール袋を振った。それは私が吐かなかった証拠であった。アンディはふたたび穏やかな声と優しい瞳の内気な青年に戻った。ヴェトコンをあれほど冷酷に殺した死刑執行人を思わせるものはなかった。私たちはコーヒーを飲みに行き、どれくらいの頻度でこのような任務に出掛けるのかを彼に聞いた。「平均して、一日に二回」と彼は答えた。その後、一九六二年に空軍に入隊し、一九六七年の初めに志願してヴェトナムに来たことを話してくれた。また、二十二歳になる弟、ウォリーが第四歩兵隊とともにプレイクにいる、可哀そうなウォリーとも言っていた。

「あいつ、どうしているだろう。ぼくは塹壕の泥が好きじゃない。清潔なベッドで寝る方がいい」

「大尉、どうしてヴェトナムに来たの？」

「A37型機で飛べるのがわかっていたし、給料が良かったからです。時間外労働はなくて、月に二百五十ドル。任務をこなすたびに手当がつきます」

「死ぬことは考えないの？」

「死はどうってことはない。私の仕事の一部で、私の人生の一部です」

「あなたの死？　それともほかの人たちの死？」

「同じことです。戦争では死は特定の人を指しません」

マルテッルが加わり、私たちは二杯目のコーヒーを注文した。マルテッルはカナダ人の家柄であり、韓国にいたが、一年半前に志願兵としてヴェトナムにやって来た。

「少佐、志願したのはどうして？」

「どうせ派遣されるからです。志願兵の方が稼げます」

「あなたは死について考えないの？」

「あんなところで誰がそんなことを考えますか？　仕事です。そうでしょう？」

「少佐、韓国の後、ヴェトナムに来る前はどんな仕事をしていたの？」

「ブラジャー工場で働いていました。機械に向かってブラジャーを裁断していました」

ところで、私がいるのはトゥーゾー通りのアストール・ホテルの自室である。心臓の軽い発作があったので、ここで五、六人を殺すのに参加した日のことを日記に書いている。殺しただけでなく、塹壕を三つ、砦を四つ破壊した。ここにアンディが届けてくれた書類がある。それには「これは……を確証するための偽りのない証明書のコピーである」とある。私たちが約八gを達成した記述もある。私の親しい宇宙飛行士たちに見せて、称賛を受けることができるだろう。私はすでにフランス通信社で称賛されていたし、マジュールは本当に嬉しそうに祝ってくれた。モロルドはといえば、羨ましいらしく「ぼくもやってみたいなあ」と言っていた。フランソワだけが何も言わなかった。フランソワが、生き方や人を測る物差しは、勇敢であるか臆病であるかということであり、私の無謀さは彼にとってはどうでもいいことなのである。

「今朝はごめん。でも、あのモカシン靴はちょっと気になってね」

「わかっているわ、フランソワ」

「アンディはブラジャーを裁断するんだって？」

「アンディじゃないわ。もう一人の方よ」

「任務をこなすごとに超過勤務手当がもらえるんだって？」

「そうよ」

「それで、その善良な青年は自分のやっている任務についてはまったく恥じる気持ちがないと、君は思っているんだね。あんなふうに人を殺して、何も、まったく何も感じないと」

「そうよ、そうじゃないことを期待していた私は、お人好しだったわ」

「ふうん。昔はぼくもお人好しだったよ。朝鮮戦争で特派記者だった頃はね。若すぎたということだ。韓国で同じような体験をしたよ。標的は北朝鮮人の一団だった。ぼくのアンディが一人を残して全員を殺した。その後残った一人に向かって急降下を始めた。男はそれを見て、走って後ずさりしながら顔を片手で覆い、もう一方の手を止めてくれというように、上げていた。おびただしい銃弾を受けて男は倒れた。戻った時、ぼくのアンディに『あの男は降参していただろう?』と言った。彼は『誰が? まったく気付かなかった』と答えたよ」

「そうなの」

「あの男のやったことは任務だ。任務を果たしたのだ。問題はない。どっちみち、彼は天国へ行く。妻を愛し、息子たちを愛し、日曜日にはミサに行くのだから」

「その通りだわ」

「ときどき、記者をやめて弁護士になりたいと思う。実はぼくはずっと弁護士になりたいと思っていた。人々に口実を見つけたり、動機を見出したりしたくてね」

## 十二月十五日

ヴェトナム滞在も残りわずかになった。ばかばかしい喜劇のような出来事が続いたにもかかわらず、すでに一か月以上もここにいる。昨日、ロアン将軍は、まだロアン将軍であったが、戦線の使者二人を逮捕した。その二人は、大学教授とその助手であったが、アメリカ大使に会いに行くところであった。共産主義者ではなかったらしい。二人は大使館の門を入ろうとしたところで逮捕された。会見を計画したのはCIAだった。大使館の本拠は壁に囲まれた巨大な孤塁である。そのような会見には恰好の場所であったが、残念なのは、ロアン将軍がなんでも台無しにすることだった。JUSPAOのある官僚に会ったのだろう。理性を失っているようだった。テーブルに拳を打ちつけながら「畜生め」と喚いていた。拳を打ちつけるたびに電話がチリチリと音を立てていた。その騒ぎが漏れるのを恐れ秘書がドアを閉めたが、それでも電話の響く音と「畜生め！」と繰り返す怒声は外に漏れた。当然のことだがFLNは逮捕の責任をアメリカに負わせるだろうし、また裏切りについても言及するだろう。そうすれば、今後会見はできなくなるだろう。だからなおのこと、バリー・ゾルシャンはしきりに言う。「バンカー大使はそのことを何も知らないと請け合ってもいいよ。アメリカ政府はヴェトナム政府と固く手を組んでおり、彼の同意なしにヴェトコンと話し合うことなど夢にも思わないだろう」と。なんて男なの、バリー・ゾルシャンは。

今、私の前には同じようなヴェトナム人官僚がいる。グエン・ゴック・リンである。情報大臣であり、ヴェトナム通信局の局長であり、ロアンの友人であり、大富豪である。洋服は、いつも必ずコンドッティ通りかボンドストリートで買い、日曜日にヴェトコンの支配下にある運河で水上スキーをする時には、カルダンの水泳パンツを履く。それが紳士の好みであり、彼は紳士が好きなのである。驚くほど語学に優れ、フランス語はフランス人のように、英語はイギリス人のように、ドイツ語はドイツ人のように話し、その上、イタリア語、スペイン語、中国語、ロシア語も少し話す。私を食事に招待してくれたのもこのことが原因だろうか？　食事が始まってから三十分ほどになるが、その間、これといった話はしていない。私は彼を観察し、彼は私をアジア風の冷静さで観察している。しかし、FLNの二人が逮捕されたことに話が及ぶと、もう隠し事はなくなり、ほっとして嬉しそうに表情を緩め、目は喜びに満ち満ちていた。

「アメリカ大使館に向かっていた二人のヴェトコンの逮捕は、アメリカ合衆国が犯した決定的な過ちです。彼らにとっては良い教訓になるでしょう。あるいは、ここがドミニカ共和国ではないということを思い知るでしょう」

「リンさん、あなたは恩知らずだと思いませんか？」

リンはハエを追い払い、品の良い笑みを浮かべた。

「夫婦間の恩知らずについて語ることはできない」

「リンさん、アメリカ合衆国と南ヴェトナムは夫婦のような関係だとおっしゃるのですか？」

リンはもう一度、小指でハエを払う。

「ええ、もちろん。打算的な結婚だが愛のある夫婦です。ご存知のように、我々ヴェトナム人は恋愛結婚の習慣はなく、打算的な結婚がふつうです。そういう結婚は長く続き幸せは常にやってきます。たとえ遅れてやってくるにしても。もちろん言い争いはないとは言いませんが」

「リンさん、この結婚では、どちらが妻でどちらが夫ですか？」

リンは悪魔のような笑みを浮かべる。

「当然、妻はヴェトナムです。しかし、ヴェトナムでは女はいつもズボンをはいているし、妻は家庭内の出来事を知る権利を持っている。ヴェトナムでは妻に相談しないで客を食事に招くことはありません。客が敵であればなおさらです」

「そういう理由で、ロアン将軍は大使館の入り口で戦線の使者二人を逮捕したのですか？　教育するために？」

「ロアン将軍はたいそう教養のある人ですよ、あなた」

アメリカ軍は、ヴェトナム政府にロアン将軍の頭脳を望んだようだが、ロアン将軍は辞表を出したらしい。すると、キー副大統領が、「ロアン将軍、君にいてもらわなくては困る」と言って、辞表を突き返したそうだ。

私は、このロアン将軍をもっとよく知る必要がある。たとえそれがかなり難しいとしても。ジャーナリストたちは世界のいたるところからやって来て、会見を取りつけようとした。ロアン将軍は「無言は金ですよ、あなた」としゃれたせりふで追い払っていた。

## 十二月十六日

ロアンにたどり着く方法を探っていたが、目の前にその方法があることを思いつかないでいた。ロアンに会いたい時に会うことができて、なんでも頼むことができる外国人がサイゴンに一人だけいる。ペルーである。仮に、親しい間柄だとして、どういう経緯でそうなったのか私は知らない。だが、わかったのは私がロアンの名前を言った時だった。フランソワは「やってみよう」と言ったのだ。お安い御用と言うふうだった。そして、ロアンに電話を掛け、長い間親しげに話した後、私のために翌朝の面会を取りつけてくれた。私はまだ驚きが覚めない。

実際は違っているかも知れないが、グエン・ヴァン・サムを私に合わせる許可は、ひょっとしたらロアン将軍の取り計らいではなかったのか？　そして、ヴェトコン三人の刑執行が早朝と決められたことの確証は、ロアン将軍から得たのではないだろうか？　二人の間には奇妙な関係がある。フランソワがヴェトコンに対する同情を隠さないことを考慮しても奇妙だ。当然私はそのことを知りたくて話してみたが、フランソワは話をそらしてしまった。

「あの男はいい男だ、それだけさ。それに、とても優しい男だよ」

「優しいですって、ロアンが？」

「そうだよ」

私は戦争にかかわれば、かかわるほど、人間のことをまるで知らなかったことに気付き、この地で人間がわかり始めたと思っている。

## 十二月十七日

会見は午前十時だった。ロアンは午後二時に到着した。突然兵舎は騒々しくなり、警官たちは走り出し、きっぱりとした力強い命令が飛び交う。そんな大騒動の中、軍服姿の男が忠実な士官の列を従えて現れた。ロアンは速歩で、軽やかに歩いていた。中庭を横切り、階段を上り、執務室に入り、こもった。三十分後に執務室のドアが開き、私は中に通された。男は机の向こう側に座っていた。花瓶に挿した三輪のバラを撫でることに夢中だった。見たこともないような醜男だ。痩せた肩に小さくゆがんだ頭がはまっていた。顔の中で口だけが目立っていた。とにかく、異常に大きかった。口からすぐに首が続いていた。顎が、どう見ても、まったくないと思えるほど、すっと消えていた。目は、実際目といえるものではなかった。瞼があるだけで、細い筋状にほんの少し目を開けていた。鼻はどうかといえば、確かに鼻だが、ぺちゃんこすぎて、頬に隠れていた。頬も扁平だった。彼を見ていて、健康がすぐれないようだと思った。

のろのろと弱々しい動作で、男はバラから手を離した。中腰になり、私に二本の指を差し出した。それは絹のリボンのように私の指をするりと滑り落ちた。長時間待たせたことについて、一言の謝罪も弁解もしなかった。ただ一言「ボンジュール」と言った。そして、ふたたびバラの花を撫でるのだった。花びらを、ひとひら、ひとひら、とても優しく。ついにその男は静寂を破った。その声を聞くと体調が悪そうだというどころではなく、とても苦しそうだった。その声は、声というものではなかった。苦しそうなささやき、瀕死の男から声を盗んだ風が運んでくる哀しい歌、墓から引きずり出されたような声だった。あの口からあのような声が出ることが信じられなかった。それに、言葉は、私たちが発音するのとはまったく違っていた。一語一語の繋ぎについてだが、あまりにもゆっくりと、しかも区切って話すので、次にくる言葉が繋がっていると思えなかった。

「ねえ、マダム！　バラは、美しいでしょう？　私は、バラが、大好きです。この花瓶のバラは、いつも、新鮮にしておきたい、どの花びらにも、一滴の露を、のせてね。一滴だけ……私は、ロマンチックな男でしょう？　バラと、音楽と……夜は、音楽を聴きます。ブラームス、ショパン……私が、ピアノで、演奏したり、作曲をして、楽しんだり……」

口が少しゆがんで、微笑んでいるように見えた。

「特別なことでは、ありませんよ、もちろん。愛すべきささやかなことです。私は、ロマンチックな男で……美しいもの、優雅なものがなくては、生きられません。それなのに、戦争に、従事しなければならない、自分は軍人だと思うと……私は軍人だ！　マダム、私は、軍人が嫌いだ……私は、規律に従う、動物以外の何者でもない。マダム、何かお飲みになりますか？　え？　よろしい……ウィスキーですか？　それとも、ビール？　私はウィスキーです」

「ビールをお願いします」

ウィスキーが運ばれてきた。ビールはない。ロアンがビールを頼まなかったからだ。頼むのを忘れたのだと、勝手に考えた。

「あなたは、フィレンツェの、出身ですね、そう聞いていますが……ああ、フィレンツェ！　ヴェネツィア！　その都市を、サイゴンよりよく知っています。バラ同様に、大好きです。街路のひとつ、ひとつ、建物のひとつ、ひとつを、思い出して、愛おしんでいます。フランスに留学していた時、私の大好きなヨーロッパを、旅行しました。よく行きましたよ、フィレンツェや……ヴェネツィアや……フランスでは、カトリックの大学で、勉強したのですよ。そこで、学位を取りました。自然科学で一つ、薬学で一つ、工学で一つ……では、何のために？」

彼は舌鼓を打ちながら、ウィスキーを飲んだ。

「何のためかと言うとね、マダム。警察庁長官になるためです。マダム……私は十一人兄弟の長男で、十一人の中で、いちばん頭が悪くてね……三人の妹は医師で、二人の弟も医師で、ほかの三人は薬剤師で、その他の二人は工学士です。で、私？　私は、ひどいもので……三十七歳で、将軍であり、警察庁長官、それ以外の、何者でもありません。侮辱され、中傷され、大酒のみと聞いているでしょうね。ひどい女たらしとか。マダム、どんな噂をお聞きになったか、話してください」

「いろいろ聞いていますよ、将軍。でも、強いて言うなら、あなたは残酷な人だと聞きました」

「マダム！　私が残酷だって⁉　そう思いますか？　バラを愛する男が、残酷であるはずがないでしょう？　マダム！　もし、このことを、私の部下におっしゃったら、部下は、あなたを、ただちに、逮捕するでしょう。彼らは、あなたは頭がおかしいと思うでしょう。彼らは、いつも、私に言います。あなたは、ご自分の職務を果たすには、優しすぎます。もっと容赦なく、厳しくされた方がいいでしょうと。しかし、私は、教育だよ、君たち、教育だ。この仕事は、残酷に行っても無駄だ、良い教育を、することが、必要なのだと答えている」

「将軍、拷問も良い教育ですか？」

「マダム、時には、厳しさも必要ですよ。そう、必要なのです……。しかし、囚人の体に、傷害があって、初めて、拷問行為が、あったと言うのですよ、マダム。ここの囚人たちは、傷害を受けたことはありません。数回、余計に殴ったり、余計に、平手打ちをしたり……それは、拷問ではありません。たいしたことではない」

「将軍、生殖器に電気を掛けるのは？　たいしたことではないのですか？　濡れタオルのことは？　たいしたことではないのですか？」

「ああ、マダム！　我々男には、何か、残酷なところがあるのは、やむを得ないことです。その証拠に、なぜ、悪い子は、叩かれるのですか？　よく考えてみると、子供を叩くのは、良くありません。たとえ、子供が悪くても。しかし、良い子になるためには、教えなければなりません。マダム、ここにいる、ヴェトコンたちは、悪童たちと、同じです。私は、ヴェトコンのことはよく知っている。それに、今に始まったことではありません。ヴェトミンの時代も、フランス人の時代もそうでした。私も、抵抗運動に、加わっていたのですよ、マダム」

「どの党でした、将軍？」

「すみません、マダム、それは言えません」

そう言って、しばらく黙っていた。そしてふたたび飲み物について私に尋ねた。

「何かお飲みになりますか、マダム？　え？　よろしい。ビールですか？　それとも、ウィスキー？

私はウィスキーを飲みます」

「ビールをお願いします」

今度も、ウィスキーは持ってこられたがビールはなかった。ビールを頼まなかったからだ。

「将軍、では、仏教徒は？　仏教徒の子供たちも悪いですか？」

「悪童どもですよ、マダム。麻薬に溺れた不良ども。例を上げてみましょう。私もやったことがありますが。生きている犬を捕まえて、ガソリンを振り掛けて、火をつけるのです。じっとしていると思いますか、マダム？　もちろん、動き回り、吠え、逃げます。次に、別の犬を捕まえて、薬を与えます。そして、ガソリンを振り掛けて火をつける。仏教徒のように勇敢になる。マダム、やってごらんなさい。楽しいですよ。そのことをチ・クァンにも話しました。私はチ・クァンをよく知っています。私たちは、ともに、フエ出身で、同じ寺院に所属しています。彼がハンガーストライキをする決意をした時……そうそう、雨が降っていた。一人の男に勝つには、ほんの些細なことで、十分です。一本の傘があればいい。その男に傘を差し出せば、一時間後には、犬の話を聞きながら食事をしていた」

「あなたも仏教徒ですか？」

「マダム……神を信じているかどうかと、聞いてほしいですね」

「神を信じていらっしゃいますか？」

「信じていません」

「何を信じていらっしゃるのですか？」

「運命ですよ、マダム。ああ、痛い！」

突然、無表情な顔が人間らしさを帯び、苦痛に顔を引きつらせ、大きく醜く開かれた口をゆがめた。まばらな、緑がかった歯列を見せていた。

「失礼しました……胃潰瘍が」

しばらくの間こうして、そのまばらな緑がかった歯列を見せていた。その後、片手で、力のないクモの巣のようにか細い手で、胃のあたりを押さえ痛みを鎮めた。そして死に瀕した者のあの苦しそうな声で私に語ったのは、彼が十二指腸潰瘍であり、原因はあまりにも多くの問題を、しかも嫌な問題を抱えていたことにあるということだった。彼は警察官の仕事を楽しんでいるだろう、稼ぎの良い仕事だろうと、私は思っていなかっただろうか？　資産家に生まれた彼は、親の七光りで出世し、政府が出す一か月の報酬二万五千ピアストルのわずかな月給は、確かに十分ではない。この額は彼にとって、運転手の給料にも満たない。では、なぜ警察官になったのですか？　いわば鍛錬のためですよ、もちろん！　そのいきさつは？　三年前のことだった。彼が北で、爆撃の任務を終えて飛行機を降りた時、キー将軍のもとに出頭する命令を受けた。キー将軍は、彼にぜひとも警察庁長官の役目を引き受けるようにと言った。辞退できただろうか？　しかし、荷が重い、ああ、大変なことだ！　彼に協力しないアメリカとのかかわりが。というのは、彼はアメリカ人が嫌いだし、アメリカ人も彼が嫌いであるが、互いに相手を必要だと思っている。アメリカ人はＦＬＮとのみ接触し、死刑に反対している。不思議なことだが、彼は実に正直であると同時に、相手に信じられているかどうかは気にしていないように思われた。信じられることは、彼の目には低俗に見えるようで、真実は自分以外に、他人の証人は必要がないという自信を持ち、同情は決して受けまい、苦痛は自分で取り除こうと決めているようであった。彼にはオオカミの痛ましい孤独があった。聞く者はいないと知りながら闇の中でただ一匹、吠えるオオカミの孤独があった。

「ところで、将軍、例の三人のヴェトコンは一か月以上も刑の執行が延期されていますが、どうなさるのですか?」

「絞首刑です、マダム。アメリカ人が好む、好まざる、にかかわらず。何かが起こると、刑は延期されますが、後に、実行されます。法は施行されるのです、そうでしょう? ヨーロッパのレジスタンスを、覚えていませんか? 彼らに、判決の必要はありませんでした。あるいは、反逆罪の判決で、公式には」

「将軍、あなたはヨーロッパのレジスタンスの結果と同じことが、ヴェトナムで起こるとは、思っていらっしゃらないでしょうね」

「思ってはいけませんか? ヴェトコンのレジスタンス運動は、ヨーロッパで、あなた方が経験した、レジスタンス運動と同じ種類のものです。ただ一つ違っているのは、あなた方は、勝ったけれど、ヴェトコンは負けるでしょう。これはいけない、私は、負けるだろうと言いましたね? 初めて言ってしまいました。この戦争は、特異な戦争です。どちらが勝っても、負けても、終わりません。両側が爆撃を中止した時にのみ終わるのです」

今、彼には深い悲しみがあり、その声は木の葉が風にそよぐ音のように伝わってきた。そっと、優しく。彼は泣きたい気持ちなのだろう。言い方を変えれば、彼は泣くことができるということだ。この男は泣いたことはないのか？　泣くことができなかったのか？　たぶん、そうだ、もし誰かが暗闇で彼の泣き声を聞き、憎まれることを恐れずに勇気を出して彼の頭を撫でたとすれば。

「将軍、死ぬことは怖くありませんか？」

「サイゴンに、死ぬのを怖がらない者は、いるだろうか？　毎日、みんなが、綱渡りをしている。毎日、私は、自分の命を懸けて生きている。確かに、私は狙われている。殺されるかもしれない。私は、ヴェトコンのことをわかっていると、もう一度言います。やつらは獣だ。人非人というか、獣だ」

「あなたの同胞ですよ、将軍」

「敵対する同胞です。敵対する同胞より悪い敵はいません。何かお飲みになりますか、マダム？　私は、もう一杯、ウィスキーを。私の薬です。ウィスキーは、潰瘍を気分的には楽にしてくれますが、症状は、悪くします。あなたは？　ビール、それともウィスキー？」

「ビールを、お願いします」

今度も、ビールはなかった。

そこで、私は立ち上がり、いとまを告げた。私の視線が、彼の瞼の細い隙間に入り込んだ時、そこに親愛の情をちらっと見たように思った。彼のやり方に従い、彼の悪意がどれほどなのかを知るために、私はビールがこないことを黙っているということを、彼は当然よく理解していた。私はひどく喉が渇いており、彼がウィスキーを口に運ぶたびに、彼を忌々しく思っていることに気付いていたはずだ。しかし、もし彼が譲歩していたら、私に与えようと思っていたグエン・ゴック・ロアンの写真をくれなかっただろう。それとも、ただ単に憎まれたかっただけだろうか？　なんてことだろう、ほかの人たちは愛されたいと思っているのに、憎まれたいと思うなんて。私には理解できない。たぶん、あのような醜男だからだろう。それゆえ美しいものが好きなのだ。

「ありがとう、マダム。とても楽しかった」

「私もです、将軍」

彼は丁寧にお辞儀をし、ドアまで私を導いてくれようとした。その時私は机の右側の壁に掛けられた額に視線を止めた。額には詩が入っていた。次のように書かれていた。

人々のざわめきの中で、お前はゆっくり成長する、
忘れるな、平和はお前の沈黙の中だけに存在できることを。
決して屈するな、しかし、みんなと仲良くせよ、
お前の真実を述べよ、穏やかに、静かに。
人の考えを聞け、心を開き、頭を空虚にして、
たとえ、その人たちがお前より頭が悪く、無知であろうと。

そこで私は自問した。ひょっとしたら、彼のやり方に従っていることは間違いだったのか、運命は、もう一度彼に会う機会を、彼から嬉しい驚きを受ける機会を、私に取って置いてくれるだろうか。いつ

か、何か憎めない嫌味の後に、おそらく。

十二月十八日

明日、モロルドと私はヴェトナムを去る。ひどく憂鬱な気分である、罪悪感を覚えるというか。どういうわけか、逃げていくような、見限るような気がしている。一人の死に涙し、砲撃の音のしない世界に戻ることは罪ではないのだけれど。去って行くのは私たち二人だけである。それに、ふと気付いたのだが、何か月、何年も前からここにいる人たちは、毎日命の危険にさらされているのに、立ち去ろうとは思っていない。せいぜいバンコクやホンコンに出掛けて週末を過ごして戻ってくる。勤務する新聞社と契約した者に限らず、文学的興味や愛がこの危険地帯に巻き込まれる。悲劇に、危険に、死に挑むことに不思議な引力がある。そして、その最も凄惨な局面さえも、あなたに与える不思議な魅力を消すことはできない。

コンティネンタル・ホテルのテラスでコーヒーを飲みながら、私はそのように考えていた。テラスは国会議事堂の真正面にあり、国会議事堂の一階には、色鮮やかな部屋があった。開かれた窓から黒い祭壇布が掛けられ、火のついたろうそくが並べられた棺台が見えた。ブイ・クァン・サンの棺台であった。クオミンタン党の党首、四十五歳は昨夜自宅で殺されたのだった。二人の男が侵入し、彼の首と胸を銃で撃った後、妻には台所から動くなと命じ、黒板に死刑の判決文を残して去って行った。その文はタイプライターで書かれたもので、FLNの署名があった。次のように書かれていた。〈ブイ・クァン・サンは自分の息子がCIAで働くのを許したことにより、国民に対する裏切りの罪で有罪と認定された。〉

誰もそれを信じない。アメリカ人でさえその死刑は間違っている、間違いは立証されたと断言している。ヴェトコンは死刑判決文を残さない。ブイ・クァン・サンは政府の刺客に殺されたのだ。その理由は、彼がFLNと接触し和平交渉を始めることの必要性を主張したためである。それが事実かどうかわからないが、今さらどうでもいい。重要なのは人間の命が一握りの米ほどの価値もないこの都市で、また一人死んだということである。それゆえに、窓ガラスに反射するこれらのろうそくを、光の中に追い求め、見つめていると、生きていると実感するのだった。

「いいお別れじゃないか?」とモロルドはブイ・クァン・サンの棺台を指して言った。

「そうね」

「いよいよ飛行機に乗るんだね。バンコク、カラチ、テヘラン、ローマ。明後日はイタリアにいるなんて、嘘のようだね。君の国だろ?」

「そうよ」

「なのに嬉しくないのかい?」

「ええ」

無邪気なモロルド。彼は写真を現像したり、自分が体験したり、やれなかったことを仲間に話したくてたまらないようだった。単純にも、彼はヴェトナムに滞在したこの四十日間は、危険を切り抜けて仕事をやり遂げたというだけのことだ。私にとってはそれ以上にいろんな意味があった。

「なぜかといえば、こんなに学んでしまったら、もう以前のような自分にはなれないからよ」

「でも、何を学んだの?」

「簡単なことよ。いつか話すわ」

午後、私たちはフランス通信局に行った。友人たちは最後の日まで友人らしく接してくれた。マジュールは自分のリュックをプレゼントしてくれた。フェリックスは懐中時計を、フランソワは水筒と迷彩色の毛布とポンチョ型のレインコートをくれた。その上シャンパンも一本開けてくれた。キアンティを彼に送るという条件付きだった。平気を装っていたが、みんな興奮していた。私たち二人もそうだった。ヨーロッパ、アメリカ、そこは月よりも遠いようにみんなが感じていた。世界のほかの国々は別世界だった。

「いったい君が学んで何がわかったの?」モロルドは二杯目のシャンパンを飲んだ後、尋ねた。

私は答えなかった。彼にはわからないだろう。

しかしこの戦争で、この国で、この都市で私が学んだことがある。この世に生を受けたという奇跡を愛することを。

# 4 ニューヨークの街角で

あなたは眠っていて、燃え盛る家の中にいる夢、あるいは、あなたを追って来た刺客に捕まりそうになる夢を見ていると考えてほしい。あなたの苦しみは現実で、あなたの恐怖は現実で、あなたは悶え苦しみ、泣き叫び、パニックに陥る。でも目が覚めると自分のベッドにいて、自分の物に囲まれ安全な場所にいるとわかる。家は燃えていないし、刺客は追って来ることはなく、すべてが幻想であり、その幻想は顔に少し汗が残っているほかはなんの形跡もない。戦争をしている国から戦争のない国への旅はこれに似ている。サイゴンを発ち、雲の上を飛んでいると、死体や戦車や炎や悲惨な場面を見続ける。ところが、飛行機がローマや、パリや、ニューヨークに降り、自分の環境に戻って来ると、それまで夢を見ていたような気がする。死体や戦車や炎はどこにある？　どこにもない。幻想の中にしかない。では、このリュックは？　税官吏がスーツケースとともに調べている。このヘルメットは？　何もない。あるのは顔に残る汗。善意や良心に触れてすぐに乾くだろう。こうだから、人は戦争を受け入れるのだ。離れていると人々は信じない。起こっていることがわからない。とにかく遠く離れると私もそうだ。しばらくすると、もう、何があったか信じられず、理解できなかった。

それでも、そのことは話題になっていた。常に、いろんな形で私の耳に届き、目に入ってきた。複雑なルートを通して、私はパウロ六世に宛てたチ・クァンの手紙を届けた。ある夜、パウロ六世がテレビに映っていた。白いマントに身を包み、告発者にも祝福を授ける者にも指さしながら熱弁を振るっていた。「東南アジアから声が届いている……」そして、その夜以来、告発者から祝福を授ける者から、賛否を浴びながら、その純白の姿がテレビに映らない日はなかった。場合によっては、ビロードとアーミンの毛皮をまとった姿、ある時は、非常に高い教皇冠を被りそびえ立つ姿だった。その映像を見て、ヴェトナムを思い出した。サイゴンでのいろんな光景、兵士たち、爆撃、とんがり帽子を被った避難する群衆を思い出していた。週ごとに印刷された自分の記事や、ダクトーで拾った空の薬莢や、私の部屋の壁にたわむれに掛けてある例のヘルメットやリュックでさえ、ヴェトナムを思い出させた。しかし、私の心の中、頭の中で、戦争は夢であったかのように消えてしまっていた。

ピップの手紙がその例である。「一三八三高地で、この手紙を書いています。ここでは、祝砲でクリスマスを祝い、停戦中は新聞のニュースを話題にして過ごすくらいです。迫撃砲が一発、砲兵隊の近くに落ち、ラリーが死にました。ラリーを覚えていますか。キャンディの青年です。シェール大尉は兵役期間を終え、間もなくアメリカへ帰ります。大尉がいなくなるのはとても残念で、軍曹に昇格したことも悲しみを和らげてくれません。一三八三高地の兵士たちは、あなたのことをよく話題にしています。あのヘリコプターから降りて来るあなたを見たぼくたちの驚きを想像できないでしょう。おさげ髪にもかかわらず、とても女の人だとは思えなかった。でも、声を聞いて女の人だとわかりました。ぼくたちのことを心配してくれ、戦争の悲惨さに注目する人に会うのは、本当に久し振りでした。クリスマスおめでとう。これはみんなからあなたに贈る挨拶です。ティネリーはジュリー・クリスティのサイン入りの写真をほしいと言っています。では、これで。パトロールに行かなければなりません。もうあなたにお会いすることはないのでしょうか？　私たちは再会できることを願っています。ピッポン、別称ピップより愛を込めて」素晴らしい手紙。しかし、学生時代の古い写真をふと手にしたようだった。「神さま、私を死なせないでください」と祈りながら戦場に行くと話していたラリーのことを思い出して、悲しくなった。ティネリーのことを忘れていたことにも何も感じなかった。親しかったが、疎遠になっている昔のクラスメートに感じるような気持ちで、ピップに返事を書いた。ダクトーはそれほど遠くに思えたのだった。サイゴンのうだるような暑さも同様だった。田舎にある私の家の庭は雪に覆われ、噴水にはつららが下がっていた。食堂には、金、銀でぴかぴかのクリスマス・ツリーが立てられ、生死について考えることはなく、私の幼い妹はクリスマス・ツリーにおもちゃを吊るしていた。その後、一月にはニューヨークに戻った。ここで何かが起こった。悔恨の念が熟し始めた。その理由は人々の無関心さ、ヴェトナムという言葉に対する人々の反応の仕方だと思う。ヴェトナムは休暇を楽しむところでも、保養地でもないのに。

二番街のドラッグストアに入った夜もそうだ。

「まあ、誰かと思ったら。お客の一人を失ったと思ってたのよ」

「いやだ。ヴェトナムに行っていたの」

「どうだった？　楽しかった？」

また、別の日、マディソン街の銀行に行った時のこと。

「お久し振りね」

「ヴェトナムに行っていたの」

「本当？　すごいじゃない。嘘じゃないわね？　いいわねえ」

あるいは、タクシーの運転手と口論した午後のこと。

「あんな黄色いやつらには原爆を落としてやればいいいんだ」

「あんたの上に落ちればいいのよ。あちらには前線ってものがないのよ」

「誰にわかる？」

「私は知ってる。一か月半ヴェトナムにいたのよ」

「ヴェトナムは暑いって、本当かい？」

もう、うんざり。グレアム・グリーンは、戦争はおおかた何もしないで、じっと何かが起こるのを待っている、と書いている。確かにそうだ。しかし、じっとしている時、そこで退屈しているのではない、とは書いていない。というのは、戦争では見物席に座って観賞することは決してなく、いつも舞台の上で公演の役を演じなければならない。コンティネンタル・ホテルのテラスでコーヒーを飲んでいてもそうだ。そのテラスで地雷が爆発するかもしれないし、手榴弾が飛んで来るかもしれない。そのことが英雄気分を共有していると思わせてくれるし、うんざりするようなことをすべて忘れ、緊張状態を持続させてくれる。ところが、ニューヨークにはこれがない。ニューヨークでは、日々多くの問題、多くの約束、多くの倦怠をはらんで、あくせくと駆け足で過ぎていた。異常事態も不慮の事態も起こっていなかった。何百万もの蟻の中で、私は一匹のはぐれ蟻のように感じていた。活発で、組織されているが、生きていることの価値が見られない蟻の群れ。私の部屋から見える窓はどれも同じだった。ガスレンジは自動的に点火され、マッチは必要なかった。私の友人たちは善良で礼儀正しく、生活は安定していた。そのような精神状態にある時にフランソワから手紙が届いた。ピップの封筒ではなんとか読み取れたアポ・メイル（航空便）の消印はなく、ヴェトナムの切手が貼られていた。その切手を見ると、自然に、満たされない思いでいっぱいになる。手紙はフランソワらしく簡単で明確であった。私が平和なアメリカに戻ったことを皮肉り、祝日のサイゴンの様子を書いていた。「信じられないほど平穏です。ぼくの想像だがヴェトコンは何かとんでもないことを計画していると思う。ぼくは郵便局に泊まって、臨時の原稿を即刻送れる態勢を整えた。バリー・ゾルシャンは不安そうだ。ところで、ロアンは今までになく扱いにくい。ぼくのことを、話し合える唯一の記者だと思っている。君を怖がらせたが、あの男は君にわざとそうしたのだと思う。君はとても重要なことに気付いたんだよ。つまり、ほかの人たちは愛されたいと思っているのに、あの男は憎まれたいと思っている。それはあの男が非常に醜男だからだと。確かに醜男だが、だからといって他人より劣っているわけではない。人間性という面でとても魅力がある。豪然としているという点でね。ぼくはゾルシャンにもウエストモーランドにも、ほかのみんなに興味がある。ヴォルテールが言ってるね。〝人間に興味を持つ人に私は興味がある〟と。モンテーニュの言葉だったかな？　いちばん好きな文筆家はモンテーニュなんだよ。もし重大事が起こって君がサイゴンに戻ることがあれば、キアンティを一本よろしく。それでは。ペルーより」

私はその手紙を読んで羨ましくてたまらなかった。サイゴンで重大事が起ころうとしているのに、私はサイゴンにはいなかった。サイゴンに近づく口実を見つけられればいいのだが。ホンコンで現地報告、その立場なら何か重大事が発生すれば、サイゴンには容易に入れるだろう。そんなことを考えながらニューヨーク・タイムズを広げて、ニュースを読んだ。テト（ヴェトナムの正月）が始まって二週間後、ヴェトコン十九名がアメリカ大使館を襲撃した。B40対戦車用ロケット弾と35インチのバズーカ砲を装備し、囲いの壁に穴を開け、そこから庭に侵入し朝まで主導権を握っていた。戦闘は九時に終わった。ヴェトコン十九名は殺されたが、市内のいたるところで戦闘が繰り広げられた。翌日、そのニュースはさらに悲惨なものだった。サイゴンの襲撃だけでなく、秩序だった大掛かりな攻撃のことが取り上げられていた。ダナン、ダラット、ミートー、フエ、ヴェトナムの三十五の主要都市で消耗戦が繰り広げられたのである。サイゴン同様、チョロンの全域がヴェトコンに支配され、ザーディンやフートーの大部分もそうだった。タンソンニャット空港ではどの飛行機も着陸できなかった。テレビの実況放送は、瓦礫の山に埋もれた道路、炎を上げる建物、血まみれの死体、破壊されたパゴダを映していた。もっと痛ましい写真を知人が送ってくれていた。それは両手を縛られた一人のヴェトコンを殺すロアン将軍の写真であった。

写真は一枚だけでなく、三枚あった。一枚目には短ズボンにチェック柄のシャツを着た若いヴェトコンが、アメリカの海兵隊員に急き立てられている姿が写っていた。海兵隊員は、ヴェトコンを奮い立たせるようなことを何か耳打ちしていた。二枚目にはヴェトコンの右のこめかみに銃を向け、至近距離で撃つ様子が写っていた。弾丸が脳を射抜く、まさにその瞬間を撮ったもので、ヴェトコンは目を閉じ苦痛に口をゆがめていた。三枚目には、ロアンが銃を置き、仰向けになったヴェトコンをアスファルトの上に残して立ち去る姿が写っていた。ヴェトコンは最後に反射的に行った動作、裸足の片足を宙に浮かせたままであった。ロアンとバラ、どの花びらにも露のひと雫。ロアンとピアノ、自ら弾くショパンのノクターン。ロアンと額に入れられた詩〝人の話に耳を傾け、己の糧とし、穏やかに、静かに自分の真を語りなさい……〟どうして私はこの男はいつか泣くことができると思ったのだろう？　それにフランソワが彼の人間性を評価し、彼を受け入れたのはなぜだろうか？　さらなる破廉恥行為、さらなる英雄的行為はヴェトナムを新たな悲劇にさらしていたのか？　退屈が、はやる気持ちに変わった。私はビザと必要な書類を受け取るとすぐに、ホンコン経由バンコク行きの、最初に乗れる飛行機に乗った。持ち物といえば、鞄一個、カメラ、テープレコーダー、そしてキアンティ一本だけであった。

テレタイプで、フランソワは、サイゴンに入る唯一の方法はバンコクから軍用機で入ることだと知らせてくれた。そういうわけで、私の名前をタイのアメリカ当局に知らせてくれていた。タイでは二月七日の早朝、飛行機に乗ることができたが、四日間を無駄に費やし、攻撃が始まってから一週間以上が過ぎていた。飛行機にはほかに記者が数人乗っていた。アメリカ人一人、ドイツ人一人、フランス人三人。座席もトイレもない小さな飛行機であった。床に縮こまって座り、ブリキ缶で用を足すのだった。マルセルという名の青白い男、最年長のフランス人は、あらゆる惨事に通じているようだった。たとえば、ホット・ニュースではないが、フエ市街でカテリーヌとマジュールの逮捕。二人はヘリコプターとバスを乗り継いでフエに着き、十字射撃を潜って、やっとのことである教会に避難した。そこを出ようとした時、いきなり北ヴェトナム軍に襲われ、縛られて連行された。その事件が銃殺刑という形で終わらなかったとしたら奇跡である。しかもサイゴンでは、人は餓死していた。それゆえ、マルセルはビスケットとチョコレートを持ち歩いていた。さらに、伝染病の危険性が伝えられていた。それゆえ、マルセルは解毒剤を持ち歩いていた。この男の甲高い声は耳障りで、時間が長く感じられた。貨物機ならカンボジアの上空を飛ぶため、バンコクからサイゴンまで一時間しかかからない。軍用機はルートを迂回するため、四時間半かかる。疲れてへとへとだったし、一人で立ち向かうことを思うと、彼に黙ってくれと言えず、椅子の背にもたれるように彼にもたれていた。友達にもたれるようにと言おうか。戦争で友人がいないのは不幸だ。「私は怖い」と話せる人がいないのは。

午後二時頃サイゴンに着いた。街から炎と黒煙が立ち昇り、ところどころにヴェトコンの黄・赤・青の旗がはためいていた。司令官が顔を出し、着陸する前に旋回すると言った。空港は迫撃砲の攻撃にさらされていた。旋回は四十分続いたが、まるで四時間のように思われた。その後、果敢に急降下し、着陸態勢に入った。「神さま、私たちにご加護を賜りますように」と言うマルセルの声が、私の鼓膜を突き、胸を突いた。私の日記はまた地獄に戻ってきた。

＊　＊　＊

二月七日　夜

タンソンニャット空港に着陸するのは容易ではなかった。周辺で戦闘は激しさを増しており、南西の格子門では激しい銃撃戦が行われていた。いったん降りると、私たちは滑走路を駆け足で横切り、土嚢で防護された小屋に避難しなければならなかった。そこには怖じ気づいて士気をなくした様子の兵士たちで溢れていた。士官は、私がすぐにサイゴンに入りたいと言うと、驚いていた。おそらくあなたは知らないだろうが、と彼は繰り返し言っていた、サイゴンは戒厳令が布かれているし、ザーディンからサイゴンに通じる道路はヴェトコンの支配区域にあるし、まさに今日、アメリカのジープが手榴弾で爆破されたということを。それでも、なんとか護衛をつけてトラックを用意してもらい、三十分後には閑散とした道路を、破壊された家々を眺めながら恐る恐る走っていた。二十分ほどで市街に入った。運転手はコンティネンタル・ホテルの近くで車を止め、何も言わずに私の荷物を地面に降ろした。礼を述べると、運転手は「ありがとうどころじゃないよ。我々はすぐに戻らなければならないんだ」とぼそっと言った。そして、ひどく汚い言葉を投げつけた。人気のない広場で、地面に置かれた荷物とともにそこで味わった衝撃を、私は生涯忘れないだろう。人の姿はなかった、ただの一人も、野良犬さえいなかった。商店はすべて閉められ、窓はすべて閉ざされ、物音もなく、静寂の中に石と化していた。風にはためいて電柱を打つ、一枚の貼り紙だけが、はたはたと音を立てていた。力車も、自動車も、自転車も姿を消し、サイゴンを折り合いよく、活気ある憩いの場にしていた陽気な群衆も消えていた。完全なる非存在を見渡していると、住民が総退却した後にただ一人取り残されたように感じる。私は荷物を取り上げ、有刺鉄線の細い隙間を潜ってコンティネンタル・ホテルに入った。門衛のほかは誰もいなかった。部屋を取りたいと言うと、門衛は首を横に振り、「たとえ黄金を積まれても、それはできません」と言った。私は門衛に荷物を預け、キアンティを持ってパストゥール通りのフランス通信社に向かった。唇を閉じたまま、私は音を、どんな音でもいいからと祈っていた。戦車が加わった自動車隊が近づき、アスファルトを削るタイヤの軋り音が、私には音楽のように聞こえた。

フランス通信社の周囲にも有刺鉄線網が張られ、歩哨が二人見張りに立っていた。二人は私に身分証明書を要求することもなく、いきなり三発、発砲した。一発は私の足元に落ちた。「ジャーナリスト！ジャーナリスト！」と叫ぶことで私は救われた。そして、階段を大急ぎで駆け上った。まるで子供が母親を探すように、同僚を探していた。事務所にいたのはテレタイプのオペレーターとラン氏だけだった。ランは、みんなはＪＵＳＰＡＯにいると教えてくれた後は黙ってしまい、それ以上話せる雰囲気ではなかった。それでも、外に一人でいるよりはましだった。キアンティをフランソワの机の上に置いて待っていた。どれくらい待っていたかわからない。それほど私は疲れていた。そんな時、ドアが開いてフランソワが現れた。汚れて、髪は伸び、痩せていた。薄茶色のズボンと青いセーターは借り物であるかのようにぶかぶかだったし、頬はこけ、鼻は以前より長く細くなっていた。キアンティの瓶を見ると、口元をゆがめ、奇妙な笑みを浮かべた。そして私を見た。私の髪をくしゃくしゃにした手と、「ブラボー！　ブラボー！」と叫んでいた、あのよく響く声を覚えている。それ以上は覚えていない。私は幼い子供のように泣き出してしまったのだ。

かなりの間、そのような状態だったと思う。フェリックスとマジュールが入って来た時、私は洟をかんでいた。マジュールもやつれ、痩せていたが、相変わらずハンサムで品がいい。あの独特の笑顔で、いつものマジュールに戻り、私を抱きしめながら「戻って来たんだね。こんなにぐったり疲れて！」と優しく言った。私たちはしばらく無事を祝いあった。まず、住む部屋を見つける必要があった。フェリックスが提案してくれたのは、元アメリカの将校たちのＢＯＱ（独身士官寮・基地士官寮）だった一種のホテルがあり、フェリックス自身が一部屋を使っているが、それを私に譲ってもよいと言うのであった。そうすれば、少なくとも銃で撃たれる危険のない時を見計らって、事務所に行ける。やっと落ち着いたが背筋が凍る思いだ。暗くなると爆撃が始まった。これと同時に、ザーディンに砲撃を浴びせ、ヘリコプターは照明弾を落とす。照明弾は昼のように明るく照らしながら、ゆっくりと私たちが住む地区に落ちてくる。ヴェトコンを探しているのだ。日中、アメリカ軍はヴェトコンを田園地帯に追いやるのだが、彼らは、夜には元の場所に戻って来る。サイゴンは今や、まぎれもなく最前線である。たとえば、マルセルの言った通り、市の食糧不足は深刻である。備蓄食料はほとんど使い果たされ、卵一個の値段が六百リラに跳ね上がり、一握りの米を求めて列を作るが、場合によっては、その米を炊く水もない。それればかりでなく、伝染病が懸念されるが、薬はほとんど手に入らない。そういえば、あの楽しいニュースを知らせてくれたマルセルはここに住んでいる。廊下を歩いていたら、甲高い声が聞こえてきた。間違いなく、それはマルセルだった。

二月八日

まだ夜が明けてもいないのに、この爆撃音、眠れやしない。ついに起きてしまった。そうだ、昨夜、フランソワがしてくれた話を、私はテープレコーダーに録音していたのだ。彼の疲れた、よそよそしい声をもう一度聞くと、不思議な気がした。フランソワは椅子に倒れ込むように座り、憔悴しきっていた。「ところで、ぼくは大変な事が起こりそうだと君に書いたね。それを警告したのはほかならぬアメリカ軍だった。ぼくは郵便局に寝泊まりすること二週間。だが、何も起こらなかったので間違いの警告だと思って止めてしまった。テトの夜のことだった。テトのこと、知ってるね、ヴェトナム人にとっては最高の祭日だ。だから、外出禁止令は解かれ、サイゴンに駐屯している、ほとんどの兵士に休暇が与えられ、兵舎は撤退したのも同然だった。街は人でごった返し、いたるところで花火や爆竹が弾けていた。花火や爆竹はヴェトナム人にとっては、邪心を払い善心を招く役目をする。たとえ前日に、ヴェトコンがダナン、ニャチャン、プレイク、コントゥムのアメリカ軍基地を攻撃したとしても、サイゴンまでも攻撃するとは誰も考えていなかった。午前三時頃、最初の爆発音を聞いた時、思ったんだ。嘘だろう、ぜったいにそんなはずはないと。爆竹とはまったく違う音だった。地雷のように建物の中心を激しく揺さぶった。その後、一発、また一発。ぼくはベッドから飛び起きた。急いで外に飛び出した。そこでは戦場より激しく弾丸が飛び交っていた。一発が、ぼくの左こめかみをすれすれにかすめた。一発は、首をかすめた。その時、思った。ついに来たと。自動車に乗った。誰かが撃ってくるが、歩く方が危険だ。大聖堂の広場に着いた。聖母像のそばでジープが一台燃えていた。地面にはアメリカのＭＰの死体が二体転がっていた。ほかにも死体がいくつか郵便局の前にあった。南ヴェトナム軍の兵士のようだった。大使館から強烈な爆発音が聞こえてきた。近づいてそれを確かめた。囲いの壁は手榴弾と迫撃砲で破壊されていた。入り口で警備にあたっていた三人のＭＰはすでに死んでいて、襲撃を阻止するアメリカ兵は一人もいなかった。

引き返して郵便局に入り、パリに電報を送った。そこにアメリカ人たちがいたが、すっかり動揺していた。右往左往しているばかりで、起こったことが理解できないようだった。その日の朝までわからなかったのだ。大使館への襲撃がそれだけで終わらず、攻撃の始まりだったとわかるのに、さらに二時間が必要だった」

「綿密に計画された軍事作戦であり、攻撃は秩序よく組織されている。ロアンは、ヴェトコンがサイゴンに侵攻するのは不可能だと言っていた。ところが、一月二十九日から三十日にかけて、わずか二日でサイゴンに入って来たのである。一万人といわれているが、六千人を下らないのは確かだ。三グループに分かれ、編隊を組んで入って来た。徒歩で、自転車で、バスで、盗んだアメリカ軍のトラックで、といっても、徒歩が多かったが、入って来た。洗い立てのシャツを着て、新しい靴を履き、盛装して田舎からやって来た。ヴェトコンは、ふつう、ホーチミン・サンダルを履いていた。それは履き心地が良く、走るのに適していた。しかし、ヴェトコンはホーチミン・サンダルを履いていると誰でも知っていたので、それと悟られる可能性があった。そこで、ヴェトコン側は、サイゴンで流行している日本製のサンダルを買っていた。親指と足首は固定されるが、かかとは固定されないので、履き慣れないと脱げてしまう。脱げないようにするには、かかと部分に紐を回し掛けて結ぶのだ。そうしなくても上手に歩いていた。多くの者が新しいサンダルを手に持ったり、肩に掛けたりして、裸足で歩いていたが、手には食べ物の包みも持っていた。二日間持ち堪えるのになんとか足りる量だった。ロアンの部下たちがもっと注意深かったら、サンダルと食べ物を持ち、盛装をしたこれらの集団は少し変だと気付くのに、そんなに時間はかからなかっただろう」

「全員、農民だった。FLNはヴェトコンをサイゴンに近づけないように、細心の注意を払っていた。ほとんどの者は都会を見るのは初めてだった。サイゴンの生活、サイゴンの交通がどんなものかまったく知らなかった。これほど高い建物、これほど多くの自動車、これほど広い道路を、この人たちは見たことがなかった。彼らが知っているものといえば、田舎、細い道、稲田だけであった。わかっていることいえば、自分たちは、サイゴンを開放するためにやって来たということだった。隊長は「サイゴンを開放するために行こう」とこの人たちに言っていた。だが、この人たちは成功するかどうかは問題にしていなかった。この時のために長い間、彼らは戦っており、死ぬ覚悟はできていた。集団の中には女も少なくなかった。平均して、五人に一人が女だった。女たちは国民服、黒いパンタロンにひらひらはためくチュニック、を着ていた。味方を見分けるため、そして互いに銃を撃つことのないように、左袖に赤いリボンをつけていた。ある者は安全ピンで留め、ある者は紐で結びつけていた。稀に、針と糸で縫いつけている者もいた。予定時刻の数分前。決行時間は一月三十一日の午前二時五十分だった」

「武器はすでに市内に持ち込まれていた。完全な形で、あるいは部品のままで、多くは花車の中に隠して、農村から市場に到着していた。それらを家々や墓地に入れておいて、花火や爆竹の音にまぎれて取り出した。もし誰かが、その夜の出来事を映像にして見せれば、きっと見るものの涙を誘うだろう。あの慣れないサンダルを履き、あの赤いリボンを袖に着け、腰に食べ物の包みをくくりつけて、黙々と蟻のように動く小柄な民衆が見えますか？　気晴らしをしたり、ばかなことをして過ごしている人たちもいるというのに。目的地に向かって行く人々が見えますか？　国会議事堂、警察庁、兵舎、刑務所、アメリカ大使館、放送局に向かって行く人々が？　ほとんどの場所でも彼らは失敗した。この人たちが農民だったから、大都会の罠を知らなかったから失敗した。たとえば、アメリカ大使館で、彼らはそれまでにかけた時間をすっかり無駄にした。門を開けることができなかったのだ。最新の仕掛けで作動する鎧装の門であった。つまり、扉を開けるには鍵の束が必要だったのに、銃で破ろうとした。B40の発射も試みた。国会議事堂に関しては近づくこともできなかった。正面の住宅に立てこもったが何もできず、殺されるがままであった。最後に残った六名（男五名と女一名）は二日後に捕えられ、その場で処刑された。放送局はかなりの部分を破壊したが、中に入ることはできなかった。もし入ることができていたら、マイクを握って「市は我々の手に落ちた。市民よ、蜂起せよ」と放送することができたであろう。しかしあの人たちは放送する術を知っていただろうか。あの人たちは死ぬことを知っていたにすぎない。市の中心街にいるのは有産階級の人々だけであり、その人たちにとっては、戦争やアメリカ人の存在は有利であり、ヴェトコンに協力する気はさらさらないということを、ヴェトコン側は知らなかった。彼らは有産階級の家々を訪問し「私たちはＦＬＮの者です。あなた方を開放するために来ました」とにこやかに言っていた。ところが、目の前でドアをバタンと閉められるのであった。あるいは、理解を示す振りをして裏切ってしまう。警察に電話で密告するのだった。神父までも彼らを裏切った。電話で警察を呼び、訪問者が銃殺されるのを見るのだ。「ぼくが、神父さん、どうしてそのようなことができるのですかと尋ねると、『私は掟に従っているのです』と彼は答えたよ」

フランソワが感情をむき出しにできるとは思ってもみなかった。ところがどうだろう。神父の話になった時、目がギラギラ光り、声は怒りに震えていた。テーブルに拳を叩きつけ壁の方を向いた。背を向けたまま、青いセーターの裾を摑んで目を拭った、素早く。私は自分の爪を見ている振りをしていた。

その後、気になっていたことを話してみた。

「ロアンのやったことも良くないわね」

「そうだ」

「ロアンに会った？」

「ロアンがなぜあんなことをしたのか、考えているの」

「ぼくは考えない。ぼくには関係ない。ロアンはやってしまったんだ」

「たぶん、酔っていたのよ」

「そうかもしれない」

「確かめたいわ」

「ロアンに聞いてみなよ。両手を縛り上げた男を、なぜ殺したのかってね」

「正当な理由を話してくれると思う？」

「正当な理由なんて、あるはずないよ」

「それで、あなたはロアンに会わないの？　握手しないの？」

「二度と握手するもんか」

「でも、ロアンはあなたのことを気に入ってたわ」

「ああ、そうだ。君の言う通りだよ。ぼくにどうしろと言うの？」

　フランソワは座ってタイプライターに向かった。その話は止めようと言う合図だった。後に、フェリックスが、今は、ロアンとフランソワは仲たがいしていると話してくれた。二人が会っていないというのは事実ではない。二日前に偶然会っていた。しかし、ロアンが握手しようとフランソワに近づいて来た時、フランソワは不意に背を向けた。手を差し伸べていぶかる様子のロアンを後に残して。

「会いたくもない」

二月八日　午後

ヴェトコンを一掃するのはロアンである。ザーディン、チョロン、ゴーヴァップ、フートーホア地区で。彼らはこの貧しい地区に潜み、貧しい人々とうまく折り合っている。貧しい人々は彼らと同じ言葉で話す。だから、ロアンは貧しい人々の中へ彼らを探しに行く。最初の頃はゲリラ戦に対抗する方法を取っていた。一度に二、三人ずつ捕えて、リボルバーで銃殺するという方法であった。しかし、一軒一軒、探して歩くのは不可能だと気付き、爆撃戦法に変えた。やり方はこうだ。ロアンがやって来る、スピーカーで住民に退去を命じる、遅くとも二時間以内に退去しろと。命令通り、二時間の期限が切れると地獄が始まる。ロケット弾、迫撃砲、大砲。その後、地獄を中断させ、ロアンが第二の命令を出すと、航空隊の出撃である。五百キロの爆弾、七百五十キロのナパーム弾、焼夷弾が投下される。そして、その地区はヴェトコンとともに焼け落ちる。逃げないのはヴェトコンだけだからとロアンは言う。それが事実でないとしたら、逃げられない老人や、耳の悪い人や、病人や、最後まで見つけられなかった幼い子供たちがいたとしたらどうだろう。不運な人たちがいる、それが戦争なのだ。

職務中のロアンを見た。今朝、マジュールと一緒に。握手を求められるのが嫌で、遠くから見ていた。ロアンは軍服の上に防弾のキルトジャケットを着ていた。相変わらず穏やかな態度であったが、民衆を見る目は、「あの者たちはパンがないのか？　ならばブリオッシュを食べればいいではないか！」と言った、あの気難しいマリー・アントワネットの雰囲気があった。民衆は牛を、自転車を、豚を引き連れ、竹棒の両端に家財道具をくくりつけ、平衡を取りながら、疲労と苦悩に身をかがめる、とんがり帽子の波が、まるで堤防が決壊した大河の水のようにどこへともなく流れていく。避難するって、どこへ？

ザーディンの半分はもうない。あるのは黒焦げの瓦礫ばかり、その中に、ぽつんぽつんと壁の基礎の一部が、骨組みだけの扉が、黒焦げの家具が立っている。あたりには、炭化したタクシー、ひっくり返ったバス、ゆがんだミシン。第二次世界大戦中のスターリングラードかベルリンを思わせる。ことに死体に関してはそうだ。すべてを収拾する術がない。筵や新聞でなんとか覆っているが、ほとんどが太陽のもとで腐敗し、周囲にむかつくような腐臭を放っている。

「臭う?」

「うん」

「でも、どこから?」

「この砂利のあたりだ」

「そうじゃなくて、その筵から、その新聞からよ」

新聞の下には、裸の幼い男の子がいた。四歳ぐらいだろう。右手に一口かじったリンゴを握りしめていた。その小さな体はすでに膨張していたが、傷は見られなかった。筵の下にはヴェトコンが一人横たわっていた。赤いリボンでヴェトコンだとわかる。頭を撃たれていた。顔はなかった。胸に一本のバラがあった。そう、バラの花。ザーディンでどのようにしてバラを見つけ、顔のないヴェトコンの胸に置く勇気を持てたのだろう。

私はマジュールと、一時間以上ザーディンを歩いた。チ・クァンのパゴダも見に行った。というより、チ・クァンのパゴダだったと言うべきか。すっかり崩れ落ち、ファサードだけが残っていた。チ・クァンの部屋に続く階段と、部屋の壁が一面だけ形を留めていた。ガンジーの写真が置かれたテーブルに、チ・クァンが寄りかかっていた、あの部屋である。私が思う限りでは、ロアンが通った後に、壁を見つけるのは容易なことではない。ロアンと彼のバラ、どのバラの、どの花びらにも露の真珠。ロアンと彼のピアノ、ショパンの夜想曲。ロアンと例の額におさめられた詩。

「なぜ、ロアンはこんなことをしたの？なぜ？」

「チ・クァンがヴェトコンの味方であることを責めたのだ」

「チ・クァンはどこにいるの？」

「身を隠している。どこかのパゴダにね」

それから、私たちはチョロンに行った。そこにはヴェトコンがバリケードを築いて、孤塁のように立てこもっている。チョロンの住民は、しっかり、ヴェトコン側についている。ヴェトコンを家に入れ、食べ物や飲み物を与え、銃撃戦にも協力する。チョロンはテト攻撃の二日前に準備を始めた。一月二十八日には、軍服を着た若者の集団がリボルバーやチラシを配っていた。チョロンは左翼圏であり、張り紙には「立ち入ることを禁ず。ここは我々の支配下である」とあった。チョロンはしぶといとロアンは言うだろう。退去命令に従う者はいないだろうと。そのために、ロアンも、この大砲やロケット弾を備えた地で、絶滅作戦に出ようとはしない。チョロンでは、家から家へと小競り合いが続いている。ヴェトコンは移動可能な軽量迫撃砲を使いこなす。静かな通りを歩いていると、シューッという音が聞こえる。その時は、もう地面に伏せる間もなく砲弾は炸裂する。

「気をつけろ！　伏せるんだ！」

「伏せろ！」

埃の雲が目に入ってくる。砂利の雨が体に降りかかる。

「大丈夫？」

「ええ、あなたは？」

「大丈夫。そこの二人は負傷している」

NBCの記者、二人だった。一人は足をやられ、もう一人は腹部をやられていた。二番街のドラッグストアの店主や、マディソン街のチェイス・マンハッタンの従業員や、ヴェトナムが暑いって本当かと聞いてくる無関心な人々に、テレビニュースの映像を送るのは大変だ。悠然たる態度でロアンが進み出る。すると、偵察隊の一人が、新たに逮捕したヴェトコン六名を差し出す。十四歳から十八歳の農民たちで、短ズボン、かかとの部分に紐をつけた日本製のサンダル姿であった。最年少の少年は、片手で腹を押さえており、指の間から血が垂れている。ロアンはヴェトコンを一人ずつ観察する。どのヴェトコンも、あざ笑うような表情をロアンに返す。一人ずつ目隠しをされ、壁に叩きつけられ、その場であざ笑う表情のままじっとしている。負傷している少年も、滴っていた血が今ではどくどく噴き出しているのに、笑っている。腹部を手で押さえたまま倒れ、前にどっと倒れ、息絶えるまで笑顔を見せていた。すると、収拾係がその死体をごみ袋ででもあるかのように運んで、トラックに投げ込んだ。ほかの死体と一緒に共同墓地に葬られるのだ。火炎放射器で焼かれた後に。

「行きましょう、マジュール。もうたくさん」

「ぼくも同じです。まったく、ひどい」

「フランソワはヴェトコンの敗北だと言っている。あなたはそう思う？」

マジュールはしばらく黙っていたが、首を横に振った。
「ぼくにはわからない。そう言う自信がない」

夜。私もわからない。今はまだ。タンソンニャットでは、チョロン、ザーディン、ゴーヴァップ同様、ヴェトコンは善戦しているが、そこには半ズボンの少年たちはいない。いるのは、アイロンのかかった清潔な制服を着た北ヴェトナム軍である。「殺しても、殺しても」、空港の防備を指揮するアメリカ軍の少佐が言っていた。「またやって来る。必ず清潔で、アイロンのかかった軍服を着ている」彼らはビエンホアで状況を掌握している。その他は、事実上彼らの手中にある。攻撃を受けた十三都市、そして管区の三十一の主要都市については、ほとんど政府軍に奪還されていない。反政府軍は、クァンチ、フーロック、カントー、ミートー、コントゥム、キエンホア、そして、ニャチャン、ダナンにおいて抵抗している。つまり、デルタから中央平野、フエの覇者がいる北に至るまで。聖都市にはFLNの黄、赤、青の三色旗がはためいている。どうしたらそんなに持ち堪えられるのか、それこそが謎である。ヴェトコンとアメリカ軍の間には、その資質において、健康な一頭の象と病める多数の蟻を比較するほどの違いがある。それなのに抵抗するなんて信じられない。象が鼻で多数の、ほとんどすべての蟻を叩き殺すようなものである。ところが蟻から逃れることはできない。なぜなら、腹の襞の間、耳の後ろ、鼻の穴、目の中と象の鼻が届かないあらゆるところに蟻は残っている。そして卵を産み落とす。ソク・チャンの第三三歩兵師団の第三三大隊だけがヴェトコン側に立ったのではない。百六十九の軍事基地もヴェトコン側に立った。アメリカと南ヴェトナムの権威が、その記事を読むのを好む、好まないにかかわらず。

実際、真実を書くことは難しくなっている。フランソワは苦しい立場にいる。現に呼び出されて、テト攻撃について、今までに公表した記事に異議を申し立てられたのである。特に、マジュールが書いたフエの特集記事は許されない。フエでは、北ヴェトナム部隊に丁重に扱われ、フエの住民はヴェトコンに温かく接し、食べ物や飲み物を与えていると彼は書いたのだ。会話は険悪で敵意が感じられる。

「マジュールは敵側と交渉を持った」

「いいえ、マジュールは逮捕されたのです」

「マジュールは敵の占領地にいた」

「マジュールは取材をしていたのです」

「マジュールは嘘を書いた」

「彼自身が、見たり、聞いたりしたことを書いたのです」

「そのことに責任を取るのか?」

「マジュールが書いたことを公表したこと、私がパリに送ったこと、すべて私の責任です」

フランス通信社を閉鎖せよ、筆者を編集者ともどもヴェトナムから追放せよ、とフランソワに脅しをかけてきた。いずれにしても、まずそのような結果にならないとしても、マジュールの追放は避けられないだろう。やむを得ないと言う者もいる。外国にかまえる支局を閉鎖するという不名誉な事態に、あえて立ち向かい抵抗するより、贖罪の山羊を探す方がいい。とりわけ興味深いのは、みんながマジュールのことだけを話題にし、カテリーヌのことは決して話さないことである。カテリーヌは例の事件の時、ずっとマジュールと一緒にいたというのに。カテリーヌはアメリカ支局のために働いており、記事もフエの写真もライフ誌に売っていた。どこが違う？

私は苦々しい気持ちでそのことを指摘する。フランソワは怒り狂った猫のように苛々して、電話をガチャンと鳴らす。マジュールは片隅にふさぎ込んで座り、首を横に振る。カテリーヌはときどき憔悴した表情で現れ、非難の言葉を口にする。その目は冷たく、よそよそしい。二十三歳で彼女はすでに、不正な教訓を学んでいた。戦争が生み出した教訓「撃ってきたら、各自、勝手に逃れよ」である。

## 二月九日　午前

私たちの間にも悲喜こもごもである。昨夜マジュールの件を話し合っている間に、ヴェトコンがジャーナリスト二人を銃撃した。チョロンでの出来事である。ホンコン出身のコレアタイムズの特派員、キム・ユン・クーと、サイゴンの韓国大使館の広報担当官、パク・ロ・ユウであった。詳細は、奇跡的に助かったCBS勤務のヴェトナム人、ヨ・タイン・ソンによって語られた。以下の通りである。キムは、バンコク経由で香港から着いたばかりであり、チョロンの状況を知りたいと思っていた。元同僚のパク・ロ・ユウを探しあて、チョロンを熟知しているという理由で、ヨに同行をを求めたのであった。私とマジュールもそうであったが、皆の例に漏れず、二人で出掛けて行き、逮捕された。連行された家には、ほかに逮捕された四人の市民がいた。二人はここで、その日、一日中尋問された。午後七時頃ヴェトコンの士官が部下数名を従えてやって来た。士官は逮捕された七名に、外に出るよう命じ、後ろ手に縛った。そして競馬場まで一時間ほど歩かせた。競馬場に着くと、ヴェトコンの士官はその七名を壁に向かって立たせ、死刑判決文を読み上げた。その後、死刑囚射撃隊が一斉に射撃した。銃弾はソンに当たらなかったが、地面に倒れて、死んだ振りをしていた。ヴェトコンの士官が一人一人に近づいて、とどめの一発を楽しんで撃っていたが、ちょうどソンを撃とうとした時アメリカ軍のヘリコプターが降下してきた。士官は部下とともに逃げ去った。ソンはガソリンの倉庫に走って行き、そこに隠れていた。倉庫にいるソンをレーンジャー部隊のパトロールが見つけたのだ。

ソンの話がすべて正しいかどうかはわからない。たとえば、ヘリコプターのお陰でとどめの一発を免れたという話。事実がどうであったとしても、キムとパクは死んでしまった。ヴェトコンがジャーナリストを撃つなどという事件は、今だかつてなかったことだ。捕えられた者は皆、無傷で戻っている。つまり、その事件は韓国人に対する報復と言えそうだ。韓国人に対する憎しみは相当なものである。とりわけ、チョロンで、一週間前に起こったあの事件の後では。その事件について述べるだけでも憂鬱になる。事件というのは、一週間前、チョロンで韓国人数人がヴェトナムの男の子を一人捕まえたのだ。その子は食べ物を盗みに韓国人の宿営地に忍び込んだのだった。韓国人らはその子を捕え、二十四時間かけて殺してしまった。どんなことをしたと思う？　その子を棒杭に突き刺して。私はそう書いた、その子を棒杭に突き刺してと。まだ八歳だった。

神さま、人間はなぜ、そんなことをするのでしょう。二本の腕と、二本の足と一つの心臓を持つ人間。ふつうで、健全な頭だと思われている人間。平和な時にそのようなことが起こると、社会は憎悪の声を上げる。法廷が、聖職者が、精神科医が介入する。戦時に同じことが起こっても誰も驚かない。法廷も、聖職者も、精神科医も、誰も驚かない。誰も狂っているとか、人殺しと言う言葉を口にしない。そして人類は月に行き、人類は癌を治し、人類は樹木や魚ではなく、人間であることをとても誇らしく思っている。私は樹木か魚に生まれたらよかったと、その時は思った。

夜。そんなことを話していた時、三人のヴェトナム警察官が入って来てマジュールはいるかと尋ねた。運悪く在室していたマジュールに、警官はロアン将軍の署名入りの書類を示した。追放命令。五日以内に施行せよ。マジュールは口をゆがめて、寂しそうな笑みを見せながらその書類をフランソワに渡した。フランソワはすぐにロアンの署名を見た。そして「人でなし」と小さくつぶやき、なんとか猶予をもらえるように警察本部へ行くようにと、マジュールに言った。その一方で、フランソワは撤回を求めてキー将軍に会うつもりだった。私はマジュールと出掛けた。警察のジープで送ってもらった。警官たちは親切であったが、警察本部に着いたとたんに態度は一変した。私たちを最初に迎えたのは、短パン姿の警官だった。太っていて、裸足で、汗だくだった。二人の罪人を見るように私たちを眺め、短パンを引き上げ、床に唾を吐いた。そして床の唾を鑑賞し、短パンの中を掻き、私たちを事務机の方に向かせた。机の向かい側に、しわくちゃの皮膚にまとわれた骸骨が座っていた。骸骨のように動かずに、おそらく数えきれぬほど何度もアヘンを吸って輝きを失くした目で、私たちを見つめていた。生きていることのただ一つの証は、手の震えだった。痙攣性の震えは止まらない。震えを止めようと、片手を別の手で握るのだが、効果はなく、その結果、指の関節を机に打ちつけることになり、雨のような音を立てていた。マジュールはその男に書類を見せた。

「五日以内にヴェトナムから出るよう命令されています。猶予していただきたいのですが」

骸骨は黙ったまま関節を打ち続けている。

「空港は閉鎖されていて、飛行機は離陸できませんし」

骸骨は黙って関節を打ち続けている。

「ここの責任者はあなたですね？」

その時、か細い声が、辛うじて聞き取れた。

「ウィ（ええ）」

「私が申し上げたこと、おわかりですね？」

「ウィ」

「猶予していただきたいのです」

「ウィ」

「もっと、はっきりと答えていただけませんか？」

「君……この書類には、ロアン将軍の署名がある。ロアン将軍は君に飛行機を手配してくれるだろう」

私は、その日の夜、マジュールと過ごした。外出禁止令を無視して、コンティネンタル・ホテルで夕食をとった。そこで私たちはカテリーヌに会った。各自勝手に逃れよ、と言う顔のカテリーヌに。この女のことを理解することはないだろう。この女を見れば、本能的に守ってやりたくなる。ブロンドの髪、やつれていて、小さいという理由で。ところが、よく見ると、本能的に自分自身を守ろうと思うようになる、この女から。たぶん、その目が無情で、冷淡だからだろう。たぶん、その指が大きくて、ごつごつしていて、タカのかぎ爪のように、いつも前に出しているからだろう。彼女に恐怖を感じたことはない？　マジュールは、あると言う。北ヴェトナム軍が彼女を捕まえた時に。彼女は泣いていたが、マジュールは慰めることはできなかったと言う。しかし、今夜、彼女を見ているとそのことが信じられない。まるで二、三日の休暇を取ろうとしている同僚にでも話すような口振りで、マジュールに話していた。

「そう。じゃあ、ホンコンに行くのね」

「うん、ホンコンで降りようと思っている」

「そう。でも飛行機がないわ」

「ぼくのために用意してくれるらしいよ」

「そうなの。で、ホンコンの後は？」

「ロンドン、たぶん。ぼくの家はロンドンにあるんだ」

「じゃあ、ロンドンに行く時にはあなたを尋ねるわ」

ところが、私はマジュールに何も言うことができなかった。こんなふうに追われることを考えると、たまらなく悲しかった。素晴らしい青年だ、マジュールは。北ヴェトナム士官が彼らを解放した時、マジュールは時計をはずして士官に与えた。記念として。北ヴェトナム士官はいらないと言ったが、マジュールはぜひ受け取ってほしいと言い、その男の手首に時計をはめた。「あなたに幸運を運んでくれますよ」と言って。マジュールはこの戦争を見たがっていた。一年ここにいると言っていた。それなのに、今、優しい笑顔で「ぼくにとってヴェトナムは終わった。終わったんだ」と繰り返し言っている。

二月十日　午後

チョロンも陥落しようとしていた。ロアンはザーディンで採用した戦術を、チョロンでも実行することを決めたのだ。アメリカ軍はそれに協力し、どれほどのスカイレイダー攻撃機を送り込んだことか。一晩中、爆撃はチョロンを揺るがせ、ここ、市の中心地ではガラスが砕け散った。明け方、私はＪＵＳＰＡＯでヘリコプターに乗せてもらえないかと頼んだ。ヘリコプターからだと新戦術の結果がよくわかる。チョロンの半分は瓦礫と化し、道路さえ見分けられない。道路だった場所は焼け焦げた油に汚れた地面が広がっているだけである。スターリングラードやベルリンどころじゃない。廃墟と化したヒロシマだ。何かが残っているところには火の手が上がっている。すごい勢いで燃える炎は、家々を、あばら家を、川に停泊しているサンパン船を飲み込む。川はところどころ、水ではなく炎を満たしている。大気の熱さは耐えがたく、まつ毛が縮れるほどである。どのようにしてヴェトコンは反撃できるだろうか？

私が乗っているヘリコプターは、ヴェトコンを追跡する目的で飛んでいたため、低空飛行だった。そんな時、パイロットが一群の走る人々を見つけた。一段と高度を下げて飛んだ。銃手が機関銃を構えた。しかし撃つことはできなかった。煙幕があっという間に我々を包み込んで見えなくしたからである。パイロットは悪態をつき、咳き込みながら、煙幕の中を上昇した。そして、ほっとして言った。「あいつらは遠くへは行かないだろう。大成功だ、今夜は。うまくいった。実にいい仕事ができた」不思議なことだが、世界のほかの場所では北部に、つまりハノイやハイフォンを爆撃することに抗議している。世界のほかの場所では、原子爆弾に抗議している。偽善者たち。たとえ、一基七百五十キロのナパーム弾五十基、あるいは、一基千キロの平均的な爆弾百基をもってしても、原子爆弾一基と同じ影響を及ぼさない。とはいえ、サイゴンだけで、この十日間に何人の命が奪われたと思う？　一万人である。それらの死体の埋葬が始められている。保健省の指示で。例の共同墓地に。身元不明の死体と呼ばれて。身元が判明しない死体。名字も名前もないから、死んだらそれっきり。だから、その友人も親族も探しあてることができない。彼らは二度死んだ。千回も。彼らはこの世のイエスである。

共同墓地のほとんどは郊外にある。そこは激しい戦闘があったとか、今もなお続いているところである。墓地とわかるものは何もない。埋葬した後、掘り返した地面をならすために戦車が上を走る。その他の埋葬地は墓地の中にある。中でも、レーヴァンズエット地区のチーホアにある。ヘリコプターで見て回った後、その墓地へ行った。死体を積んだトラックが十分から二十分間隔で到着する。墓堀人は掘るのが間に合わない。トレーラーは到着すると墓穴の際に止まる。後方の隔壁を開き、トレーラーを上げ、斜めに傾ける。そして無造作に積み込まれた死体、腐乱し、ずたずたになった、焼け焦げた死体を次々と落していく。ひどい悪臭。あまりにも強烈で、まだ私の体に染みついている。体を洗い、髪を洗い、服を着替えても、まだ臭いは残っている。鼻の奥に、脳の中に。

しばらくしたら避難した人たちに会いに行こう。チョロンからも集まり始めている。広場に密集している脅えた避難者たちは羊の群れのようだ。当局は避難者の名簿も作成し、学校や病院に送る人々を選別しようとしている。チラシも配布している。それには「この災難は、きっとヴェトコンのせいである」と書かれている。避難者たちは、憎悪の視線を投げ掛け家財道具にもたれかかっている。マルセルは、マルクス主義について、自分の考えを聞かせてくれたが、おそらく彼の言うことは正しいだろう。マルセルによれば、テト攻撃は軍隊を制圧するのが目的ではなく、麻痺してしまって関心を示さない国民を目覚めさせるのが目的であった。国民は戦争にうんざりしてしまって、もはやどちら側にもつこうとせず、憎しみを持って抵抗することもない。ロアンの抑圧、空爆、虐殺について語り、FLNはふたたび憎しみの気持ちを人民に持たせたかった。今は、憎しみが無関心な人々に選択を迫る。そして彼らの選択は、つまり憎む相手は、彼らの家を破壊し、彼らの息子を殺した者ではないのだ。おそらく。チ－ホアの墓地から帰る途中、私は仕立屋の店の前を通りかかった。三か月前、軍服の寸法を直してくれた店である。店の主人は私を覚えていてくれた。誰も聞いていないのを確かめるようにあたりを見回してから、思いがけないことを話してくれた。

「私たちは素晴らしいテトを過ごしました。最高のテトでした」

「テトはチョロンで続いているのですね」私はよくわかったと、念を押すためにそう答えた。

するとと、仕立屋は目を細めた。

「そうですよ。チョロンでは、まだ素晴らしいテトがあります。とても素晴らしいテトがね」

町ではコレラ患者が二人出て流行し始めているという噂だ。その死体から、多くの地域で汚染した水から、山に巻き上がる塵から。それは重大なこと？　わからない。私はすっかり均衡を失ってしまった。

夜。ロアンの部下たちが、ふたたびフランス通信社にやって来た時、私は避難者に会おうとしていた。ロアンの部下たちはマジュールのところに不意に現れ、一時間以内に発つようにと命じた。マジュールは、それは違法だと言って反発した。まったく無駄だった。フランソワに電話を掛け、スーツケースを取りに家に連れて行ってもらうだけの時間しかなかった。そこから空港へ行った。タンソンニャット空港の周囲では戦闘が続いており、空港は閉鎖されていたが、ヴェトナム航空の一機が待機していた。真実を書いた罪の犯罪者、マジュールのための飛行機であり、ほかに乗客はいなかった。マジュールは蒼白になり、フランソワは冷静さを失い、苛ついてアメリカ人を殴った。どの程度のことをしたのかはわからない。悲しみと不機嫌が、今夜は横行している。フランソワは爪を噛み、紙を歯でずたずたにし、誰とも話さない。しかし、私は彼が何を考えているかわかっている。ロアンに助力を求めたならば、マジュールは追放されなかっただろう。ロアンは彼を待っていたのだ。だから書類に署名したのだ。それなのにフランソワは行かなかった。ロアンと会って握手するよりマジュールを失うことを選んだのだ。

　不意にフランソワは静寂を破った。

「昨夜、あいつは何をやったと思う?」

「誰が?」と聞く必要はない。

「いいえ、知らないわ」

「ジャーナリストを六人逮捕したのだ。外出禁止令後のわずか三十分で」

「あの人が、個人的に?」

「あの男が、個人的に。ジープを走らせて。機関銃手を伴って、彼らを襲って警察本部へ連行した。逮捕者を歩道に並ばせて、その夜、ずっとそのままにしておいた」

「彼は酔っぱらっていたの?」

「酔ってなんかいるものか。ロアンのやつめ」

## 二月十一日　午前

今日は日曜日。初めてミサの鐘が鳴り、人々は大聖堂に向かった。軍隊の後ろに数台の自転車と数台のオートバイが見える。サイゴンポストは一ページだけで発行されたが、それには事態は平常に戻りつつあると書かれていた。つまり卵は一個三十リラに下がり、米を買うのに、もう並ぶ必要はないというのである。それならば、なぜ大砲の音が続いているのか？　なぜ有刺鉄線や土嚢が増えているのか？　なぜ周辺では誰も外出禁止令を待って家に閉じこもるのではなく、午後二時には戸も窓も閉ざしてしまうのか？　私がその理由を言おう。要するに、サイゴンの戦闘はぜんぜん終わっていない。中断しているだけだ。ゴーヴァップでは、今日の夜、ヴェトコンが弾薬庫を襲撃した。フートーホアでは、この二週間のうちで最も激しい戦闘が繰り広げられた。噂では大量の爆薬や武器が家々や墓地に隠され、チョロンから逃れた多数のヴェトコンが、大手を振って市中を歩き回っているらしい。彼らはその噂を聞き知り、日本製のサンダルを履いて歩くことも覚え、誰もが次の襲撃に備えて、着々と準備が進んでいるのを確信している。襲撃は二週間以内にあるといっても、一か月以内、あるいは三日以内にあるといってもいいだろう。実行されることだけは確実である。

アメリカ軍と南ヴェトナム軍は、ひたすら、このことについて議論している。JUSPAOへ行ってみるといい。あの和やかな表情も、ふざけた会話ももう見られない。誰もが気を張りつめ、陰気で、眉を潜めている。現に、ゾルシャンは少し痩せたようだ。特殊部隊は次の攻撃に対抗するために、テト攻撃を熱心に研究している。誰が計画したのか？　ディエンビエンフーを制圧したザップ将軍か、それとも戦線の政治家たちだろうか？　何が目的だったのか？　民衆を蜂起させるためだったのか、それともただ権力を誇示したかっただけなのか? 特殊部隊は、囚人たちの尋問から学ぼうとしている。ヴェトコン二百名以上が尋問された。どのような方法が取られたか想像がつく。半数以上の者が総蜂起を予測していると言った。食料を二日分だけ持っていたのは偶然ではなかったのだ。しかもアメリカ軍は連合政府に参加することが予期されていた。勝利の後、メルカート広場で大掛かりな政治集会が開かれるはずであった。襲撃が不成功に終わった場合、撤退命令を聞かず市中に留まり、次の襲撃を待つと言う者もいた。待つという精神不安が漂っている。

ヴェトコンの調査を命じたのはロアンも同様である。十五歳から四十歳までのヴェトナム人の群衆が、手にピンク色の書類を持ち、夜明けから夕暮れまで警察本部の前に立っている。ピンク色の書類はサイゴンの居住証明書である。歩道に小机が置かれ、その机に向かい警官が一人座っている。一人ずつ、警官にピンク色の書類を見せに行くのだが、書類を持たない者は、当然の結果として、ヴェトコンとみなされる。瓦礫の中になくしてしまったり、大切に保管しなかったり、書類を持たない者は多かったが、警官は理由も聞かず、逮捕するのだった。女たちが泣いている間に息子や夫は捕まえられる。調査は三日間で終わるはずである。私たちは二日目に行ったのだが、すでに居住証明書を持たない男たちが、数多く拘束されていた。拘置所は満杯になり、ロアンは拘束者たちをどこに収容すればいいかわからないでいた。いったい何の役に立つのだろう? その調査に子供は含まれていないが、子供はテト攻撃では重要な役割を果たしたことを私たちは知っている。ヴェトコンの中隊ごとに少なくとも三人の子供を雇い、アメリカ軍と南ヴェトナム軍の宿営地の近くで遊ばせて、軍の行動や武器の種類を調べさせていたのだ。それに子供たちは見たことのすべてを黄色い紙に記入し、その紙を木や柵に張りつけていた。ロアンはその子供たちを密告する者に、一万ピアストルから百万ピアストルの賞金をかけた。しかし密告する者はいなかった。

ロアン、ロアン、ロアン。このロアンという名前は悪夢になった。

夜。遅かれ早かれ起こるはずであった。それが今夜だった。ここに私の考えをまとめて書いてみよう。さあ、どこから始めようか。実はフランソワは毎晩八時頃支局を出てコンチネンタル・ホテルに行き、フランスのラジオ番組を聞く。外出禁止令は、一般市民は午後五時だが、私たちジャーナリストは七時と決められていた。だが、彼はそれを軽視して、必ずホテルに行った。誰彼となくフランソワに一緒に行ってもいいかと尋ねることがよくあった。少し外を歩いたり、ホテルでビールを飲むのが目的だった。今回は私がそうだった。フランソワは駄目だと言っていたが、ついにはそれを受け入れてくれた。気が進まないという口振りで「うーん。じゃあ、おいで」と言った。

フランソワの車に乗った。パスツール通りを五十メートル進み、右折して大聖堂の広場に向かった。暗かったが真暗闇というほどではなかったので、広場に着いた時、すぐにそれが見えた。警官たちに囲まれてあの男がジープに寄りかかっていたのだ。聖母像の下にある花壇のすぐそばで。当然、その男たちも私たちを見た。フランソワの車はすぐにわかる。黒い大型のフォードで《AFP. Baochi. Stampa》と書かれた張り紙がついている。フランソワはその男の方へずんずん近づいた。自分をよく見せようというように。しかし、その男はまったく表情を変えず何も言わなかった。ただ、部下にはその者の通行を許可すると言った。そういうわけで私たちはコンチネンタル・ホテルまで車を走らせた。ホテルで三十分過ごした。フランソワはフランスのラジオを聞き、私はバーで。それから、ふたたび車に乗った。静寂の中を。別の場所を通っていると思っていた。大聖堂広場を避けて、たとえば独立広場を。ところが、急に車の向きを変え大聖堂の方に戻し、そちらに向かった。

「ロアンがいるわよ」私は言った。

「わかっている」石のような表情だった。

「今度は、止められるわ」

「わかっている」

「でも……」

「黙ってろよ」

コンティネンタルから大聖堂広場まで、約百メートルである。広場で左に曲がり、パストゥール通りに通じる道路に入る。まさにその地点でロアンは私たちを待っていた。ヘッドライトを照らし、部下たちは銃を構えていた。彼らの前でロアンはゆったりとタバコをくゆらせながら、私たちを待っていた。

「ほら、ロアンよ」

フランソワは何も答えなかった。速度を落とそうともしなかった。例の石のような表情のままだった。ロアンから二メートルほどの位置で、突然ブレーキを掛けた。ドアを開いた。降りた。ロアンの方へ歩いて行った。ロアンはタバコをゆっくり投げ捨てた。ゆっくり、銃に手を掛けた。ゆっくり、一歩前に出た。立ち止まった。フランソワも立ち止った。今や、二人の距離は五十センチ、それ以上は離れていなかっただろう。二人は見つめ合った。目と目を。二秒か三秒の間。フランソワが口を開いた。冷ややかな声だった。

「私を逮捕するのか？」

ロアンは大きな口を開いた。微笑していると思わせたい、引きつった笑いだった。ロアンは、そっと頭を肩の方に傾げた。哀しい歌を口ずさむように話した。

「君には、頭に一発」

フランソワは動じなかった。

「あんたはもう、それをやったんだ」

ロアンは黙っていた。フランソワはさらに言った。

「両手を縛らないのは残念だ」

ロアンの顔が赤くなった。ヘッドライトの光が顔を照らしていたのでよく見えた。顔が赤くなったのだ。すると、手に銃を持ち、不意に前に飛び出し、そして、不意に飛び下がった。それから銃を戻した。

「行け。立ち去れ」

「あんたはもう、やったんだ。違うか？」

「行くんだ」

二人はふたたび、数秒の間見つめ合った。私にはとても長く感じられた。ゆっくりと、フランソワはロアンに背を向けた。ゆっくりと、車に戻った。ゆっくりと、ドアを閉めエンジンを掛けた。ゆっくりと、ロアンのすぐそばを通った。警官二人が銃を構えた。

しかし、手で軽く制してロアンは二人を止めた。

# 5
# レ・ヴァン・ミンの日記

ロアン将軍との劇的な対面後の頃だった。その頃は午後七時を過ぎると、パストゥール通りの建物に閉じ込められた。ロアンに挑戦するために、外出禁止の時間に外出し続けるフランソワを除き、私たちは皆、午後七時になると、それぞれ自分の家やホテルに監禁状態であった。いちばんましな監禁室は、特派記者の多くが住んでいるコンティネンタル・ホテルであった。私はそこに居場所がある人たちを、とても羨ましく思っていた。安心して乗っていられる貨物船のような場所であるばかりでなく、とても魅力的な場所だからである。たとえば、その時代がかった外観が好きだった。鉄製のバルコニー、木造の階段、渦巻き模様の古いエレベーター、そして赤いビロード。ロマンチックな異国情緒が好きだった。たとえば、ヤシや珍しい植物で溢れる緑の庭園、麦わら細工の椅子や、日光を遮るためのすだれ、天井に送風扇のある大広間。神秘に包まれた文学的な雰囲気さえ感じさせる。このような階段、このような大広間を歩いていると、まるで植民地を背景にした小説、あるいは滑稽な喜劇の中にいるようだ。支配人はフィリップ・フランキーニという若いコルシカ人であった。美しい中国女性と結婚し、官能絵画が趣味で、コペンハーゲンのエロチカ展に参加するのが最大の夢だった。管理人のロワ氏は中年のヴェトナム人で、謎めいた雰囲気の丸々とした男で、ブルゴーニュのワイン職人のごとくワインに通じていた。この二人にとって、戦争はコンティネンタルの営業を妨げる、煩わしい出来事であった。旅行者を妨害しているのだから。それでも二人はその任務を果たしていた。まさに嵐の中で船を操るように。

コンティネンタルに比べれば、私のホテルはボートのようなものだった。いや、難破した後にしがみついている筏だろうか。この筏の上にはみすぼらしい部屋があるだけで、窓は兵舎に面している。電話も従業員のサービスもレストランもない。食事するには、階段を下りて、ヴェトナム人を妻に持つコルシカ人が経営するスナック・バーふうの店に行かねばならない。ニューヨークのトゥエンティ・ワンの夕食と同じ値段で、卵一個と古いイワシ、ハム・ギー皇帝時代に死んだもの、を二尾買う。店主の貪欲さは憎らしいほどで、共犯の妻は非常にたちが悪いので、今は、急いでホテルに帰るのを止めてしまった。その頃はホテルの部屋にいるか、フランス通信社に行くしかなかった。通信社までは三分もかからない道のりである。まず廊下に出る。そこでいつもマルセルに会う。マルセルの「おはよう。一緒に行こう」という高い声。それからネズミが横行する階段、それから中庭、そして通信社の支局に続く階段を上って支局に着く。

支局は二部屋あり、部屋へはテラスから入る。テラスは一人になりたい時や、外気に触れたい時に行く場所だったので、そこのタイルのひとつひとつを覚えていた。長くて広いテラスで、ほかの借家人の扉で仕切られていて、見られることはなかったし、一番奥にフランス通信社の扉があった。磨りガラスには《入室禁止》と書かれた貼り紙があるが、まったく用をなさない。実際、ノックもせず、許可も得ず、誰でも入って来るのだった。フランス人旅行者が、仕事を求めてカメラマンが、ニュースを求めて記者が、魂を求めて聖職者が。人の出入りがあまりにも多いので、フランソワは我慢ができず、テーブルに拳を叩きつけて「出て行ってくれ!」と声を荒げていた。ランは不動の姿勢から、びくっとして、入室者に向ける怒りを込めた視線は「そうだよ、出て行ってくれ!」と言っているようだった。その部屋は狭かった。大きすぎる机がより一層部屋を狭くし、しかも乱雑だった。壁にはヴェトナムの黄ばんだ地図、戦争の写真、絵葉書、住所録が掛かっていた。フェリックスが可愛がっていた鳥を入れた鳥籠を、その部屋に置くと、少し活気が出てきた。その鳥を、クロードは嫌っていたし、フランソワは無視していた。いずれにしても、テレタイプの音とともにさえずり始めるので、あまり気にされなかった。

テレタイプは奥にあり、その後ろに回るとフランソワとランの部屋がある。その部屋で、配給食のCレーションを食べたり、客の接待をしたり、ビールを入れた冷蔵庫を利用したり、サロンとして利用されるため、みんなの部屋になっていた。そこはいろんな物でごった返していた。古い新聞、空き瓶、ラジオ、本、水筒、軽機関銃の弾倉、あちらこちらに散らばった弾丸、リュックサック、夜勤用のゴムのマットレス、そして冷蔵庫のそばにはフランソワが何年も前から積み重ねてきた書類の山。ときどき私は書類の山のそばの肘掛け椅子に座って、午後遅くまで、送信が終了する時まで、読んだり書いたりして過ごしていた。それはたいていマニラとの回線が切られる時で、テレタイプでメッセージを送ってくる。「皆さま、おやすみなさい。これで終わります」同時に鳥は鳴き止み、静寂が幕のように下り、フランソワの命令に追われて出て行かざるを得なかった。「また明日、また明日だ!」もっと正確に言えば、ほかの人たちは帰って行った。マルセルと私は歩道に立ってほかの人たちがまっすぐ家に帰るのを眺めていて、その後、マルセルはコルシカ人が高い値をつけるスナック・バーに行き、私は牢獄のような部屋に閉じこもって、夜の爆撃音と自分の孤独という静寂を聞く。知っての通り、どんなに侘しくても自分の牢獄に愛着を持つのはよくあることだ。そのことに気付いたのはあの夜の後だった。あの夜以後は、コンティネンタルに滞在している同僚たちを羨ましいとは思わないし、コンティネンタルの、植民地小説にあるような雰囲気を愛惜したりしない。というのは、私の筏に、もっと人情味のある詩的な文学を見つけていたからである。排泄物で育った花と同じように、戦争の中で花開いた文学である。どこでそれを見つけたと思う？　フランソワが冷蔵庫のそばに積んでいた書類の山の中からだった。そう、別の場所で見つけていたら良かったと思っている。でも私はそこで見つけた。その夜のことをよく覚えている。同僚たちは仕事をしていた。私はその週の記事を送り終えていたので、テラスで腰掛けていた。暑い風が吹いていた。ヘリコプターが一機、照明弾を投下しながら界隈を飛んでいた。照明弾はヴェトコンを探して、暗闇の中を捉えどころのない幻影のようにゆっくり落ちてきた。川から銃の乾いた音が木霊して、同じく、暗闇の中を捉えどころのない幻のように聞こえてきた。すると、不意にヴェトコンも暗闇の中の幻に思われた。結局、私はヴェトコンの何を知っていたのだろう？　数か月前、死刑囚射撃隊に殺されたであろう一人の男の心を探っていた。でもそれだけだった。ほかに何人もの死体を見て、その人たちが生きていたと考えても生きている姿を想像することができなかった。そこで、テラスから書類の山のそばの肘掛け椅子に移った。英語でタイプした一冊のノートがあった。何気なく手に取り読んでみた。叫ぶように「これは何？」と私は言った。

フランソワは記事を校正していた。少し手を休めて言った。

「ヴェトコンの日記だよ」

「それは確かなの？」

フランソワは黙って校正を続けた。校正を終えると、立ち上がって引き出しを開けた。縁が汚れた小さな本を取り出した。小さな文字でびっしりと、ヴェトナム語で書かれていた。縁の汚れは、乾いた血のようだった。

「もちろん、これは本物だよ。ヴェトコンは、ほとんどみんな、このような小さな本に日記や詩を書いている」

「どこで見つけられたのかしら？」

「死体が持っていた。それは確かだ。何百冊もあるんだよ。最初のうちは手に入れるのは簡単だった。けれど今は簡単じゃない。アメリカ軍が目録を作り、翻訳するために収拾しているからね」

「何の目的で？」

「情報集め、逆宣伝さ。たいてい逆宣伝のため、抜粋を提示する。しかし、この本は完璧だよ」

「これ借りるわよ」

その夜は、テレタイプが止まり、鳥が鳴き止むのを待たなかった。いつもよりずっと早く帰った。私の牢獄は、もう牢獄ではなかった。ヴェトコンは闇の中の捉えどころのない幻ではなくなっていた。そして、ヴェトコンの中に、戦争でさえ消すことができないものを、私は見出したのだった。人間であることの誇り高い苦しみを。

＊　＊　＊

二月十六日

渇きを覚えた時、グラス一杯の水を飲むように、一気にその日記を読んだ。眠気は吹き飛んで、夜が明けた時もまだ読み続けていた。私はこの人のことを書きたい。誰だったのだろう？　どんな顔だったのだろう？　名前を書いたページはなく、書かれた情報は少ない。この人の素顔を知るのは不可能だ。ただ一度、体のことを書いているが、それによると鏡に自分を映すのが怖いと言っている。病気でとてもやつれていると。確かなことは、ラオスを通って南部に潜入し、標準的な軍隊に加わった北ヴェトナム人であるということだけである。カトリック教徒、クリスマスを聖なる祭日と言い、イエス・キリストの名を呼んで祈っているのでそれとわかる。若者であることは確かだ。軍隊に入って日が浅い。しかし、農民ではない。化学者か技師だろう。学生かも知れない。入隊する前に働いていた研究所のことも書いている。自分の書籍、自分の本屋のことを述べている。体は丈夫ではないようだ。長い行進に消耗し、重い荷物にぐったり疲れ、胃の具合がいつも悪い。あらゆることに愚痴をこぼしている。暑いこと、寒いこと、食べ物のこと、ヒルのことに。骨張った背中、華奢な手、弱々しい手首、小鹿のような眼の若者をつい想像してしまう。その目で愛しくてたまらない妻を求め、その目で死を迎えたのである。この若者はサイゴン近郊で死んだと思われる。死体はどこに埋葬されているのだろう。キーホアの墓地の中だろうか、戦車でならされた穴のどれかに投げ込まれたのだろうか？　この若者が死んだと思うことは耐えられない。今、私は翻訳している。夜である。私の部屋の窓ガラスは爆撃で激しく揺さぶられている。下の街角にいる歩哨は、発砲することしか知らない。発砲した後はいつも、しわがれた叫び声を上げる。

## あるヴェトコンの日記

〔五月一日〕

しかし、労働記念日のことは書かない。とても大事なことを、僕の人生が急変した理由を書こう。今朝七時半、集会に出るとランが「軍隊に入る準備をしろ」と僕に言った。書くことは、自分を襲った感情を知る手助けになると思う。嬉しいような、奮い立つような感情を覚えた。同時に、恐怖と苦悩も。というのは妻を残して行かねばならないから。とても清純な、大切な妻を。僕たちは四か月前に結婚したばかりで、一緒にいた期間はとても短い。このような別れを受け入れるには、献身と自己犠牲と言う大義を掲げなければならない。死ぬことは怖くない。その死が人民のためになるのなら。だが、カンと離れるのはとても辛い。

〔五月二日〕

日記形式で書こうと決めた。自分の研究室にいる。僕の間近に迫った出発の通知を妻が受け取った。一緒に過ごせるのは四十時間だけだということを、今は妻も知っている。四十時間だけ。二人の人生で、いちばん大切な時間になるだろう。たぶん、永遠の別れになるだろうから。悩みの種は尽きない。軍人としての生活は、確かに栄誉であるが、愛する妻と別れるのは身を切られる思いだ。この指の間から時間がこぼれ落ちる。あと少しの時間、それで、もう妻には会えなくなる。今は、一分ごとに時を数えている。そして、いろんなことを自問する。なぜ人は生まれてくるのか、なぜ人は苦しまなければならないのか……。

**〔五月三日〕**

僕とカンは、限られた時間をずっと一緒に過ごした。時には会話を弾ませ、時には黙りこくっていた。僕たちは言葉にすることなく考えていた。今度はいつ会えるだろう、また会えるだろうか、と。この国が統一さえすれば会える、二人ともこの戦争を生き延びれば会える。両親や兄弟に会えないのも残念だ。会いに行く時間はないが、それができない僕の立場をわかってくれるだろう。ああ、戦争……死……戦争はなんて残酷なんだ、死はなんて惨めなことか！　もうすぐ出発する。涙が止まらない。僕は卑怯者ではない。決断力があるというか、強い男だと思っている。でも人間だから感情を棄てることはできない。涙も出る。さようなら、僕の大切な人。いろいろやっておかなければならない。君に自転車と、本を何冊か届けなければならない。チェウが僕を車で送ってくれるだろう。その車に自転車を積んで、まず君のところへ行く。カン……君の瞳に、君の心が映っているよ。ぼろぼろの心が。でも、いつかこの国にアメリカの悪魔がいなくなるよ。アメリカ人のせいで僕と君は別れのキスをすることになった。

**〔五月四日〕**

友人たちにも別れを告げた。嬉しい時も、悲しい時も、お茶を飲みながらともに過ごした夜は数えきれない。そんな友人たちと別れるのも辛い。楽しい日々は終わった。軍隊生活が始まるのだ。

**〔五月五日〕**

兵士として初めての食事。今日一日で、一歳年を取ったような気がする。まだ軍服は着ていないが、自分のことを誇らしく思っている。今、部隊やパトロールの割り振りや、カムフラージュするためのもの、そして食料や水が与えられたばかりである。今夜ギアダンに向けて発つ。そこに一週間ぐらい滞在するだろう。最後に見るフークィー、緑の森、果てしなく広がる農地、僕の愛してやまない大地。この大地を何年見てきただろうか？　僕はこの土地を見捨て、重い荷物を背負って、十五号路を歩き始めた。すでに暗くなって、月が出ていた。行進する間、我々を照らしてくれるだろう。

**〔五月六日〕**

途中、僕が誰に会ったと思う？　少年だった頃好きだったチャン・ティ・ハンだよ。驚いたなあ。心を込めて握手を交わし、少し話をして「いずれまた、さようなら」と言って別れた。チャン・ティ・ハンは「私たち二人は、いつも、さようならって言うのね」と言って笑った。ああ、ハン！　君が家の戸口にいるのを見て、どんなに驚いたことか。僕をこんなにも喜ばせてくれたことを、君はわかっているだろうか？　チャン・ティ・ハン、ダイタイン協同組合、ギアビン県。素晴らしい忘れがたい十分間を、君は僕にくれた。今、僕は別の人を愛しているけれど。僕たちの部隊はふたたび歩き、ギアビンとギアドンを通り過ぎた。今、ギアホップにいる。ちょうど午前三時だ。みんな疲れてくたくたになっている。誰も話さないし、誰も笑わない。

**〔五月七日〕**

ほんの少し眠った。とても疲れている。ギアタイで野営すると聞いて嬉しかった。居残って、この地に住む弟のバイ・ルアンに会う許可を求めた。そうすれば、僕の言伝てを父に伝えてもらえる。また日記を書いている。弟のバイ・ルアンに会った。一緒に食事もした。弟はどんなに喜んだことか。僕も嬉しかった。弟のところに行くためには、川を歩いて渡らなければならなかったけれど。水嵩があまり高くなくてよかった。午後二時までバイ・ルアンと過ごした後、部隊に合流した。六時まで野営し、また行進を始めた。家から遠く、妻カンからも離れて過ごす二日目の夜である。雨が降ったため、月は雲に隠れていたが、いい天気だった。人々は語り合い、声高に笑っていた。我々は、僕のまったく知らない土地にやって来た。赤い屋根のレンガ造りの家々と、稲藁造りの粗末な家々。娘たちがそれらの家々から、僕たちを見ようと出てきたが、恥ずかしそうに木々の陰に隠れた。僕たちは「さあ、あんたたち、出ておいで！」と叫ぶ。すると娘たちは、くすくす笑いながら逃げて行く。

〔**五月八日**〕

今日、僕は料理当番である。水を見つけなければならない。なんてことだ。ぶっ続けに二晩歩いた後だというのに。足はがくがくだ。動くたびに、ひどく痛む。僕は頑強な体ではない。献立には、たいてい野菜スープがある。消化をよくするためである。そしてご飯。その夜は、いつもより多くご飯を炊かねばならなかった。そうすれば、おにぎりを作って翌日の行進中に食べられる。今夜の行進が中止されたのは確かだった。たいていの者はがっかりしていた。我々は連隊に早く合流し、状況を知りたいと思っていた。しかしアメリカ空軍は、道路の上空に何度もやってきて照明弾を落としていった。そんな状況で移動ができなくなったのだ。結果として、その方がよかった。僕はとても疲れている。行進を始めて、もう十日になる。残してきた愛を背負いながら。この愛は重い、とても……カンが恋しくてたまらない。カンのことを考えてばかりいる。妻と離れてからの日々を数えてばかりいる。

**〔五月九日〕**

第一部隊の出発後、アメリカ軍の戦闘機が三機現われ、すぐに爆弾の破裂音が聞こえ、縦隊の先頭部に落ちた。一時間後、その場所に着いたが、死者はいなかった。十五号路に雌牛が一頭、腹を上にして倒れているだけであった。暗闇の中に、ぞっとする光景であった。戦争で殺された生き物を見たのは、それが最初だった。食事のために三十分の休憩を取った。しかしスープを飲むかわりに、日記を書いた。食べるより、書きたかった。間もなく歩き始めた。ドールオン管区の村を通ったが、道の両側には背の高い緑色の草が茂っていた。

**〔五月十日〕**

米がない。その上、このあたりは米を買うにも売っているところがない。ライ麦を少し食べただけで、お腹をすかせたまま眠りに就いた。うまくいっても、明日の夜まで米は食べられない。飢えることがこんなに辛いとは。日記を書く気にもなれない。

**〔五月二十六日〕**

十六日から体調が悪く、日記を書く気にならない。我々は暗闇の中を、知らない村をいくつも通り、歩き続けている。アメリカ軍の戦闘機は途絶えることがない。来なくなったと思うと、それらは急降下し、照明をあててくる。今日は行進を中断している。薪作りのため、六人ずつのグループが編成された。僕は六時間薪作りをした。だがこの作業はヒルに比べればなんでもない。じめじめした気候の時は、ジャングルに踏み込んだとたんに我々の最悪の敵に出くわす。ヒルである。忌々しいヒルめ。そこらじゅうにいて、最初に見た人間に飛びかかる。衣服で体中を覆って注意をしていても、ヒルは襲ってくる。足にチクリと感じたら、その正体はわかっている。靴を脱ぐと必ず足は血まみれになっている。ぞっとする。

〔**五月二十七日**〕

ラム川で体を洗い、また歩き出す。めいめい籠を二つずつ背負わねばならなかったが、配給食はおにぎり一個だけだった。夕方、ふたたびドールオンにやって来た。我々は引き返してきたのだ。ゴックソン、レムソンそしてボイソンを目指している。水筒は空になるし、両肩は腫れ上がり痛い。籠を動かすたびに恐ろしい思いをしなければならない。足も傷だらけで、これ以上歩き続けられない。僕の部隊は銃のみの武装で、任務は歩兵隊の支援である。だから我々が背負っている籠には爆薬が入っている。アメリカ軍の掩蔽壕や戦車の攻撃に使われるのだ。我々はさしあたり、ゲアン県タインチュオン管区タンフォン村に滞在している。村の人たちと生活し、その日その日を彼らの好意を受けて暮らしている。カンの消息は届かない

〔**六月一日**〕

入隊してから約一か月が過ぎた。訓練の毎日だ。四つん這いで進んだり、穴の中に転がって入ったり、木に登って葉陰に隠れることまでやる。暑いので訓練は一層辛い。その上、ラオスから吹く風

がとてつもなく暑い。しかしこの厳しい生活は忍耐力を鍛えてくれた。事実、夢中になって事にあたる姿勢を僕に取り戻してくれた。この三日間は政治の講義があり、我々の何人かが志願兵を申し出た。ラオス経由で南ヴェトナムに入り、侵略者であるアメリカ兵と戦うのである。僕も志願した。だけど、カンや母に会いたい。明日は休暇なので家に立ち寄る許可願いを出した。両親はここから、そう遠くないところに住んでいる。許可願いは受け入れられた。南ヴェトナムに行くことを志願したからである。午後四時に、ヴィとともに出発した。チャンケーを目指して山々をジグザグに進むのだ。長い行程だろうが、そんなことはかまわない。嬉しくて浮き浮きしている。母や親族に会えるのだ。

〔六月二日〕

親戚には会ったが母には会えなかった。なんて運が悪いのだろうね、お母さん。家に着いた時は夜の十一時半だった。胸がドキドキしていた。僕はヴァンを抱きしめた。そして、祖母、叔父、叔母、従兄弟たちを抱きしめた。その後、「お母さんは？　お母さんはどこ？」と尋ねた。母はいなかった。その日の朝ドンノイに行ったのだ。なんてことだ、僕が来たのに会えなかったと知ったらどんなに悲しむことだろう。僕も悲しかった。家族はご馳走を作ってくれた。入隊以来、最高の食事であったが空腹は感じなかった。お母さん、あなたのことを考えていましたよ。おそらく、こんな機会は二度とこないでしょう。とてもがっかりしています。正午まで待ちましたが、あなたは帰って来ませんでした。僕は出発しなければならなかった。家族は握り飯やその他の食べ物を持たせてくれた。でもそんなことはどうでもよかった。別れを告げる時は胸がいっぱいになり、涙を堪えることができなかった。家を出て林の中を歩いた。村は少しずつ林の向こうに見えなくなった。僕は泣きじゃくっていた。今も涙は日記の上に落ちる。残念だったね、お母さん。ついてなかったね、僕たち二人。今、ヴィの家の前にいる。ヴィが両親に別れを告げるのを待って旅を続ける。

**〔六月三日〕**

きつい旅であった。午後三時頃、川を歩いて渡る準備をしていると、空に敵の戦闘機が一機現われ、僕たちを目がけて機銃掃射を始めた。溝の中に伏せて、助かることをひたすら祈っていた。銃弾は僕たちをかすめ、周囲に降りかかった。しかし、ヴィにも僕にも当たらなかったので、四時頃ふたたび旅を続けることができ、夕方チャンケイに着いた。そこでは、素晴らしい声の、美しい娘と知り合った。その娘は寺院に向かって歩いていたので、三十メートルばかり一緒に歩いた。チャン・ティ・フォンと言う名前だと教えてくれた。その娘のことを思い出すと心を優しく触れられるような気がする。カンと同じ声、頬もどことなく似ている。カンに手紙を書いた。一か月の間に、たっぷり十通書いた。返事は来ない。ただの一通も。

**〔六月七日〕**

耐えがたい腹痛が、一日中続いている。ある家で休ませてもらった。鏡に映した顔が自分だとわからなかった。一か月前はこんなに醜くはなかった。今の僕は頬骨が突き出て、皮膚は弾力がなく、まるで骸骨のようだ。実は、満足に食べていないんだ。今夜も少しご飯を食べただけである。その他の物は飲み下すことができない。疲れてへとへとだけれど日記を書こうと思う。誰かに心を打ち明けることも必要だと思うから。一枚の紙切れにすぎないとしても。いいかい、紙切れ、戦争は悪いことばかりではないよ。たとえば、戦争ではタインフォン村のタインロン協同組合の組合員のようないい人たちに会える。クィおじさん、ドンおじさん、ラムさん……まるで僕たちが親族であるかのように世話をしてくれる、優しい人たち。また、根っからの社会主義者たちにも会える。彼らは持っているもの、カップ一杯の紅茶から一個のじゃがいもまで、なんでも分けてくれる。その人たちといると、僕は水を得た魚のように思える。生涯彼らを愛し、忘れないだろう。でも辛いことはたくさんある。機銃掃射や疲労や腹痛。ひどく腹が痛む。これ以上日記が書けない。しかし、以前はどうして毎日日記が書けたのだろう?

〔**六月十六日**〕

我々の行進が再開されるまで、僕の体調は、実に悪かった。今、ミンソン村のロンミン協同組合にいる。夢のように美しいところだ。文字通り、ハスの花で覆われた湖がある。ハスの花の良い香りが漂っている。ハスの花ほど美しいものはない。

〔**七月四日**〕

二か月! 二か月が過ぎ、僕を悲しくさせる。苦しい。カンと別れて二か月、その間、なんの便りもない。耐えられない。カンに何かあったのだろうか? 爆撃を受けて跡形もなくなったのだろうか? 戦時には何だって起こる。

〔**七月十五日**〕

素晴らしい日だ。カンから手紙が届いた。カンから、初めての手紙である。妻は妊娠している。

〔七月十七日〕

僕の誕生日である。誕生日はいつも、家で祝ったものだ。今回は土曜日である。家でなら、いい一日になるのだが、戦争では土曜日であろうと日曜日であろうと変わりはない。ゆっくり誕生日を祝うことさえできない。司令官が我々の士気を高めるために、何か催しを企画した。そのため、僕は気力を出して、その仕事にかかわらざるを得なかった。組織の厄介ごとがつきまとってくる。なんてことだ！　催し物など嫌なことだ。

〔七月十八日〕

お前に、僕の日記に、言ったよね。カンに会いに行く許可願いを出したことを。駄目だと思っていた。許可がもらえるかどうか、とても気掛かりだったのでそのことを話したくなかった。それがね、許可されたんだ！　異例のことだよ。昨夜わかったんだ。司令官が僕を呼んで「君の誕生日にプレゼントがあるよ」って言った。何か品物をくれるものと思って、少し嬉しかった。「許可が出たよ」と告げられた時は、もう嬉しくて、嬉しくて。どう言えばいいだろう。自分の気持ちを表現する能力をなくしてしまった。たぶん理性をなくしているのだ。それとも歓喜のせいなのか？　これ以上ないほどの喜びでいっぱいだ。旅は十日かかるだろう。十日の間喜びを満喫しよう。

〔七月二十六日〕

八日前から旅を続けている。今、第七号路を時速六キロで歩いている。今朝は一杯のご飯を食べただけだが、そんなことは気にならない。嬉しくて、空腹を感じない。恐怖も感じない。ソンの近くで、アメリカ軍の戦闘機による機銃掃射を受けた。けれど、以前、ヴィと川にいて、溝に身を隠した時のように恐怖で足がすくむということはなかった。今、ジェンチャウの近くに来ている。僕の生まれ故郷である。午後四時頃には着くだろう。両親はまだ畑にいると告げられるだろう。とても嬉しい。さあ、また歩き始めよう。

〔**七月二十七日**〕

母を抱きしめた。父を、そして兄弟たちみんなと抱き合った。もう疲れは感じなかった。みんなが、僕の痩せたことに気付いたので、僕は笑っていた。笑って、笑って……そして、カンに会う瞬間ばかり考えていた。自分に語り掛けていた。そうだ、こうしよう、しばらく線路伝いに歩いて、ティエン川を左に曲がるとフンダウに着く。そこでフークィ行きのバスに乗ろう。夜九時に発車し、午前零時までバスに乗り、そして……。

九時のバスに乗ることができなかった。僕はバス停に着いたが、バスは来なかった。十時になり、十一時になり、やがて十二時になった。十二時を少し過ぎた頃、バスがやって来た。残念なことに、そのバスはフークィ行きではなく、ビン行きであった。フークィ行きのバスに乗り込んだのは午前一時だった。そのバスは三時に出発した。カンと過ごせたはずの一夜をふいにした。今、午前五時である。バスは暗闇の中を走る。今、夢から覚めた。カンの腕の中で眠っている夢を見ていた。陽が高くなる前に着くことを誰もが願っていた。日中この道を通るのは賢明ではない。乗客はみんな笑いながら、運転手に「急げ！　急げ！」と言っていた。ジョンソンが空から我々を見たら、弾丸を浴びせるだろう。

〔**七月二十八日**〕

このような日に、日記を書いて時間を潰すのは、おそらく愚かなことだろう。だけど、今、カンは眠っているし、僕は眠れないでいる。「僕はここにカンと一緒にいる」と繰り返し、自分に納得させているからである。僕の日記、お前にすっかり話そうと思う。バスは朝五時半に着いた。橋まで走って行ったが、そこに橋はもうなかった。爆撃で破壊されていて、百メートル先に築かれた新しい橋は舟でできていた。ようやく川の対岸にたどり着いた。ああ、なんてひどい悲惨な光景。街はアメリカ軍に爆撃され、完全に破壊されていた。一つの都市が廃墟と化していた。公園に大きな穴ができ、もう一つの大きな穴は、僕の本屋が建っていた、まさにその場所にあった。道路はもうその形を留めていなかった。タイヒエンのレストランも、商業学校も、協同組合も、僕の研究室も、基礎の部分が残っているだけであった。予想を遙かに超える悲惨な状況であった。ギアダム、あんなに住み心地の良かった我が町は幻になってしまった。瓦礫の中をおろおろと歩き回った。住んでいたのはここだ。ここで働いていたのだと思うのだが、そこには穴と雑草があるばかりだった。わかるかい？　僕の日記、僕の悲しみが。もしかしたら妻のカンは死んだのではないか、という思いが何度も襲ってきた。農産物配送センターの方に向かっているうちに、気が変になってきた。友人のヌンに出会った。とても疲れていたので、ヌンにリュックサックを持ってくれるように頼んだ。ヌンと家まで走った。一人で行ける気分ではなかった。走って家に入り、大声で「カン！」と言った。カンはいなかった。どこにいるかを尋ねると、ゴム農園にいると教えてくれた。そこは僕が研究をしていた作業所である。自転車、僕は言う、自転車！　自転車が差し出された。それに飛び乗り、ペダルを踏んだ。僕の方に向かって来るのはカンだ。自転車を降りた。僕は「カン！」と言うことしかできなかった。二人はすぐに抱き合いたいと思ったが我慢した。そうしてはいけない。みんなが見ている。だから、ただ軽く手を握り、見つめ合った。お互いの目を。どれくらいいられるのかとカンは尋ねた。二日だと答えた。二日だけなのとカンはつぶやいた。君がそういうのも無理はない。十日間のこの旅は、歩いて、歩いて、山をいくつも越える。君とたった二日間を一緒に過ごすために。

〔**七月三十日**〕

明日の夜、部隊に出頭するためには、今朝、出発しなければならない。カンは黙々と朝食を作り、道中に食べる米を包んでくれた。朝まだ早かった。僕たちは黙って朝食を食べた。互いに見つめ合いながら。心が引き裂かれるようだった。カンも同じ気持ちだったと思う。間もなく別れのキスをし、最後の一瞥の後、僕は立ち去る。そのことばかり考えていた。カンはバス停まで送ってくれる。彼女が支度をしている間、僕は時間潰しに日記を書いた。平静を装うために。待っている間、理性を失うことのないように。タイヒエンまでバスに乗り、そこでバスを乗り換える。さようなら、カン。今回が最後のような気がした。もう二度と会えない予感がする。でもどこに行こうと、君からどんなに遠く離れても、死ぬ時まで僕の愛は変わらないよ。さようなら、カン。アメリカの帝国主義者ども、あんたたちが憎い。僕たちを苦しめる、あんたたちが憎い。

〔**八月三十一日**〕

もう一つの別れ。私の大切な人にさようならを言うために立ち寄った。思いがけなくも、母に再会することができた。我々の部隊は弾薬を取りに、僕の村の近くまで行かされたのである。実家に泊まり、母と食事をした。午前八時に出発した。母は長い道のりを送ってくれた。僕のリュックサックを持ちたがった。リュックサックは重かったが、母に持たせた。それが母を喜ばせるとわかっていたからである。母はそのリュックサックを優しく、僕に背負わせてくれ、そして別れた。一言も言葉を交わさなかった。話すことはもう何もないかのようだった。ただ辛かった。

〔九月十四日〕

カンに手紙を書いた。これが最後になるかもしれない。近いうちに前線に出る。おそらく死ぬだろう。随分長い間、カンから手紙が来ない。ビンと父からは手紙が届いたのに。なぜ？

〔十月十八日〕

ねえ、僕の日記、もうお前には話さないでおこうかな。僕はもう以前の僕ではない。前線で戦い始めた僕は、もう以前と同じ人間ではない。戦いに出る前はいつも、駄目だろう、死ぬだろうと思う。そして自分が生きているとわかると、放心状態になる。半信半疑になる。入隊して五か月たち、僕は祖国にすべてを捧げたと感じている。自分の家族も、仕事も、幸福も。

〔十月二十二日〕

我々はここフンダウでの滞在が四十二日になる。敵陣で交戦する時のほかは動かない。そういうわけで、この村や村人たちと慣れ親しんできた。でも、今、出発の準備をしなければならない。ラオスでの作戦行動が我々を待っている。その任務を果たすにはおそらく一年、あるいは二年、そこに駐留することになるだろう。出発の準備が完了した。進軍中の休憩時にこの続きを書こう。午後四時に出発した。弾薬とリュックが肩に重くのしかかる。とりわけ弾薬が重い。僕は二、三度転んだ。

目眩もする。フンダウ、ズントン、ソムカットを通り過ぎ、ラム川の砂丘を四キロ歩いた。川は澄んでいた。舟が十隻ばかり我々を待っていた。向こう岸に渡してくれるのだ。百人に満たない我が部隊だけでなく、ほかにも多くの部隊がいた。川を渡った時には夜の九時になっていた。お腹がすいていたので、おにぎりを全部食べてしまった。今十一時だ。進軍が始まるのを待っている。だが、僕は疲れている。

**〔十月二十三日〕**

今日のように岩の多い山をよじ登る必要がある時には、杖はよき友となる。うまく距離が測れる。あと五キロ……あと三キロ……あと二キロ……一キロ……ビバークだ！　ときどき、ビバーク地に着いた時、まったく日記を書く気にならないことがある。すぐに眠ってしまう。その後、起きるのが辛い。村を通っている時、村人たちが荷物を運ぶ手助けをしてくれると助かる。女たちならもっといい。ここソンホアで、魅力ある四人の女の人たちと知り合った。クエ夫人、ダオさん、クオンちゃん、ズオンちゃん。みんなで手分けして僕の荷物を持ってくれた。十五キロの道のりを、しかも山道を。喜んで辛抱強く。夜の行進に備えて、今ひと休みしている。夜、行進する方がいいのは、アメリカ軍が我々を見ないからね。照明弾は何の役に立っているのかと思う。

**〔十月二十六日〕**

きつい毎日。僕はゲアンに送られるはめになった。旧道を通らずにチュオンタイン街道を通って行った。そこにはレ王家の要塞がある。山は高く、山道は狭く、少しでも注意を怠れば、真っ逆さまに墜落する。今、我々は全員フンダオを進んでいる。それからファンタイで食事をして、ナムリエンに着いた。ナムリエンはホーおじさん、つまり我々の指導者ホー・チー・ミンの生地である。友人のトゥオンに会うためにリエントゥオン協同組合に向かっている時、ホーおじさんの家の前を通りかかった。藁で覆われた二棟の質素な家は、竹の柵で囲まれていた。ホーおじさんの生家を見たいとずっと思っていたので、とても感動した。どの窓も美しい竹すだれが掛けられ、家の右手にバナナの古木が一本植えられていた。グレープフルーツの木も一本あり、オレンジ畑もあった。バナナ、グレープフルーツ、オレンジを一個ずつ採らせてもらった。その家はとても小さかったが、僕には壮大な屋敷に思われた。

〔**十一月五日**〕

カンから三通の手紙が届いた。同時に。受け取った時、僕はソンニンに着いたばかりであった。写真館に行き写真を撮ってもらい、それをカンに送った。カンに手紙も書いた。また、父や、姉のランや、本屋をやっている友人のトゥオックにも手紙を書いた。だが、これ以上は書く気になれない。疲れすぎて気力をなくしたようだ。おそらくこの日記を止めるべきだろう。書いてなんになる？

〔**十二月二十三日**〕

ソンハムというこの最悪の地で六十日を過ごした。我々を待つ任務のために、訓練の毎日であった。今日、ふたたび長い行進が始まった。どこへ行くのだろう、何をするのだろう、噂されているこの任務はどんなものだろうとずっと考えている。重要な任務のようだが、それがどんなものか誰にも皆目わからない。我々はたっぷり二百キロも歩かなければならない。そう考えただけで気分が滅入る。二百キロだよ。山をいくつも越え、小川のほとりを、リュックサックと銃と弾薬を背負ってだよ。そんなこと考えられないよ。憤懣を少しばかりぶちまけたくて、また日記を書いた。

〔十二月二十四日〕

朝五時に行進を始めた。まだ暗かった。くたくたに疲れているし、足が痛い。地面は起伏が多く、片側が絶壁の細道を進む。山村の住民の家や、農民の家に行き着いた時、中に入れてくれて何か食べさせてくれるのはありがたい。いったいこの暮らしはなんだ？　愛国心は犠牲が多すぎる。

〔十二月二十五日〕

クリスマス、イエス・キリストの誕生日だ！　クリスマスなのに、僕は小型砲を背負っている。なんというクリスマスだ。我々はジャングルの中を三日間歩いた。蚊がチャンスとばかり、どこまでも襲ってくる。その上、僕は転んでくるぶしを捻挫した。今もくるぶしは腫れ上がり、足も腫れている。それに両足は水ぶくれがいくつもできている。我々はふたたび幹線に入り、暗闇を利用して鉄道を歩いた。雨はますます激しくなった。顔をうがつほどの勢いだ。午前三時には凍える川を歩いて渡らねばならなかった。日の出とともにチューリー管区の、あるカトリック教徒の村に着いた。今からここで飯を炊き、少し休憩することができる。夜中の一時に行進が始まるのだが、足は腫れ上がっている。この部隊に最後までついて行けるだろうか？　雨は降り続いているし、道路のかなりの区間が爆撃を受け破壊されていた。橋も同じであった。アメリカ軍はここも見逃さなかった。その荒れ果てた光景にますます気分が悪くなり、たびたび道路端に立ち止まりひと息入れなければならなかった。その後は走って仲間に追いつかねばならない。くるぶしが痛い。ああ痛い……足に巻いてヒルから身を守るためにと、ナイロン製の包帯が与えられていたが、僕にはもう役に立たない。なんて惨めなクリスマスだ。カンは？　何をしているだろう？　元気だろうか？　赤ん坊はカンの体の中で元気に育っているだろうか？　変だな。僕はカンのことをいつも思っているが、思い方が以前とは違う。以前より希薄な思いと言おうか。

〔十二月二十九日〕

行進六日目。たいてい夜明け前に起床する。暗い中を歩くためだが涼しくもある。くるぶしが痛くなければなんでもないことだ。ときどき仲間が小型砲を持ってくれるが、そんな助けさえも、たいして救いにはならない。問題はヒルがうようよいるジャングルの道を通るのでなければ、山をよじ登らなければならないということだ。この道程にトンネルがあればまだいい。トンネルは山中に掘られた長い廊下である。もちろんその話は聞いていたが見たことはない。歩きやすいが、真っ暗闇である。仲間とはぐれないように声を掛け合っていなければならない。ある地点で少し息苦しくなる。二百メートルもある長いトンネルではそうだ。我々が通り抜けることのできないトンネルが一つあった。爆撃され、崩落した土砂が行く手を塞いでいたのだ。そのため、我々は山を登らざるを得なくなった。しかも雨が降っていた。いまだに雨が降っている。くるぶしが支えられない時はいつも転んだ。立ち上がるのに少なくとも五分かかった。人間の意志は、望めば必ず叶えられると考えて自分を慰めた。長い道程や、ヒルや、痛む体に打ち勝ちながら。

〔十二月三十日〕

キンチャウ・フェリーに着くまでに、まだ三キロある。そんな時リィと僕はその家を見つけた。重い荷物で疲れ切っていたので、何か食べ物をもらおうと中に入って行った。その家の主人は、煮えたばかりの一鍋のじゃがいもと、一房のバナナを与えてくれた。恥ずかしいぐらいに、がつがつ食べた。そして、ヌアイとマイに残りを食べるように言った。お金を払おうとしたが、親切な主人は受け取ろうとしなかった。カップに入れて白湯まで出してくれた。消化にいいからと言って。僕たちは上機嫌になり、フェリーに着いた時にはふざけたい気分になっていた。暗闇の中、リィは合言葉を叫んだ、「ソン！」誰かが別の合言葉で答えた、「サム！」僕は「ホーおじさん、万歳！」と叫んだ。するとリィが「ばかっ！　人に聞かれたらどうする？」くるぶしの痛みは随分軽くなっていたし、この長い行進も明日が最後であった。我々はなんて汚いんだ！　耐えがたい悪臭を放っている。ああ、体を洗いたい。いい気持ちだろうな、熱い湯の浴槽に入るのは。海まであと数キロだ。

〔**一月九日**〕

今日は僕にとってはとても大切な日だ。初めての結婚記念日である。一年！　確かに、カンと僕は幸せな夫婦だとは言えない。結婚してから一緒に暮らしたのはたった四か月で、その間の大部分を二十キロも離れて生活していた。僕の研究所が遠くにあったからである。つまり、週末と祭日だけ会っていた。そして僕は徴集された。その三か月後、二日間カンと再会した。それ以来、まったく会っていない。愛する者にとってなんと酷い運命だろう。愛しいカンはどうしているだろう。カンの身に何か起こっていないだろうか？　実をいうと、何週間もカンのことをあまり考えなかった。自分の体調がとても悪かったのである。今また、カンの夢を見るようになった。テトが近づくにつれ、カンがそばにいないと思うと胸が痛む。家から遠く離れて迎えるテトは初めてになる。僕に悲しい思いをさせるだけのテトなどなければいいのに。僕のこの苦しみを全部僕から持ち去っておくれ。僕の苦しみを打ち明けられるのは、僕の日記だけだろうか。計り知れない孤独が待ちかまえている。そして、その後、おそらく死ぬだろう。

**〔一月十四日〕**

とんでもない陰謀が実行に移されようとしているとの噂が流れている。大量の武器と備蓄食料が蓄えられている。我々は村人たちが起きないうちに村落を通過する。めいめいが軍需品や米など、少なくとも五十二キロもある荷物を担ぐのである。夜が明ける頃にはくたくたに疲れている。午後五時まで身を隠し、休息して、その後行進を再開するのだが、我々はどこへ行くのだろう？

**〔一月十八日〕**

もうすぐテト祭だ。いきなり、家の中にいてはいけない、家に入ることさえ禁ずるという命令が下った。何か今までと違う雰囲気が漂っている。茂みの中で身を潜めていなければならない。人々がテトを陽気に祝う時も、我々は黙って茂みに隠れていなければならないだろう。去年のテトを思い出す。カンと一緒だった。僕たちは満ち足りていた。

**〔一月十九日〕**

我々は各自、米粉を一キロもらった。テトに備えて、これでお菓子を作ることができる。ありがたい。陰鬱な雨が降ってきた。ふたたび家に入る許可が与えられ、その修正命令で、僕はヴェトさんの家に行くことになった。ヴェトさんはいい人だった。

**〔一月二十日〕**

家族がいないのはとても寂しい。もちろん米粉の菓子がないのも寂しい。親切にしてくれるヴェトさんを悲しませないためにも、感情を隠すように努めている。それでもカンのことを思うといつも心が乱れる。今では、疎遠になったと思った頃の感情ではなく、最初の頃の深い愛情でカンを思っている。両親のことも考える。最後に見た母、僕のリュックサックを持ちたがり、何も言わずに見えなくなるまで見送ってくれた母。我々はそれぞれ、一人前の肉を配給された。満足していたはずなのに、眠っている間に泣いていたことがわかった。

〔一月二十一日〕

一人前の肉がいつもの三倍だった。食事の量の多いこと。奇妙なことに、みんな黙って食べていた。何か別のことに気を取られているようだった。正午に行進が始まった。僕は小型砲を担いでいた。細心の注意を払うよう命じられている。暗くなるといつも行進を続ける。雨が降っているので道は滑りやすい。重い荷物を担いでいたので二キロの距離に二時間かかった。小型砲を担いだまま滑って転ぶことを考えると、ぞっとする。

〔一月二十二日〕

今日は南ヴェトナム開放の道を開く最初の日だといえる。雨が降り続いているが、我々一人ひとりがその重要な任務をやり抜く覚悟でいる。第一三中隊は、光栄にも縦隊の先頭に立っている。一時間前から住所は新しく、８７５７ＨＳになった。カンにそのことを書いた。ジャングルでおいしいイチジクを採って食べた。

〔一月二十三日〕

突然、戦闘機の音を聞いた。誰かが「我々を狙っているぞ」と叫んでいた。次の瞬間、そのうちの一機が我々目がけて急降下してきた。大きな爆発音に続き、爆弾の破片が当たり一面に降ってきた。破片の一つがわずか数センチの距離で、僕の頭をかすめた。ヒューッという音を聞いた。どんな神秘的な法則が人の存在や寿命を支配しているのだろうか？　もし僕の頭が四センチずれていたら死んでいただろう。すべてが偶然に起こると言えるだろうか？　ヒューッと言う音を聞いて、深さ四十センチほどの穴に走って行くと、爆弾がまた落ちてきた。別の穴まで走った。そこには血まみれの仲間がいた。その男に「負傷したのか？」と大声で聞いた。その男は「そうだ」と答えた。さらに近づいて見ると、片足がほとんど千切れているのがわかった。脚とは皮一枚で繋がっているだけであった。僕はシャツを脱ぎ、それを彼の足に巻き止血するためにきつく縛った。それから看護士を呼び、二人でその男を木陰に引きずって行った。足は時計の振り子のように、ぶらぶら上下に揺れた。看護士は足を切り離し、投げ捨てた。不思議なことに僕はあまり驚かなかった。あの日の夜に見た仰向けになった牛の方が、衝撃が大きかった。たぶん、それまでには見たことのない死体、初めて見る死体だったからであろう。爆撃がおさまった時、周囲は煙に包まれていた。少しあたりを歩いて回った。自分が身を隠していた穴の周囲のいたるところに、爆弾による穴が開いていた。生きていることが信じられない。僕の運命はここで死ぬことではないようだ。どこで死ぬことになっているのだろう。

〔**一月二十四日**〕

待ち望んでいた素晴らしい瞬間がついにやって来た。夢が実現したのである。労働党に入る許可を得たのだ。党の旗を左手に持ち、右手を挙げ、どんな犠牲を払ってもどんなに辛くても共産主義に仕えることを誓った。儀式は簡単ですぐに終わったが、感動的であった。今の僕のモットーは「労働党に忠実であれ、人民に忠実であれ」である。同志のホー・ダック・ティエンが保証人になってくれた。大きな力を得た気がする。ずっとそうだろうか？

〔一月二十六日〕

我々は朝早く起きて、夜が明ける前に朝食を食べた。準備は整った。カンに手紙を書き、友人に託した。友人はタイから戻って来たばかりであった。この手紙がカンのもとに届くことを願っている。手紙には今までカンに言わずにいたことを書こうと努めた。カン、愛しいカン。たぶん僕はもう帰れないと思う。でも、僕たちの愛は決して終わらないよ。たとえ僕が死に、君が死んでも終わらないよ。カン、愛しいカン。もう行かなければならない。上官が僕たちに来いと命令している。

＊　＊　＊

二月十九日

ここで日記は終わっている。四日か五日後にサイゴンの近郊で戦死したのだろう。おそらく、タンソンニャットで。そこには北ヴェトナム軍が駐留していた。それとも一月二十六日当日、A37でアンディ大尉が行使したと同様の爆撃で死んだのだろうか。真実はわからない。カンは知っていたのだろうか？おそらく知らなかっただろう。夫がカンにあてた最後の手紙を受け取るとすぐに、新しい住所8757HSに返事を出していた。そのことを私はヴェトナム・ドキュメント・アンド・リサーチ・ノート（ヴェトナム実録と調査記録）の係りの人たちとも話をした。彼らは日記などを翻訳し、目録を作成している。その人たちは、あなたは感傷的すぎる、ヴェトコンのようだわ、ヴェトコンが書く日記はナポリ民謡に似ているの、いつも愛を語っているところがね、と笑顔で言った。ところで、そのような愛の日記を一冊読んでみませんか？　私はもちろん読みますと答えた。その日記がここにある。二月六日、クァンチ県で、第三海兵隊のパトロール隊が手に入れたものである。これは無名戦士の物ではない。ノートには姓名が書かれていた。レ・ヴァン・ミン、一九四二年五月二十五日に、クァンビンで生まれた。死後二週間しかたっていない。アメリカ人はなんて機敏で有能なのだろう。彼らについて、ただ一つわからないことがある。つまり、そのような文書を、無償で譲り渡して得る利益である。正直だったからか、それともあまり考えなかったのか？　おそらく損得を考えた末のことだろう。しかし、どんなふうに？

レ・ヴァン・ミンの日記を胸の塞がる思いで翻訳した。外では相変わらず爆弾の炸裂音が轟いている。今朝、フランソワが私に言ったことを考えている。「君が戦争を知ったら、簡単には泣けないよ、むしろ余計なことだ。しかし、この余計なことをぼくはしている。この惑星には三十億の人間がいる。その一人ひとりのために、ぼくは泣くのだ」三十億の一人ひとりのために？　私はフランソワの言うことに賛成できない。同情を寄せる人たちを選ぶことは必要だ。三十億なんて多すぎる。私はこの日記を手にして以来、ラリーやジョニーのことをあまり悲しく思わなくなった。ヴィタミン剤や配給食を与えられ、重装備をした善意の二人のことを。私はレ・ヴァン・ミンの方が好きだ。

## レ・ヴァン・ミンの日記

愛するトゥエットゥ・ラン！　あんな悲しい手紙を君に出すべきではなかったね。君を悲しませるだけだと知るべきだった。許しておくれ、もうそんなことはしないよ。だけど、君に手紙を書かないではいられないよ。わかるだろう、書かなければ僕は何をすればいい？　やはり君に手紙を書くよ。それを日記に挟んでおこう。僕たちが再会する日に君に渡そう。今日は今までになく書きたい気分だ。というのはハータイの政治教練のキャンプに、ある人がやって来て、僕の腕を強く摑んで「しっかりするのだよ、レ・ヴァン・ミン、君のご両親が亡くなられた」と言った日のことを思い出しているからだ。体ががくがく震えてきて、子供のように泣きじゃくった。僕がどれほど両親を愛していたかわかるよね。それにハータイのキャンプに、母は詩を送ってくれたんだ。その詩を読み返すと悲しくて胸が詰まる。こんなふうに悲しい時には、家を出た日の、あの夜明けを想うんだよ。君はヒエンルオン川まで送ってくれたね。その川は、僕たちの国を二つに分けている。僕が唇を嚙みしめていたのを覚えているかい？　今から僕たちも離れ離れになる。どれくらいの期間だろうと考えていた。この国がふたたび一つになる時まで、そうすれば春にはまたハスの花が咲き、爆弾はなくなる。こちら南ヴェトナムはずっと冬だ。僕らは敵の足元にいる。すでに味方がたくさん死んで、埋葬されたよ。でもみんな立派に戦った。トゥエットゥ・ラン、ではまた。君の写真はいつも懐に入れているよ。僕を裏切らないで。

僕の愛するトゥエットゥ・ラン。いくつもの山や川が僕たちを引き離している。それでも、どの分かれ道でも、どの草むらの陰にも、木陰にも、君が見える気がする。ツバメが一羽、僕たちの村の方へ飛んで行く。僕の愛を君に届けてくれと、僕を辛抱強く待つように伝えてくれと、そのツバメに頼んだよ。君が悲しめば南ヴェトナムも悲しむ。君のむせび泣きがあらゆる稲田から、ココナツの木々から、どの運河からも聞こえてくる。ヒエンルオン川は、僕たちの愛だけでなく多くの愛を切り離している。だから、僕を心から愛してくれているのなら、この戦争を君も戦ってほしい。君がくれた写真を誇りに思えるように。僕たち二人に、僕たちのように悲しい思いをしているみんなに、きっと幸福は来るはずだから。

トゥエット・ラン、僕の大切な人！　君の二十歳を祝って、八月の詩を書こうと思う。詩には君に対する僕の愛と、敵に対する僕の憎しみを、たっぷり書きたい。この手紙は詩として読んでほしい。君の誕生日は今日だったね？　君は人生の春の真っただ中、革命の激情の真っただ中にいる。君はそれとともに成長し、それとともに君に対する僕の愛は大きくなる。ほんの少し前に君と別れた気がする。遠ざかる君の白い服、揺れる髪、まるで村の曲がりくねった小径のような髪を、僕は悲しい目でずっと見ていたよ。僕の愛は溢れんばかりで、ハスの花の香りのように甘く、小川の水のように清らかで、大地を金色に染める太陽のように、かけがえのないものだ。その愛は、我が国に対する爆弾の嵐を見る時、女の頬にかかる涙を見る時、僕を奮い立たせる。その愛は、嵐や、アメリカ人の前に立ちはだかる山のように、僕を高くする。その愛は、漂流する屑も、アメリカ人も、海へ押し流す川のように、僕を強くしてくれる。チーリン山とバックダン川は敗走したあの敵の名残を留めている。どれほどの敵が、絶えず我が国に侵攻してきたことか。何世紀前から我々は戦い続けているのだろう。なんて勇敢な国だろう、我が国は。新しい敵も撃退するよ、トゥエット・ラン。我々はクアンチ県のチティエンにいる。ココナツの木陰で、君のことを想っているよ、トゥエット・ラン。僕の目の前にはベンハイ川が流れ、両岸は白い砂。秋のある朝、郷愁に駆られている。本当は、いつも、食事をしている時も、行進している時もそうだ。赤い花を見るたびに、もっともっと想いは強くなる。君は赤い花が大好きだった。赤い花を見つけると小声で叫ぶ。ああ、ここで君と一緒に住めたらいいのに。ここは美しいところだよ。美しい山の稜線、美しい森の緑、そして、鳥が飛び回り、木の葉が揺れる。杏林、竹林、ランの花を描きたい。君のために。夜は、不気味な静寂に包まれる。魅惑的だったものが不吉なものに変わる。たまらなく君に会いたいよ、トゥエット・ラン。

トゥエット・ラン、これらの手紙を出さずにずっと持っている。でも、なんて辛いんだ。君が本当に強いのなら、なぜ、たまに僕の手紙を読むってことができない？　なぜ、僕のところに留めておいてくれと言うの？　君に手紙を書いても読んでくれなければ、僕はなんのために書いているのだろう。トゥエット・ラン、僕は殺されるかもしれない。そうなれば、日記はどこかに消えて、君が読むことはないだろう。トゥエット・ラン、元気かい？　僕のことだけを愛してくれているかい？トゥエット・ラン、裏切らないでおくれ。抵抗運動は長くは続かないだろう。待っていておくれ、トゥエット・ラン。僕はいつか必ず帰る。僕の愛しい君に約束しよう。

母に詩を書いたよ、トゥエット・ラン。けれど、母はもう読むことはできない。だから、トゥエット・ラン、君のために取っておこう。

お母さん！　と叫ぶ　あなたは遠く　届かない
あなたを呼ぶ　鹿が答える。
駆けてきた　森をさまよっていた鹿が、
息を切らせている、爆弾にさらされたあなたのように
助けを求めるあなたの叫びは誰にも聞こえず、
あなたの心臓は粉々に散った。
お母さん、僕は今　この愛を誰に与えればいい？
母はただひとり、かけがえはない。
お母さん、夢を見るよ、ときどき　故郷に帰る夢を
帰ってみると、何もなく　ただ爆弾の穴ばかり
爆弾の穴　穴……復讐心でいっぱいになる。
我が家は木っ端微塵　心地のいいあの家が。
覚えていますか、お母さん？　いっしょに読んだ
キム・ヴァン・キエウの物語

世界でいちばん悲しい話だと思ったよね。
僕たち　悲しみを知らなかったね、お母さん。
悲しいのは　この箸を燃やすこと
あなたの箸と　お父さんの箸を。
箸を三つ買った　三つ目は僕のために
僕のお墓のためにとっておこう
さあ、出発だ　戦場へ　同志とともに。
でも　とても孤独だよ、お母さん。
ルック・バン・ティエンと同じ気持ちだ
ルック・バン・ティエンは高等官吏になって帰郷した。
母は亡く、許嫁がひとり　彼を迎えた。
十二年　待ち続けていたグエット・ガー
ルック・バン・ティエンは　泣いて　泣いて
目が見えなくなった。
お母さん、悲しみといっしょに　あなたに届けます
あなたを殺した者に対する　僕の憎しみを。
川が干上がり　山が崩れても
きっと復讐するよ、お母さん。

今に　僕も殺されるとしても　かまわない、
この箸を燃やすことなく。

トゥエット・ラン、僕の大切な人。僕の憎しみの言葉を、君が聞きたくないのはわかっている。でも、憎しみを感じずにはいられない。君が許す心を信じているのは知っているけれど、どうして許すことができよう。僕の頭にはアメリカ人をやっつけることしかない。僕には一つの石ころ、一人の子供までもが仕返ししているように思われる。だから、アメリカ人に対する抵抗運動に、熱意を持って参加してほしい。君は協調できないと言うだろうか。事実、君に向いているとは思えない。君の髪はこの小川の表面ようにしなやかで、君の手はこの花びらのように柔らかく、君の背中はクモの巣のようにたおやかだね、トゥエット・ラン。それでも君は参加すべきだ。そうすれば、来年の君の誕生日、それ以後の誕生日すべてが、もっと楽しいものになるだろう。爆撃と血の中で育ったことを忘れるだろう。僕の大切な人、くじけないでおくれ。くじけるのは僕だけでいい。僕たちには、生き方を教えられるのも、大人になる手ほどきをされるのも難しいことだ。さて、味方の部隊は、今、森の中で宿営している。寒い。雨が降っている。僕はずぶ濡れになって震えている。でも、もし戦わないとしたら、どんな人間になる？　断じて人とは言えない。ただずぶ濡れになって震えている弱虫にすぎない。僕が感じていることを君にも感じてほしい。でも、それはまったく無理な話だね。僕の手紙を読んでくれないのだから。

ゲリラ兵の生活は厳しいよ、トゥエット・ラン。特に、妻に忠実なゲリラ兵の生活はね。微笑みや誘惑に負けそうな夜もある。そんな時、自分に問い掛けるんだ「裏切りだろうか？」と。そして、すぐに「そうだ、裏切りだよ！」と自分に言い聞かせる。トゥエット・ラン、君にはわからないだろう。わかるはずがない。ああ、そうできるやつが羨ましいと、ときどき思う。そんな自分が恥ずかしいけれど。トゥエット・ラン、君を愛しているよ。朝、最初の小鳥がさえずる時も、夕方、太陽が赤く染まる時も、君を想っている。頭が冴えていて自分が勇敢だと思う時も、疲れ果ててくだらない人間だと思う時も、君を想っている。風が吹く時も、露が宿る時も、一人の時も、仲間といる時も、君を想っている。フルートの調べは、あの川岸へ僕を連れて行ってくれる。帆を揚げて川を行く船を、君を、そして君の美しい頬を飾るえくぼを思い出させてくれる。トゥエット・ラン、戦いたくなければ戦わなくていいよ。僕はかまわない。僕にとっては君が生きて、僕を待っていてくれて、僕を裏切らなければそれでいい。君にもしものことがあれば、僕はすぐさま敵の銃口に身を投げよう。

僕は愚かだろうか、愛しいトゥエット・ラン？ 君にも詩を書いたよ。仲間たちは書いている僕を見てからかった。「この男は詩を書くんだ。また書いている」と言ってね。彼らには勝手に言わせておこう。読み返して、満足するまで書いたり、消したりしている。この詩は満足している。実際、訂正することなく清書した。ほら、トゥエット・ラン。君のこと、僕たちの村のことを書いたよ。結局これも読んでもらえないだろうね。

僕の愛するクァンビン村
川はよどみなく流れ
ココナツの木は
長い影を落とす
浜松はかすかな軽やかな音をたて
大きな松の実を恵む
クァンビン村　草木は鮮やかな緑
風は米の花を運び
アオサギの群れは白い翼で田畑を覆う
砂は優しく君の背中をつたう
クァンビンには君がいるから
クァンビンの記憶をたどる
北の娘を思い出す
その娘と暮らした日々を
苦楽を共にした日々を思い出す
革命の道は長く苦しい
きっと勝利の日は来るよ　北の娘さん
僕たちの国を解放しよう

二度と分れないように統一しよう
クァンビン村に僕は帰ろう
爆弾の炸裂や火災地獄の忌まわしい記憶
その苦しみと憤りは失せるだろう
トゥエット・ラン、これらすべては必ず終わる　誓ってもいい
そして、船はふたたび大海を自由に航行し
稲田はふたたび風に優しくなでられる
そのために兵士たちは銃を担いでアメリカ人と戦う
それは君のためだよ　トゥエット・ラン

嘘だろ、トゥエット・ラン。嘘だよね、トゥエット・ラン。あの人たちは僕のところにやって来て、言ったんだよ、トゥエット・ラン、君が死んだと。君が母と同じように死んだと知らされたよ。爆撃で。トゥエット・ラン、そんなこと信じられない。ひどすぎるよ、トゥエット・ラン。僕は耐えられないよ、トゥエット・ラン、きっと間違いだよね、トゥエット・ラン。それが本当なら、僕は気が狂う。トゥエット・ラン、君は生きていて健康で僕を待っていてくれる。僕たちはまた会える、トゥエット・ラン。また、白鳥の湖のほとりを歩こうよ。それとも、いつも涼しい風が吹いていた金色の星海岸にしようか。君の髪をなびかせる君の大好きなあのそよ風だよ。そして目を見つめ合うんだ。トゥエット・ラン、手を繋いでね、トゥエット・ラン。もう二度と離れることはないんだ。

川のほとりで別れることなどないんだよ、トゥエット・ラン。トゥエット・ラン、トゥエット・ラン、トゥエット・ラン！　僕は夢を見てるんだね、トゥエット・ラン。君は死んだ、トゥエット・ラン。僕たちはまた会える。そうだ、あの世で会える、もしあの世があるのなら。僕も死ぬ、その時に会える。もう僕には何も残っていないのだから、トゥエット・ラン。何がどうなろうと、もうどうでもいいよ、トゥエット・ラン。パトロールに行くように言われたから行くよ。死にに行くよ。

＊　＊　＊

二月二十一日

バリー・ゾルシャンはこの時期に、正確に言えば今日、私を食事に誘ってくれるべきではなかった。ところが誘ってくれたのは、私がヴェトナムで書いた記事の報告書を受け取ったこと、そして、たいそう気を使いながら言ったことだが、私の記事が彼の気に入らないと告げるのが目的であった。バリーの家で食事をしたのだが、心を込めた招待であるという証として、食堂ではなく、寝室に接するガラス張りのテラスが選ばれていた。そこにいるのはバリーと私の二人だけで、まるで婚約者のようであった。記事のことは口実であり、バリーは私を愛し始めたのではないかと、ふと、ばかげた思いがよぎった。その心配はすぐに消えた。バリーは、グラスや銀のフォークセットが並べられたレースのテーブルクロスの上にまるで銃で撃つように、最初の質問を投げ掛けたのである。

「ねえ、君、君は共産主義者かい？」

「違うわ、バリー」

「たいていの者は違うって言う。けれどそれは嘘だ」

素晴らしい日だった。空は澄みきっていた。眩しい、目に染み入るような青空を背景に、庭の木、赤い花をつけたエジプトイチジクの大木が、くっきりと際立っていた。赤い花が好きだったトゥエット・ランのことを思った。そしてゾルシャンには、もし私が共産主義者であったとしたら、正直に、それを認めると、穏やかに答えた。共産主義者でないよりも、共産主義者である方が住みやすい国にいると考えてもいた。

「よくある話でしょ、バリー？　誰があなたの味方で誰が敵か。そしてあなたの味方でない人が党に入っている」

「君はぼくの側か、そうでないのか？」

「そうでないのよ、バリー。あなたの側ではないの。昔はあなたと同じだったわ。あなたを愛していた頃はね。今はもうあなたを愛していないわ」

「ねえ、君、君に何があったの？」

バリーはこう言いたかったのだ。どうしたんだい。ひょっとして、病気なのか、それとも不安神経症なのか。

「自分ではなんでもないと思っているわ、バリー。ともかくそう願っている」

「ぼくは君が優秀な女性だと知っている」

「たいていの人はそう思わない。私自身も、そう思えないことがよくある」

「お高くとまるなよ」

「私が優秀じゃないと言うことが、お高くとまるなんて、まったくわからないわ」

バリーは包み込むような優しさで私を見つめ、額にしわを寄せた。解明できない神秘の鍵を発見したかのようであった。

「ひょっとして、君は平和主義者なのか?」

バリーは平和主義者という言葉を、共産主義者という言葉を発した時と同じ調子で言った。言ってみれば、まるで冒瀆の言葉を吐くように。

「そう思ってくれていいわ。私は戦争が嫌いなの」

「どの戦争が?」

「戦争というものが。すべての戦争よ」

「そうか。この戦争のことかと思っていたよ」

「この戦争はましな方よ、バリー」

「じゃあ、どうしてここに来たの?」

「それはね、バリー……理由はね。言うならば、自分の職業の使命感かしら。これが答えの一つかな。本当にそう思っているのよ。戦争を知らない人々に知らせたいというのが、もう一つの答えかしら。それにエゴイストっていうのも、理由の一つね。私が戦場にいるのは、戦争を知りたいからよ。人々が知らない事件や人物にはいつも惹かれるの」

「君が知らないことって?」

「たとえば、恐怖。戦争が行われている場所で感じる恐怖」

「どんな恐怖？」

このようなやり取りは、なんだかばかげているし、意味のないことであった。一方にトゥエット・ランを思い出させる赤い花の咲く木があり、他方には危うい信望と、甘い優しさを合わせ持つ大きな鼻のバリーがいる。その間に、私と、黙って給仕をしている年配のヴェトナム人のメイドがいて、息をこらしている。そのメイドは時折り視線を投げたが、それは音を立てているかのように激しいものであった。

「ねえ、バリー、殺すことは恐ろしいことよね？　殺すのも、殺されるのも」

「そうじゃないよ。正当な理由があれば」

「たとえ正当な理由があったとしても。本当に正しいかどうかを考える必要があるわ。あなた方の場合は正しくないわ。いい、バリー、私は教会に行かないし、お祈りもしない。でも、『殺すなかれ』というあの戒律、私にはその戒律が大事なの」

「君、ひょっとして、君はキリスト教徒ではないのか？」

「どうかしら、でもそうだといいけれど」

バリーはひどく驚いた。咳払いをしてから話し始めた。優しくというか、いたわるように。バリーは、よく言い聞かせなければならない頭の鈍い子を、前にしているようだった。当然、その子供にとても熱心に教えていた。民主主義や自由を信じていたし、どんな意見も尊重していたし、誤った意見に対しては決して暴力を使わず、理論で訂正する用意があったからである。バリーはアメリカ人であったから、アメリカ人は忍耐強く、寛大で、善良であると私にわからせようとしていた。それゆえに、アメリカ人はヴェトナムでも朝鮮でもヨーロッパでも戦争をしたのである。ヨーロッパのことを忘れないでほしい。ヨーロッパではナチの爪から我々を救おうとやって来たのは、ほかでもないアメリカ人であった。その当時バリー・ゾルシャンは太平洋で民主主義と自由のために命を懸けていたとはいえ、アメリカ人の一人である。このような少し長い前置きの後、次のように説明した。ヴェトナム戦争に関しては、平和主義とかキリスト教徒であるということは、私にヴェトナム滞在許可を与えているアメリカ合衆国に対し、ある意味では裏切りであり、この裏切りは殺された海兵隊員に寄せる同情が殺されたヴェトコンにまで呼ぶことであり、ぼくの心は穏やかじゃない。ヴェトコンは敵なのだから。

そこで私はバリーに次のように答えた。あなたの敵が私の敵である必要はないし、アメリカ海兵隊であろうとヴェトコンであろうと、私にとっては同じである。つまり、二本の腕と二本の足、一つの頭と一つの心臓を持っている。ただひとつの違いといえば、ヴェトコンは自分の家にいるが、アメリカ海兵隊はそうではない。しかし、もっと本質的な問題は私の物の考え方であるのだが、はっきり言ってバリーはそれを理解しなかった。そのために論争になってしまった。論争の最中に、マジュールを追放したように私を追放するつもりかと彼に尋ねると、追放はヴェトナム当局が決めることで、アメリカが決めることではないと答えた。でも、ここではなんでも起こる。

今日、ロアン将軍がチ・クァン院長を逮捕したのである。なんの嫌疑もないままに。ロアン将軍がチ・クァンを逮捕した、それだけのことだ。

ロアンのこのもう一つの行為を、フランソワはどう思っているか知りたかった。聞いてみたがフランソワは黙っていた。

# 6
# 廃墟と化したフエ

ロアンのことはもう話題にされなかった。たまたまその名前が出ると、フランソワは黙り、ほかの者は無視していた。フランソワへの配慮であり、フランソワが尊敬していた男のことを暗黙のうちに軽蔑を示していたのである。あるいは単なる無関心ということもあっただろう。我々の身近で起こることの方が、一人のヴェトコンがグエン・ゴック・ロアンに頭を銃で撃たれたことよりずっと重要であった。死はどこへ行こうと、何をしようと、雨のように我々をずぶ濡れにし、影のようにつきまとっていた。その上死は我々の感情、思考にぴったり張りついていたので個々の殺人者はもう問題ではなかったし、誰も注目しなかった。戦闘が猖獗を極めていたフエは徐々に破壊されていった。ケサンは虐殺を伴いながら万力のように少しずつ包囲を狭められていく脅威にさらされていた。このような戦闘の嵐によって、ロアンは私にも見分けられない、なんら価値のない藁屑になっていた。サイクロンに巻き込まれ、私にとってはあまりにも大きな事件に巻き込まれ、疑問にもがいていた。それはほかの人が私に答えることができない疑問であった。フランソワ以外は。今では私にははっきりわかるのだが、フランソワの疑問は私自身の疑問でもあった。けれど、その頃フランソワとあまり議論することはなかった。私はサイゴンにあまりいなかったからである。だから私は、死がなんであり生がなんであるか、人間であることの意味を、一人ぼっちでひたすら考えていた。今、私は不信感でいっぱいである。

私が書いた日記帳を読み直してびっくり。いずれも黒いノートで、線引きのものや、升目のもので、そこに書かれている文字は私の筆跡とは思えない。正確で、的確で、びっしりと書かれている。それに、とても恐ろしい、理解しがたいことを述べている。でも、そのような苦しみ、恐怖、困惑の重圧に一人で耐える力をどこで見つければいいだろう？　一日一日、一週間また一週間と、息つく暇もなく続くのだろうか？　ときどき、私は精神が錯乱しているのではないかと自問する。つまり、みんなと同様に、同じ程度に。戦争は狂気沙汰であるということ、戦場にいると人は狂気になるということを考えたことがありますか？　ふつうの男や女が、一時間後、あるいは一分後にはもう存在しないかもしれないと思いながら、朝、目を覚ます気持ちがわかりますか？　腐敗した死体の散乱した中を歩いた後、テーブルに着き、平気でパンを食べることがどうしてできるのか？　悪夢のような状況に勇敢に立ち向かった後、パニックに陥る瞬間を恥ずかしいとどうして思うのか？　たとえば、私が乗るはずのケサン行きの飛行機を空港で待っていて、そこから逃げ出したあの早朝のこと。今では、その判断が賢明であったと喜んでいる。でも、その時は賢明な判断とは言えず、臆病だと思っていた。自分を軽蔑していた。私は分別をなくしていた。

＊　＊　＊

二月二十二日

私はカーレーサーがハンドルを握っている時のように、タイプライターに身を傾けている。フランソワは当面の記事を猛スピードで作成し、テレタイプ係のもとへ、一枚ずつ持って走らせている。テレタイプ係は大急ぎでコピーしている。テレタイプはパタパタと音を立て、紙のリボンがほどけて高く上がり、円い柔らかな襞となって、ふたたび下に降りる。

「保存用／AFP／サイゴンからパリへ／大至急／FP／今夜から三日目の夜までずっと、サイゴンが攻撃される模様。サイゴンではヴェトコンによる声明やチラシが満ち溢れ、ふたたび恐怖に包まれている。二度目の総攻撃に備え、閉じこもった市民らをますます麻痺させるこの状況はどうしようもない。火曜日には、首都を警護する軍部全体が警戒態勢につくよう発令があった。サイゴンに張り巡らせる有刺鉄線のロールが倍加された。中心部ではトゥゾー通りの類いの広い幹線道路を除き、軍用トラックを優先させるため、通行はできない。昨日までなかったバリケードに衝突しまいと、MPのジープはブレーキを軋ませて停止する。歩哨らは笛を吹き、発砲する。サイゴンはふたたび恐怖の都となっている。特殊情報部でさえ、ヴェトコンの声明と同じことを報じ、太陽暦の吉日、凶日を占う占星術師は軍部からの情報と同じことを予言している。しかし、今夜、軍部は占星術師以上に悲観的である。軍部によれば、攻撃の第二の局面にはまだ至っておらず、日曜の朝の爆撃は、ヴェトコン歩兵隊側の大掛かりな攻撃の前兆にすぎないということである。アメリカの情報によれば、一晩だけでたっぷり三連隊がサイゴンへ進軍するのは間違いないとのことだ。つまり、北ヴェトナム軍第七連隊、ヴェトコン第五連隊と第九連隊である。それは一万から一万五千人規模であり、その大部分はすでに一月三十一日の攻撃に参加している。三日前から、夕暮れになると、北ヴェトナム大隊がビンロイ橋を攻撃する。そこは一か月前までサイゴン市民が、塩、コショウで味つけをしたカニを食べに行っていたところである。ハノイの部隊が同民族部隊と、サイゴンのすぐそばで戦った最初である。その間に、ロケット弾を積んだサンパン船は、カンボジアとの国境から南下し、東へ、恐怖の都市に向かう。

サイゴンは、二十年戦争という最も恐ろしい、混乱の苦しい試練を体験するのである。七十キロ離れた県庁所在地、キエンホアの多くのヴェトコンが、一月三十一日の夜、サイゴンに入り、声明やチラシを配布しながら命令を待って潜んでいると思われる。チラシは今までになく大量に配布された。その一つは〝市街地から退去せよ。爆撃は今夜だ〟というものである。もう一つは〝サイゴンに親族や友人がいるものは、その人々を退去させよ。我々は市を壊滅する〟とあった。ほかに、アメリカ人だけを攻撃の対象にすると強調しながらも、次の攻撃は、今日から月末までということを明示するものまであった。傀儡政府の軍隊は市民に手を出さないだろう。したがって、サイゴン市民は、午後六時以後は、家の戸締りをし、苦しみの新しい夜を盲目の人のように迎える用意をし、状況を窺いながら十三時間を過ごすことになるだろう。その夜は、これまでになく多くの爆弾が炸裂した。闇に包まれた空の下、大砲の一撃が窓ガラスを粉々に砕く。続いて迫撃砲の炸裂、そして一二二ミリの照明弾が降る。戦闘機とヘリコプターがひっきりなしに飛び交い、爆撃に集中射撃が加わり、外を覗いて見なくても、雨戸のない部屋からは、地平線の向こうに赤い閃光が走るのが見え、息をこらす。包囲されて三週間後には、無頓着に暮らしてきた市民は疲弊し、失意に襲われた。この悪夢のような状況を止めなければならない。いつ終わるのだろう？　二か月後には、大雨を伴ってモンスーンがやってくる。おそらく、その時だけはこの激しい戦闘は緩むだろう。心理的影響は軍事的様相に勝るのだから。それはアメリカ兵たちにも言える。彼らの話によると、水が枯れた水田地帯をパトロールすると顔中に土埃を被り、それが汗で張りつき、灰色一色の付着物は皮膚、防護服、ズボンや靴を覆うのだそうだ。そんな状態で、彼らは装甲車の機関銃手らの後ろで、うつろな目つきで、微動だにせず、街を通り過ぎて行く」

私はほかに付け加えることはできないし、付け加えることはない。毎晩が同じである。JUSPAOでの記者会見の後、クロード、フェリックス、フランソワ、マルセルがやって来て、一人ずつ「ついに今夜だ」と言った。その夜はまるでゴム紐を張りつめたように、不安の中で過ぎて行った。片目を閉じ、片目を開けて眠り、かすかな音にも飛び起きる。明け方、消耗しきって目覚め、何もする気にならない。周辺の小競り合いを探しに行く以外に何をしようと思うだろう？　北部、あるいはフエに行きたいとばかり思っている。しかし、もし攻撃が始まればタンソンニャット空港は最初の標的となり、サイゴンへの道は断たれる。そういう状況だから誰も動かないし、また、そのために我々は常に不機嫌で、無作法になるのだろう。仲間うちで思いがけなく喧嘩が始まったりする。デレック・ウィルソンだけは泰然としている。マジュールの後任として赴任したイギリス人で、痩せていて、背が高く、悠長で、締まりなく、だらっとしている三十七歳の男である。人にタバコの火をつけてやったり、椅子を勧めたり、なんて人なの！　私たちのように感情をむき出しにすることがあるのだろうか？　Cレーションを食べる時のデレックをぜひ見てほしい。缶から直接食べることはしない。慎重に中身を皿に移し、ナプキンがわりにトイレット・ペーパーを敷き、フォークセットとグラスで食卓の準備をし、インゲン豆を少しずつ食べる。インゲン豆ではなくて、獲れたばかりのカキか、キャビアを食べているかのように。私はデレックがイタリア語を話すということもあって、彼とは親しくしている。彼は記者になる前、オックスフォードでイタリア文学を学び、十七世紀の二流詩人に夢中になった。それについて聞くのはとても面白い。ウッチェリ（uccelli 鳥）のことをアウジェッリ（augelli）、ラガッツィ（ragazzi 少年たち）のことをパルゴリ（pargoli）、ラガッツェ（ragazze 少女たち）のことをドンツェッリ（donzelli）、ヌービ（nubi 雲）のことをチッリ（cirri）と言うそうだ。デレックは私と同じホテルに滞在している。

二月二十三日

ラン氏は身を潜めて閉じこもり、窓の外をじっと窺っていた。まるで今にも警官が突入し、連行されると思っているようであった。それは間違いではなかった。今日の夜、警官がいきなりホテルにやって来て、ヴェトコンをくまなく捜索したのだ。空いているすべての部屋の錠にも、ロアンの署名入りのシールが貼られたので、仮に逃亡者が入ろうとすれば、たちまちその場で捕えられる。その突然の捜索に、デレックと私は心地よい眠りを妨げられ、ふたたび眠りに着くことはなく、その夜の残り時間をパストゥール通りの歩道に腰を下ろして過ごした。塀にもたれて話し合っている私たちを、朝一番の太陽が照らした。

「デレック、では、あなたはなぜヴェトナムに来たの？」

「ちゃんとした理由なんてないよ。イスラエル戦争の後、パリに戻ったが、退屈だった。それだけのことだ」

「あなたは、命を懸ける方が生きがいを感じるということ？」

「まあ、そういうこと。ぼくは危険に身をさらすのが好きだ。恐怖を感じれば感じるほどいい。人はみんな同じじゃないでしょう?」

「結局は同じよ。でも困ったことね」

「困ったこと?」

「惨めだわ。私そのことをよく考えたのよ、デレック。そして思ったの、惨めだって。つまり、信じることに命を懸ける人、たとえばヴェトコンとかアメリカ軍の兵士は、称賛に値する人たちだと思う。でも、退屈から逃れるために命を懸ける人は、それが男であろうと女であろうと、私は共感できないということよ」

「なぜ?」

「なぜって、そういう人は決まって、内面的に貧しい男であり女であるからよ。おそらく彼らが思いこんでいる以上にね」

「ねえ、君、たぶんその人たちは、ただ孤独な男であり女であるだけだと思うよ」

「そうかもしれない」

「孤独であり、不幸である」

「不幸を戦うために、ほかの方法があるはずよ、デレック」

「不幸の程度によるよ。あまりにもひどい状況にあれば、戦う気にはならないだろう。一瞬、奮い立つだけで忘れてしまう。〝すべてを失った者は、時には自分自身をも失う〟と、恐ろしいことを言ったのは誰だっけ?」

「忘れたわ。精神障害者に関する記事で読んだと思うけれど」

デレックは奇妙な、と言うより、辛そうに笑った。

「ねえ、君、ぼくたちもちょっと変じゃないか？　サイゴンで、歩道に座って夜明けを待つという、ばかげたことをしているのだから」

そう言った後、デレックはフエへ行きたいと言った。仮に、二度目の戦闘があって連絡が取れなくなったとしてもかまわないと。私は行くのを止めろとは言えない。ここで情報を待っておしゃべりしながら無為に過ごすのは意味がない。フエで起こっていることは重大事なのだ。二十四日前から、フエはアメリカ軍と南ヴェトナム軍に包囲されており、要塞には黄と赤と青の旗がひるがえっている。もはや一つの会戦ではなく、教科書に書かれるような叙事詩の一つである。アメリカ軍と南ヴェトナム軍は、なんとしても要塞を取り戻すようにという命令を受けた。ウエストモーランドはアブラムズ将軍に、何トンものナパーム弾や照明弾で攻撃し続けること、同時に陸と海からの砲撃を命じた。しかし、古い城壁内に立てこもった三百名の敵兵は降参しない。それどころか、防衛は固く、この二週間のうちにアメリカ兵五百名が戦死した。どのように防衛しているのか誰にもわからない。それは決死隊のなせる業で、今や絶望的な状態にあるという噂がある。また、長期にわたって抵抗することができる北ヴェトナム正規軍がかかわっているという噂もある。つまり、王宮の地下室は外の田園地帯、おそらく森に続いており、そこを通って武器を運び、あの一月三十一日に、十七度線から軍隊を潜入させて、容易に要塞を固めたのであろう。確かなのは、フエは陥落し、廃墟と化すということである。

美しい都市フエ。ヴェトナムでいちばん美しい都市。アジアのフィレンツェと呼ばれていた。海を臨み、フォン川（香川）が流れ、学者や観光客を惹きつけていた。皇帝時代の首都を、何世紀もの間、訪れる人々は数ある寺院や橋や記念碑や庭園を賞美していた。これらの寺院、これらの橋、これらの記念碑、そしてこれらの庭園に、今、アブラムズ将軍の砲火が襲いかかっている。昨日、私たちはゾルシャンに質問した。「フエの芸術的、歴史的遺産を救うために、アメリカ軍は何をするのですか？」ゾルシャンは次のように答えた。「アメリカ軍と南ヴェトナム軍の将校たちは、歴史的遺産を救おうと努めた。だから大々的な攻撃をしなかった。しかし敵は歴史的遺産を避難所にしたために、アメリカ軍と南ヴェトナム軍は攻撃せざるを得なかった」当然です、ゾルシャン。ごもっともです、ゾルシャン。フィレンツェでも同じことが行われた。カッシーノでも、コベントリーでも、スターリングラードでも、ヴァルサヴィアでも、我々が棍棒を手に洞窟を出て以来、あらゆるところで行われたことである。戦争では慈悲深くなるのは裏切りであり、美しいものや文化を愛するのは裏切りである。フエにはスーパーマーケットがたくさんでき、ヒルトン氏の高層ホテルがたくさんでき、フォード氏の自動車のための駐車場がたくさんできるだろう。ほかに何が？　そうそう、もちろん学校、病院、広島の博物館のような博物館……。

二月二十四日

明日、私はフエに行く。そこへ行くのは大変なことらしい。というのは、今は、軍用機は時刻表通りに飛んでいない。その上長時間の旅である。サイゴンからダナンへ行き、それからフーバイへ行く。フーバイでヘリコプターに乗るか、自動車隊をつかまえて南の川岸まで乗せてもらわなければならない。

そこから川を渡れば要塞までは歩いて行ける。忍耐、忍耐。少し運が良ければ月曜日の夜、ふたたびダナンに行って、火曜日の締め切りに間に合うように記事を発送することができる。ひょっとしたら叙事詩の最終局面を目撃できるかもしれない。フエの要塞が陥落するところを。現在、アメリカ軍が侵入し王宮を包囲している。私は蛾に取り憑かれている、嫌な蛾に。ダクトーに行く前だったか、それともA37機内での冒険の時だったか、私を刺したやつに似ている。

「戦い前夜のこの戦士たち」フランソワは面白そうに私を笑った。

「どうして？　あなたは生きていたくはないの？」

「もちろん、生きていたいさ。死にたいなんて思わないよ。ぼくはまだ四十三歳だし、すこぶる健康だし、まだやることがたくさんある。この生活が好きだしね。だけど、明日あるいは、今この瞬間に死ななければならないとしても、じたばたしないだろうね。単に死ぬ時が来たと思うだろう。終わった、運が尽きたと」

「私たちみんなが同じではないのよ、フランソワ」

「そうだけど、君は死を考えすぎる。君は頭の中に死の不安を持ってここにやって来た。君はそれを追い払おうとしない。戦争という概念を死の概念と結びつけているからだ」

「戦争は死なのよ、フランソワ」

「そうじゃない。戦争は死に対する挑戦だ。もっとはっきり言えば、戦争で死ぬのは平和な時に死ぬのとは違う。同じ尺度で測ることはできない。平和な時に死を悲しみなよ。平和な時には泣く時間がある。平和な時にはどんなばかげたことにも泣く。結婚式に泣き、葬式に泣く。平和な時には一人の死者は、一人の死者だ。ところが戦争では一人の死者は、一つの物にすぎない。もしかしたら、もっと人の関心を引く何かが、別にあるのかもしれない」

「たとえば？」

「ヘルメット。韓国でフランス軍の大隊についていた時のこと、君に話したね。戦闘は午前七時に始まり、午後六時まで続いた。そして、ぼくがインタビューしたばかりの兵士たちの真ん中に砲弾が落ちたことも話したよね？　もう一度話そう。砲弾が落ちると、兵士たちの体は吹っ飛び、ばらばらになる。ここに頭が一つ、そこに足が一本。涙もなく、ここに頭が、ここに足がと気を取られている時、頭よりも、足よりも高く飛んでいるヘルメットが目に留まった。上へ上へとどんどん飛び、ついには止まったように見え、そして、向きを変え、くるくる回りながら地面に落ちて、バンッと音を立てた。わかるかい？　今は戦死した兵士たちのことは何も思い出せない。ヘルメットのことはよく覚えている。飛び上がり、落ちてきて、音を立てる、バンッ！」

フランソワは肩をすくめて、苦々しく笑う。

「確か、君に話したよね。死体を拾い集めて棺に納めなければならなかった日のことを？　北の、それはひどい寒さだった。死体は考えられないような姿勢で固い氷の像になっていた。そのような死体を伸ばして、棺に入れることなんてできない。無理やり押し込めると、グラスのように音を立てて割れる。グシャッ。それから蓋の上に乗り、割れるまで踏んづけると、たくさんのグラスが割れるように、グシャッ、グシャッ、グシャッ！　大仕事だよ。こめかみから汗が流れ、滴り落ちて、雪になる。ところが、汗をかかない兵士が一人いた。難なくその作業をやってのけた。その男は苦労して腕や足を伸ばそうとはしなかった。棒で殴って伸ばしていた。棒で殴りながら〝モナ・リザ、お前が微笑む時！　モナ・リザ、お前が好きだよ！〟と歌っていた。その男が何を言いたいのか、ぼくに何を教えたいのか考えながら黙って聞いていた。なぜかといえば、その男は、決して冗談半分に自分の身の上話をするような人間ではないからだ。いつも人に、何事に対してもどのように対処すべきかをわからせようとしていたように思う。いずれにしても、その男が言わんとしたことが、ふと浮かんできたり気付いたりする瞬間がある」

夜。ヴィンツェンツォ・トルネッタの大使公邸へ晩餐に行った。愛情のこもった穏やかな雰囲気だった。トルネッタは友人のように接してくれ、その家は地獄の中にあるオアシスである。しかし、あの言葉が私の頭から離れなかった。〝モナ・リザ、お前が微笑む時！　モナ・リザ、お前が好きだよ〟フランソワは、戦場では人は人間の感情を失くしてしまうと言いたかったのだろうか？　私には信じられない。なぜなら、私が過去に見たこと、現在見ていることすべてを考えても、人間を信じている。信じたいと思う。フランソワだって人間を信じている。それにもかかわらず、私に警戒心を与え、私を落胆させてばかりと言おうか。なぜだろう？　今、リュックの準備をしている。トルネッタの長男は十一歳だが「血で汚さないでよ、いい？」と言って、セーターを貸してくれた。緑色の厚手のセーターである。フエは寒いだろう。

## 二月二十六日

タンソンニャット空港の滑走路でまる一日待った。午前七時から午後七時まで、愚痴をこぼしながら待った。その後、やむを得ず街に戻った。翌日、早朝にもう一度空港に行き、午後まで、ふたたび悪態をつきながら過ごした。ようやくダナン行きの輸送機の出発が告げられた。フエに行っていたカテリーヌが帰って来た、その輸送機だった。彼女をトラックから見かけた。汚れ、疲れ、消耗しきっていた。カテリーヌは手を振り大声で「あちらでは気を付けるのよ！　とてもひどいところよ！」と言った。真夜中近くなってダナンに着いた。そこでわかったことは、タンソンニャット空港で何時間も、何日も無駄に過ごしていた間に、フエでは決定的な激戦があったということである。叙事詩は完結した。最後の北ヴェトナム人たちは、王宮の地下道から逃げ出し、もはやフエにはヴェトコンのゲリラ隊以外は見られなかった。戦争はまた、次のような結果をもたらした。浪費された時間、失望、怒りを。今朝、幸運にも飛行機が見つかり、フーバイに来ることができた。

正午までには要塞に着ける。そうすれば日が暮れないうちにフーバイに戻り、締め切り時間内に記事を送ることができるという愚かな期待を抱いていた。しかし、唯一の交通手段は自動車隊であり、十時に出発の予定が二時になっても、まったくその気配はなかった。装甲車隊があちらに、トラック隊が別のところに、兵士たちがここかしこに散在していて、士官たちは見当たらなかった。雨が降っていた。靄がかかったように激しく降る雨、凍てつく突風に叩きつけられる雨。道路は膝まで埋もれるほどのぬかるみで、歩いているだけで泥だらけになるのに、ジープが泥を撥ねかけて行く。バシャッ！　平手打ちのようだ。その平手打ちは頭から足まで、口の中まで泥だらけにした。不意に激しい憤りを覚える。私はすべての物を投げ出して、震えながら歩いてフーバイに戻った。そこでその男に会ったのである。

男は見えない目で、道を探りながら一歩一歩慎重に、覚束なげに歩いていた。一人の兵士が優しく付き添っていた。それに満足せず、その男は左手で付き添い人を摑み右手を前方に伸ばしていた。目で見ることができない障害物を、前もって知るために。男は黒人であった。二十歳ぐらいであろう。顔立ちは良く、顔に傷はなかった。包帯はなく、ただ黒眼鏡を掛けていた。その黒人が近づくとほかの兵士たちは敬意と哀れみを示し、道を開けた。ある者は立ち止まって、じっと黒人を見ていた。白髪の、厳しい口元の連隊長も立ち止った。

「君の名前は？」

「サンフォード・コリンズと言います」

「少しは見えるのか？」

「いいえ、まったく見えません」

「どこで負傷した？」

「フエです」

連隊長はベレー帽に指を掛け、気をつけの姿勢を取った。

「君は我が国の誉れだ。我が国を代表して君に感謝する」

「身に余るお言葉です」

ダナン行きの飛行機が飛び発った。私もそれに乗ることができた。機内では、兵士たちは皆、例の黒人兵に進んで手を貸した。席に座らせてやり、シートベルトを締めてやり、パラシュートを確保してやった。チューインガムを差し出す者がいたが、彼は断った。しかし、丁重に断った。その男からは忍従を超えた何か、いわば、自尊心と気高さが感じられた。光を求めて上げた顔は自尊心に満ちていた。両手は、これもまた光を求めて、手のひらを上にして膝に置く姿には気高さがあった。話し掛けるのをためらうほどに、人を威圧するものがあった。離陸後、最初に口を開いたのはその黒人兵だった。私は隣に座っていた。

「あなたは女の方ですか?」

「そうです」

「どうぞ、もっとこちらに」

私は近くに寄った。その男の手は私の軍服に触れ、顔に触れた。鼻や、目や髪をなぞって確かめていた。

「本当だ。あなたは女性だ。あなたは長い髪を二つに分け、ゴム紐で縛っている。それに、あなたの軍服は泥まみれ。こんなひどいところで何をしているのですか?」

「仕事をしています、サンフォード、私は書いています。あなたのことを書けると嬉しいのですが。話していただけますか、サンフォード?」

「もちろん、いいですよ」

サンフォードはよく通る、さわやかな声をしていた。アラバマ州出身であった。ヴェトナムに来たのはほんの三か月前のことで、海軍とともにやって来たのだった。テト攻撃の後、すぐにフエに送られ、そこで二十日間戦った。最初は南岸で、次に北岸で、そして要塞の壁の下で。そして、ここで負傷した。午前二時頃のことだった。

「どんな状況でしたか、サンフォード？」

「ぼくは眠っていました。強烈な光で目が覚めました。まずピカッと光って、それから、ドンと音がして。光は音よりずっと強烈だった。太陽の光線がすべて、一度にぼくを照らすようだった。ぼくが最後に見たのがその光で、その光のためにぼくの目は見えなくなったのです。何が起こったのか、すぐにはわからなかった。夜だったし、夜だから闇を見ていると思っていた。夜明けになってわかったのです。みんなが日の出だと言っているのに、ぼくには見えなかった。野戦病院に連れて行かれました。砲座の近くの。医者は「お気の毒ですが、虹彩が焼けたようです。手の施しようがありません。そこにじっとしていなさい」と言った。ヴェトコンがヘリコプターから攻撃していたから、ぼくを逃がすことができなかったのです」

「それで、今はどう、サンフォード？」

「ダナンの病院にしばらく入院して、それから郷里に帰るつもりです。郷里では印刷屋をやっていたのですよ。何かほかの仕事を探さなければ、目が見えなくてもできる仕事を。でも悲しんではいません。戦死した仲間のことを思う時、いつも自分に言い聞かせます。お前は運がよかったよ、サンフォード、お前の戦争は終ったのだと」

「家にはどなたかいらっしゃるの、サンフォード？」

「祖母が一人います。父は第二次世界大戦の時、太平洋で戦死し、母はその二か月後、悲嘆のうちに死にました。祖母と二人きりになりました。祖母は年を取っていて、働くことはできません。食べなくなって死んだのです。わかりますか？」

「わかりますよ、サンフォード。あなたは勇敢な青年です」

「ぼくは冷静に対処する性格だと言うだけです。目が見えない者にとっても生きていることは素晴らしいと思う。たとえばフエで、医者から『お気の毒ですが、虹彩が焼けたようです』と告げられた時、ぼくは決して泣かなかった」

「それどころか！　この男を見るべきだったよ！」とある男が口をはさんだ。「役に立とうとしていた。ほかの者たちの士気を高めようしていた。こんな男を見たことがない。この男は特別だ」

その男は穏和な感じの金髪の青年であった。デニス・メジェスキーと言い、その他のエピソードも話してくれた。私にとっては大スクープであった。その日の夜、ダナンからサイゴンへ記事を送ることができた。その日の出来事は多くの疑問を解いてくれた。

「デニス、病院まであなたたちについて行っていいかしら？」

「もちろん、いいですよ。サンフォード、かまわないだろう？」

ダナン空港では、士官がサンフォードを待っていた。大佐がするように、指をベレー帽に掛けて敬礼した。そして、サンフォードの勇姿は海兵隊全員の勇姿を象徴していることなどを演説した。その後、私たちをジープに乗せ、その状況を冗談めかせて言った。

「さっそく記者に追われているじゃないか、コリンズ！　おめでとう、コリンズ！」

コリンズは黙りがちだった。何か心配事を秘めているようだった。途中、一度だけ口を開いた。

「太陽は出ている？」

「出ているわよ、サンフォード。雨が止んで太陽が出ているわ」

「快晴？」

「そうよ、サンフォード。快晴よ」

「目で感じました。暖かいので」

「そうなの、サンフォード」

「惨めだなあ、真っ暗闇」

病院に着くと、私たちはサンフォード・コリンズを眼科に連れて行った。メジェスキーは、サンフォードがつまずかないように支えていたが、それでも二度つまずいた。眼科医のバーネットにサンフォードを預け、メジェスキーと私は廊下で待っていた。

「時間がかかりますね」

「そうですね、メジェスキー」

「ちょっと、コーヒーを飲んできます。あなたもいかがですか？」

「私はいいわ。あなた一人でどうぞ、メジェスキー」

メジェスキーの姿が見えなくなった時、眼科の診察室のドアが開き、バーネット医師が現れた。

「メジェスキーという方は、どちらですか？」

「コーヒーを飲みに行っています」

「あなたはどなたですか、ご関係は？　親族の方？　それともお友たちですか？」

「いいえ、ジャーナリストです、先生。フーバイでコリンズさんに会ったのです。コリンズさんについて記事を書いています」

「なるほど」医師は奇妙な笑みを浮かべた。「それでは診察の結果も知りたいとお思いでしょうね」

「どうでした?」

「良い結果でしたよ。よくあることです。がっかりしないでください」

「どういうことでしょう……」

「すぐにわかりますよ。こちらへどうぞ」

私はバーネット医師の診察室に入って行った。サンフォード・コリンズは、チューインガムを嚙みながら、ふてくされた様子で長椅子に腰掛けていた。バーネット医師は、コリンズの前に行き、人差し指と中指を立てた。

「コリンズ、いいね。ちゃんと数がわかることをこの人に教えてあげなさい。指は何本?」

「まったくもう……二本です」

「じゃあ、この指は何、コリンズ?」

「あーあ、人差し指と中指です」

「じゃあ、これは?」

バーネット医師は片手を上げて見せた。

「まったくもう……五本ですよ、先生。片手全部」

「君は二十まで数えられるね、コリンズ?」

「先生、なぜ二十ですか?」

「それはね、コリンズ、二十分たてばヘリコプターが来るからだよ。そのヘリコプターで君をフーバイに送り、フーバイからフエに送るんだよ。フエでは君のような健全な目が必要だからね。今もなお我々を攻撃しているヴェトコンを追っ払うために。わかりますね？」

コリンズは医師に返事もせず、チューインガムを壁に向けて吐き出し、サングラスをはずした。ふてぶてしい態度で私をじっと見ていた。

フエには一人で行くことにしよう。とても寂しかった。サンフォード・コリンズが人間の卑しさを思い出させたのだ。

二月二十七日
フーバイからフエまでは十五キロの道のりである。部分的にアスファルト舗装された道路がまっすぐに、稲田、麦畑、そして墓地を通り抜けている。田畑の向こうに高い山、低い山がそびえている。その山中や、墓地や、農家や、田畑にヴェトコンが潜んでいる。道路に動くものを見ると、それがなんであろうと銃で撃ってくる。撃たないにしても、地雷を埋めている。そうであっても、フーバイとフエの間を行き来する唯一の方法は、死を覚悟してこの十五キロの道を行くことなのである。その道を行く唯一の手段は軍用車である。自動車隊は午後三時に出発した。だが、道路の地雷を取り除く必要が生じるたびに、いつ出発できるのかわからないまま、五時間、六時間という長い時間、待ち続けるという事態が起こり得る。昨日も今日もそうだった。我々は十時からここにいる。今、午後一時である。寒い。鉛色の空の下に赤い泥土の風景が広がっている。一本の木も、一株の草もない。兵士を乗せたトラック十台、装甲車四台、ガソリンを満たしたタンクローリー一台、ジープ数台が列をなし、通行開始を待っている。ここから八メートル先あたりに、地雷がいくつかあったようだ。ついに道路が怒号した。しかし、隊列を率いる中尉の姿がない。黄色がかった髪、赤い頬、太り気味の中尉は鶏肉の缶詰を持って現れたが、その缶詰を開けたいと言う。私は自分のナイフを差し出す。中尉はナイフでは駄目だ、缶切りがいいと言う。道路が通行可能なのはせいぜい三十分以内だと思い、私は中尉のために缶詰を開ける。中尉はこんなに冷たくては食べられない、火を起こすマグネシウムの配電盤を持っている者はいないかと言う。伍長が持っており、さげすんだまなざしで中尉に渡す。

「中尉、道路が開通しました」

「わかった。わかった。私には食べる権利がある、そうだろう？　私の指示を待て、いいな？」

「はい、承知しました、中尉」

ブリキ缶の中でマグネシウムに火をつけ、中尉は鶏肉の缶詰を火にかけ、温めるのに二十分かかる。ところが鶏肉が熱くなりすぎたとわかった中尉は、冷ますのに十分をかける。鶏肉が冷めて、食べる決心をし、ゆっくりゆっくり食べる。ふと疑惑が私の頭に浮かぶ。この男は恐がっている。だから出発しないようにしているのだ。十分、二十分、二十五分、自動車隊は、ゆっくり咀嚼している中尉の口にかかっている。ようやく中尉は空になった缶を投げ捨て、口を丁寧に拭う。

「道路の作業はまだか？」

「準備できました、中尉」

「そうか！」

がっかりしているようだ。ため息をつき、不平をつぶやき、しぶしぶジープに乗る。ヴェトコンは素早く地雷を埋め直すという。私は自分のトラックに行き、地雷がまた埋められていたら、中尉の座席の下で爆発しますようにと願いながら、自分の席によじ登る。

私のトラックはタンクローリーの後ろを走っている。機関銃を構える兵士のほかに、カービン銃を持つ兵士が六人と、ほかの自動車と交信する電話交換手が三人乗っている。その兵士たちのそばに、海兵隊員が一人いるが、その男はフォン川の北岸に停泊した上陸用はしけの乗組員である。名前をジョニーと言い、二十四歳である。ニキビだらけの顔をし、二つの瞳はただ恐怖にわなないている。

「なぜ、あなたは落ち着いているのですか？」

「さあ、どうかしら」

「落ち着いている場合じゃありませんよ。三十分遅れています」

「まあね」

「三十分遅れて出発した理由がわかりません」

「そうね」

「最初はどっしりかまえていて、後で足に火がついたかのようにあわてるものです」

「まあね」

ジョニーには、たとえ黙っていたとしても、不快感を覚えるものがある。たぶんニキビのせいだろう。非常に大きく腫れて、赤く炎症を起こしている。黙ってくれれば我慢できるだろうが、こう立て続けにしゃべられるのには閉口する。特に、今は最も危険な道を猛烈なスピードで走っている。それに、銃口を向けたヴェトコンの視線を背後に感じる。水田も墓地も静まり返っている。どの農家にも人の気配はまったくない。どの窓にも子供の姿さえ見られない。あの映画を覚えていますか、ドイツの自動車隊をじっと待ち続け、そして静寂を破る最初の銃声が響く、あのパルチザンの映画を？

「当然のことだけど、安全な道なら、あの道路の地雷が一掃されていれば、ぼくの友人だったハリーのようなことは起こらなかった。彼は三日前にクレイモア地雷で吹っ飛んだ。フエに行く途中に。でも……」

「黙って、ジョニー」

「黙れだって？　ぼくたちが置かれている状況がわからないのですか？　すぐ後ろにタンクローリーですよ。ぞっとする。あのタンクが銃撃されたら、ほかの者は大丈夫だろうが、ぼくたちは助かりません」

「黙ってよ、ジョニー」

自動車隊は走り続ける。兵士が二人、不安そうにあたりに視線を移しながら電話に向かって話し続けている。ジョニーも話を止めようとしない。

「爆破のあの悪夢、わかりますか。ぼくの伯父は溶鉱炉と一緒に吹っ飛びました。ぼくもあんな風に死ぬのだろうかと恐れながら生きています。川に停泊している、ぼくが乗るはしけは、弾薬を積んでいるって知っていますか？」

私はそんなこと知らないし、知りたくもないし、私には関係のないことである。ジョニーの伯父のこと、上陸用はしけのことがなくても十分怖かったからである。危険な事態は相も変わらず、この忌々しい自動車隊は、ますます人里離れた荒野を走り、ますます恐怖は募る。もしヴェトコンが襲ってきても、タンクローリーを撃たないようにと祈るしかない。ジョニーは話を止めない。私はついに我慢ができなくなった。

「黙ってくれない？　その口を閉じてよ」

それでもジョニーは話し続けた。

「おやおや！　あなたは礼儀を心得た人ではないのですか？　そのようですね。なんと答えればいいのだろう、でもすみません。ぼくは何も悪いことは言っていません。自分の乗り込むはしけが弾薬を積んでいるとか、タンクローリーがすぐ後ろに続いているとか、いろいろ自分の気に入らないことを話しましたが……」

このおしゃべりの苦痛から解放されたのは、フエに着いた時である。自動車隊は、もはや道路の形をしない通りをバウンドしながら走り、川の右岸で止まった。ジョニーはトラックから飛び降りた。

「ほら、無事に着きましたよ。まだぼくのことを怒ってる？」

「いいえ、全然。さようなら、ジョニー」

「ぼくのことを怒ってるとわかっていながら別れるのは嫌だから。たぶん、ぼくは、うるさかったと思う。それは認める。ぼくは臆病で……」

「さようなら、ジョニー。悪いけど、もう行かなくちゃ」

「チャオでいい？　グラツィエ（ありがとう）、さようなら」

ジョニーはボートの方へ行き、乗り込む。ボートは穏やかな、幅の広い川を、水を切って進む。しだいに桟橋のはしけに近づいていく。それは対岸の木々の葉陰にはっきり見える。ジョニーは友情を示してしきりに手を振っている。そして、はしけに乗り込み姿は見えなくなる。私はほっとして、橋の方に向かう。ちょうどその時、大爆発に目がくらみ、信じられないほどの爆風に地面に叩きつけられる。軍服が剝ぎ取られそうであった。その上、鼓膜がずきずき痛む。

「何が起こったの?」私はやっとのことで立ち上がり、大声で叫ぶ。誰も答えてくれず、みんな叫びながら走っている。

「はしけだ! 上陸用はしけだ! はしけだ!」

目を向けると、はしけがない。影も形もない。後には、空に向かってもうもうと立ち昇る黒煙が見える。キノコの形の黒煙。

「ヴェトコンが、はしけに積んだ臼砲を撃ったのだ。ばらばらになってしまった」

ふたたび穏やかになった水面には、木片すら浮かんでいない。かわりに炎が樹木にまで広がり、風に乗ってガスが我々のところまでやってくる。ガスは鼻を突き、喉を刺し、目をくらませ、息を詰まらせる。

「ガスだ! ガスだ!」

一人の兵士が、私にガスマスクを投げてくれた。士官が叫ぶ。

「十五人、乗っていた!」

十五人。その十五人目は、ちょうど乗り込んだところであった。その名はジョニーと言い、ニキビ顔で、よくしゃべり、恐れていた通りの死に方をした。それなのに私は励まそうともせず、無作法な応対をしてしまった。

しかし、そのことを悔いている時間はない。顔を覆うガスマスクを着用する。そして、マスクをはずすとすぐ、橋を渡らなければならない。そして目の前に見たのはフエの変わり果てた姿だった。

夜。何も残っていなかった。川から見えるのはただの廃墟だった。要塞に通じる橋は、真っ二つに割れた船のように、直角に川に沈み込んでいた。対岸に渡るために、生存者たちは縄と竹を繋いだロープ状のものを張り渡している。それを伝って一列縦隊で進むのである。こちらから向こう岸へ、向こう岸からこちらへと交代で渡っている。そのロープは固定する部分がなく、ぐらぐらしている。生存者たちは腹立たしいほど慎重に進む。一センチずつ。めいめい何かを背負っている。マットレス、自転車、赤ん坊を。転ぶことを恐れて、「早くして」と文句を言うこともできず、自分の番を待つのはとても辛い。ようやく自分の番が巡ってくる。ロープに摑まり北岸に渡る。そこに見るのは、見覚えのない破壊された寺院の数々、跡形もなく破壊された美術館の数々である。寺男たちが、人の手足で膨らんだビニールシートを担いで通り過ぎる。兵士たちが、死体を数体、房状に縛り引きずって通り過ぎる。荷車は、死体を無造作に積んで通り過ぎる。ある死体は座り、ある死体はでんぐり返しをしているような体勢である。これは死の街ではない。これはモルグだ。鋤と袋を持った一人の女が、不意に現れる。二十歳ぐらいの、美しい小柄な女である。パゴダ帽の下からリボンで結んだ長いおさげ髪が垂れている。迷うことなく土まんじゅう風に見える場所へ行き、袋を置き、落ち着いた様子でその土まんじゅうを掘り始める。十分ぐらい掘ると、探しているものが地上に現れる。すると、鋤を投げ出し、よく見るためにひざまずく。それが探している男だとわかっても表情を変えない。落ち着いた手つきで男の顔の土を払った後、その手をそっと男の両腕の下に入れて引きずり出す。そして、袋を取り上げ、男を中に入れやすいように整える。こんな小柄な女には不可能に思える。男は嫌がっているのか、まるで生きているように抵抗する。それでも女は汗だくになって作業を続け、ついにやり遂げる。おさげ髪のリボンを解き、そのリボンで袋の口を縛り、鋤を拾い上げ、袋を運んで行く。腐臭が立ち込める中を。私は鉄板にもたれかかり、吐き続ける。すると、救いの声が掛けられる。

「ご気分が悪いのですか、マダム？　何か私にできることはありますか？」

フランス人の神父である。青白い、優しい顔のその神父は、ぼろぼろの僧服を着ている。

「ありがとう、神父さん。かなり良くなりました」

「ここに来られたばかりですか、マダム？」

「はい、そうです、神父さん」

「ひとりで？」

「はい」

「遠くへ行かない方がいいですよ」

「なぜですか？」

「護衛なしで、その軍服で。ヴェトコンのパルチザンはアメリカ軍の制服が嫌いです。ほかに洋服をお持ちではありませんか？」

「セーターを持っています。緑色ですが」

「灰色のシャツよりいい。それを着なさい」私は素直にセーターを着る。

「ほら、あまりアメリカ兵らしく見えなくなりましたよ。できれば、あなたとご一緒したいのですが、マダム」

もちろんかまわない。フランス人はヴェトナム事情にとても詳しい。そういうわけで、私たち、神父と私はその場を去り、瓦礫、ねじれた鉄、穴、そして、すぐに慣れてくる死体などが果てしなく続く悪夢の中を歩く。死体は百人であろうと千人であろうと、戦時には同じであり《平時に使うのと同じ尺度で、死者を評価しない》。あなたの言う通りよ、フランソワ。あのヘルメットの話……でも、ここに何人いるのですか、神父さん？　神父は両腕を広げる。五千か八千でしょう。アメリカ軍とヴェトコンの両方に感謝すべきです。もし、アメリカ軍が大砲や、機関銃や、ナパーム弾で、あるいはヴェトコンが多数の敵を死刑にするといった方法で、もっと多くの死者を出したならば平定は難しいでしょう。最近ヴェトコンは冷静さを失っており、報復し、粛清し、処罰することしか考えていなかった。容疑者のリストを作り、罪ある者にはそれぞれ名前の横に十字を印していた。十字が二つになれば、その男は助からなかった。容疑はその男だけでなく、家族全員に及ぶこともあった。その場合、ヴェトコンは家に赤いペンキで印をつけ、夜、その家族を皆殺しにした。執行はふつう夜に行われたが、小集団のため、また、時間も限られていて、北ヴェトナム軍は抵抗しようという気にならなかった。ベーダン地区では、一つの穴から、後ろ手に縛られた九十五の死体が発見された。アメリカ軍の味方をしたという罪で殺されたのである。アンクー地区では、首を一突きにされたり、胸を銃で撃たれた四十九の死体が兵舎の壁脇で発見された。アメリカ軍のヘリコプターを銃撃するのを拒んだために殺されたのである。マウトハウゼン、ダッハウ、アルデアアティーネの穴の再現のようだ。世界は変わっていないのよ、フランソワ、人間もね。皮膚の色が何色であろうと、旗印がなんであろうと。

神父は次のように結論づける。実のところ、死体の山を生み出しているのは政府です。解放後、容疑を受けたヴェトコン、あるいは売国奴の疑惑を持たれたヴェトコンのうち、少なくとも二百人が南ヴェトナム軍に殺されました。略式裁判も起訴もありませんでした。銃で撃たれて終わり。大虐殺は、アメリカ軍が王宮を制圧するとすぐに始まりましたが、この二百体だけが発見されました。行方不明者は千百人にのぼります。その多くは学生、大学教師、僧侶です。フエでは知識人や宗教家はFLNに対して同情を隠そうとしません。

「外国の方であるあなたに、お聞きしたいのですが、マダム、ほかの国の人々は、私たちのことを考えているでしょうか?」

「そうは思いません、神父さん」

「理解されていないでしょうか?」

「ええ、理解されていません」

「要するに、自分たちが幸せな時には、ほかの人たちが不幸であるはずはないと思える。同じように、自分たちが不幸な時には、ほかの人たちが幸せであるはずはないと思えるということでしょう。今、現在のパリを考えてみると……パリは今、何時ですか?」

「午前九時ですね。ここは午後五時ですから」

「九時ですか……子供たちは学校へ行き、会社員は会社に行く。道路はバスや車で溢れている。そして、教会では眠るように死んでいった九十歳の男の葬儀が行われている。ありそうなことでしょう?」

「そうですね」

「そして、設備の整った病院では、外科医が重篤な患者の命を救おうとしている。その患者は余命を寝たきりで過ごすことになるだろう。何人もの医師や看護婦が患者を取り囲み、複雑極まりない器具があり、医療用コンピューターがある。すべては一人の人間のため……ありそうなことでしょう?」

「ええ」

「もしオペラ座の天井から漆喰の小さな破片が剝がれ落ちたとしたら、技術班、労働班、建築技師が不安げに原因を調査する。フランスの優秀な修復師が呼ばれる。そうでしょう?」

「ええ」

「しかし、漆喰の破片を修復するとか、余命を寝たきりで過ごすことになる人間を救うことに、どんな意味があるというのでしょう。都市が破壊し、同時代の人々が殺されているというのに。人類は正気じゃない。狂っています」

円形の花壇のところに来ると、その周りにはパジャマ姿の死体が十体、放射状にきちんと並べられていた。これらの死体はヴェトコンの犠牲者? アメリカ兵の犠牲者? 南ヴェトナム兵の? 確かなことは睡眠中に襲われたということ。医師も看護婦も医療用コンピューターも、これらの死体を気にかけようともしない。文字通り乾いた血にまみれている。ガーゼで顔を覆った寺男が、死体のひとつひとつをビニールシートで包み、くるぶし、腹、首の部分を縛り荷物に変えた。もう一人の寺男が花壇の中央に穴を掘っている。二人とも驚くほど手際よく仕事を進める。間もなく穴は完成し、荷物も作り終えた。荷造り係りの寺男は穴を掘っていた男を呼び、二人で一つずつ荷物を持ち上げ、左右に少し揺らして弾みをつけ、ドサッと穴に投げ込む。ふと見ると五、六歳ぐらいの子供が数人いる。小高い土盛りの上に立ち、悪臭のために指で鼻をつまみながら、楽しそうに笑っている。荷物が揺らされるたびに「いーち、にーい、ドサッ!」「いーち、にーい、ドサッ!」と声を合わせている。ドサッと鈍い音がすると指を鼻から離し、手を叩いて喜ぶ。

私は神父の目を窺った。その青白い顔は優しさを込めた悲しい表情である。

「マダム、これがあの子たちのただ一つの楽しみなのですよ。死体はあの子たちのおもちゃなのです」

私が見たもの、見た情景を写真に撮りたいと思う。モナ・リザ、お前が微笑む時! モナ・リザ、お前が好きだよ! 絞りは八と一二五でいいかしら、それとも五・六と六〇の方がいいかしら? 子ダックスフィルムには一二五だわ、きっと。〝モナ・リザ、お前が微笑む時!〟できるものなら、この子たちのうち一人を養子にしたい。この恥ずかしい思いが消えるような何かをしたいと思う。自分が人類の一員であることを考えると恥ずかしい気がする。我々人類が月に行くからといって興奮していたことを考えると。今日、フエで目撃したようなことが地球上で起こっているのに、月に行くことにどんな意味がある? 何百年、何千年の時を経て機器はますます発達し、ますます速く高く飛ぶようになったが、火をつけることも車輪を転がすことも知らなかった頃の、惨めな動物のままである。月に着陸するために才知のすべてを浪費するのは……なぜ? 殺し合いや街の破壊をなくするために、その才知をほんの少し使えばいいではないか。エリザベッタは生命がなんであるかを知りたがっている。今になって、生命は目の前に展開しているものではないだろうか、つまり死なのではないかと自問している。それでも、やはり……レ・ヴァン・ミンはトゥエット・ランになんて書いていた? 「もし戦わなければ、どんな男になる？　男ではなくて、凍えてずぶ濡れの役立たずになるんだよ」もう、何がなんだかわからない。ひどく孤独で、未熟だと感じる。フランソワがここにいて、助けてくれたり教えてくれればいいのだが。不意に恐怖に襲われた。死ぬことの恐怖ではない。生きることの恐怖である。

## 二月二十八日

青いセーターは役に立たなかった。遠くからだと制服と同じ色に見える。そのために、ヴェトコンは私が射程内に入るのを待ち、二度撃ってきた。一発は私の頭上をかすめ、もう一発は袖をかすった。私は身を伏せた。その時、怒鳴り声を聞いた。「どこにいると思ってるんだ、セントラルパークか？」そして、激しい銃撃戦が始まった。多数のアメリカ兵に対し、ヴェトコンは一人であった。今、ヴェトコンはうつぶせに倒れ、鼻から血が流れている。黒いズボンから裸足の足が出ている。そよ風がその艶やかやかな髪を揺らしている。さようなら、友よ。我々二人のうち、一人が死ぬ運命だったのだ。私か君が。そして、君がやられた。まるで自分がやられたように辛い。でも、どうして君なんだ？　北ヴェトナムの君の友が日記で問うている。その神秘的な法則は人間の存在と生存を支配している。「私の頭の位置があと四センチ銃弾の方にずれていたら、今私は生きていないだろう。すべてが偶然に起ると言うことか？」と。私はそのことを含めて、いろんなことを考えた。たとえば、このアメリカ兵は自分の命を懸けて私の命を救ってくれた。それが誰でどこから来たのか、なぜ、今夜、まさにこの場所、我々の運命の分かれ道にいたのか？　この男がいなかったら私が死んでいただろう。彼に感謝すべきだろうか？　もちろんそうだ。では、君を殺してくれたことを、彼に感謝しなければならない。そうだろうか？　殺すことがこの男の仕事であり、職業に忠実であったにすぎない。しかし、何が人間を兵士という職業に駆り立てるのだろうか？

そのアメリカ兵は私のそばにいる。私たちは王宮の庭の地面に座っていた。日が暮れようとしている。眼下には瓦礫と化した街があったが、王宮はあまり被害を受けなかった。北ヴェトナム軍の撤退で救われたのである。時がたてば、パリのオペラ座の漆喰のようにきっと修復され、ふたたび観光客が英語やフランス語やドイツ語を話すガイドとともに戻って来るだろう。「こちらはハム・ギー皇帝が一八八五年までお座りになった玉座でございます。こちらは一九六八年、包囲された時、ハノイの軍隊が潜んでいた部屋でございます。アメリカ軍が侵入して来た時には、多くの決死隊がいて、庭園での攻防は何日も続きました」ある観光客は、私がいるこの場所であくびをしながら立ち止まるかもしれない。石は磨かれてきれいになっているだろう。これらの臼砲の残骸、これらの包帯、これらの染み、疲れたアメリカ兵たちの野営地もなくなっているだろう。例のアメリカ兵は、殺菌した水で入れたコーヒーを空き缶に注ぎ私に勧めてくれた。殺菌された水の効果は大きい。フエではペストの症例がすでに六十にのぼっていた。

「砂糖は入れますか、入れませんか？」

彼の名前はティーニック。中尉である。別の人種との混血らしく、赤毛で顔が大きい。頬骨が高く、鼻は狭く、アジア風の目である。事実、父はオクラホマのインディアンで、母はフィリッピン人であると、後に彼が話してくれた。三十四年前に生まれたティーニックは学校の教師になりたいと思っていたのだが、軍隊に入った。

「ティーニック中尉、私は何が人を兵士という職業に駆り立てるのだろうと思うことがよくあります」

「十七歳の時、という場合もあります。戦争映画です。ジョン・ウェインですよ。ジョン・ウェインは自分の戦争映画のせいで多くの若者が死んだなんて、考えたこともないでしょうね」

「そうね。でも、仮に死ななかったとして、なぜ彼らはその仕事を続けるのですか？」

「弱いからですよ。たとえば、自分が男らしいと知る必要があるからです。手に銃を持つことは男らしさの象徴です。たとえば、軍隊では自分で決める必要がないからです。軍隊では自分のかわりに誰かが決めてくれる。自分は命令に従っていればいい。食事から衣類まで、寝るベッドから歩く道まで。要するに快適なのです」

「そんな理由で軍隊に入るって言うの？」

「ぼくの場合はもっと単純です。映画でジョン・ウェインを見た十七歳の少年とまったく同じケースです。そういうわけで、軍人になりたいと思った。そして、野営地に入り、軍曹にひどい扱いを受ける。髪を剃られ、私服を脱がされ、シャワー室に押し込められ、裸で記憶のすべてを洗い流して出て来る。自分がかくある人間という幻想も洗い流す。その時、別の人間に変わって行く過程が始まる。だが誰に変わる？　名字と名前を持つ男になるのか？　そうじゃない。番号をつけられた新兵、苦しみに満ちた新兵だ。裁かれ、罰せられ、あるいはうまくやれない辛さ。そして、三週間たつとうまくやれたとわかる。誇らしさでいっぱいになり、アメリカの兵士になるのは最高だと確信する。それなのに、上官たちは兵士の体内に一滴、また一滴と、まるで皮下注射のように信条を染み込ませる。上官たちは兵士の愛国心を募らせ、国旗の中にすっぽり包み込み、一種の宗教を強要する。その宗教が確実に兵士のものになるまで。そうすれば、もう、一人の男ではなく一人のアメリカ兵になる。これがぼくの体験です。主義を徹底的に叩き込まれる。ヴェトコンと同じように」

「そうなる前に気付かないの?」

「ええ、気付きました。実は、韓国で死ななければふつうの市民に戻ろうと決めていた。でも、『ケイン号の叛乱(*The Caine Mutiny*)』という本を読んでね。ぼくは騙された。司令官が軍法会議にかけられ、責められて、たいした人間じゃないことが判明した裁判を覚えていますか? 勝訴しました。告発者は有頂天になって、こんなことを言っていた。いいですか、彼はごく平凡な人間であり、プルーストには匹敵しないが、ヒトラーに立ち向かわねばならない時には、このような平凡な人たちが必要だ。このような平凡な人たちがヒトラーを倒すのであり、プルーストが倒すのではない。それで、ぼくは思った。その通りだ、平凡な人たちとやっていこう。たとえ自分が平凡な人間でなくても、それに兵士は平凡な人間の方が良いと言うし。やってみよう。そして、実行しました」

「どんなふうに?」

「なぜ、教養ある人間が軍隊生活を選んだのか? というあなた方自由主義者の質問に答えながら。平和な時代には特にそうですが、あなた方の軽蔑を乗り越えて。朝鮮との戦争と、ヴェトナムとの戦争の間には平和な時代がありましたが、人は私をばかにしていた。『ティーネック、どんな仕事してる? 忘れてたよ、海兵隊員だったね。君は何度も戦ったって本当か、ティーネック?』何度もくじけそうになりました」

「でも、くじけなかった」

「一歩手前で踏みとどまった。あまりにも失望することが多く、醜いアメリカ人、それはおおむね海兵隊員のことだけど、そのイメージをぼくが好きだろうとは思わないでください」

「現在フエに醜いアメリカ人がたくさんいるそうね。破壊を免れた商店を二軒見つけて商品を盗んでいた。カメラや計算機や時計などを。あるテレビのカメラマンが現場写真を撮ったのよ」

「知っています。そういうことが兵士をやめたいという思いにさせる。もしやめたら、還俗した神父のように感じるでしょう。信仰を持たない神父になって信仰を持つ人々のためにミサをあげていたい」

「じゃあ、戦争の本質は、ばかばかしくて、違法で、正義に反するということにようやく気付いたのね」

「滑稽ですね。でも、人間なんてそれだけのものです。よく考えると人間は相当くだらない動物だ。すぐれた知性を持ちながら暴力で事を解決するのを止めない。月に行くし、ヴェトナムで戦争をするし。でも……」

「でも?」

「でも、いつもこうだった。ルネサンスは暴力の時代ではなかっただろうか? ローマ帝国は? ギリシャの黄金時代は? 毛沢東が『戦争は、戦争でのみ止めることができる。銃で撃たれるのを望まない者は銃を持たねばならない』と主張するのはお笑いだ。毛沢東はなぜそんなことを言うのだろう。重大な発見でもしたように。何千年もの間、人間はそのようなことを繰り返し言っているし、戦争を止めるという口実で文明の最高の時を血まみれにする」

「戦争を続けるための立派な口実ではないわ」

「理論的には正しいが、実践的には非常に愚かしい言葉です。戦死者を書くことが戦争を止める助けになるという幻想を抱いているようなものです。逆に、戦争で死ぬ者を見れば見るほど、戦争に駆り立てられる。それは人類の神秘です。それが神秘でないとしたら、なぜ盗人の手が切り落とされる国々に、ほかの国より盗人が多いのでしょう。このこともずっと続いている。人間は変わらない」

「私もそう言ったわ、昨日、アルデアティーネの穴やダッハウやマウトハウゼンをふたたび見たと思った時に。人類は獣。でも、それが真実だとは思いたくない。そうではないと思いたい」

「人間がもっと賢くなれば違ってきます。しかし、賢くなればなるほど立派になるとは限らない。なぜなら賢いからと言って、残忍ではないとは言えないし、それどころかもっと残忍になる。賢さと残忍さは電気の陽極と陰極のようなもので、片方が大きくなれば他方も大きくなる。だから、一方で素晴らしい物を創造し、他方でそれを破壊する。素晴らしい物であればあるほど、それを破壊する」

すでに日は落ちていた。また銃撃が始まっていた。音がするたびに、スズメバチに刺されたようにびくっとした。ティーネックは落ち着いていた。懐中電灯をもてあそび、標的を照らし出していた。こちらに光の帯を、あちらに光の帯をあて、たとえ幻影にさえも立ち向かうことを望まないように。

「あなたの言う通りでしょうね、中尉」

「まさにそれを恐れているのです。ぼくがある問題をじっくり考えたことはないと思いますか？　ぼくは何年も考えました。ついに頭の中が破裂し、無茶なことをやってしまった。でも、もういい。うんざりして、もう考えたくない。考えてなんになる？　あなたたち自由主義者の良心を満足させるため？　ぼくは誰も傷つけたくはない。でも、あなたたちの良心を、ぼくはわかっているし、好きではありません。あなたがローマやニューヨークにいて、ヴェトコンの標的にされる危険のない時に、ヴェトコンを称賛するのはたやすいことです。記者としてここに来るのも簡単です。そうだ、あなたたちも銃を持つといい。以前そうしていたように。たまにはあなたたちも死ぬ。でも……」

「でも？」

「実は何かで読んだのですが、帰りの切符をポケットに入れて挑戦する方法と、行きの切符だけを持って挑戦する方法、ぼくがそうですが、があると言うのです。現に戦場にいるのだから、我々を軽蔑し、彼らを尊敬するなどとあなたは言えないはずです。なぜなら、今日のように、あなたの命を救うのはぼくたち、ごくふつうの人間だからです。〝醜い〟ぼくたちです。あなたたちのために死ぬぼくたち、あなたたちの命と良心を救うために」

「今日のこと、まだお礼を言ってないわね？」

「お礼を言ってもらうために言うのではありません。あなたにとってはどうってことなかったと言っているのです。あなたを殺そうとした男は死んだが、殺したのはあなたではない。殺したのはぼくたちです。あなたが望んだかどうかは別にして」

ティーネックは懐中電灯をヴェトコンに向け、照らした。

「ほら、そこにいる。まだ運び出していないな、ばか者。そのチャーリーを運び出せ！」

兵士が二人駆けつけ、チャーリーを運び去った。アメリカではチャーリーは蔑称であり、アメリカ兵たちはヴェトコンをチャーリーと呼んでいる。ティーネック中尉のような人でもそうだった。それでも、もし私が帰りの切符を使うとすれば、それはティーネックのお陰でもあろう。神よ、どこに善があり、どこに悪があるかを判断し理解するのは、なんと難しいことでしょう。私がレ・ヴァン・ミンとトゥエット・ランにだけ涙を流すのは間違っていたでしょうか？　ここに来たことは自分を袋小路に追い込んだように思える。
ティーネックはこんなことも言った。ここはどうってことはない。ケサンに行って来るといい。

三月一日

ここはケサンと呼ばれ、ラオスとの国境にある基地である。現在ヴェトナムで最も危険な罠である。六千人のアメリカ兵がそこに監禁され、四万人の北ヴェトナム兵が、一か月半の間、砲弾攻撃で包囲している。地理的にはダクトーとまさに同じである。滑走路の周りを低い山々が囲んでいて、滑走路にアメリカ軍、山々に北ヴェトナム軍がいる。戦略的にはダクトーと逆である。ダクトーではアメリカ軍が攻撃していたが、ケサンではアメリカ軍は塹壕を離れられない。撃たれないでそこを出るのは、濡れないで水に飛び込むようなものだ。補給物資は空路だけが頼りである。食糧のような軽い物であれば、方法は簡単である。荷物はパラシュートで宿営地に落とされ、夜になってから食料班が拾い集める。重い物、たとえば塹壕を作るのに使うアーキトレーブのような物は大仕事になる。ふつう、C130型機が停止することなく着陸し、停止することなく扉を開く。滑走と離陸までの間にアーキトレーブは滑走路にまき散らされる。ただ例外的に、C130型機が一分間だけ停止することがある。しかし、その一分間に砲撃を受ける確率は八五パーセントに達する。その領域は飛行機とヘリコプターの墓場である。降下する時にやられるのがあれば、上昇する時にやられるのもある。隠れる場所がないので、無事に帰った者は、巡り合わせと幸運に感謝するのみである。

鉄条網を越えたパトロール隊は、まず戻ってこない。最後に越えて行ったのは二組で、先週のことであった。最初の隊は三十人であったが、十メートル先で二十四人が殺されていた。二番目の隊は二十人で、生存者六人を連れ戻しに行ったのだが、その六人とともに全員が殺されてしまった。ケサンで生き延びるためには塹壕に閉じこもっている以外に方法はない。どれぐらいの間？　昼夜の砲撃にも飽き足らず、北ヴェトナム軍は地下から基地に侵入するためのトンネルを掘っている。その一つは有刺鉄線から百メートルに満たないところまで来ている。ディエンビエンフーとの比較は避けられない。当然、大作戦の立役者はディエンビエンフーの勝者、ザップ将軍である。六千人の海兵隊員はそのことを知っているが、隊員のモラルは低い。昨日C130型機がケサンの滑走路に四分間着陸できたが、離陸時に一度だけ集中射撃を受けた。飛行機に投げ込まれた手紙の中に、宛名のないものが一通あった。ある海兵隊員の詩であった。チューインガムのかけらで封がしてあった。次のような詩が書かれていた。

夜、木の中をうがつ
木喰い虫が聞こえる
這い寄ってくる。
地を打つ鋤の音がする。
鉄骨のアーキトレーブのそばで、
土嚢のそばで聞いている、

闇に潜むネズミのように。
我々は闇に潜むネズミ。
司令官はギターを弾くのを許してくれた
士気を高めるのにいいからと。
ギターなんか弾きたくない、
この墓場から出たい、
この忌まわしい境遇から。
でも、逃げれば殺される。
昨日、同志が一人殺された、
双眼鏡で見つけられて。
ああ、つかれたよ。
どれほど誇りに思っていたことか。
平和を守るためと言われて。
でも、平和を守るのが、
なぜぼくなんだ、このぼくなんだ?
地の下で、死んでいるのも同然だ。
故国では、ぼくを殺す法律を
作っているのか、政治家たちは?

この詩はケサンが私たちジャーナリストの試験場になっている理由を説明している。勇気ある者、ない者、あるいは程度の差はあれ、少しは勇気ある者を試している。誰も私たちに英雄になることを望んでいないし、私たちはそのためにここに来たのではないと考えても、この状況は異常である。だから、そのような精神不安は避けられない。アメリカ軍は、C130型機に乗せてほしいという我々の要望に応えてくれているため、多くのジャーナリストが登録している。そして、ダナンの報道基地では、誰を登録するか否かの議論ばかりしている。私とデレックは登録していない。デレックはフエから戻っていた。彼はケサンに行く気になっていたし、編集長が反対しているという新聞社からの電信があったにもかかわらず、私も行く気になっていた。時間ばかりが過ぎていき、私たちは決心できなかった。ベッドからカフェへ、カフェからベッドへと無為に過ごし、出会うたびに「ねえ、行くの、行かないの、どうする?」と目で尋ねあった。それを言葉にする時は決心がついて、わかっている限りの情報を何度も確認し合い、出発する時を打ち合わせるのである。

「君はダクトーに行ったよね。君の場合は違う」

「でも、あなたはフエの最終戦の場にいたわ。私と同じ立場よ、デレック」

「毎晩、決心していたように思う。寝る前には明日は登録しようと思う。ところが朝目が覚めると必ず考えが変わった。いや、止めようと」

「いつでも登録できるし、取り消せるのよ。ほかの人たちはそうしている。私たちの番が来る前に少しは状況がよくなっているだろう、なんて考えないでね」

「いや、それはない。ますます悪くなる」

「わかっているわ、デレック」

「いいですか、職業は関係ないんだから。ケサンには新しいことはないとぼくにはわかっている。書くべきことは書かれてしまった。司令官のいつものインタビュー、兵士たちとのかわり映えしない会話、人情話の一つ、二つは書けても記事にはならない。ぼくにとっても同じだけれど」

「わかってる」

「ケサンに行くのは自尊心のため、虚栄心のためと言った方がいいかな。ほかの人たちがそこへ行くから。あるいはほかの人たちがそこへ行ったから」

「そうね」

「ぼくは、ひょっとしたら、ケサンよりずっとひどいところへ行ったのかもしれない。少なくともケサンと同じくらいひどいところへ。たとえば、イスラエル戦争はひどかった。フエもひどかった。しかし、ケサンに行かなかったら、ずっと思い続けるだろう。自分はケサンに行かなかった、行った者もいるのにと」

「そうね」

「悪夢になるだろう。悪夢から抜け出さねばならない。ぼくたちもいつか言えるように。ぼくもそこへ行ったよと」

「もし死ぬようなことになったら言えないわ」

「まだ誰も死んではいない」

「いずれ誰かが死ぬわ。私たち二人かも知れない、行ったとしてだけど」

「たぶん、大丈夫。状況を予測し、情報も持っている。滑走路に降りた時から塹壕に駆け込むまでに五十秒かかる。五十秒ですべてをやらなくてはならない。時間は十分だ。逃げるには十分の時間だが、撃たれるには短い」

「そうね」

「大切なことは、余分な荷物は持たないで身を軽くして行くことだ。そして、転ばないで走ること。夜には塹壕を転々と移動する。いいですね？　行くことに決めたよ」

「デレック、いつ？」

「今すぐに。君はどうする？」

「行かないわ、デレック」

「じゃあぼくも止めるかもしれない。明日もう一度話し合おう」

「その方がいいわ、デレック」

三十分前に、情報部員が三名負傷したことを知らされていた。その三名は新鮮な空気を吸おうと塹壕から出ていたら、すぐ近くで臼砲が炸裂したのだ。そのうちの一人はダクトーで会った娘、エウラーテだった。エウラーテのことが、私だけでなくデレックをも不安にさせていた。わかっている、私たちはアーサー王の宮廷で、馬上試合を戦う騎兵ではない。わかっている、新聞社は私が行くことを望んでいないし、それどころか行くのを許さないだろう。わかっている、ダクトーと異なるニュースは何もないだろう。しかし……

三月二日

今日の話題に入るには、四日前に戻らなければならない。その朝、私はフーバイまで乗せてくれるヘリコプターを探し、CH46型機にブラウン少佐と乗ることになった。少佐は小柄で、金髪の、血色のいい男だった。パイロット隊長の制服を着てはいても、ルネサンスの天使のようだった。離着陸をコントロールするレッドルームに、自信に満ちた態度で入って行き、自信たっぷりにその日の任務を尋ねる。しかし、それが伝えられると、しおれた花のように上体を曲げた。

「フーバイとケサンです、少佐」

「ケサンだって?」

「はい、そうです、少佐」

「それは確かなのか?」

「間違いありません、少佐」

「では、ケサンで何をすればいい?」

「回収作業です、少佐」

CH46型機は大型ヘリコプターである。ほかのヘリコプターを回収するのによく利用される。撃墜されたヘリコプターを、先端に鉤をつけたロープに繋ぎ、持ち上げて運ぶのである。ふつうの状況であればなんでもない作業である。ケサンのようなところでは自殺行為である。

「明日では駄目か?」

「今日です、少佐」

「天気が悪い」

「残念ですが、少佐」

「だが、なぜこの私なんだ？」

「誰かが行かねばなりません、少佐」

二人の会話は続いた。低い声で話していたので聞き取ることはできなかった。その後、少佐は地図の前に腰掛けて調べ始めた。そして長椅子に体を伸ばして考えていた。少佐は立ち上がると副司令官を探しに行き、いっしょに戻って来た。その男は狡そうな笑みを浮かべた穏やかな男であった。

「フーバイ行きの便を探していらっしゃるのは、あなたですか？」

「はい、そうです」

「行きましょう」

私たちは乗り込む。後部のドアが閉められる。機関銃手二名が機関銃を携えて席に着く。エンジンが掛かる。ブラウン少佐はエンジンを止め、窓から顔を出した。

「このヘリコプターはオーバーホールしたのか？」

「はい、いたしました、少佐」

「もう一度、ちょっと点検してくれないか」

「どこでしょう、少佐」

「プロペラだ。プロペラが機能しないいんだ」

「今まで大丈夫でしたよ、少佐」

「確かなのか。技師を呼んでくれ」

技師団がやって来た。ペンチ、ドライバー、スパナを持って。彼らはヘリコプターの屋根に上った。プロペラは文句のつけようがないほど正常であると言い、降りて来た。

「いいぞ、ずっと静かになった」

「準備はいいですか、少佐?」

「準備完了」

私たちはふたたび乗り込み、ふたたび後部のドアが閉じられる。ふたたび銃手二名は機関銃を携えて席に着いた。ふたたびエンジンが掛かった。ヘリコプターは離陸した。そして、すぐに地に降りた。

「この操縦桿はまったく駄目だ!」

「問題ありませんよ、少佐!」

「そうかなあ、技師を呼んでくれ」

そして、ふたたび技師団がやって来た。ペンチ、ドライバー、スパナを持って。少佐は技師団に、じっくりと落ち着いてやるようにと言った。そのために飛行中止になってしまった。少佐は副司令官と笑いながら去って行った。笑いながら……。

さて、今日デレックがやって来て、ニュースがあるのでサイゴンに電話しなければならないと言う。重大ニュースではないが、ないよりはいい。電話で次のようなニュースを告げる。「三日前、ダナン基地で作業中のCH46型機が、ケサンから十七キロの地点で北ヴェトナム軍に撃墜された。CH46型機は別のヘリコプター回収作業中、手榴弾を受けたのである。司令官は回収したヘリコプターを鉤からはずしながら上昇しようとしていたが、プロペラの破損により、CH46型機は墜落した。乗務していた兵士は全員死亡」

「デレック」私は彼に尋ねる。「もしかしたら、司令官の名前はブラウンじゃないかしら？　確かめてみて」

「ぼくには決して教えてくれないだろう」とデレックは言う。「なぜ知りたいの？」

「後で話すわ。デレック、確かめてちょうだい」

デレックは迷惑そうだが、私の望みを聞いてくれる。何人もの人に尋ね、ついにはヘリコプター本部にも問い合わせてくれた。議論し、主張し、耳を傾け、礼を述べて。

「誰なのかわからないそうだ。わかっていても教えてくれないだろうね。しかし、ブラウン少佐は三日前、ケサン付近で回収作業をするために発ったそうだ。その前日に予定されていた回収作業だったが、モーターの故障があったらしいよ」

「知っていたわ」

「どうして、それを？」

「ブランンが壊したのよ。ケサンに行くのを嫌がってた」

「ぼくたちだけではないようだね」

「じゃあ、私たちどうする、デレック？」

「さあ、たぶん、ぼくは登録する。君は？」

「そうだ！　いい考えがある。考えているだけだけど。いずれ話すわ」

ただ考えているだけではない。デレックには話さないつもりだ。実行するには自信がない。それなのに私は決心した。明日の朝ヘリコプターの基地へ行き、ケサン行きに便乗させてもらおう。登録する、しないなんて言っていられない。水が氷っていると知りながらプールに入る時のように、片方の足を水に入れ、もう一方の足を水に入れ、そして梯子を下り、足を、腹を水に入れる。だんだん冷たく感じ、入るのを止める。やり遂げるには、頭から一気に飛び込むのがいい。

三月三日

屈辱と恥を覚悟してでも、書かなければならない。たぶん何が起こったかを知るのに役立つだろう。私はヘリコプター基地へ行った。明け方だった。ケサンに行く手立てはあるかどうかを尋ねた。彼らは訝しそうに私を見つめ、「行く方法はあるにはあります。CH46型機が軍需品を積載し、正午前に出発します」と言った。

「ケサンで、着陸しますか？」

「ええ、残念ながら、着陸します」

「司令官は私を乗せてくださるでしょうか？」

「司令官次第ですが、可能性はあります。しかし、あなたはケサンに行くのに急いでいらっしゃるのですか？」

「はい、とても急いでいます。あるルポルタージュのため、日が暮れるまでにそこへ行く必要があるのです」

「わかりました。では、そちらにお掛けください」

私はそこに座った。ブラウン少佐が寝そべっていたベンチに座った。いろんな不安から解放され、落ち着いていて、幸せだと言えるほどだった。もし、彼らがすぐに私を呼んでいたら、難なく事は運んでいただろう。しかし、一人で何もしないで待っていると、いろんな思いが次々と押し寄せてきた。まず、じれったい気持ちが、そして、苛々し、ついには後悔する。ブラウン少佐のことを考え始めた。このヘリコプターは、ブラウン少佐が乗っていたヘリコプターより条件が悪い。なぜなら、弾薬を積んでいる。ということは爆発するということだ。そしてジョニーのこと、あのはしけのジョニーのことを思い出した。私は恐怖に襲われた。この恐怖を説明するとすれば、それは大人の恐怖心ではなく、子供の頃、水洗トイレの水を流すのが怖いと感じた、あの恐怖である。右手にはコカコーラの販売機があった。硬貨を入れるとビンが落ちてくるものである。男が一人やって来て、硬貨を入れると、水洗トイレの大きな音がした。すると、私は幼い女の子が青くなって、戸も閉めないで走り去るのが見えた。母親は女の子に、ばかね、逃げるなんて、戸を閉めるのよ！　と大声で言っている。私は女の子が息を切らせながら、図書室に逃げ込むのが見えた。図書室で落ち着きを取り戻し、額を窓ガラスにつけて庭の木を見ていた。ここには図書室はなく、庭の木もない。私の方に近づいてくる男、便乗させてほしいと私が頼んだ男である。ケサン行きのフライトを私に知らせに来てくれたのだろう。すると、また、水洗トイレの音が聞こえた。私は目を見開いて男の唇を見つめた。彼は言った、「コーヒーはいかがですか？　お持ちしますよ」私はありがとうと答えた。男がコーヒーを持って戻って来た時、私はもうそこにはいなかった。

私は建ち並ぶ倉庫群、鉄材の集積地、待機中のヘリコプター群の間を通り過ぎ、出口に向かってひたすら走り続けた。ちょうど、ジープが一台、出口を通り抜けようとしていた。私はそのジープに飛び乗ると、「情報部基地まで送っていただけませんか?」私は送ってもらった。そして、そこでデレックに会った。恥を忍んで、彼にすべてを話した。

デレックは気にすることはないと言ってくれる。人は、語りはしなくても、いろんなことがあるんだと。兵士にはよくあることだ、いつもそうだったし、地球が回っている限り避けられないだろう。恐怖はわけもなく襲ってくるということ、生存本能は制御できないと言うこと、そして、デレックもケサンに行かないことは、私の気持ちを楽にするのではないか、などと言う。いや、気持ちは全然楽にならない。屈辱がねばつく汗のように私を覆い、目にも、思考力にもまといつく。他人に負けたと感じるのは辛い、でも、自分自身に負けたとわかるのは悲惨であり耐えがたいことだ。私は落伍者よ、デレック。私は卑怯者であり、あのヴェトコン兵の気持ちを語ることはできないと実感した。「人間の意志は距離を超え、ヒルや、肉体の痛みに耐えて、必ず望むところに到達する」と言ったあのヴェトコン兵のことを。私はサイゴンに戻る。

三月五日

空港で待つのは嫌いだ。あたりには土嚢と、退屈そうで敵意ある兵士たちがいて、「砲撃された場合は、あわてるな、走るな、地面に伏せよ」との掲示がある。汗の臭い、私が女であるために受ける、探るように見られる視線、無駄に過ぎる時間が嫌いだ。私はカムラン湾にいる。ここでサイゴン行きの飛行機を探すことにした。夜である。昨日の午後からの旅であり、夜明けにタンソンニャット行きの輸送機に乗ることができれば幸運と言えよう。誰もがここを出たがっている。年配の海兵隊員の侮辱を受けながら、スタンプをいくつも押された書類を差し出しているヴェトナム兵も例外ではない。

「ばかな猿、お前の妻がサイゴンで死んだかどうか、俺の知ったことか？　死んじまえ！　おい、黄色い面、お前の妻といっしょにな！」

そのヴェトナム兵は穏やかで、礼儀正しかったが、絶望に打ちのめされ、誇り高い態度を保つことも憎しみを表すこともできなかった。

「しかし、しかしですね。この書類は輸送機に乗る許可を与えてくれているのですよ！」

「許可を与えているだって！　何を言う、黄色い面して！　許可するのはこの俺だ、わかったか！　ここをどこだと思ってるんだ、チャーリー？　お前の家か？　運賃を払ってもいないだろう、チャーリー！　俺たちは、あいつらのために戦い、あいつらのために大金を無駄に使っているのに、まだ要求する！」

「しかしですね」

「よく聞け、お前をサイゴンに行かせるものか！　ヴェトコンのところへ送ってやる、黄色い面め！」

「お願いですから……」

しかし、その古参海兵隊員は、自身の腹のように心も脂肪に包まれていた。少なくとも二十年前から軍服を着て、白人の権威を振りかざしている。豚に似たその顔には同情のかけらもなく、品もない。毛深い手でヴェトナム人を叩いて後ろに突き返す。

私はいたたまれない。

それに、できれば避けたいと思うあの三人の新兵がいる。ジミー、ハリー、そしてドンである。この三人にはダナンで会っていた。彼らに再会するなんて、サイゴンでさえ再会しなかったのに。最初の印象では、三人とも負傷してはいないようだ。ドンは思いやりのある、顔立ちの整った青年であり、ジミーは笑顔を絶やさない大男である。よく見ると、ハリーだけが近視の眼鏡を掛け、青白い顔をして、不運な男の雰囲気がある。昨夜のこと、私たちの会話とその後の出来事が忘れられない。

「フエから来られたのですか?」と尋ねたハリーは話がしたいようだった。

「そうよ、あなたたちは?」

「ぼくたちは、それぞれ、どこともわからないところから」

「そう、それでどこへ行くの?」

「さあ、どこへやられるのやら」

「どういうことかしら?」

「つまり」ドンが口を挟んだ。「ぼくらには全然わかりません。お前たちの戦場だと言われるところへ、つまり、第一三五土木工兵として送られる。それがあるとしての話ですが。そうだよな?」

「そうなんです」

「サンフランシスコでは、ぼくたちがヴェトナムへ発った時には、あると言うことだった」と言って、ジミーは頬笑んだ。「カムラン湾にね。そのことをお話ししましょう」

「ドンに話させようよ」ハリーが口を挟んだ。「ドンの方が、話がうまい」

「それは……」ドンが言う。「ぼくたちはサンフランシスコで聞いていたカムラン湾に着いて、第一三五土木工兵はどこなのか聞きました。あちこちに電話を掛けて大騒ぎした後、プレイクだってさ、と告げられた。飛行機でプレイクに行くと、ぼくたちを待ち受けていた人たちは、ぼくたちを見るとすぐに追い返したよ。君たち、ないんだよ、第一三五土木工兵部隊はここにはない、チューライへ行ってみな。飛行機でチューライへ行ってみると、そこでも、ぼくたちの到着を待ち受け、歓迎することなく追い返す。ないんだよ、君たち、ニャチャンへ行ってみなと言って。ニャチャンへ行っても同じこと。ダナンへ行ってみろと言われる。ダナンではフエへ行ってみろと言われる。フエでは、あやうく士官に銃で撃たれるところでした。ぼくたちはダナンに戻され、そしてここに来ました」

「でも、信じられないわ」私は言った。「間違いでしょう。どうして、あなたたちをそんなふうに追い返さなければならないの？」

ハリーが言った。「ドン、君は真実を言っていない。洗いざらい話すか、何も話さないかだ」

するとドンが「黙ってろ」と言った。

「いや、黙るものか、正直に話してないじゃないか。君はアメリカの軍隊のくだらなさに直面してきた。だが、なぜぼくたちが行く先々で追い払われたのか、君は説明していない。ぼくたちは不運を招くと思われたから追い払われたのだ。その噂が広がり、ほかの場所へ行くと、すでに情報が伝わっている。不運を招くから、あいつらを追っ払えと」

「不運ですって、三人とも？」

「そんなことあるものか！」ジミーが叫ぶ。「あいつらがそう言うんだ！　あいつらはサンフランシスコから、このことを企んだのだ。だからぼくたちはヴェトナムに送られたのだ。ぼくたちを厄介払いするために。軍曹がなんて言ったと思う？　誤って少佐を撃って負傷させた時に」

「わからないわ」

「実は、その軍曹はいつも銃で遊んでいた。カウボーイ気取りでね。ある日、ぼくは言ってやった。『ねえ、軍曹、その銃でぼくたちを撃っちまいな』そう叫ぶとすぐに銃声が聞こえた。そして、少佐に当たった。少佐は梨のようにコトンと倒れた。すぐに軍曹は軍法会議にかけられた。少佐自身は不運だったと発言したのに。それなのに軍曹はぼくを非難し、ぼくの弁護をしてくれたドンとハリーをも非難したんだ。『失せろ、お前たち三人とも、失せろ！　二度と戻って来るな！　この疫病神！』と言って」

「なあジミー」ハリーが言った。「疫病神じゃない。だけど、ぼくたちは運が悪いと認めなきゃ。運の悪いことに、ぼくたちの行くところではいつも何かが起こる。良い事だった試しがない。そうだろ、ジミー」

「黙れ！」

「いや、黙るものか。でもなあ！サンフランシスコでのこと、覚えているだろう？　輸送機に乗ったらエンジンから火が出た。プレイク行きの飛行機はどうだった？　機銃掃射で四人が負傷。チューライ行きの飛行機は？　臼砲が、すんでのところで我々に命中するところだった。そして、フーバイのあの夜はどうだ？　眠っていた倉庫にミサイルが飛び込んできて、死者二名、負傷者六名。ニャチャンの宿営地は？　熱湯のパイプが破裂して、中尉が火傷したよね。そして……」

わかっている、私は迷信深い。でも、陽気な三人と運の悪い三人を区別できないほど迷信深くはない。だから、彼らが気晴らしをしたがっていると思ったので、ずっと一緒にいた。少し不安に思ったのは確かである。あの三人が、私と同じ飛行機、カムラン湾行きに乗り込むのを見た時は。でも、考えないようにして、ただ離れて座ることにした。しばらくして、また彼らと一緒になった。

「最後尾に四席ありますよ」

「いいのよ。あなた方どうぞ」

「さあ！　あちらの方が快適ですよ」

「私のことは気にしないで」

「まさか、不運を招くことを、あなたも信じてるんじゃないでしょう！」

私は三人について行った。シートベルトを締めた。副司令官がパラシュートの使用法を説明してくれた。その後、この呪われた三人が次のように話し始めた。

「神さま、ぼくたちをお守りください」

「今にわかるさ、何が起こるか」

「臼砲が飛んでくる頃だ」

「三十秒数えろ」

三十秒が数えられた。三十秒を数え終わったその瞬間から十秒ほど過ぎた。私は自分のクロノメーター（高性能時計）を見た。まだ二十秒足りなかったのは確かだ。

ふたたび、考えを振り払った。でも、クロノメーターを見続けた。残り十秒、九秒、八秒、七秒、六秒、五、四、三、二、一、ドン！　爆発で機体は激しく揺れた。私たちは肝を冷やし、呆然としていた。それから、副司令官の顔を窺った。副司令官は私たちに言った。心配はいらない。ヴェトコンのロケット弾が滑走路に落ち、その破片が当たっただけだ。タンクに一つ、回転翼に一つ、尾部に四つ。残念だが、戻って飛行機を乗り換えなければならない。

今、例の三人はここにいる。思うにサイゴンに行くらしい。年配の海兵隊員は私の乗る輸送機に彼らを乗せるとは思わない。しかし、いざという時には彼らを避けることだ。

ああ、なんてこと。戦争は狂気沙汰だ。

## 7 ゴーヴァップの孤児院

実は、この日記は体験したことの記録であって、ヴェトナム戦争の血なまぐさい狂気を述べようとするものではない。また、ヴェトナムは私にとって研究の対象であったが、それはほかの場所でもできただろう。世界のどこかほかの場所でも炎が上がり、男たちが義務とか夢の名において殺し合っていた。私がヴェトナムを選んだのは、ヴェトナムの悲劇は一つの象徴であり、そのような象徴は私たちの日常生活に入り込んでいたからであった。戦争を語り、死を語る時、ヴェトナムが話題になっていた。しかし、私たちが理解できることには限界があり、それが問題点であった。私たちは、本当のところ、ヴェトナムをわかりもしないで、ヴェトナムに心を痛め、共に生きていた。ともすれば感傷に流され、明らかに先入観に基づいて判断していた。つまり、ヴェトナムの魂は、ヴェトコンに代表されていると思えばいいとか、バリケードの向こう側には、ハノイの広報を支持する傀儡たちが常にいるらしいというのが、おおかたの先入観であった。そして、同様に、グエン・ゴック・ロアンは卑劣な殺人者だと考えられていたが、その陰に一人の人物がいるとは、誰も思ってもみなかっただろう。同様に、カオ・キー将軍は悪質な独裁者だと考えられていたが、その陰に不意打ちをする人間がいるとは、誰も夢にも思わなかっただろう。私がその最初である。スーツケースを携えてサイゴンに着くと、噂通り、その男を巡る悪い評判を確信し、私は十分注意して、その男に近づいた。君は間違っていると繰り返すフランソワの忠告にも耳を貸さなかった。カオ・キーは君が考えている以上にヴェトナムを理解し、君が思っているよりもヴェトコンに近い。彼にもっと深い知識があれば、歴史に残るだろう。フランソワは自分の考えをときどき逆説で、私には逆説と思えることを話す。場合によっては、聞きたくないことがあった。新聞社が私に会見を求めた時、私はついに譲歩した。

それは私がダナンから戻った時のことだった。サイゴンはふたたびアメリカ軍と政府軍の支配下にあった。平穏な日々が続き、ケサンに行かなかったことが恥ずかしく、心は穏やかではなかった。戦争の渦から解放され、もう危険とか冒険を求めてはいなかった。その頃、私がただ一つ興味を持ったのは、ヴェトナムの子供を養子にすることであった。フエで思いついたことである。あの傷ついたおびただしい死体の間に、あたかも一筋の光が射すように、生まれたばかりの生命によって、死の地獄を忘れたいと思ったのだろう。ばかげているとわかっている。事実、その考えは無残にも期待はずれに終わり、光が消えるや否や、不意に、まるで電気が切れたようにそのことを考えなくなった。

持続する限りではあったが、私は今までになかった寛ぎと無関心の状態で過ごした。そのような精神状態にある時、カオ・キーを知った。フランソワの意見になんの逆説もなく、ヴェトナムについて私たちは何も知らないとわかったのだった。思いがけず、偶然、カオ・キーとともにロアンに再会した。これもまた意味のある出会いだった。

後に、三度目のヴェトナム訪問時に、ある日フランソワがパスカルを、人間に関するパスカルの思想を私に差し出した。その時に初めてわかったある事件の前触れであった。つまり、どこに正義があり不正があるかを決めるのはいかに難しいことであるか、また、正義が常に善であり、不正が常に悪であるとは限らないということを、私が理解し始めたのはこの醜い、恥さらしの、憎むべき二人の将軍のお陰であった。そのことはまた、私の探究、もうかなり前のように思える十一月、幼い妹から受けた質問のヒントにならなかっただろうか？

＊　＊　＊

三月七日

サイゴンに静けさが戻り、私はそこでゆったり暮らしている。あの臆病になった瞬間が、仕事の意欲を私からすっかり奪い、私の一時代が終わってしまったかのようだ。ケサンに行かずに、ダナンから空しく戻って来たデレックが私を慰めてくれた。「いいかい、ぼくも行かなかったんだよ」不意に、どっと疲れが出て、ここを離れたくなった。ここに留まっているのは、新聞社がキー将軍との会見を私に求めたからであり、フエの子供たちが死体を楽しんでいるのを見た時の衝撃が頭から離れないからであった。できればヴェトナムの孤児を一人養子にしたいと思った。そのことをフランソワにも話した。

「いいことじゃないか」フランソワは言った。

三月八日

彼女はチャン・ティ・アンという名である。黄色がかった象牙のような上品な顔を持ち、化学薬品工場、豊富な磁器、何人ものメイドがいる家を所有している。養子縁組を手掛け、慈善の紅茶で大満足する赤十字の慈善家に似ている。私は子供のことでこの婦人に会いに来たのだった。チャン・ティ・アンはさっそく質問をしてきた。収入はいくら、財産は、敬虔なカトリックか否か。どちらでもないと答えると、婦人は不機嫌になった。しかし、私の郷里の家には礼拝堂があると言うと、満足そうだった。礼拝堂を持つ者は天使の寵愛を受けていると言いはしなかったが。

「献堂式はなさったでしょうね」

「はい、いたしました」

「あなたはその礼拝堂にはよく行かれるのでしょうね」

「いいえ、でも、行きたい人は誰でも行けます」

「ご承知のことと思いますが、ヴェトナム人は子供をとても愛していますから、喜んで手放したりしません」

「わかります、マダム」

「とりわけ、外国人には」

「わかります、マダム」

「我が国の政府も同じです。私は養子縁組を推進することができる数少ない一人です。政府の頑なな言い分を考慮しながらですけれど」

「どのような言い分ですか？」

「政府は女の子の養子縁組には反対しませんが、男の子に関しては反対しています。男の子は国を守らなければなりませんから。政府は未来の兵士から国を取り上げるべきではないと考えています」

「でも、まだ生まれて間もない子供ですよ、マダム」

「私たちは常に戦争をしているのですよ、あなた」

「そうですね、マダム」

「さあ、女の子を選ぶお手伝いをしましょう。男の子は駄目ですよ」

「女の子でかまいません、マダム」

私は政府から生身の大砲を持ち出せないのが残念だった。でも、女の子でもいい。ヴェトナムの女の子は可愛いし、たいてい、とても美しい女性になる。美しいことは決して人生の邪魔にはならないし、頭が良いことさえも許される。チャン・ティ・アンの孤児院はゴーヴァップにある。翌朝、私の娘を選ぶためにその孤児院へ行く。あの子のことわかるだろうか？　あの子は私のことがわかるだろうか？

私はそのことばかり考えていたが、フランソワとフェリックスは、アメリカの参謀本部はジョンソン大統領を窮地に追い込んだと話している。つまり、都市を守るのか、それとも地方を守るのか？

「参謀本部の長であるアール・ホイーラーは、その問題を携えワシントンに向けてふたたび発った。都市と地方を同時に防衛するのは、事実上不可能だと思われる。ウェストモーランドは人が足りないと言う」

「六十万人のアメリカ人で足りないだって？　そういう情報もあるってことだよ、フランソワ」

「それはそうだ。編集者側に立ってみよう。その窮状は政治論をもってすれば解決できるだろうね、軍事論では駄目だ。北ヴェトナム軍はレーニンの理論に従っている。その理論により、都市では革命が勃発し、その一方で毛沢東の理論に従い、革命は地方から都市へ向かっている。そうじゃないか?」

私にとって、そのようなことはどうでもいい。今夜はあの子のことだけが重要だ。あの子と一緒なら、生を実感するために銃で撃たれる必要はないだろう。あの子と一緒なら、ケサンやケサンのような状況の場所に行こうとはしないだろう。あの子と一緒なら、砲弾を積んだヘリコプターを待っていた、あの飛行場から逃げたことを恥とは思わないだろう。あの子に教えてあげよう……。

フランソワとフェリックスの声が飛び交い、重なり、混じり合う。

「どう思う、フランソワ?　彼らはレーニンの理論か、毛沢東の理論か、どちらを選ぶと思う?」

「毛沢東理論だろうな」

「そうだよね、でも、レーニン理論はこの国ではよく理解されているんでしょう?」

「で、君は?　君はどう思う?」

私は、そうだ、私はその子に、死体をおもちゃにしてはいけないと教えよう。私は、そうだ、その子に死体のことは忘れなさいと教えようと思う。レーニン主義、毛沢東主義、資本主義の名のもとに殺された死体のことを……。

**三月九日**

がらくたが散乱した汚い細い道路だった。人々は身なりの良い私たちを、嫌悪の目で見つめていた。

その先に、緑色の鉄格子門があった。南京錠が掛かっていた。チャン・ティ・アンにかわって私に付き添ってくれた裕福な婦人は、ベルを鳴らした。間もなく、ヴェトナム人の修道女が現われた。小太りの、愛想のない、年配の女であった。言葉のやり取りがあって、すぐに修道女は南京錠をはずし、緑色の門が広く開けられた。そして、私は部屋に通され質問された。以下の通りである。

「何歳の子をお望みですか？」

「そうですね、あまり幼くない子がいいのですが。長い旅をしなければなりませんから」

「生後三か月の子はどうですか？」

「いいえ、駄目です。少なくとも一歳か一歳半。一人で食べられるようになっている子供」

「どうぞ、こちらへ」

犬か子牛を買う客を案内するようであった。商売にあまり熱心ではないが、高く買ってくれるなら売ってもいいという顔をしていた。その表情を変えることなく、私たちを階段の上のテラスに案内してくれた。そこには不潔な揺りかごが一列に並んでいた。修道女は並んだ揺りかごのいちばん奥で足を止め、その後、揺りかごを一つ一つ手で叩きながら速足で歩いた。

「この子？　この子？　この子？」

揺りかごの赤ん坊はみな裸だった。どの子の体にも、できものか火傷の痕があった。ナパーム弾によるものだ。

「この子？　この子？　この子？」

揺りかごの列の中央あたりで、修道女は焦燥感をあらわにした。しわしわで、できものだらけの、大きな頭の、小さな醜い赤ん坊を持ち上げ、まるで物のように私の腕に投げつけた。

「この子はどう?」

チャン・ティ・アンの補佐役の婦人が言った。

「幼すぎます、とても」

修道女はため息をつきながら赤ん坊を揺りかごに戻し、私たちを別の部屋に案内した。トイレより少し大きいぐらいの粗末な部屋であった。その中央にご飯を入れた鉢があった。鉢の周りには一、二歳の子供が十人いた。子供たちは床にうずくまり、指をくっつけてスプーンのようにし、ご飯をすくって食べていた。病気も火傷も軽いように見えたが、とても子供とは言えず、むしろ魔法の力で子供の姿に変えられた老人であった。しわしわの手に血管が膨れて筋を描き、頬の皮膚は八十歳の老人のようにたるんでいた。私は子供たちの方へ身をかがめた。切れ長の悲しげな眼が私をじっと見つめた。空いている二本の指が私の膝を撫でた。たくさんいる子供たちの中で、私はこの子に違いないと思って言った。

「あなたでしょう?」

悲しそうな目が微笑んだ。

「あなたにしてもいい? こちらへいらっしゃい」

ところが、突然、二本の手が荒々しくその子を引き離し、怒声が私の耳に飛び込んできた。

「それは男の子ですよ。わかるでしょう? 男の子よ!」

「ええ、わかります」

「だったら? 祖国のために戦わなければならないのですよ、その子は!」

まるでわかったかのように、その子は叫び声を上げた。しかし、そのひ弱で小さな体には、あまりにも不釣り合いな鋭い叫びだったので、チャン・ティ・アンの補佐は顔を赤くした。その子はなおも続けて何度か叫び声を上げたので、ほかの子供たちもそれに倣って、一緒に叫んだり、泣いたり、足をばたばたし始めた。その自暴自棄の行動は子供たちが意識的に行っていると思われ、修道女が静めようとすればするほど、まるで雲のように広がり、高まり、膨れ上がった。その雲は粗末な部屋を出て、テラスを覆った。テラスでは生後間もない赤ん坊たちが、悲しそうな泣き声とすすり泣きで参加する。そして、テラスから階段を下り、中庭へと広がる。中庭では三、四十人の声がコーラスとなって、というより、抗議の合唱となって加わった。三十分後にようやく静かになり、子供を探すことを続けようと思えばできただろうが、私にはもうできなかった。もう子供たちを見てはいなかった。多すぎる、フエの死体のように、それに、一人ひとりは別人なのに、みんな同じなのだ、フエの死体のように。だから、一人の女の子を見つけ出すのは、暗闇で色を見分けるようなものであった。

「もう帰りましょうよ」私は付き添ってくれた婦人に言った。

「あら、もう?」

「明日、もう一度お願いします」

そして、私は婦人をそこから連れ出した。途中、私の目はもう一度、色を見分けていた。その色の中に、興味深い目でじっと私を見ている丸い顔があった。

「お帰りにならないのですか、あなた?」

顔の下に大きな蝶結びがあり、蝶結びの下に格子柄のスモックが見えた。長袖だった。その子は石の上に腰掛け、背は壁にもたれていた。三歳ぐらいだろう。その子には人を惹きつけずにはおかない不思議な雰囲気があった。

「行きましょう。タクシーを待たせてありますよ！」

とりわけ、瞳に惹きつけられた。きらきらして、黒くて、鋭いまなざしに。そして、その口、小さくて、きりっと結んでいて、誇らしげな口にも。また、その物腰は、幼い女の子にはまるでそぐわない威厳が感じられた。たとえば、首をまっすぐに伸ばした姿勢。両足を合わせている姿勢。そして、ほかの子供たちから離れて一人でいること。

「タクシーは待ってくれませんよ、あなた」

「今行きます」

その子は何も求めず、何も期待していないようだった。ほかの子と違うということだ。子供たちが泣いたり叫んだりの大合唱の間、その子は決して泣かなかった。

「ねえ、あなた、よろしければタクシーを帰しましょうか？」

「いいえ、すぐ行きます」

私がタクシーに乗る時、その子はほんの少し体を動かした。その時は、その子が立ち上がって私の後を追って来るのじゃないかと思った。ところが、もっと心地よく壁にもたれていられるように、腕を動かすこともなく動いただけであった。そして、そこからじっと私を見ていた。唇をわずかに開いていた。

「もう少しここにいらっしゃいますか、でも……どうでしょう、院長？」

「どうぞ、どうぞ」修道女は言った。

商人の本能で、修道女は奇跡が起ころうとしていること、取り引きが成立するかもしれないということを理解していた。そのために親切になっていた。

「お気に入りの物、見つかりましたか？」

たぶん、その言葉、商人の口調が私を押しとどめたのだろう。あるいは女の子のせいだったかもしれない。開きかけたドアに手を掛けたままシートに釘付けになっていた。降りようと思うのだが体がいうことを聞かない。そこで、私はドアを閉めた。タクシーは滑り出し、修道女は車の窓から消えた。幻のように。

それは正午頃のことであった。今は五時、私はずっと考え続けている。できればゴーバップへもう一度行きたいと思ったが、そこは五時から消灯令である。八時まで外出を許される身分証を使おうかしら？　駄目、ばかげた考えだわ、ロアンに逮捕されるかも知れない。日を改めよう。その方がいい。あの女の子は私を不安にする。愛が始まる時に感じるあの不安である。直観的に、愛し始めたことを知り、同時に不安になる。そして、近づき過ぎないで慎重にその周りを巡る。でも、もっと近くへ、もっと近くへと螺旋状に近づいて、ついには真ん中に入ってしまうのだ。どんな喜びの瞬間も、多くの苦しみがあってのもの。


夜。明日、ゴーヴァップに行くことはできない。フランソワがキー将軍にインタビューを取りつけてくれたのだ。約束は十一時、その仕事は面白そうだ。今夜、情報を集めてみたが、キー将軍の評判はさんざんだとわかった。南ヴェトナムでいちばん有名な人物が、アメリカが全権を与えている人物が、実は、元くだらないプレーボーイだったと誰が想像していただろう？　三年前まで、キー将軍は名うての女たらしで、酒飲みで、ナイトクラブの常連だったらしい。灰緑色ではなく、黒の制服を着込み、首にピンク色の絹のスカーフを巻いて、いつも小粋であった。迷信深く、星占いを異常なまでに信じ、闘鶏に夢中になっている。タンソンニャットにある自宅に雄鶏を百羽ほど飼っており、この残酷な趣味をほかの場所でも楽しむために、ヴェトコン地帯に護衛なしで入る時には、飛行機でヴェトナム中部を横断するほどだった。キー将軍を褒める人は少なく、聞こえてくるのは、フランス人である最初の妻に裏切られ、四人の子供を残して逃げられたというような、たび重なる不幸についてのくだらない噂話であった。そのために子供たちを、同居しているホステスに委ねなければならなかった。それでも、いい父親であったのだが、子供たちには母親が必要だといって再婚した。好きな映画はジェイムズ・ボンドものであり、聞くレコードはビートルズの歌とブラームスだけであり、ブラームスは寝る時に聞くという。まともな本は読んだことがなく、本棚には推理小説ばかりが並んでいる、というような彼の個人的なことを知るに至っても、たいして興味が湧いてこない。フランソワは独立館の執務室へ、キー将軍に会いに行ったことがある。机の上に置かれた二冊の推理小説の間に、なんと、聖書があった。「いい本をお読みですね。素晴らしい」とフランソワは将軍に言った。「たった今、牧師が持って来てくれたのです」と答えると、将軍は聖書を取り上げ、くずかごに投げ入れた。

それでもフランソワはキー将軍を庇う。自分で思う以上にキー将軍はヴェトナムを代表し、思われているよりもヴェトコンに近いと言い続けている。「ヴェトコンにではなく味方に殺されることを恐れるのはよくあることだ。キー将軍が繰り返し言っているのは『私を殺そうとする者がいるが、それは共産主義者ではないだろう』という言葉だ。そう言うと君は驚くだろうね。自分では気付いていないが、キー将軍はまぎれもなく社会主義者であり、戦線の人々と同じように独立ヴェトナムを信じている」

さあ、どうかしら。フランソワの逆説の一つに違いない。いずれにしても、フランソワはカオ・キーのいちばんの親友がグエン・ゴック・ロアンだと、私に言うのを忘れた。

三月十日

考えれば考えるほど、不可能に思える。そして、不可能だと思えば思うほど、何も予測してはいけない、我々の反発はもってのほかだと自分に言い聞かせる。ふたたび握手を交わす以外はすべて想像した通りであった。事の次第は次の通りである。私は官庁の二階にあるカオ・キーの控室にいた。約束の時間からすでに二時間待っていた。退屈をまぎらわそうと、苛々しながら、ドアを見据え、廊下を歩いていた。すると、不意にドアが開いた。ヴェトナムの官僚たちが出てきた。その中に一人平服の男がいた。灰色のスーツにカッターシャツ、ネクタイはしていなかった。その男に注目したのは、ここで平服姿を見るのは珍しかったからである。誰だろう？　その男こそ、ロアン将軍であった。私は体が強ばり、逃げようとした。しかし、ロアンはすでに私に気付いて笑っているのだろう、あの恐ろしい口を開けて私に近づき、手を差し伸べた。嬉しそうに「こんにちは。お元気ですか？」と言った。

私がその話をしていると、フランソワは落ち着きがない。こちらの机からあちらの机へと急ぎ、そこにいるかと思うといきなり離れて行き、首を横に振り、私の話を真面目に聞いたり、無遠慮に笑ったり。「それで君はどうしたの？」私にこの質問をしたのは三度目だった。

「言ったでしょう。何もしなかったって。どうすればよかった？　唾を吐きかければよかったの？　助けてって叫べばよかったの？　私は虎穴に入ったのよ」

「逃げればよかったんだ」

「でも、私はそうしなかった。そこにいてロアンを見ていた。驚いたわ。平服姿の、しかもそれがとても滑稽に見えるロアンを見たことより、むしろ陽気で愛想のいいのに驚いたのよ。だから、私は『元気です』と答えたわ」

「そうか！　それで？」

「もう話したわ、フランソワ。その後、ロアンは私を抱擁せんばかりだったわ。そして、私の手を握った」

「君はあいつの手を握ったんだ！」

「いいえ、そうじゃないの。私の手を握ったのはロアンだって言ってるでしょう。私の右手を探し、その手を取って握りしめたの、そうなのよ」

「それで、君は黙って握らせたんだ。親友のように」

「手を握らせただけよ。何も話さず。私はびっくりしたから。私が知ってるロアンとは別人なの。好感が持てるほどだった」

「そうなんだ！」

「本当よ。私の方は冷淡で、かなり無礼だった。でも、ロアンは気にしなかった。キー将軍は遅れていることを私に詫びたわ。将軍たちと重要な臨時会議があったそうよ」

「それで、君は感激して、なぜ両手を縛った男を殺したのかを聞かなかった。素晴らしい記者だ！　聞くつもりだったのだろう？　ロアンと二人きりだった。聞くべきだったのに。なぜ両手を縛った男を殺したのか？　とね」

「聞きたかったわ。でも、できなかった」

「どうして？」

　どうしてかというと……フランソワは知りたいと思っていない。なぜなら、私に同情のようなものを感じたからだ。きっと簡単だっただろう。彼にその質問をするのは。ずっとその質問をしようと思っていた。それに誰も尋ねなかった。ロアンは非常に無防備だったし、ロアンを軽蔑していると誰かがはっきり言う必要があった。ロアンは、もう一人ではやっていけないし、ほかのオオカミたちと一緒でも駄目のようだった。似た話がある……昔読んだ本に、ほかのオオカミに必要とされなくなった、足の不自由なオオカミの話がある。そこで、そのオオカミは夜になると犬を探しに行った。犬を食べるためではなく、仲間になるためであった。犬たちはオオカミを仲間に入れてやり、吠えることさえしなかった。

「つまり、ロアンは足の悪いオオカミなのよ、フランソワ」

「作り話だよ。ばかだなあ。あの男には足が二本ともあるじゃないか。少なくとも片足は、その足もなくしてしまった方がいいよ、ぜったいに、またぼくがあの男の握手を受けるためには。君はまずいことをしたよ」

　たぶん、私はまずいことをしたのだろう。でも、なぜフランソワはあの虐殺の動機を探り続けているのだろうか？　ある者が否認する時、その罪を説明することを強要されはしない。なぜ罪を犯したのかと尋問されるのは、否認しない時である。

その後のキー将軍との会見を書く前に、私は落ち着きを取り戻さなければならない。


夜。ロアンと別れた後、私は応接室に通された。ソファーが二脚、花を生けた花瓶が一つ、旗一つ、電話が数台置かれた机が備えられていた。カオ・キーは窓の近くに背を向けて立っていた。足音を聞いて振り向き、私に近づいて来た。微笑みもなく、歓迎する様子もなかった。よそよそしく、私の右手に立って、冷静に席に導いてくれた。そして、彼自身もソファーに腰掛け、私をじっと見つめた。私もしばらくキー将軍を見つめた。私は冷静だった。一見して、キー将軍はほかのたいていのヴェトナム人と同じく、背は高くも低くもなく、逞しくも弱々しくもなく、体型的に見てほかのヴェトナム人と違うところといえば、褐色の顔に黒い髭が目立っていることだけだった。好感の持てないその顔は、悲しみと高慢さを秘めていたが、視線は頑固さと同時に深い悲しみに満ちていた。その視線は、絶えず、心臓を剣で突かれるのではないかと脅え、うまく身をかわす用意はあるが、それをあきらめているようだった。そのために私は次のような質問で沈黙を破った。「キー将軍、あなたについて気になる噂が流れていますす。でも、いちばん気になるのは、まぎれもなく、あなたがおっしゃった言葉です。『私を殺そうとする者がいるが、それは共産主義者ではないだろう』と」

キー将軍は驚きを見せなかった。

「そうです。バリケードのこちら側の誰かでしょう。共産主義者であるよりずっと不愉快だ。というのは、無能で、腐敗した政治体制に属しているとわかり、民主主義というのは名ばかりであるとわかっているのは、バリケードのこちら側では私だけですからね。アメリカ人は私たちを守るためではなく、自分たちの利益を守るため、新しい植民地政策を打ち立てるために来ていると言うのは私一人です。アメリカ人の常套手段ですよ、手助けするという口実でやって来て、支配者、植民地主義者となる。アメリカ人が望んだ南ヴェトナム政体に私は参入しているが、我が国民の代表ではない。アメリカ人が押しつける選挙はお笑い種だ、そのお陰で私は首相になったのですが。国民は恐怖心から、理由もわからずに私たちを選んだのです。行政権や、立法権や、言論の自由について話して何になる、生き伸びるためにいちばん必要なものが茶碗一杯の飯だという時に？　ここ、農村に行って選挙の話をしてごらんなさい、すると、食べ物の話が返ってくる。民主主義について話してみるといい、そうすれば正義を求める言葉が返ってくる……」

フランソワが私に忠告してくれていたにもかかわらず、私は自分の耳を信じなかったし、ある点で、私はからかわれているのかと疑うほどの衝撃を受けていた。将軍は自分の言っていることを確信していると納得するのに努力が必要だった。私は口ごもりながら、「でも、将軍、これは革命に関する会話です」

将軍はなおも眉一つ動かさなかった。

「確かにそうです。南ヴェトナムに必要なのは、北ヴェトナムで行われた革命に対置する大革命です。私は社会主義という言葉を恐れていない。自由という言葉に対抗させて、それがまるで忌むべき言葉であるかのように言っているのはアメリカ人です。自由とはどんなものですか？　今日、ヴェトナムでは、単なる自由が、つまり必要なものとしての自由が足りない。しかし、あなた方が国で話している自由は、今の我々に関係のない、ぜいたくなものです。我々に飢えで死ぬことのない国を作らせてほしい、そうすれば、表現の自由や言論の自由などについて語るだろう。しかし、それがマルクス主義だと聞いている。教えてほしい。マルクスとは何者？　マルクス、エンゲルス……そのような人たちを私は知らない。彼らが書いた物を読んだことはないし、読もうとも思わない。彼らの本はヨーロッパで書かれた白人の本だが、私は黄色人種だ。私はヴェトナム人だ。白人たちにとって良いものが私に良いはずはないし、それらは理論にすぎない。私は理論に時間を費やしている暇はない。あるいはカント、このカントって何者？　マルクスに影響を与えたエンゲルスに影響を与えたと聞いています。三人とも、貧しい人たちが貧しいままではいけないと考えました。カントの本も読むべきだと言われました。いつのことだったか？　私は学校へは、十八歳まで、つまり、フランス人たちが私を戦地に送るまで通いました。学校ではカントのことは何も教えられなかったし、その後も知る機会はありませんでした。飛行機の操縦を教えられ、飛行機を操縦しなければなりませんでしたから。それが何だというのですか？　この国は現在のように分割されたことが過去にもありますが、統一したのは無学な農民でした」

そこで、私は、おっしゃる通りかもしれませんが、もしそれらの本をお読みになっていたら、あなたが戦っているヴェトコンの言うことがわかるでしょう、と言った後、彼に尋ねた。「将軍、なぜ共産主義者と戦うのですか？」

長い沈黙の後、彼は答えた。

「それは、この点では、あの言葉、自由を引用すべきでしょうね。しかし、どう説明すればいいのか……たぶん、こういうことでしょう。私はカトリック教徒は好きではありませんが、共産主義者はカトリック教徒によく似ています。共産主義者たちは、盲目的、熱狂的に党にかかわっている。党がまるで教会であるかのように。個性、感情を犠牲にして強制的に党の道具とならざるを得ない社会に入るなんて、私には理解できません。教会もしかり、私が共産主義者を責めるのはこういうことです。富の分配ではないということを。私は共産主義者が大地主から土地を取り上げ、その土地を地主に搾取されていた農民に与えるのであれば、共産主義者に賛同します。農民に銃を与え、もっと良い暮らしができるように戦えというのなら共産主義者に賛同するのですが……」

「将軍！」私は思わず大きな声を出した。「それと同じことをホー・チー・ミンが言っていますね？でも、彼は間違った側にはいませんでしたね？　将軍、なぜあなたは間違った、腐敗した政府側にいるのですか？」

将軍は言った。「つまり……それは……もし、十年か二十年前にホー・チー・ミンに会うとか、そのような本を読み始めていたら……おそらく、今頃は彼の側についていたでしょう。だが、どんな職に就いていているだろう。共産党幹部のぱっとしない従順な一人、たいがいの者がそうであるように。彼らに野次られ、彼らにむさぼられて。何もやり遂げることはない。ところが、この党にいると、私はグエン・カオ・キー、つまり指導者であり、かなりのことができる。あるいは試すことができる。ヴェトナムで我々が言うように、ツバメが春を呼ぶのではないというのが本当なら、ツバメが春を告げるというのも本当です。確かに……バリケードの向こう側ではいろんな面で、私は気楽だっただろう。たぶん、これほど不幸でもなかっただろう。しかし、自分の革命を夢見ることはできなかっただろうし、ホー・チー・ミンと語り合いたい気持ちがどれほどあるかといえば、あまり強い気持ちはないというのが本音です。つまり、私はホー・チー・ミンに興味がないからです。世代が違います。そう、確かに立派な人物だが、老人です。ホー・チー・ミンは七十歳を超えているが、私は三十七歳。何を語り合えますか？私が老人を軽蔑しているというのではありません。尊敬に値する人を尊敬し、両親、祖父母、年配の人たちには常に敬意を示すという国に私は生まれました。革命や、社会主義や、未来についての話になれば、老人たちが私たちに教えることはもう何もないとは思いません。けれど、国家を築くという話になれば、老人たちの話は聞きません。それどころか、彼らの過ちを指摘するばかりです」

この時、部下がやって来てキー将軍に何かを告げると、将軍は立ち上がり、会見を打ち切らなければならないと私に詫び、近日中にまた会いたいと言った。私はそう願っている。そして、再会できることを願いながら思ったのは、私たちはヴェトナムのことを右も、左も、中央も、何もわかっていないし、私たち自由主義者の良識を将軍はまだよくわかっていないということであった。お互いに殺し合っているのに、この国の人たちは憎み合っていない。彼らは私たちを憎んでいる。私たち白人は自分たちのために、自分たちの汚らわしい欲得のために、そして、自分たちの方がもっと強力な爆弾を造っているから優れていると決め込み、ヴェトナム人の田畑に侵入し、ヴェトナム人の意識を狂わせ、彼らの都市を破壊し、その上〝北は敵方、南は味方〟と彼らを二分する。北も南も、同じ独立の夢、同じ自由の夢、同じ正義の夢という同じ風が吹いていることに気付かず、自然に逆らう以上に歴史に逆らうべきではない、ということを私たちは忘れている。実際、このカオ・キーという人物は愚かではない。バリケードのこちら側で、ピンク色の絹のマフラーをし、推理小説を読み、初歩的な知識に欠けているにしても、彼は話を聞くに値する唯一の人である。ぜひもう一度会いたい。

三月十一日

キー将軍と二度目の会見を取り決めるために一日を費やしたので、今日もゴーヴァップへ行く時間がなかった。でも、あの子の目が忘れられなかった。なぜか、ふとキー将軍の目と重なる瞬間があった。ロアンの目も重なった。三人とも非常に澄んだ、喜びがない黒い目、ヴェトナムの目である。

三月十二日

キー将軍との二度目の約束はまだ決まっていないが、将軍の妻と知り合った。コンリー通りの別邸で、彼女は私にお茶を出してくれた。キー夫妻はタンソンニャットの屋敷をやむなく出た時からそこに住んでいる。屋敷は砲撃によって半壊状態になり、事実上、ヴェトコンの占領下にある。別邸は高い塀に囲まれ、多数の機関銃手に守られているが、それでも夜の襲撃には十分でないために、夜になると家族は独立館に移り、そこでは床にマットレスを敷いて寝ている。「私たちは兵士たちと同じ生活をしているのよ」と夫人は言う。「子供たちも、よくわかっているようなの。リボルバーの最初の発砲が聞こえるとすぐに、マットレスの下に隠れるのよ。この子たち、もう怖がってなんかいないわ」

キー夫人は二十七歳である。張りのある艶やかな顔、しなやかな体つきの素晴らしい女性である。ヨーロッパの服、カルダンを身に纏い、いつも劇場に出掛ける時のように髪を結い、香水をつけ、化粧をしている。ニャチャン大学で数学を学んだ後、ヴェトナム航空のスチュワーデスとして働いていて、バンコク行きの飛行機でキー将軍と出会ったのだった。「キーはすぐに私を夕食に誘ったのよ。乗務員のみんなを招待してくださるのならお受けします、と答えたわ。それが彼は気に入ったらしいの、かなり古風な人だから。その夕食の後、彼は子供たちのことを私に話したわ。そして言ったの、妻はもちろん必要だが、子供たちの母親も必要であり、私が子供たちを自分の子共として愛することができないのなら、私と結婚しないと。今は、私たちの子、ズエンもいるのよ。キーを悪人だと思っている人は、家庭にいる時の彼を見るべきだわ。悪い人が、良い夫でありいい父親になれることを私はよく知っています。でも、人の本当の性格は、自分の家で表われるのじゃないかしら？　権力や戦争が人の性格をゆがめるのよ」夫人はこのことをとても優しく話したので、婦人が夫について話す肖像が真実であると思うほかはなかった。テロリストのグエン・ヴァン・サムも良い人だった。妻や息子を愛し、子守唄を聞いて感動していた。それなのにクレイモア地雷を造り、その中に多数の小さな鉄片を詰め、一度に数十人を殺していた。

三月十四日

キー将軍に再会した。昨日の午後、半日待った後にコンリー通りの例の別邸で会うことになった。将軍は護衛に付き添われて帰って来たが、すぐに子供たちを抱きしめに行き、それから「とても疲れたよ」と言いながらソファーに身を投げた。疲れているというより憔悴しているように見えた。高慢さも、冷酷さもすっかり消えていた。ズエンを抱きながら話していたが、その子が将軍の鼻や目を指で触るに任せていた。穏やかな休息の時を奪うのは申し訳ないような気になっていた。その時の会話は次の通りである。

「キー将軍、もし、ある日、あなたの望みが絶たれたら、もし、ある日、あなたの思う革命、社会主義を成功させることができないと気付かれたら、言い方を変えれば、間違った党を選んでいたとわかったら、あなたの当面の敵とやり直す用意はありますか？」

将軍は即座に答えた。

「いいえ、人は一つの夢を選んだら、というか、夢を実現する道を選んだら、最後までその道を進むべきです。私は間違った道を選んでいたと気付いたとしたら、死ぬことも厭わない。私の選択は実践的でなく、とても厳しいものだとわかっています。私と社会主義者は共通の夢、共通の目的、共通の目標を持っている、ということもわかっています。そして、我々の間には、敵よりももっと卑劣なものがあることもわかっています。しかし、敵方の体制は正しいものではありません。彼らの体制が正しくないから、私は彼らと戦うのです。そういう訳ですから、どうして彼らとやっていけますか？　むしろ自殺する方を選びます。ところで……ヴェトナムにはこのような諺があります。〝勝てば王、負ければ死〟もし、私が首を切られるのなら仕方ありません。王になれるように努力した末に、というのならば。しかし、貧しい者や農民が私の側にいるという理由で、私は首を切られるとは限らない。だから、私が考慮しなければならないのは、彼ら貧しい者や農民であり、富裕層でも知識階級でもありません」

「キー将軍、体制とか理念のことではなく、人間について話しましょう。あなたがヴェトコンと呼び、ずっと戦ってきた彼らを同胞と考えることができますか？」

「同胞というのは、私が悲しい時も幸せな時も近くにいる人間です。同胞というのは、自分と同じ考えを持つ人間です。ヴェトコンは私と同じ考えを持っていません。ヴェトコンは私と同じ言葉を話し同じ血が流れているが、私が彼らに銃を向けるように、彼らも私に銃を向ける。いつか、彼らが私に銃を向けるのを止め、私も彼らに銃を向けるのを止める、そんな日が来るでしょう。ヴェトナムが一つになる日が。その日まで、彼らを愛することも、彼らのために悲しむことも私に望まないでほしい。この特権はヴェトコンにとても心を惹かれているあなた方ヨーロッパ人に任せましょう。あなた方にとって、ヴェトコンがすることはなんでも正しく、我々がすることは、あなた方から見れば、間違っているのです。ヴェトコンは良い人間で、我々は悪い人間なのです、あなた方にとっては。西部劇の映画のようにね。あなた方は単に感傷主義なのか、単に愚かなのか、私には今もわかりません」

「尊敬ですよ、将軍。あの人たちの勇気、あの人たちの信条に対して。戦車に裸足で向かって行くには、強い信条と勇気が必要です」

「彼らに勇気がないと誰が思いますか？　確かに勇気がある。彼らはヴェトナム人です。私の部下たちは勇気がないだろうか？　私には勇気がないだろうか？　私もヴェトコンのように戦うことはできるし、現に戦いました。私も死ぬことを恐れていません。ヴェトナム人は誰も死ぬことを恐れません。我々は死を生と同様に、生まれることと同様に受け入れます。ヴェトナムでは人は皆そうです。テト攻撃の間、南ヴェトナムはうまく切り抜けました。だが、その攻撃に失敗していたら……ヴェトコンは負けました。なぜなら、あなた方白人は、我々をウサギと判断し、ヴェトコンだけはライオンだと認めていると、彼らは信じていたからです。簡単に占領されるかもしれないとか、我々の軍隊が反撃しないだろうと彼らは確信していました。そして、負けたのですが、それは、人民は彼らの味方であるという思い違いをしていたことにあります。人民は私の味方でもなく、ホー・チー・ミンの味方でもなく、ただ茶碗一杯のご飯のことだけが頭にあるということを彼らは知らなかったからです」

「ただそれだけですか、将軍？」

「いいえ、ほかにもあります。彼らの指揮官たちは年寄りであり、革命の方法が古かったからです。エンゲルスとマルクスという名の白人が、一世紀も前に書いた書物を信じていました。なぜ、指揮官たちは人民の心ではなく理論に頼り、なぜ、一人ひとりの人間ではなく党を信じ、なぜ、良識ではなくコンピューターで検索するアメリカ人のような考え方をするのだろう。人民を導くというが、人民のことがわかっていない。人民が反抗すると原子爆弾でしかそれを止められない。いったいなぜそうなるのか、意識を喚起する必要があります。そのためには茶碗一杯のご飯の権利を人民に認めなければなりません。つまり、茶碗一杯のご飯のために、戦わせるのです」

「キー将軍、ヴェトコンはまた攻撃するということをご存知なのですね？　今度は彼らが勝つでしょうか？」

「人民はヴェトコン側についているし、私は間違っていると言いたいのでしょうね。私の改革は必要ないと。そうはならないでしょう。だから、彼らは負けるでしょう。そして、武器は我々と互角だと知るでしょう。確かに、我々よりずっと経験があり、もっと訓練をしています。彼らが隊を組織したのは一九五四年ですが、我々は四年前に始めたばかりです。戦争に関しては、彼らと同じように慣れています。生まれた時からずっと戦争を見てきました。我々は平和も、幸福も、生と死の違いも知りません……あなたたち白人は、ヴェトナム人は戦争にうんざりしていると思っている。南ヴェトナム同様、北ヴェトナムも、我々は戦争にうんざりなどしていません。戦争は我々にとっては習慣であり、我々を恐れさせはしません。私がいい例です。戦争との出合いはまったく記憶にない。日本軍に侵攻された時は子供でした。日本軍の後中国軍が、中国軍の後フランス軍、フランス軍の後……今はこの有様……私にとって、毎日が死と隣り合わせの日々です。目が覚めると考えます。今日死ぬのだろうか、と。仕方がありません、妻は子供たちを育ててくれるでしょう。私たちはアジア人です。アジア人の苦しみに慣れました。白人のあなた方には決して理解できないことです。あなたたちは命や、命の長さ、快適な生活をとても重視する。そして、義務や夢のためにそれらをあきらめることができるのはごく稀なことです。あなた方は実利主義者であり、利己主義者であり……」

「私たちを憎んでいらっしゃる。そうではありませんか、キー将軍？」

「あなたたちを好きになるには誇りが高すぎます。ヴェトナム人であり、アジア人であり、黄色人種であることをとても誇りに思っています。白人が我々より優れた人種だと思ったことはない。なぜなら、未来はここ、我々のところにあり、あなた方のところにはありません。ヨーロッパは衰え、疲弊しているし、いまだに新世界と言っているあのアメリカも、旧世界と言った方がいい。そうです、あなた方、白人の時代は終わりました。このことからも、あなた方の非難や中傷は受けません。たとえば、ロアン将軍に対するあのような、いろんな憤りの言葉を。私もあの男のしたことを責めました。しかし、あの男のことは理解できる……味方が多数、死ぬのを見た後、自制できなくなった男の行為を……だから、たとえそれが理解できないとしても、判決を下すのは我々であり、あなた方ではありません。ヴェトナム人を殺したヴェトナム人の行為は、ヴェトナム人である私が裁きたい。あなた方に口出しすら許さない。なぜなら、私は仏陀の息子、神の息子です。国を統一し、国を救うために、この国に遣わされた男、仏陀です。運命の男と言おうか……」

キー将軍は、今や、怒りで声を震わせていた。なんとか気を鎮めようと身震いした。顔は汗でびっしょりだった。将軍はズエンに「お前はあちらに行きなさい。さあ、行きなさい」といって部屋から追い出した。しばらく私たちの間に気まずい沈黙が流れた。それからキーは苦しげに、ささやくように話し始めた。

「あなたは運命を信じていますか？　私は信じている。盲目的に。私が首相になった日のことを覚えています。この職業は自分が選んだことはないし、好きだと思ったことはありません。その当時は、半年も持ち堪える政府はなく、混迷していました。我々は、我々軍人は、このテーブルを囲んでいました。政府の責務を負う軍人選びでは、誰も引き受けようとはしません。すると、誰かが言ったのです。「カオ・キー、君が首相になればいい」私は唖然としたが、その後あきらめました。運命が突然私に降りかかったようだった。人は運命には逆らえません。私の夢は軍人や、政治家になることではなかったが……」

「あなたの夢はなんだったのですか？」

「農夫です。十八歳の時、農夫になること以外は考えなかった。少し土地を買って米を作り、水牛を飼いたいと思っていました。フランス軍が私に戦闘に参加させようとしなければ、夢は叶っていたでしょう。農夫たちといると幸せを感じます。農夫たちはマルクスやエンゲルスの話はしません。テトの最初の頃、タンソンニャットの私の家で闘鶏を企画した時には、農夫たちは遠くの村からもやって来ました。あの人たちの中にいると幸せでした。とても幸せでした……私の農夫仲間、私の鶏……（長い沈黙）……鶏は百羽ほど飼っていますが、それが私の所有するすべてです。私は金持ちではないし、金持ちだったことはないし、金持ちになることが大切だと思ったことはありません。でも、鶏は大切にしています。鶏は勇敢ですよ。鶏は死ぬまで闘います。敵が自分の二倍あっても、最初の一撃で怖じ気づいても闘いますよ。私は鶏を尊敬しています。勇気がありますから、私にとっては、どれほど勇敢であるかが大切なのです。愛情でも教養でもなく……」

「もっと教養を身につけたいと思われたことは、本当にないのですか？」

「ええ、教養人でありたいと思ったことはありません。無知であることでコンプレックスや空しさを覚えたことはありません。教養ある人間は、まず行動力がないと言っていいし、また人情のある者も少ない。教養ある人たちはみな思考と博識という篩を通り抜けるが……決して雄鶏ではありません」

キー将軍のもとを去った時、外は暗くなっていた。三時間近く会談していたことになる。将軍は門まで送ってくれたが、その間もずっと話していた。ヴェトナム人であることが不幸なのは、ロシア、アメリカ、中国、この三つの大国の争いの間にいることだと言っていた。いかに難しいことであろうと、彼らのいう文明に接点を見出すことだ、とも言っていた。将軍からは、横柄さも自惚れもすっかり消えていた。門のところで立ち止まると「ありがとう、素晴らしい午後でした。私の話を聞いてくれてありがとう。人と話すことも、話を聞いてくれる人に会うことも滅多にありません。私は孤独な人間です。とても孤独です。今日は、話している間、いくらか孤独を忘れていました」

ところが、私は今までになく孤独だった。なぜなら、私のような者には国旗は大きな意味がないし、寄宿学校で育ち、両親に対する愛情を失った若者にも似た、私のような人間は、風景や言語の境界のない世界の産物である。でも、そのような人間には何かが欠けている。カオ・キーや、ヴェトコンや、ロアンのような人たちにはある何かが。まさに同じ紙の表と裏なのよ、フランソワ。彼らは無駄に殺し合っている。

三月十五日

キーとの会見記事を新聞社に送ったところである。サイゴンは快晴で、今朝は戦闘はなかった。タクシーに乗り、ゴーヴァップへ例の女の子を探しに行く。私を覚えているだろうか。一週間たっている。子供というのは忘れっぽいものだ。私の方に来て微笑んでくれて、わかってくれるといいのだが。

夜。緑色の格子門を潜って中庭に入った。中庭にあの子はいなかった。いくつもの寝室に入り、一人ひとり見て回ったが、あの子はいなかった。テラスで仕事中の修道女に会った。その手の動きで、なぜ私に同行者がいないのか知りたがっているのがわかった。チャン・ティ・アン夫人に連絡を取る時間がなかったと説明したが、その修道女はフランス語が理解できなかったので、フランス語を話せる修道女を待たねばならなかった。やって来たのは小柄で親切な年配の修道女であった。

「さあ、ご案内いたしましょうか？」

「あのう、八日前にこちらに伺ったのですが…」

「はい、存じています」

「中庭にいた女の子ですが」

「女の子はたくさんいますよ」

「ええ、わかっています。でも、その子は…」

「その子の名前は?」

「知りません」

その修道女は驚いて私を見た。

「では、どんな子か言ってみてください」

「はい、袖の長いスモックを着ていました。三歳ぐらいで、病気でない女の子で……」

「ここには、三歳ぐらいで、病気でなくて、袖の長いスモックを着た女の子はたくさんいます。もっとわかりやすく言ってくださいませんか?」

「そうですね、丸顔で、中庭のあのあたりでじっとしてたわ、石に腰掛けていて……」

「もっとわかりやすく言ってくれませんか?」

「無理です。これ以上のことは言えません。でも、見ればわかります。あの子も私がわかると思います。どうか一緒に探してください」

「いいですよ。やってみましょう」

私たちは探し始めた。まず中庭を、そしてすべての寝室の中を。それは大変なことであった。私のために、修道女は女の子を次々に、私の方に差し出してくれた。髪と目が栗色だということで、一人の女の子をしきりに勧めてくれた。髪も目も栗色のヴェトナムの子を見るのはいかに珍しいことかを話していた。飛節が強いから競争には何度も勝つでしょうから、いい買い物ですよと言って、馬を褒めるような口振りだった。髪も目も栗色の女の子は訴えるように私を見つめていた。どうして私を選んでくれないの？　どうして？

でも、私はあの女の子にしたかった。そして、この難しい選択を延期することに決めて立ち去ろうとしていた。その時修道女は、一週間前に六人の子供をザーディンに移したことを思い出した。その子供たちは特殊な病気を患っていたからである。修道女は言った、確かに言った。

「そうだわ、思い出しました。そう、あなたがおっしゃるような女の子がいました。私の思い違いでなければ、その子は目が見えません。まったく見えないのですよ、あなた」

私はしばらく言葉を失った。しばらく立ちつくし、その後、修道女に礼を述べて門の方に向かった。外に出てタクシーを呼んだ。タクシーが到着し、それに乗って立ち去った。何も言わずに、「ザーディンのどの孤児院ですか？」と聞きもしなかった。今は、ケサンで味わったような恐怖を千回でも、フエで味わったような銃撃を千回でも、ヴェトナムで体験したような困難、危険、恐怖を千回でも甘んじて受けよう。ひと言、たったひと言「ザーディンのどの孤児院ですか？」となぜ言わなかったのだろう。

でも、私は言わなかった。

その質問をしなかった私は、ここで、机の上に顔を伏せて、永遠に続くかのように思える暗闇の中で石のようになっている。

戦争から学ぶことが一つある。それは我々自身の実態がわかることである。

三月十九日

ここに新聞社からの電報がある。「カオ・キーの会見記事はヴェトナムの連載記事の締めくくりとして最高であった。おめでとう。新しい事件がないようであれば滞在する必要はないゆえ、黒人暴動の取材のため、ニューヨークに戻ること。ニューヨークに到着後、ただちに社に報告すること。現地報告の許可を与える。では、良い旅を祈ります」今朝、私の心に安堵の気持ちが広がった。あの子にもう一度会って確かめ、その盲目の女の子を幼女にはできないと納得したくても、もう私には時間がない。ホンコン、東京、シアトル経由のニューヨーク行きの便は二十四時間後に出発する。

これでいいのだ。

今、JUSPAOのみんなに別れを告げに行くところである。その後、出発の支度をする。実は、友人たちにはもう別れを告げていた。昼食に誘ってくれた時に全員揃っていた。デレックは動揺しているようだった。すぐに従弟が来ることになっている、でなければ寂しすぎると言っていた。フェリックスは「戻って来るんだろう？　きっと戻って来るね！」と何度も言っていた。マルセルは「あんたがいないとぼくたち退屈だよ」と耳元で金切り声を上げていた。フランソワだけが、いつもと変わらぬ話をしていた。ほかでもないあの独特の鋭い視線で私を見つめていた。何も見逃すことなく、頭の中までも読み取る、あの視線で。そして、支局に戻る道すがら、フランソワはいつもの不器用な優しさで、私の肩を叩いて言った。

「くよくよするんじゃないよ。これでいいと思ってるんだろう？　ちょっとした気まぐれだったんだよ。君が気高い行為を望んだのは、気まぐれだった」

「そうじゃないわ」

「よく考えてごらん。ぼくの言う通りだとわかるよ。君はフエの後、迷いがあったから何かしがみつくものを探していたんだ。だが、子供は何ものでもなく、子供は子供なんだ」

「いいえ、違うわ。善意でやったことよ」

「人はいつもそう言うよ。善意でって」

「たぶんあの子を見つけ出して、あの子を知った上で、私がどんな結論を出すかを知るべきでしょうね。たぶん……」

「無駄に、辛い思いをするだろうね。君がだよ。その子ではなく。その子は君の存在すら知らない。君を見つめていても、君を見てはいない」

「とても辛いことだわ、フランソワ」

「それが人生さ。二つの目が君を見つめている、でも、君をまったく見ていないということもあるんだよ。君は探していた人が見つかったと思っても、実は見つけていなかったということもあるんだよ。よくあることさ。そうでないとしたら、それは奇跡だ。だが、奇跡が続くことはない」

「私、また来るわ」

今は、私はここに戻ってくることはわかっていた。みんなは二度目の攻撃について話していた。その攻撃は近いうちに、モンスーンの季節に入る前だろうと言っていた。でも、モンスーンはすでに始まっているではないか？　サイゴンでは激しい雨が降っている。カオ・キーの目、グエン・ゴック・ロアンの目、彼らの目が見えていないように、見つけることができないが、ここにある真実を空しく追い求める、困惑と失望をたたえた私の目は見えていない。私は、ここ井戸の中にあると確信している。真実を見つけるために、井戸の底、目指すものに触れるとしたら、それはなんだろうか？

# 8
# サイゴンでの日々

その後、確か、平和についての話になった。テレビの画面に年老いた有力者が映し出された。自分の孫のレベルで世界を考えている優しい祖父の話し振りであった。三月三十一日のことである。私はアメリカに戻って来たばかりであった。あの盲目の女の子の瞳がまだ私の目に焼きついていたし、フエのあのおびただしい数の死体の腐臭が鼻に残っていた。醜い口の周りに、醜いしわのあるその老人を見ていると、対する者をあざ笑う死者の顔を見ているようであった。その日の夜、まさにその日の夜、砲弾を積んだ四百九十機のヘリコプターがケサンに飛び、少なくとも三千発を投下したのであった。それらのヘリコプターに続き、八万トンの爆弾を積んだ数十機のB29が加わった。第二次世界大戦中、日本に投下されたすべての爆弾を超えるものであった。高地からは北ヴェトナム兵の死体がずたずたになってアメリカ軍の基地に飛び散り、アメリカ軍の基地からは海兵隊員の死体がずたずたになって高地に飛び散った。クァンチからビンロイまで、いたるところで戦闘は激しさを増し、魔法にかけられたように悲惨さを増していった。一週間のうちに、四百ＫＩＡ，五百ＫＩＡ、六百ＫＩＡ（ＫＩＡは戦死を意味する)。

当時、平和を語ることは、権力を得たい、先達の地位を継ぎたいと思う者のパスポートであった。票を得るには恰好の目玉商品であった。北ヴェトナムに対する爆撃が中断されたこと、ハノイとの交渉を開始したいという報告がなされた時、ジョンソンは事実上その職になく、次の大統領選挙も間近だった。ちょうどその頃、一九六八年四月四日に、生涯平和を語り続けたマーティン・ルーサー・キングを暗殺するという重大な過ちが行われた。キングを支持していた黒人たちは、報復として放火や暴力に身を任せた。装甲車がホワイトハウスの前に駆けつけた。平和を希求するその国が、市民戦争に突入するかと思われた。その棺、火刑、略奪を追い、人間の獣のような行動やその他の証拠を報道するために、記者たちは、メンフィスへ、アトランタへ、ワシントンへ、と奔走しなければならなかった。しかし、私は冷静に対処している。一年前なら憤りに震えただろうが、今はもう、動揺しなかった。教えてほしい、バルコニーで殺された男と、塹壕で殺された男とどんな違いがある? 公平だろうか、教えてほしい、前者のために街に火がつけられたのに、後者のためにはライターの火さえつけられなかったのはなぜ?

当然のことだろうか、教えてほしい、銃を二発撃って人を殺した男を電気椅子に送る一方で、自分の手を汚すことなく何千発も発砲した者たちの記念切手を作るのはなぜ? ずっと、そのことは肯定されてきた。なぜなら、歴史は常に勝者によって作られてきたからである。では、これについてはどうだろう? 私が望むのは一人の人間が語る歴史であり、すなわち、その人はふつうの人であって勝者ではない。番号で呼ばれることはなく、特攻隊員ではなく、その死が怒りや、苦しみや、放火や、略奪に値する人々を書いた歴史。ここに一つの歴史がある。ピップの傷ついた脳を悲しむという歴史。ピップって誰？　ピップよ。一三八三高地にいた軍曹ですよ。

　ピップは負傷した。ピップの戦友、サム・キャスティンの手紙でそのことを知った。「我々の友人であるピップが入院していることを、あなたにお知らせしなければなりません。彼のヘリコプターが撃墜されたようです。膝の傷は軽傷でしたが、頭の方が問題です。記憶を失くしてしまいました。そのためにアメリカに送還されました。あなたがこの手紙を読まれる頃、ピップは、たぶんペンシルバニアにいるでしょう。住所をお知らせします。ピップを尋ねてみられませんか？」私はピップを探しあてた。すぐに私のことをわかってくれた。ピップは足を引きずりながら入って来た。手には写真の入った箱を持っていた。何も言わずに座り、当惑したような眼で私をじっと見つめた。

「これを見てください」

　私はその写真を見た。

「一三八三高地の写真ね、ピップ」

「そう、ぼくが写したものらしいんだけど」

「あなたが写したんじゃないの、ピップ？」

「覚えていないんです。ヴェトナムにいたことを覚えていない」

「でも、私のことは覚えていたわ、ピップ」

「確かに。あなたと、サム・キャスティンと、シェール大尉はね。でも、あの二人は顔がわかっただけです。でも、あなたは軍靴ではなくふつうの靴を履いていたことや、花束を持ってやって来たことを覚えている」

「花束など持って行かなかったわよ、ピップ。小枝を持って行ったのよ。ふざけて、それを臼砲の中に入れたの」

「どこで?」

「一三八三高地で」

「そこにぼくはいなかった」

「いたわよ、ピップ。私と一緒にいたのよ」

「覚えていない」

「そこは戦場だったのよ、ピップ」

「どんな戦場?」

「丘の上の戦場よ」

「戦場なんて、ぼくは全然覚えていない」

「何を覚えているの?」

「枝を覚えている。たくさんの枝が向かってきた」

「誰に向かってきたの?」

「ぼくやほかの人たちに」

「ほかの人たちって誰?」

「わかりません」

「その人たち、死んだの?」

「わからない」そして、必死の様子で言った。「お願いです。あちらに戻ることがあったら、ぼくのことを聞いてほしい。ぼくに何があったのか知りたいのです。思い出そうとすると気が変になる」

「努力すれば思い出すんじゃない、ピップ？」

「そうですね。なぜか、みんな、珍しいものを見るようにぼくを見るし、婚約者はぼくから去って行った。今月、結婚するはずだった。案内状も刷り上っていた。あの娘はぼくを見て言いました。結婚するのは早すぎるし、その前に世の中のことを知りたいと。でも、ぼくはそんな理由じゃないとわかっている。この頭のせいだ」

そこで、私はシェール大尉ならピップを救うことができるだろうと考えた。シェールはクリスマスに、つまり、ピップが負傷する前にヴェトナムを去っていたが、その後もキャリア組の将校としてニュージャージーのフォートディックス訓練所にいる。彼に電話を掛けた。シェールは昇進したこともあって、弾むような声で電話に応え、次の日曜日に昼食に招待してくれた。私たちは一緒にピップを見舞った。シェールを見たとたん、ピップは真っ青になり、責めるような口調で、「少佐、あなたは私に何があったのかご存知でしょう？」と言った。シェールは知らなかったし、あまり気にしなかった。シェールは愛想がよく、以前より太っていた。私たちの再会の喜びに浮き浮きしていた。食事をしながらヴェトナムについて論じ合った。シェールは参謀として、ヴェトナムに戻るつもりだと言い、あの戦争は聖戦であると確信していると言った。ピップのことが話題にのぼることはなかった。ピップは黙って聞いていたが、ときどき「誰かぼくの記憶を戻してくれないかなあ。あなたたちが議論していることは、確か新聞で読みました」と口を挟んだ。その言葉を聞くたびに、ヴェトナムに戻ってピップが失った記憶を少しでも見つけたいという思いが募った。でも、そのことが、あのヴェトナムにふたたび行く口実かどうかを考えなかった。ヴェトナムは私の今までの人生で、いちばん多くのことを学んだところであり、いまだに結論は出ていないし、不成功に終るかも知れない研究に取り組みながら、自分の良い点、悪い点を学んだところである。私が言っていることわかるよね。

子供の頃、学校や教会や家庭で聞かされたことを話そう。それは私たちが大人になった時の道徳の基礎になっているというか、基礎になっているはずである。愛、憎しみ、正義、慈悲、勇気、そういったものは、戦争では抽象的概念ではなくて、直面し解決しなければならない現実である。時には命を犠牲にして。ヴェトナムに来るまでは、プールの水と戯れるようにそれらの言葉と戯れていた。ところが、私は深い海に潜るように、ヴェトナムにどっぷり浸かってしまった。すると、学校や教会や家庭で聞かされた話が浮かんでいる水面の遙か下に、たった一つ信じられる宗教がちらと見えていた。人間の宗教である。神のかわりに人間。人間ピップ、人間ロアン、人間グエン・ヴァン・サム、天国ではなく地球上で学んだり、有罪の判決を下したり、救ったりする人間。尊い長所と恥ずべき短所を持つ人間、二つとも人間の属性であるため、どちらも神聖である。人間であるあなたは、人間のために悩んだり、感激したり、腹を立てる。そうする意味があるかどうか考えないのは、意味を考えたらおしまいだからである。殺戮を正当化してみるといい。そうすれば、ピップの頭があのマーティン・ルーサー・キング牧師の頭と同じように大切になる。サイゴンにふたたび行くことがあれば、ダクトーに行って調べ、ピップの不安を取り除いてあげよう。

三月初旬に、インドからサイゴンに入った。取材でインドに滞在していたのだが、ヴェトナムのビザを持っていたし、職務上、サイゴンからは何度も戻って来るようにと催促を受けていた。話し合いの拠点として選ばれた都市での会議は終ろうとしていた。しかし、すべてはまだ何も始まっていないような状態が続いていた。ウエストモーランドは司令官の地位を退き、もっと強硬なグレイトン・アブラムス将軍に委ねようとしていた。ヴェトコンは第二の攻撃を計画しており、その攻撃で大量の血が流れるだろうという噂が流れていた。そのため、私はサイゴンの情報に留意しながら、ニューデリーとベナレス間、パンジャブとカシミール間を移動していた。行き過ぎる風景にも人々にも、ほとんど関心がなかった。私の人生において、以前なら、カーペットや花で飾り立てられた像や、銅製の美しい壺を頭に乗せ、平衡を取りながら悠々と歩く美しい娘や、夕焼けに赤く染まる空を背景に、ガンジス川のほとりで祈りを捧げている僧の美しさに、うっとり見とれたことだろう。そして、救いようのない貧困や、反抗しようとも戦おうともしない人民の無気力な忍従について考えたことだろう。ところが、今はそんな夢のような光景を、ただばかばかしいと思い、あの神秘的な人々をただ静淑と捉えている。彼らと同じように無気力になって。サイゴンでは、新たに攻撃が始まったと知り、はっと目が覚めた。

その情報をいつ、どのようにして知ったのかといえば、カシミールに近い、ヒマラヤの麓で、あるチベット人の共同体が所有する唯一のラジオで聞いたのである。私がそこにいたのは、法王ダライラマに会見するためであった。彼の聡明さは弟子たちの平静さとともに強く印象に残っていた。だから、村に通じる小径の、一本の木の下に座って、私は考えていた。戦争や暴力にはまったく加担しないが、責任を負うこともない人たちは正しいだろうかと。インドの僧や、ここにいる僧のように。彼らの周囲では、ゆったりと静かに流れる川と調和してすべてが過ぎて行く。爆弾も、血もなく、誕生の神秘を損なうこともない。いったい何の役に立っていたのだろう。参加すること、かかわり合うことは？　森は静かで、そよ風が艶やかな木の葉を揺らし、ヒマラヤの険しい山頂はオルガンのパイプのように輝き空を突いていた。ここでは恐怖心を覚える必要はなく、神という言葉には意義があった。私はしぶしぶ立ち上がり、自動車を止めておいた広場の方へ向かった。その広場には学校とおぼしい建物があり、そこにはラジオが一台あった。英語のニュースが流れていた。インドの新しい政府が成立、平和会議はパリで開催の予定、そして、次のようなニュースが続いた。「昨日、ヴェトコンは南ヴェトナムのいたるところで、大掛かりな攻撃を行った。ゲリラ部隊は、タンソンニャットを含め、首都のあちこちをロケット弾や臼砲で襲撃した。襲撃はほかに地方の主要都市やアメリカ軍基地など百二十五か所に及んだ。ジャーナリスト四人とドイツ人大使一人がチョロンで死亡……」その日、私はヒンドゥー教の聖地、ハルドワールに行かねばならなかったと記憶している。でも、行かなかった。足早に運転手のところへ行き「急いでちょうだい。ニューデリーに戻ります。九時間以内に着かなければならないの」と言った。サイゴン行きの飛行機は午前三時の出発だった。それに間に合って乗り込んだ。「いったい、その四人は誰、誰なの？」知りたい気持ちと不安が入り混じっていた。飛行機は永遠に飛び続けて、サイゴンに着くことはないように思えた。四人の名前は報道されていないのか、私が聞かなかったのか、ニューデリーではその情報を知る者はいなかった。その中にフランソワがいるのではないだろうか？　あるいは、デレックかフェリックスか、私の友人の誰かだろうか？

やっと到着した。こうして、私の三度目で、最後のヴェトナムにやって来た。残念ながら成果を出すことができなかった研究を、やり遂げるためである。私は神の理念は人間がかかわることはできないと、ずっと以前に気付いていたように思う。

＊　＊　＊

三月七日

サイゴンはふたたび燃えていた。ふたたび破壊されていた。炎の舌と黒い煙の柱が周辺の三、四か所から立ち昇っていた。赤い稲光りが南東の地平線を引き裂いていた。そのあたりは南ヴェトナム軍のスカイレイダーとアメリカ軍のファントムが急降下し、新たな爆発と火柱を後に、ふたたび上昇するのだった。

フートーでは重砲が発砲され、轟音が単調に続いていた。私はタンソンニャット空港の滑走路に立ちすくみ、繰り返し言っていた。戻って来なければよかった。こんなことを二度も見る必要はない、もうたくさん！　軍用トラックの間から、不相応にも半白の髪をして、水色のセーターを着て、若々しく、足早に歩く姿がちらと見えた。フランソワだ。私はたちまち元気を取り戻した。

「やあ、君の電報、受け取ったよ」

なんという幸運。四人の中にフランソワは入っていなかった。

「あなたが電報を受け取ったのなら、郵便局は無事なのね。それなら、攻撃は噂ほどひどくはないのね」

「残念ながら、ひどいものだよ。テト攻撃より長く続くだろうね。テトほど大掛かりではないが、ずっと深刻で強力だ。ずっと巧妙だと言っていい。パリで開かれる会議の前に軍隊の力を証明したいのだ。そうするだろう」

市街地に通じる道路にはトラックと戦車を除いて、行き交う車はほとんどなかった。窓は閉められていた。しかし、一発の銃弾も発砲してこなかった。敵はいなかった。

「それじゃ、ヴェトコンはどこにいるの、フランソワ?」

「いたるところにいるよ。テトの時より少ないが、武器も戦術も向上している。今回の急襲を予期することができなかった彼らは、アジプロやヴェトコン旗を持たず、銃とバズーカ砲だけを持っていた。郵便局、アメリカ大使館、官庁舎などを攻撃する時間はなかった。ゴーヴァップ、ザーディン、カインホイ、ビエンホアなどの地区にうまく侵入する計画に没頭していた。そして、事実上、チョロンを取り返した。ブルーチェ・ピゴット、ロナルド・ララミー、マイケル・ベルヒ、ジョーン・キャントウェルが殺されたのはチョロンだった」

じゃあ、その人たちだったのだ。まる一日と一晩の間ずっと、殺されたのは誰? いったい誰が殺されたの、と考え続けていた。それなのに、フランソワに会った時、そのことを尋ねてみようともしなかった。フランソワ、死んだのは誰? と。私はピゴットを知っていた。優しくて、気の弱い青年だったが、ある時「英雄的行為ってなんだと思う? 考えてみればヴェトナムに来た者は誰だって英雄だ」とまくし立てていた。

「そして、あのドイツ人外交官、ハッソ・リュート・フォン・コッレンベルク。この男は両手を縛られた後、顔を撃たれ、書類を奪われた。日曜日の朝だったよ、彼も」フランソワは続けた。ハッソ・リュートについては、イタリアの外交官ヴィンチェンツォ・トルネッタから聞いていた。彼にはぜひ会っておくといい、立派な男だよ、自由主義者で学識もあると私に言っていた。

「そうだ、ロアンは重傷を負って入院しているよ」

私はそのことを知らなかった。ニューデリーのラジオも、新聞も報道しなかった。私がドキッとしたのは驚いたからではなく、ロアンと言ったフランソアの声の響きであった。

「何があったの？　いつのこと？」

「今度も日曜日の朝だった。ビエンホア橋の近くだった。十一人のヴェトコンが四丁のＡＫ50と二発のバズーカ砲を携えて、運河べりの家に潜んでいたのだ。ロアンは部下たちとヴェトコンをそこから追い出そうとして、三人が撃たれた。ひどく出血しているのに、その三人を誰も連れ戻そうとしなかった。そこで、ロアンが一人でやろうとしたら撃たれてしまった。弾は膝を貫通し、動脈が切れてしまった。ロアンはいつも勇敢だった」

「あなたは、ロアンを嫌っていると思っていたわ」

フランソワは不意に不快感をあらわにした。

「あの男が勇敢であることを否定はしない。テト攻撃の時もとても勇敢だった」

「テトの時には、勇敢だと思えないこともしたわ」

フランソワは、また、表情を変えた。

「警察庁長官は、ヴェトコン軍と戦うほんの一握りの人々を指揮するのではない。だから、それを実行するロアンは勇敢だ。あの場にかなりの間いたロアンは、死ぬだろうと思われていた。おそらく、片足フランソワはロアンに「私を逮捕するのか？　私を逮捕したいのか？」と冷ややかな声で聞いたのだった。ロアンはからかうような口調で「君には、頭に一発」と答えた。それから、私は、彼がロアンを片足の不自由なオオカミに例えた日のことを思った。フランソワはこんなふうに答えていた。あの男には足が二本ともある。片方の足がなくなれば、完全になくなればいいのに。その時にまた握手を求めてきたら、握手するだろう、と。

「ロアンが片足を切断されたら、気の毒だと思う？」

　フランソワは答えなかった。私は教会の広場で二人が向かい合った、あの息詰まる夜のことを思った。

　フランソワは黙っていた。

「ロアンが死んでいたら、あなたは残念に思ったでしょうね？」

を切断することになるだろう」

「ああ、もちろん。ぼくはジャーナリストだから、そうだろう？」

「お見舞いに行ったの、病院へ、フランソワ？」

「それで、どんな話をしたの？」

「どんな話をしたと思う？　ロアンは重態で、ショック状態だった。目を開けてぼくを見たよ」

「それで、あなたは握手を求めたの？」

「瀕死の男と握手ができるというのか？」

「手よ。ロアンにできなくても、あなたがロアンの手を取って握るのよ。そっと優しく。私はここにいますよって、知らせるのよ」

「冗談じゃない」

「ねえ、フランソワ。私もロアンに会いたいわ」

「無理だと思うよ。誰も会えないんだから」

「あなたは会ったわ。どのようにしたの？」

「まったくもう。ぼくが来たことをロアンに伝えてもらったら、ロアンはぼくを病室に入れてくれたんだ」

この二人はきっと仲良くなれる。驚きだ。いつかこのことを書きたいものである。たとえフランソワにはそれがわかっていても、決して言わないだろう。いつだったか、このノートを見て彼は叫んだことがある。「ねえ、君、ぼくのことをそこに書いたりしないだろうね？」本気で気にしているようだった。


追記。メモについて。フランソワが話してくれた一番重要なことを、メモするのを忘れていた。アメリカ軍は、今回の攻撃の事の次第を熟知していた。四月二十六日、サイゴンの支局長や有力紙のチーフたちは、異例の電話を受けた。情報局長ウィナント・シドゥル将軍が極秘会見を開くということで、緊急呼び出しがかかったのである。記者たちはＪＵＳＰＡＯに駆けつけた。将軍は深刻な表情で記者たちを迎え入れた。扉を閉め、書記官に邪魔をしないように告げてから言った。「あなた方をお呼びしたのは、あなた方の身の安全と、仕事の安全のために警戒が必要だからです。しかし、私がお話しすることを決して口外しないでほしい。記録はしないでください。約束していただけますね？」記者たちは次々に同意した。そこで、シドゥル将軍は言葉を続けた。「サイゴンに対する二度目の攻撃があるでしょう。

今夜に始まり、五月の初旬、おそらくそれ以後まで続くでしょう。ヴェトコン軍の少なくとも二大隊が首都に向かっているという、確かな情報を得ており、我々は応戦の準備にかかっています」それ以上は知らされなかったが、それだけで十分だった。というのは、記者たちの何人かは、四月二十六日から郵便局のテレタイプ室に泊まり込み、爆発音やざわめきに耳を傾けていたからである。土曜日から五月四日の日曜日の夜までは何事もなかった。雨が激しく降っていた。その雨の中、ヴェトコンが武装して街に入って来たのは確かだった。夜明けに最初の爆音が聞こえた。記者たちは、いつもの迫撃砲による攻撃であるかどうかを確かめる必要はなかった。すぐに、二度目の攻撃が始まったことを知った。

夜。友人に再会するのはいつも嬉しい。当然のこと、フランス通信社に行き、そこであの人たち、フエリックス、デレック、ラン氏に会った。ブリュッセルに移ったクロードだけはいなかった。そのかわりに新顔が一人いた。イタリア人の青年で、デレックの従弟である。エンニョという名で、ふさふさした黒い縮れ髪のその青年は、口いっぱいに白い歯を見せている。写真家として成功したいと言っている。でも、私がある程度まで努力で得たこと、戦争に惹かれること、好奇心を満たすこと、それぐらいはやれると思う。すぐにうんざりすることだろう。私たちは皆、陽気に挨拶を交わしたが、テト攻撃のために来た時の感激はなかった。別れにも再開にも慣れてしまった。その後、例の二つの部屋に入った。まるで昨日そこを出て行ったかのようであった。何も変わっていなかった。冷蔵庫の壁面に沿って積み上げられた刷り物、机の上には所狭しとコップ、ピストルの弾、紙、空の薬莢、新聞などが置かれ、新聞社特有の、そして、支局の雰囲気を少し思い出させる騒々しい音。デレックは従弟のことが本当に可愛いらしく、ここに来たことをたいそう喜んでいる。フェリックスも幸せだった。フランソワが六月にサイゴンを去るため、編集長の職をフェリックスに与える要請書をパリに出していた。フランソワは、ぜひあなたにやってほしいのよ、フェリックス。彼はフランス人の占領中、すでにインドシナにいたので、ヴェトナムのことはよくわかっているとしか言わない。私はフランス通信社から外交官のトルネッタに電話を掛けてみた。トルネッタは晴れやかな、弾んだ声で答えた。「よくいらっしゃいました。私たちはあなたを待っていたのですよ」たぶん、そのために、私は二月に衝撃を受けたあの劇的な状況を実感できなかった。

あるいは、痛ましい状況に感じなくなって、もう以前のように物事を見れなくなっているのは私の方ではないのか？　コンティネンタル・ホテルに部屋を見つけ、満ち足りてそこにいる。部屋は広く、鉄製のバルコニーに出れば独立広場が見下ろせる。私は休暇を楽しんでいるのではなく、戦場にいるのだということを忘れてしまいそうだ。死体を解剖した後、レストランへ行ってビフテキをレアで注文する医者のようだ。消灯令の時間になると、激しくなる爆音にも驚かなくなった。しかし、なんと多くの爆弾が投下されることか。ヴェトコン一人の気配を感じただけで、なぜ、そのあたり一帯を爆撃するのか。一本の木の枝に隠れた一匹のセミを捕るために、森を破壊するようなものである。セミはB40をもてあそばないのは確かだし、ここには暗黙の了解がある。サイゴンを壊滅することである。中産階級の学生で毛沢東主義のずぼらな者たちは、このことを騒ぎ立てはしないし、カトリック教徒でマルクス主義の知識階級の偽善者たちは、このことに関する声明文を書きはしない。サイゴンはハノイとはまったく違う。サイゴンをどう思っている？　ジョンソンは、歴史的見地から、彼なりに考慮した結果、サイゴンではなく、ハノイに対する攻撃を一時中止するという命令を下した。私は、人間の過ちと浅はかさを露呈した、同じような戦争がほかになかっただろうかと考えた。そして、戦争を始めた時の協議はどうだろう？　明日はディエンビエンフーの記念日だ。何か大変なことが起こりそうだ。町の中心地から離れないのが賢明だろう。

とにかく、私はチョロンに行きたい。そして、ジャーナリスト四人が罠にはまった場所を見たい。いや、五人だった。オーストラリアテレビの青年、フランク・パルモスも一緒だった。フランクは死ななかった。ぜひ、フランクと話したい。

## 五月八日

フランクと話をした。フランクはまだショックから抜けきれないでいた。話しているうちに恐怖が甦り、それは目から唇へ、ゆがみ震える唇へと伝っていった。そして、唇から手へ、苦しみ悶えているように固く結んだ手へと移っていった。事の詳細まで、すべてを語らせるのはたやすいことではない。でも、話を聞いた後、私はチョロンへ行って現場を探しあてた。今、私はその悲しい事件を再現できる。事件はこんなふうに展開されたのだろう。チョロンはほかより攻撃が激しかった。だから、そこへ行こうと決めたのが、ブルーチェ・ピゴット、ロナルド・ラミー、マイケル・ベルヒ、ジョーン・キャントウェル、そしてフランク・パルモスであった。日本製のジープ、あの白い小さなオープンカーで出掛けた。軍用ジープと見誤るはずはなかった。それに、五人とも軍人には見えなかった。全員私服を着ていた。午前十時だった。避難する群衆が道路を塞いでいた。キャントウェルが運転していたのだが、あるところで立ち往生してしまった。ところが、不意に人波が途切れてしまったので、スピードを上げて、火の手が上がっていると思われた側道に向かった。側道に入ってみると火の手は見られず、進行を妨げる空き缶が置かれているだけであった。ほら、空き缶はまだそこにある。

「ぼくたち間違えたんだ」キャントウェルが言った。

「あの女はこのあたりの住民だ」ピゴットが気付いて言った。

「ここはあきらめようよ。この静けさは気味が悪い」ララミーが言った。するとその時、年配のヴェトナム女が叫んだ。

「VC（ヴェトコン）！　引き返すのよ！　早く！　VC！　ヴェトコンよ！　引き返しなさい！　早く！　ヴェトコンよ！」女は戸の陰から、英語で叫んだ。キャントウェルは速度を落とし、停止し、横に座っているベルヒを見、ほかの者たちを見た。助言を求めるように。

「ぼくは前に進むのがいいと思う」ベルヒは助言した。

「ぼくは反対だ」ララミーが言った。

「もちろん、前進だ」ピゴットが結論を出した。そこで、キャントウェルは七、八メートルばかり車を前進させた。あっという間の出来事だった。ヴェトコンたちが飛び出す姿、集中射撃。

ヴェトコンは六人いた。缶の陰から銃を手に現れた。大柄でいちばん背の高い、軍曹の服装をした男が指揮を執っていた。キャントウェルは青くなった。ギアを入れた。ジープのエンジンを掛け、回りながら二メートル進んだ。ヴェトコンは軽機関銃を向けた。

「バオ・チー（記者だ）！　新聞記者だ！　新聞記者だ！」キャントウェルが叫んだ。

「バオ・チー！　バオ・チー！」とバークが叫んだ。ピゴットも、ララミーも、パルモスも、全員一緒にはっきりと叫んだが、叫んでいる最中に一斉射撃を受けた。ベルヒは座席に座ったままであったが、キャントウェルとピゴットは右側に倒れた。パルモスとララミーは左側に倒れた。ほら、血痕がまだそこに残っている。茶色い染みはコウモリの形。

　パルモスがただ一人助かった。ジープの中ではララミーとピゴットの間に座り、キャントウェルとベルヒの陰に隠れていたからである。倒れる時、すぐ隣のララミーの体を自分の方に倒していた。こうして、ララミーの体の下に隠れたパルモスは、一部始終を見ることができたのである。最初に見えたのは大柄の軍曹であった。その男はベルヒの胸にリボルバー突きつけて近づいて来た。

　ベルヒは苦しそうな息遣いだったが、か細い声で「バオ・チー」を繰り返していた。

「バオ・チー！　バオ・チー！」とその大柄な軍曹は、ベルヒをからかった後、胸に二発ぶっ放した。それから、キャントウェルとピゴットの方を向いた。

　ピゴットは四人の中でいちばん軽症だった。両手を使って、やめてくれ、バオ・チー、やめてくれと懇願した。その男は、また「バオ・チー！」と言った後、ピゴットの頭を撃った。続いて、すでに物言わぬキャントウェルを撃った。

　まだ二人いる。ララミーとパルモスが。軍曹は二人の方に近づいた。パルモスは死んだ振りをして、じっとしていたと言う。期待するのは愚かなことだとわかっていても、何かが起こるかも知れないと期待していた。その甲斐があった。大柄な軍曹は銃に弾を込めるために立ち止まったのだ。その時、とっさにパルモスは立ち上がり、飛び出した。彼は走るのがとても速く、オーストラリアでは、以前、五百メートル競走で優勝したと言う。だが、彼はあんなに速く走ったことはないと思っている。しかも、あんな風にジグザグに走るなんて。銃弾をかわそうとしたのだったが、ヴェトコンたちは大声で叫び、発砲しながら追いかけて来た。パルモスは人のいる方に向かって走り、民衆にまぎれ込んだ。六人のヴェトコンが銃を向けて脅し、その男を出せと命じても、民衆はパルモスを守った。「その男をここへ放り出せ、その男は我々のものだ。さあ!」

パルモスが話してくれた現場を探しあてた時は、デレックと一緒だった。その通路は人影はなく、静寂が岩のように重く垂れ込めていた。この静けさの中に、窓や、廃墟や、缶の陰に身を潜めた、ヴェトコンの息遣いが聞こえるようだった。汗ばむ手からカメラが滑りがちだった。私たちがそこにいる間に通りかかったのは、南ヴェトナム偵察隊だけであった。チョロンでは消灯令は二十四時間中、二十四時間続いている。そのために、その道を戻って行く時、誰にも会わなかった。フランス通信社に着いた時には、フランソワが「君たちも死んだのか?」と驚くほど、デレックと私はまだ緊張が取れなかった。

フランソワは、パルモスの証言は一〇〇パーセント納得できるというものではなく、詳細を多く語っているが、語っていないことがまだまだあると言う。パルモスは細かいところまでいろいろ見ているのに、ほかのことは見ていないというのは信じられないと言う。パルモスは身を守ろうとしているようで、踏み込んで質問されると腹を立てる、それが気に入らない。何を隠しているのだろう、とフランソワは言う。五人のうち一人が銃を持っていたと仮定しよう。ジャーナリストの中には銃を携帯する者もいるからね……。

フランソワがそう言うのは、たぶん、この事件が納得できないからだろう。私もそうだし、ほかの誰も納得のいくものではない。西洋のジャーナリストは、決まってヴェトコンに寛大である。長年、通信社はヴェトコンを利用してきたし、長年、ヴェトコンを擁護し、称えてきた。世界がヴェトコンを称賛しているとしたら、その人たちはラジオ・ハノイを聞いたことがなく、西洋の新聞を読んでいるからである。だからヴェトコンはピゴット、ラミイ、キャントウェル、ベルヒを「バオ・チー！」と面罵しながら殺してはいけなかった。卑怯だ、あいつらがやったことはロアンがやったことと同じじゃないか。

「そうかしら、フランソワ？」

「もちろん」フランソワは言った。「真実は、言うまでもないが、一方の側だけにあるのではない。人間の場合と同様、戦争の場合でも。完全無欠な人間とか、欠点ばかりの下劣な人間はいないし、完全に正しいとか、完全に間違っているということもない。まさに、これが人間が人間たるゆえんである。とにかく、ぼくにはヴェトコンがやったとは思えない」

「じゃあ、誰が？」

「チョロンの中国人。卑劣なやつらなんだ、チョロンの中国人は。白人なら、誰であっても憎んでいるし、ヴェトコンを憎むやつもいる。チョロンにはぜったいに行きたくない。ぼくが思い違いをしているかもしれないが、ヴェトコンがジャーナリストを殺したことがないという事実がある。ヴェトコンはカテリーヌとマジュールにしたように、拘束して、後に二人を解放した。訓練の行き届いた集団なのだよ、ヴェトコンは。それに、解放戦線は厳しい指令を出している。ヴェトコンがやったとは信じない。五人のうちの一人が発砲したのでなければ……違う。中国人だ」

そうかもしれない。でも、私はヴェトコンだろうと思っている。ひどく失望して泣きたい気持ちになった。

追記。以前、ブエノス・アイレスで、寂しそうだが優しい青年に巡り会った。イグナシオ・エズクッラという名で、ラ・ナシオンの関係で来ていた。近いうちに食事に誘って、例の事件、ピゴット、ララミー、キャントウェル、ベルヒの殺人についての感想を聞こうと思っている。今夜はどうだろう？　今、午後三時である。ディエンビエンフーの記念日に何か起こるのでないかと気掛かりである。このディエンビエンフーという言葉を何度聞いたことか。

夜。我々の思ってもみなかったことが起こった。三か月間にわたる包囲の末、北ヴェトナム軍は新しいディエンビエンフーとなるはずのケサンを放棄した。夜になって、突然に。恐怖が始まった高地には、第三〇四部隊のメンバーしかいなかった。ザップ将軍の誇りである第三二五部隊は、蒸発したかのように姿を消していた。そのためデルタ中隊の先発隊五十人が、周辺の塹壕に行き着くことができた。そこには、大量の臼砲、バズーカ砲、重砲、ソビエト製のヘルメット、弾薬が詰まった箱、背嚢や四百丁の新しい鍬が取り残されていた。だからといって、ケサンが解放されたわけではない。海兵隊の大隊と第七騎兵連隊とで構成された大縦隊が基地にたどり着くためには、少なくとも一週間かかるからである。縦隊は、まだ、十五キロ離れており、一日にせいぜい一、二キロしか進めない。通る道は洞穴が掘られた山脈に通じており、洞穴には機関銃やミサイルの砲座が隠されている。ケサンに通じる十七の橋はすべて、北ヴェトナム軍に爆破されていた。その上、地面は地雷だらけである。しかし、ヘリコプター、戦闘機、重砲、アメリカ軍の装甲車が一丸となって進軍を守る。事実上、ケサンは今や思い出になってしまった。敵も味方も、無駄な死者を数多く出した空しい悲劇の思い出として。いったい誰が勝ったと言うのか。誰も勝ってはいない。誰が負けたと言うのか。誰も負けてはいない。何の役に立ったと言うのか。何の役にも立っていない。十八歳から三十歳までの五千人が死んだ、それだけのことだ。

フランス通信社のテレタイプは明日の新聞で発表する、五縦隊に関するニュースを打っている。私はダクトーの後の、あの夜と同じ気分だった。あの時、オペレーターはマニラとの回線を途切らせまいとして、同じリボンをはめ込んでいた。紙面には同じ文句が撃ち込まれていた。「第八七五高地はアメリカ軍に放棄された……第八七五高地はアメリカ軍に放棄された……」ケサンは北ヴェトナム軍に放棄された、そう、ケサンは北ヴェトナム軍に放棄された、そして、あなたの御子息はダクトーで戦死されました、シニョーラ、あなたのご子息はケサンで戦死されました、同志、残念です、奥さん、残念です、シニョーラ、残念です、奥さん、予想外の事態に至り、我々は退却しました。ウイリアム・ウエストモーランド将軍の署名。ヴォー・グエン・ザップ将軍の署名。

「ザップがケサンをほしがっていないとは考えられない」とフランソワはパリに送信する最後の文面を、オペレーターに渡しながら言った。

「もちろん、ほしがっているさ」フェリックスが答えた。「ザップは、テト攻撃で手に入れかけたあの大きな勝利の機会を逃している。テト攻撃はディエンビエンフーのようにはできなかっただろう。でも、ケサンはできるよ」

「戦略のためというより、宣伝のためにほしかったんだ」フランソワは続けて言った。「たぶん、勝利が招く結果を恐れたんだ。ザップにとっては、ケサンを占領していることは大変な重荷だ」

「ケサンがぼくのものになったら」フェリックスが言った。「世界がぼくを称え、アメリカ軍はホーチミン空港よりも、ぼくを監視する。B52を何十機も送って、ぼくを木っ端微塵にする。逃げる方がいい。彼にそうさせてやろう……」

「あのな」フランソワが口を挟んだ。「ケサンは報道によって誇張されたんだ。ウエストモーランドと一緒にケサンを銀の皿に載せて出したのは新聞社だ。ザップに与えるために。ザップ将軍、我々がケサンを考案しました。さあ、ぜひ受け取ってください。するとザップは言った。ちょうどいい。少し楽しみましょう。戦争は将軍が楽しむためにするものだと知らないのか？」

「そんな」フェリックスは言った。

「チェス、サッカー、戦争、みんなゲームだ」フランソワは続けて言う。「戦争は何万もの兵士を襲うことにある。鉛の兵隊ではなく、血、肉を持った若者だ。その若者を、おもちゃにする将軍に与える。将軍の気分しだいで、鉛の兵隊は壊され、あるいはニューヨークとか、ハノイにいる両親のもとへ帰る。ゲームの技術は戦略と呼ばれ、ほとんどの場合そのゲームをする将軍の知性によって決まるのではなく、将軍の消化不良によって決まる。第一次世界大戦の時のヴェルダンはどうだ。将軍の服を着た畜殺人がいた。その男は、ある日、眠れない夜の夢うつつの中で、明日襲撃しようと決めた。そして、翌日、火をつけ、鉛の兵隊を投げ込んだ。鉛の兵隊はすべて熔けてしまった」

「そして、そのような殺戮を報道するのが、ここにいる我々だ。戦争の肉屋だ」フェリックスが認めた。

「戦争というたわ言だよ、フェリックス。ゲームを終えて、畜殺人が郷里に戻り、レジオン・ドヌール勲章、生涯年金を受け取るのだからね」

「フランソワ、聡明な将軍って、いなかったの？」私は言葉を挟んだ。

フランソワは肩をすくめた。

「戦争をする者たちに、知性は何を意味する？　人間の知性、動物の知性、そして、軍人の知性がある。初めの二つには共通点があるが、軍人のそれにはない。勇敢な将軍はいるけれど、我々の言わんとする知的という意味ではいない」

「勇敢な将軍に巡り会ったことはあるの？」

「一度、韓国でね。ウォーカーという名前だった。その男は、前線と砲兵隊の基地の間に、司令部を置く、ただ一人の将軍だった。轟音のせいでテントの中では耳がおかしくなるほどであったし、食事には最悪のパンを食べていた。大砲の影響で気圧が下がり、パンが膨らむのを妨げていたからであった。人間は鉛の兵隊ではないということを忘れないためには、最悪のパンを食べる必要がある。そうしたからといって、将軍を放免するには十分ではない」

そう言うと、不意にテラスへ出ていった。

追記。フランソワの後から、私もテラスに出た。腹立たしい気持ちになった時は、フランソワの話を聞くと落ち着く。この人は私が大人になってから会った一番素晴らしい人である。だから、私には理解できないのだが、マジュールは「あの男のために、窓から飛び降りろと言われたら、ぼくは飛び降りるよ。ぼくはあの男に感服しているからね。でも、あの男を好きになれとは言わないでほしい。あの男を好きになりたくないからね。好きになんかなれないよ」でも、私は、マジュールは彼を好きにならずにはいられないと思う。

「フランソワ、ケサンを知っていた?」

「ああ、もちろん。何度も行ったことがある。よく知ってるよ、ケサンは」

「私は行かなかった。怖かったから。でもケサンの歴史をぜひ書こうと思う」

「ケサンの歴史を話してあげよう」

彼は編集室に戻り、二枚の写真を持って来た。すぐには見せてくれないで、テラスの床に腰を下ろした。闇の中を戦闘機が二機、低空飛行で照明弾を投下していた。

「ケサンといわれるところには、以前、コーヒー農園があった。そこは問題にするほどの場所ではなかったので、地図の中で見つけるのは容易ではない。書かれていない地図が多い。とても素晴らしいところだよ。ヨーロッパのような、それとも君の郷里のトスカーナかな。水に恵まれた峡谷があり、花が咲き乱れる小径、小高い山々。その小高い山々は険しくて繊細な稜線を描き、そして緑、コーヒーの木々の緑があたり一帯に広がっていた。遠目には、コーヒーの木は栗の木かと思う。コーヒーの木はよく育っていた。トスカーナのように土地は肥沃で、良質の赤土だった。それに気候も良かった。ケサンでただ一つの問題はトラであった。殺さなければ食い殺される。コーヒー園を所有するブルドゥデュク夫人はトラを撃つために、日中はずっと木に登っていた。年老いた頃には、総じて四十五匹殺していた。夫人は「トラを殺したくはないけれど、咬み殺されるのよ、私も農民も」と言っていた。農場を所有する夫婦はフランス人だった。夫ウジェーヌ・ポワランヌは、パパ・ポワレーヌとしてみんなに知られていた。ちょっと変わった男だと聞いていた。髭を生やし、勇気があり、働くことが好きだった。若くして妻とケサンにやって来た。その当時は、あたり一面深い森で、ほかには何もなかった。この農園をポワレーヌは自分が生まれた土地であるかのように、心を込めて一人で造り上げた。パパ・ポワレーヌのような人を植民地主義者という人は間違っている。ポワレーヌは植民地主義者ではなく、土地を耕す農民にすぎなかった。それに、誰からも盗んではいない」

突然、怒りが込み上げてきて、彼は話すのを止めた。しばらくして、また話し始めた。低い声で、苦々しい口調で。

「農場は家の周りにあり、トスカーナの家を思わせる。中央にハトのために塔が造られ、正面に庭があった。庭にはいつも犬や猫やニワトリがいた。正面の丘には二匹の象がいた。象は二百歳で、もう役には立たなかったが、山岳党員たちは象に愛情を持ち「年老いたからといって、人を棄てるか?」と言うパパ・ポワレーヌを満足させていた。そして、パパ・ポワレーヌの息子フェリックスがいた。妻ポーリーヌとの間に二人の子供、ジェーン・マリーとフランソワーズ。幸せな家族だった。

しかし、ケサンの住民が幸せだったのは、将軍どもが鉛の兵隊で遊び始めるまでであった。ポワレーヌの農園から少し離れたところに、もう一人のフランス人リナレスの農園があった。この男も幸せだった。ヴェトナムの女と結婚し、フランスとヴェトナムの血を受けた息子たちに囲まれて暮らしていた。男は「私が神に願うことはただ一つ、ケサンで死にたいということだ」と言っていた。しかし、将軍どもは鉛の兵隊ごっこを始めた。ケサンは楽園ではなくなった。一九六五年のある日、パパ・ポワレーヌは森へ散歩に出掛けたきり戻らなかった。死体で発見されたのだった。心臓を撃ち抜かれていた。ヴェトコンの仕業かもしれないし、海兵隊員だったかもしれない。ブルドゥデュク夫人は悲嘆に暮れて、ほどなくケサンを去りフランスに帰って行った。スシーアンブリの修道院の電話交換手となった。ぼくはそこで夫人に会った。半白の髪の、目立たない老婦人だった。木に登ってトラを撃っていた、溌剌とした女性の面影はもうなかったよ。そして、今、農園を管理している彼女の息子を知った。ほら、この男だ」

そう言ってフランソワは、二枚の写真のうちの一枚を私に差し出した。農民服を着た若者が写っていた。屈託なく笑い、正直そうな目をしている。

「彼と知り会ったのはケサンに始めて行った時で、アメリカ兵と一緒にパトロールをしている時だった。ケサンには、今や、ホーチミン空港の補給物資で溢れ、森にはヴェトコンが多くいる。あのパトロールの後、そうだ、小競り合いがあり、二人死んだ。ポワレーヌの農園に立ち寄り、フェリックスに会った。三十五歳で、感じの良い男で働き者だ。今まで見たこともない素晴らしいコーヒーを栽培している。彼の夢はケサンでオレンジを栽培することであった。しかし、夢は叶わず、あきらめてリンゴとナシの果樹園を造った。ぼくはフェリックスとは親しかったよ。もう一人の農場主リナレスを紹介してくれたのは、フェリックスだ。リナレスはすっかり年を取り、歯は抜け落ち、気難しく、粗削りな老人になっていた。ケサンのことをまるで魅惑的な女のように話していた。『ケサンから出て行くものか、ぜったいに。ぼくのケサンで死にたいんだ。棺の中に閉じ込められない限り、フランスには戻らない』そして、フェリックスはケサンの神父を紹介してくれた。その神父は教区はなく、ケサンのカトリック教徒といえばポワレーヌとリナレスの家族だけであった。それでも満足し、慕われながら山岳党員たちのために尽くしていた。聡明な人だったよ、ポンセ神父は。ポンセという名前だったが、彼とも親しくなって、ケサンに行くたびに会いに行った。この人だよ」

二枚目の写真を見せてくれた。そこに見たのは、若くて、逞しい、農民服姿の男であった。厳格そうな顔は、黒い顎髭と頬髭で半分隠れていた。

「しかして、将軍どもはケサンで遊ぶことにした。しかも大掛かりに。そこで、ホーチミン空港を支配するために空軍基地を設置することを決めた。ポワレーヌ農場から一・五キロ離れた場所に基地を設けた。蜜の壺でハエをおびき寄せるようなものだった。一月の末に、北ヴェトナム軍は、すでに多くの高地を占領しながら応戦していた。二月には、ケサンの少し北にあるランヴェイの戦場で勝利をおさめた。一発の爆弾で、コーヒーの木が数知れず焼かれた。二発目で、例の二頭の象が殺された。ポワレーヌやリナレスの家族とポンセ神父は、フエへ逃げなければならなかった。そこはテト攻撃で急襲されたところだ」

フランソワはポンセ神父の写真を長い間見つめてから、何度も咳払いをした。涙を払っているようだった。

「ポンセ神父が最初に死んだ。二月十三日、要塞の近くの道路で。リナレスと一緒に歩いていて、背中を撃たれたんだ。フェリックス・ポワレーヌはその二か月後に死んだ。去年の四月十三日、飛行機でケサンに戻るところだった。飛行機が着陸態勢に入っていた時、攻撃され、火を吹いた。同乗していた乗務員とアメリカ兵は無事に逃げることができたが、ポワレーヌは助からなかった。生きたまま焼かれてね。あの勇敢な人たちは、逃げるのに必死だったから、負傷して動けないポワレーヌを助けなかったのだろう」

「それで、リナレスは？　ケサンで生涯を終えたいと言った人は？」

「ああ、あの男の最後は最悪だったよ」

「どんなふうに？」

「ポンセ神父と同じ時に負傷して、彼は助かったんだよ。パリに送られた。パリで死ぬことになるだろう。どっちみち、ケサンにはもうコーヒーの木はないんだ。農園もない。もう何もない」

フランソワは顔を上げた。鼻を伝って涙が流れていた。

「これがケサンの歴史だ」

**五月九日**

朝のこの静けさ。麻痺したように動きがない。それは突然大音響に切り裂かれ、死神が活動を始める。アメリカ人の、南ヴェトナム人の、北ヴェトナム人の、ヴェトコンの服を纏って。街にヴェトコンはどれぐらいいるのだろう？　三千人と言う人がいれば、四千人と言う人もいて、正確な数はわからない。絶えず押し寄せてくる。「Quyet Tu」と呼ばれている。それは決死隊を意味する。多くはカンボジアの国境からタイニンの田園地帯を通って、強行軍でやって来る。その任務は、戦略拠点はないままに、できるだけ長く敵軍と交戦し、できるだけ多く殺し、追い詰め、恐れさせることである。五人または十人のグループに分けられていて、その部隊は神出鬼没である。攻撃は二十分以上続くことはない。ヘリコプターが探しに来た時には、すでにいないということはよくある。北ヴェトナム軍のグエン・チー・タイン将軍が前線の指揮官たちに述べた一年前の演説は、現在の演説とは違っていた。「アメリカは、勝つためには多くの兵士が必要だと思っている。だが、ここでは戦術が重要であり、軍隊ではないということを知らない。アメリカには我々以上の軍隊がある。見ての通りアメリカの軍事力は最新式である。我々はそれを競い合うつもりは毛頭ない。競い合ったとしてもフォークとスプーンで米の飯を食べようとするものだ。我々はフォークやスプーンは使えない。米の飯は箸で食べるのだ。それゆえ、勝つためにはアメリカ人に箸で米の飯を食べるように仕向けなければならない。いいか、同志諸君、ヴェトナム戦争は、アメリカが風と戦うボクサーの役割を演じる競技場である。我々は風である。同志諸君、風のように敵にかかって行け、摑みどころのない風のように。同志諸君、決して風を固まらせてはならない」

かくして、五月五日の日曜日、サイゴンに風のようにやって来た。執拗で油断のならない風が、屋根を吹き飛ばすかと思えば通行人を襲う。こちらではそよ風、あちらでは暴風。あなたがどこへ行こうと、死刑囚のように感じる。私もそのように感じながら、フェリックスがすぐに現れて、私を戦闘地区に連れて行ってくれると考えている。どの地区だろう？　でも、そんなことはどうでもいい。昨日の朝、デレックと行ったチョロンの場合のように、その時はうまく切り抜けたとしても、自分の部屋で死ぬこともあり得る。今夜、あるスウェーデン人がそうであったように。その男は窓を開けて眠っていて、飛んできた銃弾に当たって死んでしまった。

午後。その場所はカインホイに通じる橋であった。私はすんでのところで命を落とすところだった。

サイゴンの人たちはその橋を「不幸な恋人たち」と呼んでいる。その理由は、以前、自殺に利用されていたからである。アメリカ人はその橋をY橋と呼んでいる。三つの橋が一つになりYの形だからである。その橋は市の中心からは、ローマのサン・ピエトロ広場からヴェネト通りまでと同じくらい離れているが、そのあたりでは日に二、三回激しい戦闘が行われている。グエン・チー・タイン将軍の演説を読まなければ、Y橋あたりで人命を浪費する意味はわからない。実際、「Quyet Tu」のわずかなグループのために、アメリカ軍はハノイの大隊を撃退できるほどの戦力をY橋周辺に注いで戦っている。何台もの戦車が小型砲を構えている。装甲したはしけが何隻も川を走っている。ヘリコプターが何機も低空飛行している。でも、誰が標的？　一陣の風が吹いたとしても、その場所を突き止めることさえ間に合わない。そのために、私はあやうく命を落とすところだった。ケサンから立ち昇る火柱、ナパーム弾、それ以外はまったく静かだった。私は橋の交差点に来ていて、写真を撮ろうとしていた。その時「Quyet Tu」隊が私を目がけて撃ってきた。どこからだろう。ただ銃弾の音だけを覚えている。そして、戦車の陰に身を潜めていたフェリックスの「伏せろ！　地面に伏せろ！」と叫ぶ声と。私は地面に伏せた。五分間、誰もいない橋の真ん中で神に運命を委ねていた。戦車、ヘリコプター、装甲したはしけ、軍隊、そのどれも、そのたった一つさえ何もできなかった。ついに、それらが銃撃に対して応戦を開始した時は、修道院のような平安があった。

それからかなりたって、マジェスティック・ホテルの前で同じことが起こった。フェリックスが、一瞬、立ち止まった。そして、バンッ。銃弾が壁を撃ち抜いた。フェリックスからほんの一メートルの位置であった。屋根から飛んできたのか？　正面に停泊しているサンパン船から？　わからない。その道路に、興奮した兵士たちが集まって来た。ひどい混乱状態に陥っていたが、どの方向から撃ってくるのかわからないため、彼らは引き金を引かなかった。今日、アメリカ軍の士官が次のように表明していたのはお笑いぐさである。「我が軍は南から、西から、北西から、首都に侵入しようとする敵の援軍を阻止している。この二十四時間の間に、四百四十五名の敵が戦死した。二百四十二名は市中で死んだ。サイゴンの南東を占拠しよう。明日中に敵を完全に撃退しなければならない」なんということだ。我々特派記者は新たな戦闘地を取材するために、北東から北西へ急いで行くしかないなんて！　ヴェトコンの中には政府軍の軍服を着ている者がいる。GIが母親までも売っていそうな泥棒市で買うのである。だから、南ヴェトナム兵を撃っている南ヴェトナム兵を見たという者が現れる。混同して、敵、味方の区別がつかないのだ。一方では、避難者がどんどん増える。荷車や自転車を押し、牛や豚や子供を促し、サンダルや三角帽やカバンをなくしながら、脅えた静かな人々の群れは流れる。人々が落としていったものがアスファルトの道路に溢れ、蹴飛ばされ、踏み潰される。まるで干上がった川底を見るようだ。とてもひどい光景である。今朝、この避難者の流れの中で、一人の女が幼い息子とはぐれてしまった。女は流れに逆らって息子を探しに戻ろうとし、哀れな声で泣いて助けを求めていたが、誰一人彼女に耳を貸さなかった。大河よりも冷淡に彼女を連れ戻し、流れの中に引き込んだ。女は逆方向に歩きながら両腕を高く上げ、手を差し伸べて叫んでいた。「バン！　バーン！　バアーン！」

追記。私たちは、イグナシオ・エズクッラのことが少し気掛かりである。昨日の朝、AP通信社の記者二人、ニューズウィークの記者一人とともに取材に出掛けたのだった。チョロンでは、ピゴットたちが殺された現場の近くで、ちょっと見て来たいと言ったそうだ。彼は車から降りて歩いて行ったが、午後ホテルに戻らなかった。夜になっても戻らなかった。夜の会食を約束していたのだが、捕虜になっているのだろうか？　特ダネを追っているのだろうか？　北へ行ったのだろうか？　誰もそうは思わなかった。北から帰ったばかりだったし、消灯令なのにどんなニュースを追おうというのだ。いずれにしても、エズクッラは礼儀を心得た男だから、約束をすっぽかすはずがない。私たちはエズクッラは拘束されていると思っている。あるいは……いや、そんなことは考えたくもない。

フランソワは、今日の夜、エズクッラのホテルに行き出発時の部屋の様子を見てくると言っている。

夜。フランソワはエズクッラのホテルへ行った。そこは、すぐに戻るつもりで出掛けた者の部屋であった。タイプライターにはタイプ途中の紙がそのままになっていることから、三人のアメリカ人記者が迎えに来た時は、記事を書いている最中であったとわかる。ほんの数語だけ「サイゴン、五月八日。五月は大量の血が流れるだろう……」ベッドにはパンフレットやメモ帳が無造作に置かれている。洋服ダンスには、洋服と軍服、軍服は軍と行動をともにする時には欠かせない。洗面所にはカミソリがある。男はカミソリを持たずに出ていったりしない。まだ読んでいない電報がある。新聞社から届いたもので、水曜日の午後からそこにある。エズクッラは北へ行っていないし、拘束されてもいない。ピゴット、ラミー、キャントウェル、そしてドイツの男爵ベルヒと同じように殺されたのだとフランソワは言う。そこで、死者の中から見つけられるように、エズクッラの特徴を書いて警察に提出した。二十八歳、背が高く痩身、緩いカールの濃い栗色の髪で頭頂が薄い。痩せて骨張った顔、大きな鼻、太い眉、黒い目。

白い長袖のシャツにグレーのズボンを着用。明るい色のベルト。モカシン靴。

## 五月十日

エズクッラは殺されていた。今朝、日本人のカメラマンが、チョロンで撮ったフィルムを一本AP通信社に売っていた。その中の一枚に一人の白人の死体があった。その死体は歩道上で、ヴェトナム人の死体のそばに長く横たわっている。明るい色のベルトを締めたグレーのズボン、白い長袖のシャツ、モカシン靴を着用している。両手を背後で縛られ、肘の高さにロープが見える。胃と腹を正面から集中射撃された体は無残な状態で、顔は見分けがつかない。腫れ上がり、銃弾を受け、血にまみれている。鼻はといえば、鷲鼻に変形し、頬ははちきれそうである。写真は引き伸ばされていた。頭はまぎれもなくエズクッラのものであり、頭髪もエズクッラのものであり、額もエズクッラのものである。うなじも撃たれており、そのために顔は前方で破裂していた。冷酷な殺人者である。両手を縛っただけでなく、うなじを撃ってとどめを刺すなんて。ヴェトナム人の死体は、顔を上に向け両手を広げて倒れている。これは、とりわけぞっとする死体である。ズボンが濡れている。恐怖のために小便を漏らしたようだ。

その写真はJUSPAOに持ち込まれ、みんなに見せられた。誰もが、それは間違いなくエズクッラ本人だと言った。そこで、チョロンのどこで撮ったものかを聞き出すために、日本人のカメラマンが探された。そのカメラマンはすでに東京に向けて出発していた。東京で彼を追跡するとしても、しばらくは無理だろう。飛行機は東京に直行しないからである。そういう訳で、彼の死体を探し出すのは容易ではない。スナップ写真には歩道とショーウインドウが一つ写っているだけである。フランソワは、わざわざチョロンへ探しに行ったが無駄であった。チョロンは大きな町で、ショーウインドウは数知れず、殺害された場所や死体を見つけ出すのは、海に落とした指輪を見つけ出すより難しい。誰も話してくれず、協力してくれる者もなく、それどころか敵意を込めてフランソワを見つめているだけであった。

「すごく恐怖を感じたよ」

フランソワは言った。

「エズクッラを、もう見つけられないって本当なの、フランソワ?」

「そう思うよ。どこかの共同墓地に投げ込まれたのだろうね」

「あの人の奥さんは妊娠しているのよ」

「知ってるよ。中国人のやつめ!」

フランソワにはヴェトコンがあれほど卑怯な振る舞いをしたという事実を、ますます受け止めることができなかった。要するに、ヴェトコンは私たちが今日まで描いてきた正義と自由の騎士ではなかったのだ。彼らがほかの者と同じで、同じように人でなしであり、ロアンはそれほど責めるべきではないと認めることは、もっと辛いことなのだ。ロアンがヴェトコンにしたように、エズクッラが縛られているのを知った時から、ロアンのことが頭から離れない。きっと、私たちの仲間五人が殺されたので、その問題に取り組むことがおろそかになっているのだろう。でも、取り組まなければならない。カメラマンが写真を撮っていたら後々まで残るはずの罪を、ヴェトコンはどれほど犯したであろうか? ヴェトコンの処刑や、ヴェトコンの切断された頭に関しては、必ず写真があるが、アメリカ兵の処刑や、南ヴェトナム人の切断された頭に関しては、写真のあった試しがない。私はロアンを許そうとしている。

「あなたもロアンを赦そうとしてるわね、フランソワ」

フランソワは眉をしかめた。しばらく黙っていたが、その後で首を振った。

「赦すという言葉はカトリック教の辞典にあるものだ。カトリック信者たちとは、もう長い間、なんの関係もない。だから、審理という言葉の方が好きだ。そしていずれの審理も弁護がなされるべきだ。たいてい、ふつう、弁護はある。ある時、ソウルの近くで北朝鮮人の囚人の列を見たことがある。彼らは傷つき、ぼろを纏っていた。アメリカ人、というよりプエルトリコ人の一団が誘導していた。突然、一人のプエルトリコ人が囚人の一人に飛びかかった。なんの理由もなく、囚人の脇腹を剣で突き刺し、切り裂いた。男はすぐに取り押さえられたが、血に染まった銃剣を掲げて狂ったように叫んだ。『こいつは俺の友を殺したんだ！』最悪の犯罪さえ認められる場合がある」

「ロアンのことを言ってるの？　それともヴェトコン？」

フランソワは答えなかった。

「ところが、平手打ちさえも認められない場合がある。いつだったか、イギリス部隊とソウルの北部にいた時のことだ。そこにいたイギリス人の大尉は、品がよく、髭はきれいに剃り上げ、フランス語は完璧に話した。第二次世界大戦中、彼の任務はアフリカ部隊のドイツ人捕虜を殺すことであった。ある時、道義心を問う状況に立った。叔父と甥を捕えていたのだが、罰をより重くするには、どちらを先に殺せばいいかを考え、甥にしようと決めたそうだ。この話をしている時、北朝鮮の軍服を着た南朝鮮人が、大尉の前に連れて来られた。アメリカ軍が北をスパイするために、パラシュートで降ろしていた人たちだよ。その男は捕えられたばかりだった。あるいは捕えさせたばかりだったか。名前と階級を英語で述べた。それから、軍鞄から書類を取り出し、一礼して大尉にそれを差し出した。大尉はそれを取り上げ、読もうともしないで捨ててしまった。それから、その朝鮮人に飛びかかり、ぽかぽか殴り始めた。拳で殴り、蹴飛ばし、平手で打った。これが、とても礼儀正しいロンドン市民であり、シェークスピアを暗唱できる紳士であり、頭では世界に自由主義を教えられると思っていた、ならず者なのだ」

「ロアンのことを言ってるの？　それともヴェトコン？」

「正当化できるかどうかわからないために、判断のしようのない場合がある。やはり韓国でのことだが、フランス軍とともに一〇二一高地にいた時だった。我々がいた森から北朝鮮がとてもよく見えた。士官が激しい口調で命令し、銃を構えて我々に向け発砲した。錯乱しているようだった。突然、銃を味方の兵士に向けて撃った。兵士は死んだ。なぜ味方を撃ったのだろう？　いまだにわからない。おそらく、神経が参っていて、耐えられなかったのだろう。ロアンもあの日は参っていたんだ。何日も寝ていなかった。ビールの瓶やケースが山積みのジープがベッドだった。部下たちが目の前で死ぬのを見ていた。たぶん、その一人が両手を縛られて殺されたのだろう。ぼくにはわからない。どこで獣から人間になるのか、またその逆もわからない。ロアンが負傷した後、ぼくはビエンホアに行った。戦闘は終っていて、ヴェトコン三人が瀕死の重傷を負っていた。ロアンの部下たちは、いつものようにとどめを刺すことをしないで、三人を地面にそっと横たえ、頭の下に上着を差し入れて枕にした。雨がしとしと降っていた。一人のヴェトコンの傷口から血が雨に混じって筋を引いて流れていた。豚が一匹やって来てその雨混じりの血を喉を鳴らしながら飲み始めた。ぼくは豚を棒で殴って追っ払った。豚は戻って来た。すると、ロアンの部下たちが助けに来てくれ、豚を蹴って追い払ってくれた」

追記。何もする気にならない。ザーロン通りの美容院で洗髪に二時間かけた。美容師は礼儀正しく親切であった。サイゴンの中流階層の彼女は、カオ・キーやロアン将軍、二人がまだ大佐だった頃から、よく知っていると言っていた。カオ・キーはとても横柄で、思い上がっているので好きではないそうだ。「信じられないわ。とても理解できない」と、その出世に驚いてもいた。ロアンは好きだそうだ。「とても温厚で、勇気のある人よ」

五月十一日

競馬場で南ヴェトナムのレンジャー部隊が二人のヴェトコンを捕まえた。二人は負傷し、四日前から飲まず食わずで横たわっていた。全身に傷を負っていた。会戦の後、味方軍は二人にとどめを刺すことなく、置き去りにした。二人とも死んだ振りをしていたからである。「Quyet Tu」が出していた指令は負傷者を置き去りにせず、胸か頭を撃てというものであった。

馬に賭けをする場内の地面に、担架が二つ置かれた。臨時のちょっとした野戦病院となる。手首に掛かっているカードから、一人はグエン・ヴァン・ザンという名の北ヴェトナム人で、ハノイの正規軍の中尉であった。もう一人はターイ・ヴァン・ティという名の南ヴェトナム人で、ヴェトコン第九師団の第二大隊に所属していた。ヴァン・ザン中尉は助かりそうもなかった。腹部の傷は大きく、腹膜炎が進行していた。そして、右の大腿骨は二か所骨折していた。静脈注射で体力を戻す試みがなされたが、死期を数時間延ばしただけであった。一方、ターイ・ヴァン・ティは助かりそうだった。なんとか話すこともできた。政府軍と北ヴェトナム正規軍が交戦したが、北ヴェトナム正規軍が優勢であるという貴重な情報を提供してくれた。六〇パーセント比で。第二七二北ヴェトナム連隊の二大隊は、ゴーヴァップを通って市に入り、タンソンニャット空港を襲撃する準備を整えている。一方、ヴァン・ザン中尉が属している大隊はメコンデルタのロンアンにいて、ロシア製のAK47や、ミサイルや、バズーカ砲などで武装して進軍している。

哀れなターイ・ヴァン・ティの骨張った顔は苦痛にゆがんでいる。それは肉体的な苦痛ではなく、多くを語りすぎたことを恥じる気持ちからくるものであった。その男のそばにひざまずくと、弱々しい指で私のセーターを摑んで「みず……みず……みずを」とか細い声で言った。水を少しずつ唇の間から注いだ。感謝をこめた眼で私をじっと見つめた。それから、「たべもの……たべもの……たべものを……」と言った。

その時、軍医が来て、その男に「安心しなさい、食べさせてあげますよ」と優しく言った。事実、すぐにお椀いっぱいの野菜入りご飯が持って来られた。軍医は看護士の役目を引き受けた。軍医自らターイ・ヴァン・ティに食べさせたかったのだ。ターイ・ヴァン・ティには一度にごくわずかの量を食べさせるのがいい。軍医は一度に四、五粒ずつ、慎重に男の舌に乗せた。

「ゆっくり、そうだ。それでいい……」

「お名前は何とおっしゃいますか、ドクター?」

「グエン・ゴック・クィと言います。なぜ?」

(なぜなら、ドクター、もし理由を言っても信じてくれないでしょうね。なぜなら、私が悲しい時、憤りを感じる時、エズクッラたちを惨殺した人でなしや、一人のヴェトコンを殺すためにあたり一帯を廃墟にする人でなしや、パリやワシントンやハノイで死者を笑いものにする人でなしを考える時、この名前を繰り返して言います。グエン・ゴック・クィ、グエン・ゴック・クィ。)

「新聞のためです、ドクター」

「新聞に私のことを書いてはいけない。私が何をしましたか?」

「いいえ、何も。あなたは長い間、政府軍にいらっしゃいますね、ドクター?」

「五年です」

「この人が憎くはないのですか?」

「この人はヴェトナム人です。同胞ですよ。どうして憎むことができるでしょう。私たちはみんな兄弟です」

「あなたはクリスチャンですか?」

「いいえ、どの宗教にも属していません」

一時間前、避難してきた人々でいっぱいのパゴダに、アメリカ軍のヘリコプターから爆弾が二発投下された。十人が死に十五人が重傷を負った。一般市民の死者はすでに四百人、負傷者は二千人と推定されている。家を失ったサイゴン市民は二万九千人である。市民は学校に集まっている。そこでは、白い服を着た神父たちが彼らに、神に祈るように神に感謝するようにと言っている。でも、何に感謝する?

午後。今朝、パリで両者会談が始められた。戦闘はチョロンで続いている。ゴーヴァップで続いている。カインホイで続いている。ビエンホアでも、Y橋でも、競馬場でも続いている。フランス人墓地でも続いている。その墓地で、あるジャーナリストが爆弾のかけらの一つに心臓を突かれて死んだ。今朝、アメリカの代表はクリヨン・ホテルに宿泊したが、北ヴェトナム代表はそれほど高級ではないルテティア・ホテルに宿泊したという事実が明らかになった。北ヴェトナム代表はルテティア・ホテルをチェックアウトして、一戸建て住宅に移った。サイゴンで破壊された家は、一万七百五十棟にのぼる。今朝、世界の多くの新聞は〝平和が近い〟という見出しで報道した。サイゴンでは、副大統領カオ・キーは一万人の生徒を川の防衛のために配置した。その後、その生徒たちを市の公園に集め、たとえ〝外国人〟（アメリカの法）が望まないとしても戦争は続く。総動員はもう間近だと言った。私はフェリックスと一緒に聞きに行った。カオ・キーは怒りを抑えられず叫んでいた。「もし、外国人がヴェトナムの解放を望むなら、私は言おう。今日、解放せよと。我々はあの外国人どもを歓迎しない。共産主義者に屈して、我々を共産主義者に引き渡すからだ。その結果、わずかな援助物資と引き換えに四千年の我が国の歴史に唾を吐き、利益に基づいて我々の運命を決定する、彼らの新植民地主義を生むのである。連立内閣というものはなくなるだろう。敵と妥協して折り合いをつけるのは止めようではないか」いつも高慢で、矛盾だらけの、絶望的なカオ・キーにとって、戦争は当たり前のことで、死んでも仕方のないことなのだ。私は今朝のカオ・キーは嫌いだった。誰も好きになれなかった。バンカー大使が招待されていたが、カオ・キーとは握手もしないで立ち去り、ジョンソンに興奮気味の報告書を送った。二人の意見が合わなかった。とても残念だ。おそらく、解放戦線とハノイの間にも食い違いがあるのだろう。おそらくそうだ。残念なことだ。人民の運命は、特別な人たち、それが残忍な者たちであったとしても、その手中にあり、また、世界の運命は、平凡な愚か者たち、その者たちの成功は私の美容師を驚かせ、苛立たせるのだが、その人たちの手中にあると考えられている。

「それから、私たちに理想を語ったのよ、フェリックス！」

「理想は権力を望む者にでっち上げられたペテンだということを知るために、君はヴェトナムに来る必要があったのか？　この戦争はほかのあらゆる戦争と同じように、汚い政治ゲームだということを忘れてはいけない。北であろうと南であろうと、東洋であろうと西洋であろうと。アメリカ軍と南ヴェトナム軍は連合しているが、互いにうんざりしている。ヴェトコンと北ヴェトナム軍はともに戦っているが、互いに我慢できない。見てみたいよ、前線の者たちが、ハノイの者たちに腹を立てるのを」

「あの人たち憎み合っていないわ、フェリックス」

「互いに好きでないのは確かだよ。前線はハノイを畏れ、ハノイは前線を信用していない。軍隊の重要な活動は北ヴェトナム軍の功績であり、ヴェトコンによるものではない。ヴェトナム人はヴェトコンを軍人として信用していない。ヴェトコンは決死隊として利用されただけだ。それに、政治家としても信用されていない。連合政権はハノイには興味がないのだから。当面の平和にも興味がない。資料がそれを証明している。去年の四月、第一七三空挺部隊から手に入れたものを見せよう。北ヴェトナム軍政策委員会の手紙だ」

フェリックスはそれを渡してくれた。私は一度に六粒ずつご飯を、とても慎重に、うまくヴェトコンに食べさせていたグエン・ゴック・クィ医師を思い出しながら、その手紙をコピーした。

「第三師団の司令部、四九一部隊。四九一部隊から各部隊へ。一九六八年四月四日の指令、警告。昨日、我が政府は、北の爆弾投下を制限するというアメリカ政府の通達を発表した。我が軍の士気を奪い、我々の協調を乱し、決意を弱めさせようとする通達である。したがって、部隊はただちに以下のことを教え、知らせなければならない。アメリカのこの通達は人民の心を摑むための策略であり、我々はこの罠に落ちてはならない。戦争は続行され、そして激しくなるだろうということを。特に、各部隊は以下のことを知らねばならない。(1)外交交渉は政治的、軍事的闘争により調整されるだろう。(2)我が政府がアメリカの帝国主義者との外交的接触を受け入れた事実は、完全勝利を目指す我々の目的を否定するものではなく、軽減するものでもない。(3)勝利を手にするために、初期の頃以上に、今、アメリカ軍とかかし部隊を攻略する必要があり、その設備を攻撃し、彼らの支配下にある都市に、侵攻しなければならない。平和というはかない夢を信じてはならないし、我々の砲撃を止めさせようとするのを認めてはならない。逆に、敵の困惑や、ためらいや、楽天的なところを利用すればいい。早急に、農村地帯を解放するために、都市には武力による暴動を挑発し、帝国主義者どもを多数粛清する必要がある。(4)警告、繰り返し告げる。軍隊は平和という幻想をことごとく拒絶する党の戦略決定について、よく教授されなければならない。命令は、まず、警察や軍の首脳部に、次に、軍隊に告げるように。そして、軍隊としては、人民に教えなければならない。そして、ただちにこの委員会に報告すること」

サイゴンはなんてひどいことになったものか。

**五月十二日**

勇気を出して、デレックとチョロンへ行った。デレックの従弟も一緒だった。従弟は汗だくになり、突然、すがるように言った。「もう駄目だよ、デレック！　戻ろうよ、デレック！」戦争は映画だったら面白いと気付き始めたようだ。私は汗が出なかった。私の体は大理石のようだった。自動車から降りた時、足は大理石製であるかのように、本当に重かった。街路は行く人もなく閑散としていた。街角の奥で、南ヴェトナム人のパトロール隊が風に向かって発砲していた。私たちは、ピゴット、ラミー、キャントウェル、ビルヒが殺された小路の前を通りかかった。まさにその小路の進入路に、ヴェトコンが六名殺されていた。一人は大柄な男だった。あまりにも背が高く太っていたので、ヴェトナム人であることを疑うほどであった。軍曹の出で立ちであった。

両腕を広げ、足を開いて横たわっているその体は、すでに青く変色していた。腹部と胃と頭部を撃たれていた。目は眼窩から飛び出し、二つのボールのようであった。虹彩は饗宴に集まったハエに覆われていた。ほかのハエは、驚愕で引きつった顔の、大きく開いた口に群がっていた。口の中にも群がっていて、その羽音はヘリコプターの音を聞くようであった。この死体の周りに、ほかに五つの死体があった。どの死体も奇妙な姿勢を取っており、散々ぶちのめされて、顔のないものが一体あった。死後、少なくとも三日はたっていた。ひどい悪臭を放っていた。デレックが言った。「あの男たちだ。間違いない。同じ道路、同じ男たち、軍曹が一人。それに軍曹は大柄だし」神のみ心に反するだろうが、私は憐れみの気持ちを感じなかった。遺体を前に臆することなく写真を撮った。急いで撮らないと、そうしないと、エズクッラのようになるという思いがあった。また、こうも思った。あんたたちはピゴット、ラミー、キャントウェル、そしてビルヒを殺した。おそらく、エズクッラも殺した。でも、あんたたちも襲われた。あんたたちも終わった。

夜。消灯令は七時からだが、私たち白人はその限りではない。それに、カラヴェル・ホテルはコンティネンタル・ホテルの真向かいにある。だから、夕食後コンティネンタルにいる私たちは、広場を横切ればカラヴェルに行ける。カラヴェル・ホテルは街で一番高いところにテラスがあり、そこからは東西南北、すべてを見渡せる。テラスにはテーブルと椅子が並べられていて、白いジャケット姿の給仕がウイスキーやシャーベットやコーヒーを持って来てくれる。ローマやニューヨークとまったく同じである。アメリカ人、フランス人、ジャーナリスト、外交官や官僚たちが妻同伴でよく訪れる。ミニスカート姿の妻たちは、香水をつけ、髪をきれいにセットしている。「あら、お元気？」「はじめまして」「今週の私どものパーティにぜひ来てくださいね」「ぜひ、こちらの席へ。一緒に飲みましょうよ」そして笑い、賑やかに時を過ごす。劇場にいるようだ。事実、私たちは劇場にいる。平土間席はカラヴェル・ホテルのテラスであり、舞台は悶え苦しむサイゴンである。

想像できますか？　あなたはそこでウィスキーを飲んだり、アイスクリームをなめたり、洋服を褒め合う。そうしながら死んでいく人たちを見るのである。「ウィスキーソーダ？　それともオンザロックにしますか？」そう言って、ファントムジェット戦闘機が標的地に向かって急降下し、何千トンものナパーム弾を次々に投下するのを見る。「私はチョコレートがいいわ、バニラなしでね」と言った後、ヴェトコン部隊に照明弾を投下し、光に照らし出された黄色い肌の兵士を射撃するヘリコプターを見る。「あなた、ドレスがとてもすてきよ」「ほら、下を見て、あの爆弾を見て！　落ちる、落ちる、落ちた、炎が見えるでしょう？」火柱が立ち、真っ暗な空を赤く引き裂く。「すごい！」轟音がつぎつぎに響き、大気が震える。「これはすごい！」この爆弾で何人が死に、何人が吹き飛ばされているのだろう。このナパーム弾に焼かれて、どれだけの家が崩壊しているのだろう。右手の地平線は火の海で、左手の地平線は叩き潰されている。照明弾がペンテコステの舌のように、東方三博士の流星のように、街の上に降っている。もっと上品に花の冠のようにと言うのはどう？「私だったら、ケーキの縁に立てたローソクのようだと言うでしょうね」ローマ人は、剣闘士が死ぬのをコロッセオへ見に行った。ネロは貧しい人々の家が燃えている時、竪琴をつま弾いていた。いずれにせよ、犠牲になるのはいつも貧しい人々である。戦争は周辺の貧しい人々を襲い、中心地の裕福な人々を決して襲わない。死ぬのはいつも剣闘士であり、裕福な人々ではない。ローマで、サイゴンで、コロッセオで、カラヴェル・ホテルのテラスの下で。だから、キリストは愛を教えようと地上に降りて来た。われらの父の祈り、アヴェ・マリアの祈り、栄光の賛歌、で償うために、日曜日の朝のミサがある。〝永遠の安らぎ〟に次のような言葉がある。「天にまします我が父、あなたは我々が毎日殺し合うようになさっています。慈悲と愛と人間の信頼、あなたの御子が我々に与えてくださった教えから、我々を解放してください。どうせ何の役にも立ちませんでしたし、いまだに学んでいません。無駄なことです」

今夜の劇場は、いつも以上に興奮に包まれていた。平土間席にはいつもより観客が多かったし、舞台には、いつも以上に血が流れ、炎が吹き上がっていたからである。北東の方向に観客の叫び声が上がっていた。「オー！　オー！　今夜のショーは素晴らしい！　信じられない！　まったく素晴らしい！」私はフランソワと一緒だった。フランソワは、クロノメーターで爆発が投下された位置を測定していた。フランソワが熱心に取り組んでいることである。暗闇に光が見えると同時に、クロノメーターのボタンを押す。このクロノメーターは特殊なもので、多くの数字と多くの針がついている。その後、爆発音を聞くと、再度ボタンを押す。そうして、閃光を見てから爆発音を聞くまでの時間を測るのである。音の速度で時間を測れば、爆発地点からの距離がわかる。これは、実に正確な機器であり、軍事用の地図に正確な場所を示すことができる。誤差はせいぜい十メートルだと言う。フランソワが何度ボタンを押したか、私にはわからない。三十回？　五十回？　それとも百回？　私は、ただ、単調で変化のない音が続いていたこと、そして、素早く計算した後、唇をゆがめて少し顔をひきつらせていたフランソワを思い出す。真夜中頃、フランソワが言った。「爆弾は次々と同じ場所に投下されている。違いは何分の一秒という短い時間だ。カインホイが徹底的にやられた。明日、行ってみよう。きっと、もう何もないだろう」

五月十三日

カインホイはもう何もなかった。フランソワは七時に私を迎えに来て、Y橋に連れて行ってくれた。そこで、一人の兵士が、ヴェトコンには気を付けるようにと言った。一人の黒人がコーヒーを入れ、金髪の男二人が黙って髭を剃っていた。石鹸をつけた顔に笑みを浮かべながら言った。「おはよう。今日はいい天気ですね」いい天気ではなく曇り空で、あたりには焼け焦げた臭いが漂っていた。この焦げた臭いを吸いながら、私たちは自動車から降りて橋を渡った。橋の中ほどで、私は大声を上げそうになった。「カインホイがない」道路も家もなかった。焼け焦げた木だけがぽつんぽつんと見えるだけである。そして、泥混じりの大きな水溜まりは、破裂した水道管から溢れた水によるものである。その泥濘の中で、女が一人のたうち、声を上げて泣いていた。ピーピーと小さく鋭いその泣き声は、まるで姉妹とはぐれた雛鳥のようであった。女の傍らには黒焦げになった豚の死体があった。彼女はその上に覆い被さり、泣きながら拳でその死体を叩き始めた。その先の、にわか造りの防空壕の中に、ヴェトコン三人のバラバラ死体があった。肉がすっかり剝がれた、艶やかな白い大腿骨が一本あった。それは三人のうちの誰かの物のようだった。大腿骨のことは大学の骨学で学んで知っていた。砂利の上の若い女には傷がなかった。前線の制服を着ており、リュックサックのベルトを握りしめていた。リュックサックを開けると、中にはAK50の弾丸の包みが三個、軽機関銃用の装塡器、コンパクト、口紅、そして香水の小瓶が入っていた。ほら、美容師からよくもらうサンプル。何も壊れていなかった。ただ、この若い女だけが駄目だった。どこをやられたのかわからない。たぶん爆風で死んだのだろう。

そして、海兵隊員を数人乗せた戦車が二台あった。その一台からアメリカの国旗がぶら下がっていた。その旗は遠近法によって、子犬の死骸、子供の片方の靴、カインホイの学校の傾いた壁の残骸、に縁取られていた。また、あちらこちらで地面が大きく口を開いていた。長いものは八メートルほどもある。凍りつくような静けさ、動くものは何もない。この無を払うひと吹きの風すらない。地面に開いた穴の端に、二人の警官が両手を縛られた状態で死んでいた。ヴェトコンに銃撃されたのだ。こうして、両者の間で多少の差はあれ決算書は清算されてはいるが、間違った唯一のバランスシートはカインホイの哀れな人々にかかわるものであった。七日間、ヴェトコンは辛抱強く待った。八日目にアメリカ軍がやって来て、スピーカーで「避難せよ、この町から出て行きなさい」と言っていた。民衆はマットレスも一羽の雌鶏も持たず、橋の方に向かって行った。一人の老人がやって来た。なくした荷物を探して、おろおろとあたりを見回していた。彼は両手を頭にやり、しばらくそうしていた。

「じいさん、あげるよ。ほら」海兵隊員の一人が老人に声を掛け、チューインガムを一つ差し出した。

老人は頭から手を下ろし、チューインガムを取り、海兵隊員に笑いかけた。でも、腹が立たないのだろうか、復讐しないのだろうか、いったい、憎むことはないのだろうか？　そう、あの人たちは家を壊されたり、息子たちが殺されるのは当たり前のことになっている。貧しい人々にとって憎むということは、とてつもなく気力を消耗する感情なのだ。だから、アメリカ人がチューインガムをくれるなら、相手に微笑みを返してチューインガムを口に入れる。老人は包み紙を剝がし、チューインガムを口に入れた。

「チューインガムは好きかい、じいさん？」と海兵隊員は尋ねた。

「ああ、ありがとう」

その老人の後、寺男たちがやって来た。ビニールの手袋をはめ、顔にはガーゼのマスクをつけていた。寺男たちはトラックから降り、例の制服姿の娘を拾い上げ、トラックに投げ入れた。次に、白い大腿骨を拾い、娘の上に投げた。それから、ヴェトコンの肉片を二、三個拾ったが、かなり小さいものだったのでトラックに乗せるのは止めた。スコップを取り出し塹壕を埋め戻し、その土盛りの上をトラックで通って行った。

「見てごらん、きれいだよ、この水」とフランソワが言った。トラックから私の目をそらしたかったのだ。

ねじれた管から水が噴き出し、板金の上に飛び散っていた。雲が切れて、太陽がその噴水を無数のダイアモンドに変えていた。一つずつ、そのダイアモンドが板金に飛び散り、チリンチリンと澄んだ音を立てて跳ね返っていた。

「見てごらんよ、あのきれいな水を」フランソワは、私とトラックの間に立ってもう一度言った。「ここにある物では、澄みきって汚れていないのはこれだけだね。要するに、よく見れば澄みきっていて、汚れのないものは見つけることができるんだ」

私は、それが本当は汚れた水であると、フランソワに言わなかった。私たちはそこを去った。フランソワは今まで話してくれたことのない体験談を話してくれた。ソウルの南での体験だった。そこには虐殺の谷と呼ばれるというか、呼ばれていた谷がある。その場所で、百人の海兵隊員が、北朝鮮軍に待ち伏せされ殺されたからである。アメリカ軍が、ふたたびソウルを征服する前のことであったが、フランソワは、奪回するためにソウルに入るアメリカ軍の戦車に乗っていた。海兵隊員が殺されてから一週間たっていた。寒い日だった。死体は氷の像になっていた。それらの像が道を塞いでいた。縦隊は立ち止まった。死体を踏みつけるのは避けたかった。兵士が数人戦車から降りて、氷の像を移し始めた。北朝鮮のしんがり部隊が発砲してきた。その時、司令官は、放っておけ、前進だ、その上を通れと命令した。戦車は、二十台の戦車は次々と凍った死体を踏みつけながら進んだ。最後の戦車が通り過ぎた時、その道路に死者の姿は一つとして見られなかった。ただ、赤と灰緑色のカーペットを見るだけであった。高さは十センチにも満たなかった。

夜。私たちはその男にザーディンで会った。彼は捕まったばかりであったが、多数の破片で傷つき化朧していた。北ヴェトナム兵のズボンに、ヴェトナム空軍のジャケットを着ていた。制服のジャケットは降伏する前に、ほかのヴェトナム兵二百十名と同様に脱ぎ捨てていた。驚きを浮かべた表情は罪のないものだった。その男はフランス語を話していたので、フランソワは南ヴェトナム軍の許可を得て、彼に質問をした。

「名前と年齢を聞かせてくれませんか?」

「ジョセフ・タン・ヴァン・ティエウ。二十四歳です」

「出身は?」

「ハノイです。私の連隊は一九六七年十二月六日にハノイを出発し、四月二十九日にサイゴンに着きました。ずっと歩いてきました。約五か月もですよ! 一日に十二時間、少なくても八時間、時には夜も歩きました。夜の間ずっとですよ!」

「どの道を歩いた、ジョセフ?」

「ラオス、それからカンボジア、カンボジアの方がましだった。一日に五時間歩けばよかったから。それに人に会うことのない森の中だったし、銃は取り上げられていたから持っていなかった。ここ南部で、あのミシュラン・プランテーションに着いた時、銃を返してくれました。南部の同志たちが我々に合流し、サイゴン目指して進軍したのです」

「ジョセフ、君は志願兵なの?」

「いいえ、違いますよ。私はハノイの工場で働いていました。出征しようとは思いませんでした。私は戦争が嫌いです。それでも、こうして戦場に送られる。それが法律です。母は嘆き悲しんでいました」

「ジョセフ、武装は十分だった？」

「銃が一丁だけですよ。ＡＫ50型の。そして、七百五十発の弾丸。私は六十発だけ撃ちました。銃を使うのは嫌いです。撃てば撃つほど敵は撃ち返してくる。それに敵の撃つことといったら。ハノイで言われたのですよ、南部の同志を援助するためにここへ来るように、アメリカ軍などたいしたことはないと。まったくのでたらめだった。Ｍ69や、機関銃や、様々な銃で、我々を撃って、撃って、撃ちまくる。味方がどれほどやられたことか！　あの家に隠れていた時には、食べ物がなくて、一度鶏を盗んだことがあったが、ひもじかったなあ！　ロケット弾に比べれば、ひもじさなんてたいしたことじゃない。この通り体中にその破片を受けました。腕にも、足にも。歩くことができません」

「だから捕まったんだね、ジョセフ？」

「ええ、そうです。もう我慢できない。我々は死ぬほど疲れています。戦争はもうたくさん、こりごりだ！　どちらが勝とうが負けようがどうでもいい。終わってくれればそれでいい。最悪だよ、戦争なんて！　捕虜でいる方がましです」

さて、捕虜のことに話を変えよう。今日の午後、政府のプレスセンターでも、六人の捕虜が尋問された。大広間は海外特派員や地元の記者でいっぱいだった。通訳の横には、ヴェトナムプレスの局長であるリンが座っていた。いつもなら、人前に出る時は、コンドッティ通りで買ったシャツに、ボンドストリートで買ったズボンという品のいい出で立ちであったが、今日は違っていた。迷彩色の軍服を着た貧相な彼は、使用上の注意書を手に武器商店からたった今出てきたばかりというようで、リボルバーが重そうだった。それにしても恐ろしい形相だった。リンの合図で捕虜が入って来た。ヴェトコン五人と北ヴェトナム兵が一人。ヴェトコンは十二歳から十四歳の少年ばかりで、青いつなぎの囚人服を着ていた。北ヴェトナム兵は四十歳、大尉で、軍服を着ていた。彼も片足と片手を負傷していた。捕虜たちは、椅子が六脚並べられた一段高い場所に上がった。靴を履いているのは北ヴェトナム兵だけで、五人の少年は裸足だった。「質問をどうぞ」とリンが言った。十六歳の少年がすぐに泣き始めた。我々を見ながら泣いていた。大粒の涙が顎まで流れ、膝に落ちた。その時、リンの記事を担当している地方紙の記者が、その少年に質問を浴びせた。

「君はヴェトコンだね？　君はヴェトコン、ならず者！」

「はい、ぼく、ヴェトコンです」と言って涙を流した。

「何をやっていた？　お前は、何をやってたんだ？」

「武器を運んでた」涙が落ちた。

「恥ずかしいとは思わないのか？」

「恥ずかしくないよ」涙がこぼれた。

「君のお父さんやお母さんは悲しんでるだろう？　どうしようもないやつだな。お母さんの気持ちを考えてみろ！」

「ぼくには父も母もいません。あいつらが殺したんだ」

しばらく沈黙。かなりの動揺。それから、その記者は十二歳の少年の方に目を向ける。少年は指関節をパチンと鳴らし、足をぶらぶらさせていたが、事の重大さがわかっていないようだった。

「ねえ、君、鼻っ垂れの君もヴェトコンかい？」

「ぼく？　そうだよ。どうして？」

記者たちの笑い声。

「おい、おい、理由を聞いてるぞ、この偽善者」

「でも、ぼく……」

「それで、何をしてたんだ、恥知らずの君は何をしてた？」

「あのう、ぼくは、大人の人たちと一緒にバスに乗って、街に連れて行ってあげたんだ。そうしないと、街のことを知らなくて、迷っちゃうから」

「君は恥ずかしいと思わなかったの？」

「ぼく？　思わないよ。どうして？」

ふたたび爆笑。その間、少年は顔に戸惑いの色を浮かべ、口を開いていた。「この人たちは誰？　何しに来たの？　なぜぼくをいじめる人がいて、ほかの人たちは喜んでいるの？　ぼくは滑稽？　ぼくに恥を知れとこの人は言う。何を恥じるの？」と自問しているようだった。口を閉じると唇が震え始めた。少年は肘を上げ、顔を隠し、すすり泣いた。

私は反射的に立ち上がり、その場を去った。

後で、私はまずいことをしたと言われた。北ヴェトナムの声明は興味深いものであった。最後まで残る忍耐力を持っている者には幸運がある。私はヴェトナムの記事はもう送らないし、すぐにも帰るという電報を、新聞社に送った。もう北へは行くこともないし、ピップのことを知るためにダクトーへ行くこともない。荷物をまとめて出発する。泣く少年たち、バラバラになった死体、惨殺された仲間たち、

いい。もうたくさん！　獣を食べる獣のいる、この檻の中にいたら、私もその饗宴に加わることになる。もうで、おそらく、捕虜の少年たちも獣だろう。また、何もしないで見ている私も、きっと獣だろう。ぐれた母親を連れ去って行く避難者たちも獣である。捕虜の少年たちをいじめる政府側の記者たちは獣ッセオで富裕階級を楽しませる剣闘士という獣がいる。おもちゃで遊ぶ将軍たちは獣で、幼い息子とはだけだ。ローマの富裕階級のように、カラヴェルのコロッセオで興じている獣がいる。チョロンのコロ崇拝について、私の理想的概念のすべてに嫌悪感を覚えた。ここには人間も神も存在せず、いるのは獣残酷、恐怖、もう耐えられない。腹立たしいほどに嫌悪感を覚えた。神の代理としての人間、その人間

五月十四日

フランソワはビールを飲むために、コンティネンタル・ホテルの庭にやって来た。私たちは、傘状に葉の茂った木陰で、私の失望について話している。正面のテーブルには、カテリーヌが寄宿生のような白い服を着て気ままに振る舞い、写真家のシモン・ペトリはヴェトコンがロアンをどのように襲ったかという目撃談を、また話していた。エウラーテはケサンで負傷した傷を見せびらかしていた。足に爆弾の破片が刺さったのである。右手のドイツ人二人は、カテリーヌとエウラーテのことを話していた。エウラーテについては大変だねと言い、カテリーヌについては、可愛い娘だと。カテリーヌは回復期にあり、日に焼けて堂々としていた。一人が言っていた「でも、きれいすぎる！」もう一人が言っていた「すぎると言うことは限度がない」左手では二人のアメリカ人が、ワシントンに戻ろうとしているバリー・ゾルシャンの話をしていた。「バリーは東南アジアのどこかの国、おそらくサイゴンで外交官にな

りたいと思っていたがうまくいかなかった」「結局は、それにふさわしいか、だね。バリーはとても野心家だ」「それはそうだが、インテリだ」「強みはアメリカで生まれたことだ。カボット・ロッジのようなワスプ（アングロサクソン系白人）の連中はバリーを自分たちに介入させたがらない」日が暮れると、コンティネンタルでは、こういう情景がよく見られる。噂話、のんびりと無為の時を過ごす。夜は外出が許可されない老人ホームにいるかのように。その間にも、星の輝く空に、獣同士が撃ち合うドンッ、ドンッという音が聞こえる。私たちはその音を雨の音を聞くように、気にもしないで聞いている。

「……そして、このことが疑問を感じ始めた理由なの、フランソワ。確かに、以前にも疑問はあった」

「〝疑問は人間が持つ、最も尊重すべき素質である〟とカール・マルクスは言っている。ぼくもそう思う。この点についてはマルクスとぼくの意見は同じだ。たぶんほかのことでもね。でも、この意見については確かだよ」

「そうね、でも、疑問は確かなものになったのよ。だから、発つわ。この国を出るわ、フランソワ」

「遅かれ早かれ、君がここを出るのはいい。君は生涯をヴェトナムで過ごすことなどできない。ここでは、人間は天使ではないとわかったから出て行くなんて、極端だなあ」

「天使であることなど期待していないわ。人間であってほしいのよ。最近の日記を読み返しても、人間を思わせるエピソードや出会いが一つもないのよ。私は人間を信じていたし、そうできるようにあなたは助けてくれた。あの人たちのために憤りを感じてみる価値がある、というか義務があると思っていた。でも、違った。努力する価値なんてない」

フランソワは優しい、素敵な笑顔を見せた。私は苛立った。

「笑わないでよ、フランソワ！　あの噴水のことをあなたに話そうと、ずっと思ってたのよ。カインホイのあの噴き出した水のことよ。あなたは有頂天で見ていて、バラバラになった人間の血まみれの死体のことは忘れていたのよ。でもね、私にはあの水は汚水だとわかったわ」

フランソワは、また笑った。いつも携えているリュックサックのようなカバンを掴んだ。それには、カメラ、ノート、フィルム、拾い集めた薬莢などが入っていた。その中から本を一冊取り出した。そのタイトルページを手で隠していた。

「君のために持って来たんだ。ペルーはすっかり自信をなくした人には優しいんだよ」

「ありがとう」

「優しい、優しい……」ページを繰りながら口ずさんでいた。ついに、目指すページを見つけた。「ぼくが読もうか？」

「ええ」

フランソワは読み始めた。

「人間は天使でも獣でもないが、不運は天使であろうとするものが獣になるのを望む。人間の偉大なところを見ないで、獣と同じ部分だけを見るのは危険である。そしてまた、人間の卑しい部分を見ないで、偉大さだけを見るのも危険である。しかしながら、もっと危険なのはそのどちらも無視することであり、両方とも知ることはとても有益である。人間は天使と同じだとか、獣と同じだと考える必要はないし、そのどちらも無視する必要はない。そのどちらでもあるとわかればいいのである」

「それを書いたのは誰、フランソワ？」

「ぼくの国で一六〇〇年に生まれた人物だ。オーヴェルニュ出身で、名前はパスカル。続けようか?」

「ええ」

「したがって、人間はその価値を評価する。愛されるのは、その人には善行を尽くす素質があるからである。しかし、卑劣な素質があれば愛されない。軽蔑されるのは、その人に卑劣な部分が広いからであり、人並みのものであれば軽蔑されない。憎まれようと、愛されようと……人間を賛美する者も、人間を非難する者も、そして、楽しむために人を利用する者も、同様に、私は許せない。それゆえ、私は苦悶しながらそれを探る人々に賛同するのみである」

フランソワは本を私の膝に置いた。

「読み返してごらん、君のためになるよ。パスカルはまったくのカトリック教徒で、天国に楽園を求めていた。しかし、頭がよすぎたのだ」

「読んでみるわ」そして、思わず声を大きくして言った。「この言葉でロアンを赦したのでしょう?」

フランソワは真面目な顔をした。

「認めただけで、赦してはいない。そうだよ、この言葉で……でも、理由はほかにもあるよ。パスカルのほかのこともわかるよ。もし人が称賛されてもぼくはその人をけなし、もし人がけなされてもぼくはその人を称賛する。そして、いつも反論する。人は理解できないいろんな側面を持っているとわかるまで」

「私にはわからないわ」

「簡単なことだよ。今、ロアンはしょげ返っている。誰もがロアンを恐れ、憎しみを感じるようになったために、誰もがその権威を失墜させようとしている。病院に入院しているのをいいことに、アメリカ軍はロアンをクビにすることを要求した。そうなるだろう。すでに、新しい警察庁長官も決まっている。ロアンより優れた人物でないのは確かだが、その男がヴェトコンを殺している写真を撮った者はいない。そのことは、ヴェトナムで戦うために息子を送り出す勇敢なアメリカ人や、ロアンを非難するアメリカ人を安心させる」

「あなたもロアンを非難したわ」

「ぼくはあの男を赦すことができた。ぼくはヴェトナムへ死にに行く人間を送らないからね。ぼくはロアンを非難する権利があった。今、罪を赦し、放免する権利があるように」

「ロアンに会ったの?」

「会ったよ」

「いつ?」

「今日」

「どんな話をしたの?　どうだった?」

フランソワはうんざりして、ため息をつき、新しい話題でも探すように周囲を見回した。しかし、新しいことは何もなかった。カテリーヌは、わがままはおさまっていたものの、ふてくされていた。傷跡を見せることによって、エウラーテは、自分は美しいと自惚れていた。白いジャケットを着た給仕が飲み物を運んでいた。

「どうだっただって?　ぼくは病院へ入って行き、医師を探した。ロアンの容体を聞くと医師は答えてくれた。動脈の縫合手術をすることになるだろうが、その場合は足を切断しなくて良いそうだ。それから、ロアンの病室へ行き、ドアを開けて中に入った。ドアを閉めて彼に近づきこう言った。〝やあ、トゥビブに会って来たよ。足は助かったようだね〟」

「挨拶もしなかったの？」

「今は、あの男にこんにちはと言うより、足を切らなくていいと聞かせてやる方がいいんだ」

「トゥビブってどういう意味？」

「俗語で医者という意味だよ。ロアンとぼくは俗語で話すんだ」

「それでロアンはなんて言ったの、どうしたの？」

「どうしたと思う？　ベッドに寝たきりの状態で。それから、ぼくを見つめて泣き始めた」

「ロアンが？　泣いたですって？　信じられないわ」

「そうだね、彼はまだショック状態だった。それに、酒を飲みたがっていた」

「随分泣いたの？」

「いや、少しだけ」

「それで？」

「その後、ロアンはもう来ないでくれと言った。それで、ぼくは、決してあんたの前には現われない。あんたに会いたくはなかった。あんたはむかつくようなことをした。わかってるだろうと言ってやったよ」

「それで、ロアンは？」

「黙っていたよ。それで、両手を縛っておいて殺すのは勇敢だとは言えない、と言ってやった。両手を縛ってはいなかったとロアンは答えた。ぼくは、両手は縛られていたじゃないか、写真を見せようか、と言った」

「それで?」

「また黙ってしまった。そこで、ロアンに尋ねた。なぜあんなことをしたのかってね。彼はいつか話すと言った。ぼくは尋ねた、あの男はあんたの部下だったよね、裏切者だったのか? ロアンは首を横に振った。少なくともあの男を知っていたね、と質問を続けた。ロアンはまた首を横に振り、いずれ君に話すと言った。そこで、ぼくはその場を去った。去る前に、何かほしいものはないかと彼に聞いた。ぼくの言いたいことはわかるだろう? 捕虜を酷い目に合わせるなんて、あんな残酷なことをするなんて信じられない。ロアンはあの男の尋問にさえ立ち会ってもいないんだよ」

フランソワは話題を変えた。彼も六月の末にヴェトナムを発つそうだ。フランス通信社のブラジル支局の支局長として、リオデジャネイロに行くことに決めていた。ブラジルについての話題、ブラジルは遠すぎる、遠すぎて、月より火星より遠いように思える、というようなことをしばらく話し、不意に、わけもなくロアンのことに話を戻し、「なぜ君が、それほどロアンに関心を持つのかわからない」と言った。

「あなたにはよくわかっているはずよ」私は言い返した。「私が彼に関心を持つのは、あなたと同じ理由だわ。何かの象徴なのよ、ロアンは。ガラガラと壊れてゆく人間、立ち直ることもできそうなのに。そういう人は……ねえ、フランソワ、私はロアンを知った日の日記を思い出したわ。だいたいこういうこと。「運命はもう私をロアンに会わせてくれないのだろうか、それとも、もうないものと思わせた後で、運命からの素晴らしいプレゼントがあるのだろうか。そして……」

「そして?」

「そして、そうね、あなたについて興味がある。あなたたち二人が友達だとしたら、ロアンに会うこともできるのじゃないかと、ずっと考えていたの」

「いいや、ぼくたちは友達じゃない。冗談じゃない。でも、あり得ないことじゃないけれど。残念ながら共通点がなさすぎる。ロアンはハノイ出身で、ぼくはオーヴェルニュ。ロアンはトランプをやり、酒に酔い、チャンスがあればどんな女とでも寝る。ぼくは違う。ロアンは軍人で、必要とあれば死刑執行人にもなる。ぼくは違う。それでも友達になろうと思えばなれるだろう。ぼくと同じ職業の、どのアメリカ人よりもロアンのことをわかっている。空軍基地で紹介された時からずっとロアンに好感を持っている。当時、ロアンはただのパイロットで、ぼくはヴェトナムに着いたばかりだった。醜男だが、とても頭のいい男だと思った。並みの男じゃない。話せば生き生きとして、とても面白かった。権力を持ってから陰気になった。権力者として、民衆を虐げるばかりだ。後にフエとダナンで会ったが、そこで、ロアンは仏教徒たちの暴動を鎮圧していた。カオ・キーとともに。路上での戦闘、死。鎮圧は容易なものではなかったが、ロアンはやってのけた。彼は作戦行動を指揮してどこへでも行った。その勇敢さに心惹かれる」

「肉体的な勇敢さなの?」

「そうだよ、しかし、一年後には、ロアンの場合、肉体的な勇敢さだけではないと気付いた。二人のフランス人を逮捕したことがあったが、それは誤認逮捕だった。ロアンはすでに国家警察の長官だった。ぼくはその間違いと職権乱用について話をしようと、ロアンに会いに行った。ロアンは自分の誤りを認め、二人を釈放した。わかるだろう？　自分の誤りを認めるのは勇気が必要だった。面目を失うことになるし、アジア人は面目を失うことには我慢ならないからね。あの男もそのようだった。事実、二度ほど、ぼくを追放しそうになったが、そうしなかった。マジュールによれば追放はほかの者が決めたことで、ロアンはその通達に署名しただけだったと、後で知った。ぼくたちの間には契約が交わされていた。もしぼくが追放されたら、飛行機に乗る前に十分間だけ、ロアンに言いたいことを言ってもよい、というものだ」

「これは友好関係じゃないの？」

「いや、協約だ。この協約はいわば、同じ世代の、同じ文化、つまりフランス文化の影響を受けた二人の人間の出会いなんだ。ぼくたち、ロアンとぼくは哲学について話し合ったことはない。パスカルを論じたこともない。そんな時間はなかった。しかし、いつも俗語で話した。メディコ（医師）と言わずにトゥビブというように……クローズアップで写された人間の出会い、わかるかな？　なぜかといえば、口論するのも、背を向けあうのも人間だからだろう？　人間のあらゆる欠点も長所もロアンは持っている。戦争によって発見できたんだ。天使でもなく獣でもなく、天使であり獣であるということが……」

彼と彼のパスカル。彼と彼の呪われた人間性。それは私にまた新たな疑問を抱かせる。しばらく前にその本を開いてみたが、私は何を目にしたと思う？　次のような文章だった。「真実を求めよう。さもなければ、私たちには不確実しかない」

## 五月十五日

気分が滅入ったり、迷ったりして、日記を書く気にならない時は、タクシーに乗ってヴィンチェンツォ・トルネッタの家へ行く。イタリア語を話すことで寛げるし、ヴィンチェンツォとその家族が私の部屋にないものを与えてくれるからである。ここでは何もかもが戦争を思い出させるが、あの家にいると戦争を忘れられる。たとえば、ヴィンチェンツォの二人の子供たちがはしゃいでいる。妻は子供たちを優しくたしなめる。ヴィンチェンツォはイタリアに出す私の手紙を外交伝書吏として引き受けてくれ、ミケランジェロの顔が描かれた切手までも貼ってくれる。カインホイやチョロンを忘れさせてくれる。優しいトルネッタ。私の知る限りでは、彼は外交界と呼ばれるミイラ博物館から出てきたような、その言葉にふさわしいただ一人の外交官である。「来ればいいじゃないか。来たくなったらいつでもおいで。いきなり来たっていいし、普段着でいいからね。お皿をテーブルに一枚加え、ぼくたち家族に君が加わるだけのことだ」家の扉を開けると心の扉が開く。そして、今日、昼食の時間に、ここにいる。おいしい食事、おいしいワイン、グラスと花で食卓が準備されている。時には、飲んで酔っ払うことも必要だ。また、時には冷静で良識ある判断も必要である。「ヴェトナム人は」とトルネッタは話し始めた。「ヴェトナム人はダンテの時代のフィレンツェ人のようにセクト主義者だ。ヴェトナムの残酷さと競えるのは、グェルフィやギベッリーニのフィレンツェだけだが」

私はこう思った。確かに、ここで目にするものは、七百年前に私の国で目にしたであろうことより酷いものではない。当時は、互いに塔を壊し合い、互いに息子を殺し合っていた。ところで、逃げるようにここを発とうとしているこのヒステリーは一体どうしたのだろう？　ストレスに耐えられなかった。

それだけのこと。さあ、荷物をまとめて北へ行こう。午後四時にダナン行きのＣ１３０型機がある。デレックが従弟と一緒に行くと聞いていた。デレックに電話を掛けた。「デレック、あなたと一緒に行くわ」今、タンソンニャット空港で、いつものように待ちくたびれ、あくびをしている。Ｃ１３０型機は遅れている。私は危機を切り抜けた。気分はかなり落ち着いていた。リュックにはパスカルの本も入れてある。

# 9
## プレイク山岳民族の村

それは、おそらく、エズクッラ、キャントウェル、ビルヒ、ピゴット、ララミーの死だったから、あなたはあんなふうに言ったのだ。もし身近な人が殺されていたら、あなたはそのような理屈で反発しないだろうし、そのような感情、利己的な感情で反発しないだろう。それに、彼らの殺人は毎日起こっている多くの犯罪と異なるものではないと、私にはよくわかっていた。確かに理性ではよくわかっていたが、感情では違っていた。私自身、内心ではこの五人の死は、マーチン・ルーサー・キングの死がワシントンの黒人たちに衝撃を与えたように、私に衝撃を与えていた。十四番街の商店のかわりに、私はヴェトコンに共感する感情、ヴェトコンを称賛する感情を焼き払ったのであった。

たぶん、それはフランソワがロアンの凋落に反応したのと同じだっただろう。寛容と賢明さ、それを彼は思い出したのだ。フランソワから受けた影響は大きかった。そして彼の身振り手振りを加えた話から、サイゴンの恐怖政治はほかのものほど酷くはないだろうが、消滅するのが正しいというより、消滅すべきであると私に確信させた。それとともに、パスカルの思想は執拗に、決まってある解釈を導き出すのであった。つまり、そのものがなんであれ、ただ部分的には真実であり、部分的には間違いであること、そして、正と不正は混じり合っている。だから、あなたが尊敬する人たちがあなたを失望させることがあるだろうし、あなたが軽蔑する人たちがあなたを感動させることもあるだろう。私の絶対論、私の無知をパスカルは軽減してくれていた。

おそらく、それはグェルフィ家とギベッリーニ家の塔の競い合いだって例外ではないだろう。七百年が過ぎ去った今、答えてほしい、誰が間違っていた？　グェルフィ家、それともギベッリーニ家？　七百年後にはヴェトコンが間違っていたのか、ロアン側かと尋ねれば答えてくれるだろうか。でも答えてくれるとは言いきれない。真実は、時、場所、興味によって決定づけられる見解であり、懸命に罠で捕えようとするのは風を摑む以上にばかげている。次のように言ったのはパスカルではなかっただろうか？

〈自然の中で、人間はなんなのか？　無限と比べて無であり、無と比べてすべてであり、すべてと無の間の中心である。その両極を理解することは、まったく不可能である。事の終末と発端は人間が入り込めない秘密の場所に隠されている。つまり、人間がそこから出てきた無を見ることはできないし、人間がそこへ吸い込まれる無限も見ることはできない〉

さて、原因はなんであれ、最後のあの頃は以前にはわからなかった冷静な判断力を持って過ごしていた。そして、その冷静な判断力は事態に向き合う情熱を減じることはなかったが、新たな苦悩が心を重くしていた。つまり、無意味なことを見ているのではないかという疑いである。あまりにも無意味なので失望し、狼狽え、ダクトーで決心したことを心に決めた。自分の日記を読んでいて、たった今わかった。私が北へ行ったのは、あの高地へ行ってピップの記憶を探りたかったのではなかったか？　ピップの記憶を見つけ、手にした時、私はそれを投げ捨てたのだ。

＊　＊　＊

五月十七日。

私は第七海兵隊の宿営地にいる。ダナンの北西五十キロの位置にあり、前方ではアメリカ軍と北ヴェトナム軍の戦闘が繰り広げられている。最短距離で約六十キロ。見渡す限り赤土の荒野が広がっている。唯一の緑地は小さな森で、そこでは白い爆煙を上げながら殺し合いが続いている。今朝から、この宿営地に落とされる臼砲もそこから発射されている。司令官は私に防護服とヘルメットを着用することを強要した。少なくとも頭と背中を守るためだが、それは耐えがたいものであった。頭は焼けつくようで、防弾服は鉛の袋より重かった。いったい何のために、デレックはこんなところに来ようという愚かな考えを持ったのだろう。最悪、私は何を失うのだろうか？　フランソワが戦車のくそ野郎と言っていたことをまた確信する。まったく無駄な戦いだ、小さな森であのような戦いは。勝利も敗北もあったものじゃない。意味もなく始められた戦争は、意味もなく終わる。今夜か、明日か、明後日か。それに、戦いを見ている私は別として、戦っている人たちは誰もまったく事態がわかっていない。一九六八年五月十七日、ホイアン近くの十六度線で戦死した息子や、夫や、兄弟についてＪＵＳＰＡＯの公報にほんの数行記載し、アメリカや北ヴェトナムの家族には電報が伝言を送る。ただそれだけだ。今日、この小さな森が静かで誰もいなかったなら、戦争の結果やパリ会談は何も変わらなかったであろう。

「いつから戦っているのですか、少佐？」と司令官に尋ねた。

「三日前からです」

「この森は戦略地点だったのですか？」

「いいえ」

「この戦闘は特殊作戦の一環ですか？」

「いいえ」

「それではなぜ？」

「わかりません。私にはわからない。一週間前、北ヴェトナムの大隊、三〇八第一連隊と第二連隊が潜入してきました。第七連隊と接触し、第二〇海兵部隊とも接触し、こういう事態になったわけです。私はすぐに、あの連隊はダナンを攻略したいのだと思ったが、そうではないとわかりました。ダナンは標的ではないのです。あの連中が来るまでは、我々は猫がネズミをもてあそぶようなものでした。実際、ここは荒れ地で樹木はなく、動物もいないし、立てこもる家もありません。見通しがいいから、我々はいつでも、どのようにでも、敵を攻撃することができます。陸からでも空からでも」

「でも理由があるのでしょう、少佐？」

「いいえ、理由はありません。理由があるとすれば、ヴェトコンでしょう。テト攻撃によるものです。我々はヴェトコン部隊と戦ったことはありません。北ヴェトナム軍は、ヴェトコンをただ、武器や食糧の運搬に利用しているだけです。ここではゲリラ隊はほとんど見られなくなりました。北ヴェトナム軍は厳しい戦闘に巻き込まれている。たとえば、我々が戦っている北ヴェトナム軍の装備は並はずれている。優れた武器、汚れのない軍服、そして、兵士たちも特別です。背が高く、立派で、全員が十八歳から二十六歳までの青年です。立派な体格は、こんなふうに死ぬために授かったのではないわ」

「でも、立派な体格をしているでしょう」

「こんなふうに、まさに死ぬために男たちが送られると知る以前から、私が考えていたことです。まったく無駄なことだと」

「それで、あなた方はどうですか？」

「我々も同じです。無駄でしかない」

ここから二十キロの地点で、同様の戦闘がもう一つ繰り広げられている。そこにはジョンソンの娘リンダと結婚したロビンス大尉が加わっている。ホワイトハウスの人間も戦場で戦っていることを立証するために、わざと送り込んだのであろう。可哀そうな男。でも、私はロビンス大尉に同情しない。私の近くで塹壕を掘っている兵士が救われることの方に関心がある。砂袋の上に砂袋を積んでいるその兵士が言った。「この戦争はぼくには興味がない。第一七三空挺隊にいる兄とぼくは同じ考えなんだ。兄は言っている、味方にとっても敵方にとっても無駄な戦争だ、なぜ、ぼくがここにいるのか今もわからないと。ぼくたちは子供だ、学校へ行くべきなんだ、ここじゃなくて。それに、みんながぼくたちを憎んでいる、ここにいるから。ぼくたちを帝国主義者と言う。何のことだかわからないよ。帝国主義者ってどういう意味か教えてよ」そう言った後、歌い始めた。「人は人と呼ばれる前に、どれだけの道を歩かなければならないのか……」

私が間違っていなければ、それはボブ・ディランの歌だ。ニューヨークで聞いたことがある。ニューヨークで、私には美辞麗句と思われた表現、それにはうんざりだった。

夜。私たちは別の宿営地へ行った。そこも状況は同じだった。しばらくの間、私たちは、別の部隊に必要物資を運んでいる部隊について行った。今、私たちはダナンにいる。デレックは愚痴をこぼしている。

「あんたたちは、五時に起き、ダサい軍服を着て、トラックに乗り戦場に行く。そこで兵士たちと一緒に死ぬことだってあり得る。ふたたびトラックに乗り、ダナンに戻る。五、六十行の記事を書く『十五マイル北西で、第五海兵隊と第三二八北ヴェトナム隊と交戦し、前者は戦死者十名、後者は戦死者五十名……』あんたはその記事をサイゴンに電話することに躍起になり、サイゴンではパリに電話することに躍起になる。こんな苦労や努力をするのはなぜ？　翌日の朝、寝惚け眼で、十五マイル北西で、第五海兵隊と……と読む者のために。しかし、どんな意味がある？　どんな意味があるか言ってあげようか。意味なんてないね。今日、ぼくたちは見たじゃないか。ぼくたちは、今日、やったじゃないか。まさにその事実をここで見つけたじゃないか……」

「無駄なことだ。まったく無意味だ」と言う言葉を、今朝から三度聞いた。兵士が言い、少佐が言い、デレックが言った。本当にそうだろうか？　ダナンの空は満天の星が輝き、入江の水に何千もの光を映している。星が落ちたのかと思う。私は悲しい気持ちでそれを眺めている。神はいないのだろうか、いるとしたら私たちをもてあそぶ意地悪な神ではないだろうかと考えている。無駄なことであり、ただ苦しむだけだとわかったところで何になる？　明日、クィニョンへ行く。ヴェトコンの捕虜収容所を訪問する許可を得ている。予定にはなかったが、ダクトーに行ってピップの消息を尋ねるのは、そう急ぐ必要もなかった。プレイクでデレックにまた会える。それにしても、また悲しくなることがあった。デレックが変わってしまったのだ。優しさ、輝かしさ、愛想の良さ、が消えてしまった。戦争は、侵入されることを望まない孤立状態にデレックを閉じ込めてしまった。私たちは話し合うことがなくなった。

**五月十八日**

南ヴェトナムにはヴェトコン捕虜収容所が五つある。どの収容所にも女が収容されている。男より女の数が多いのはクィニョンの収容所だけであり、男三百十一名に対し、女四百二十九名である。戦場や残敵掃討で捕えられた者のほかに、理由もなく捕えられた者がいる。今となっては、そこにいるほかはないのである。戦争が終われば解放されるだろう。十八歳、二十歳、若い娘が鉄条網の向こうで過ごしている。ＭＣＶの顧問であり、収容所の所長であるクック少佐は、ナプキンの難題に困り果てていた。

「私はですね、結婚しているのですが、その件については考えもしませんでした。一九六七年六月、ここに赴任しました。南ヴェトナムの責任者であるレ・ヴァン・フック中尉は、〝オムツ〟の問題をどう解決するつもりかと私に尋ねました。〝オムツ〟ってなんのことですかと驚いて尋ねると、女が使うナプキンだよ、少佐、と中尉は言いました」

少佐はわかってくださいと言うように私を見た。

「ええ」私は頷いた。「わかります」

「それで、フック中尉に、それが私となんの関係があるのですか、と尋ねると、関係があるんだよ、収容所はアメリカの支援に支えられているし、女たちはみんな若い、いちばん年長者で三十三歳だ、毎月四百二十九箱のナプキンが必要なんだよ」

「それで、どうなさったのですか、少佐?」

「MCVに電話しました。新たな問題だ、解決策を考えようと言ってくれました。ところが、それっきり連絡はありませんでした。連隊長に電話を掛けると、連隊長は笑いました。自分は戦争をしている、ナプキンの調達係ではないと言って電話を切ってしまいました。そこで将軍に電話しました」

「将軍にですって?」

「ええ、そうです。仕方がありません、誰も聞こうとしてくれないのですから。私は言いました。将軍、つまらないことでお電話して申し訳ありません。実は、ナプキンのことですが……将軍が叫ぶのが聞こえました。〝どんなオムツだ?〟と言って。私は勇気を出して言いました。〝収容所で女が使うナプキンです。女は月に一度、それが必要なのです〟将軍はどうしたと思いますか。こう言ったのです。私は軍人だ、三師団の移動に携わっている、それに、部下たちはナプキンを使わない、またこのようなことで私を煩わせるようなことがあれば、軍法会議にかけるぞ……とね。私はその問題を一人で解決しなければならなかった」

「解決なさったのですか、少佐?」

少佐は誇らしげに顔を輝かせた。

「解決しました。妻に手紙を書いて、返事を受け取るまでに三週間かかりましたが、解決しました。妻の提案ですが。戦闘で負傷した兵士たちに使う包帯に、脱脂綿を巻くのです。素晴らしい考えでしょう？」

その収容所は大きかった。荒涼とした開けた谷間にそびえ立ち、当然のことながら、鉄条網の塀が張り巡らされていた。角ごとに塔があり、兵士が二人ずつ機関銃を構えていた。女の棟と男の棟の間には二メートル幅の廊下があり、鉄条網が張られていた。それは過剰な警戒と言えた。ヴェトナム人は内気な国民である。一度だけ、女の捕虜が男の棟へ行こうとしたことがあったが、その女は夫を探しに行こうとしたのであった。

「それで、その女はどうなったのですか？」

少佐は咳払いをしてから言った。

「守衛が発砲しました」

男の捕虜と同じように、女の捕虜は粗末な部屋に収容されていた。それぞれの部屋にベッドが四十ある。部屋は清潔で、女たちも清潔である。彼女らは黒いズボンに赤紫色の上着を身に着け、いつも三角帽子を被っている。建物の周囲に広い庭があり、そこで彼女たちは臆病なウサギのようにしている。近づくのは難しい。私は近づいて見た。女たちは軽く叫び声を上げ、素早く逃げる。そして、ほかの女の背に顔を隠して隅っこに集まる。私がなおも近づくと、女たちは部屋に入ってしまう。私が部屋に入って行くと、女たちはふたたび外に出る。フック中尉がやってみたが駄目だった。中尉は怯えたウサギにこっちに来なさいと声を掛けると、走って逃げて行き、壁や窓の向こうに隠れてしまった。一時間くらいかけてようやく三人捕まえることができた。私のもとに連れて来られた時、三人はひどく怯えていて心臓の鼓動が聞こえるほどであった。

「なぜ怖がるの？　私も女よ」一番怯えている娘に言った。

「軍服を着ているから」とその娘は言った。

フック中尉が通訳をしてくれた。娘を落ち着かせるのにしばらく時間をかけたが、次のことを聞き出した。チャン・ティ・ヌオンと言う名前で二十二歳、ここには妹のチャン・ティ・セーも収容されている。二人はタイニンで残敵掃討で捕えられたのである。

「なぜ、あなたは捕えられたの、ヌオン？」

「わかりません」

「村にヴェトコンがいたの？」

「何度か。食料や服をほしがっていたわ」

「それで、あなたは与えたの？」

「あればね」

「ヌオン、あなたはホーおじさんが好き？」

「誰ですか、その人は？」

「ホーおじさん。ホー・チー・ミン」

ヌオンは何のことかわからず、口をぽかんと開けて私を見つめた。

「その人は誰ですか？」

「ヌオン！　誰なのか知っているでしょう。ホー・チー・ミン主席よ」

「知りません」

「嘘でしょう、ヌオン」

「私は農民です。サトウキビを栽培しています。それなのに、ヴェトコンに飲み物を与えたという理由で捕えられました。ほかのことは知りません」

「ヴェトコンはこの戦争で勝つと思う、ヌオン？」

「誰が勝とうと私には関係ありません。勝ちたい者が勝てばいい。私は戦争が終わってほしいだけです。あの人が死んだ場所を見に行くの」

「誰が死んだの、ヌオン？」

「私の夫です」

「いつ？　どんなふうに？」

「一九六五年に戦場で。私たち結婚してまだ二か月でした」

「あなたの夫のこと話して、ヌオン」

「あなたには話したくない。軍服を着てるから。いやよ！」

ヌオンは三角帽子で顔を隠した。泣いていた。私はフック中尉にヌオンを連れ出してくれるように頼んだ。それから、彼はチャン・ティ・セーを私の方に押しやった。

「私に話してくれる、セー？」

「あなたがアメリカ人でなければ話します。アメリカ人ですか？」

「いいえ、セー。私はイタリア人よ」

「どういうこと?」

「遠い国よ、ヨーロッパにあるのよ。この国のように、小さいし、お米も作っているのよ。でも、戦争はしていない」

「じゃあ、話します」

「何歳なの、セー?」

「十八歳。結婚はしていません。私が捕えられた次の週に結婚するはずでした。ウェディングドレスは仕上がっていました」

「あなたの婚約者はどこにいるの、セー?」

「わかりません。兵士たちが連れて行きました。私は大声を出したけれど、それでも連れて行かれました。たぶん、ここにいると思います。一度、彼の名前を呼んでみましたが、答えはありませんでした。守衛が発砲しようとしました」

「あなたはヴェトコンなの、セー?」

「いいえ。私はただの農民です。でも、ヴェトコンは荷物を運んでほしいと言ったのです。断れなかった。怖かったから。もし嫌だといったら、あの人たちだって恐ろしい人になって、酷いことをするわ」

「あなたのご両親は、あなたがここにいること、知ってるの、セー?」

「両親はもういません。ある日、畑から帰ってきたらいなくなっていました。必死で探したけれど、見つけられなかった」

「逮捕されたの?」

「たぶん。たぶん、軍隊が連れて行ったんだわ。あるいは、ヴェトコンかもしれません。でも、どうして？　二人とも年寄りなのに」

「じゃあ、家には誰がいるの、セー？」

「妹です。残敵掃討の時に逃げたのです。そして、十三歳の弟。でも、どこにいるのかわかりません。残敵掃討の後、軍隊が家に火をつけたから。どの家も全部燃えてしまいました」

「アメリカ軍だった？　ヴェトナム軍だった？」

「ヴェトナム軍です」

「セー、あなたはホー・チー・ミンって誰だか知ってる？」

「いいえ、ヴェトコンがそのような名前を言ってたけど、誰のことか知りません。誰も教えてくれなかった」


三人目はチュオン・ティ・ヴァンと言う名の娘だった。自分の名前を言った後は石のように黙ってしまって、何を聞いても無駄だった。この娘の口を開くことは、生きたカキの殻を開けるより難しいだろう。そこで、フック中尉はこの娘をあきらめて、私を男子収容所に案内してくれた。男たちは黙々と働いていた。ゴムタイヤの甲皮を使って靴を製造している者、レース編み台でレースを編んでいる者、細い指で驚くほど器用に糸を繰りながら花や風景を編み出している者。そこに大柄の男がいたが、その男は自分のレース編みに没頭し、絹地に見事な桃色のバラを描き出していた。「なんて美しいのでしょう！」と私は驚きの声を上げた。男はトラのように素早く顔を上げ、軽蔑の目で私を見つめたまま、そのバラの花を床に叩きつけた。

私はそれを拾って、男に差し出した。その男は表情も変えず、私の手からそのバラを受け取ろうともしなかった。

その後、こんなことがあった。私が立ち去ろうとしていると、不意に歌う女の声が聞こえてきた。その声は美しく、とても心地よい響きの言葉だったので、何について歌っているのかと、フック中尉に聞いた。中尉は愛の歌だと教えてくれた。「女の囚人が歌うと、男の囚人がそれに答えて歌うことはよくあります。もうすぐ、同じ節で男が歌うのが聞こえますよ」

しばらくすると聞こえてきた。私はテープレコーダーを取り出し、その声を録音し、それをフランス語に訳したのがこれである。彼らはこの歌を歌っていたのだ。

私の愛しい人はプレイメの戦いで死んだ
私の愛しい人はD基地で死んだ
私の愛しい人はドンソアイの戦いで死んだ。
チュープロンの戦いで死んだ、ハノイで死んだ。
国境近くで墜落して死んだ。
水田で、深い森の中で死んだ、
あの人の亡骸は川を流れて行く、
あの人の亡骸は焼け焦げて、ひとりぽつんと。

愛しい人、私はいつまでも愛します、祖国と同じように。
そして、風が吹く日にはあなたの名前をささやきます
風が、あなたのところまで運んでくれるように。
私の名前とあなたの名前、私たちはヴェトナム人。
私たちの言葉は同じ、私たちの肌の色も。
二人とも黄色、大砲の爆音に慣れ、
地雷の音に、若者たちは慣れてしまった。
引き裂かれた手足を見ることに、
人間の言葉を忘れることに慣れてしまった。
私の愛しい人はアシャウの戦いで死んだ
私の愛しい人は谷底で死んだ、
橋の下で死んだ、どこかで死んだ。
今夜死んだ、今朝死んだ、翌日死んだ。
突然、予期せずに死んだ
死を予期して死んだ、
愛しい人は永久に死んでしまった。
そして、私はその人の夢を見る。
私の言葉が聞こえますか？

夜。クィニョンの情報センターで、私は女王のように迎えられた。ここでは、一か月前から記者を見ていなかったのだ。「なぜ?」私は尋ねた。「ここは何事もなかったのでしょう?」すると、炊事担当の兵士が言った。「ええ、そうですよ、シニョーラ! 何かが起こったかと言えば起こっています。三日前にもヴェトコンに襲われて、伍長が死にました。といっても、何が起ころうと起こるまいとサイゴンの連中にはどうでもいいことなんだ」そう言った後、その男はサイゴンについて私に質問をした。サイゴンに行ったことのない彼にとっては、「パリより遠く」感じるらしかった。

「だけど、パリって、本当にあるのか?」私たちの後ろで誰かが大声で言った。脇にヘルメットを抱えたパイロットだった。

「ありますよ、あなた。パリで平和に向けて準備をしているでしょう?」

「なんの準備をしているって?」

「平和よ」

「パリは、今何時?」

「そうねえ、7引く6で……午後一時よ」

「じゃあ、パリでなんの準備をしているか言ってあげようか。お腹の準備をしているんですよ。食事に行こうと」

「お腹の具合が悪いとしたら、その人は何が原因?」

「便秘ですよ。便秘になっているのですよ」

「その通り」

その後、パイロットはビールを注文し腰掛けた。ミルトン少佐だと名乗り、ブレイクに飛んでいるが乗る気はないかと、私に聞いた。私は断った。私は早朝に発つ輸送機に乗ることになっている。そのパイロットをそこに残して外に出た。

捕虜たちの歌が聞こえてくる。パスカルは、人間の優れたところは不幸を知っていることにあるといっている。「破壊された家は不幸ではない、木は不幸を感じない、人間はみな不幸である。なぜなら、感情がなければ不幸になるはずはないからである」

五月十九日

ダクトーには明日にならないと着かない。ヘリコプターがないのである。ヘリコプターの多くが撃墜されていた。そのため、私はブレイクで足止めされた。ブレイクで、デレックと彼の従弟に再会した。デレックはますます陰気になり、従弟はますますご機嫌だった。初めのうちは戦争に惹きつけられるという例に漏れず。出発が遅れたことを利用して、デレックは山岳民族の村を尋ねる計画を立てた。私は同行を希望した。山岳民族は幸せで穏やかな部族であった。誰をも煩わせることなく、狩りをし、魚を釣って暮らしていた。おそらく、この人たちを未開人と呼んでいるヴェトナム人より、ずっと前からこの山に住んでいたのだろう。ある意味では未開人と言える。今も裸で暮らし、食べ物は弓矢を使って手に入れ、祖国という概念を知らない。この人たちにとっての敵は、森に入り、野ウサギを怯えさせたり、川を汚してマスの生息を脅かす者である。戦争で傷つけられることも、食べるためではなく娯楽のために殺生をすることも知らない。それゆえに、侵入者に対してはいつも穏和だった。砂糖やコーヒーを栽培させるフランス人農園主に腹を立てることもなく、水の神や風の神を信仰するかわりに、聖母やキリストを信仰するようにと宣教師に責め立てられても腹を立てず、理由もなくやって来て銃を撃つ兵士たちにも腹を立てることはない。

理由もわからず、彼らはたびたび死んだ。去年の十二月には、ダクソンという一つの村全体が機銃掃射され、火炎放射器で焼かれた。穴に隠れていた女たち五、六人しか助からなかった。撃ったのが何者なのかわからない。南ヴェトナム軍はヴェトコンだと言い、ヴェトコンは南ヴェトナム軍だと言っている。だが、責められるのは南ヴェトナム軍であるのは確かなようだ。生き残った女たちが、兵士らは緑色の服を着ていたと断言している。ヴェトコンは緑色の服を着ていないが南ヴェトナム軍は着ている。

午後。プレシュテは高原地帯にあり、ヴェトコンが多くいる。そこへ行く道は長い細道で、いつどこで銃撃されるか地雷を踏むかわからない。林とサトウキビ畑の間に一連隊が隠れることができる。驚いたことに、デレックは英国の冷酷な血をあからさまにして、「いい景色だコーンウォールに似ていると思わないか?」と言った。約一時間、苦しい思いをしてだどり着いたこの場所は、ヤグルマギクのような青い空に向かってプレシュテを取り囲む有刺鉄線が伸びている。プレシュテという一番高所の村。

「誰がこんなことを考えた?」デレックが言った。

「我々です」同行してきたアメリカ人が、誇らしげに言った。「我々ですよ。テト攻撃の直後でした。ここの貧しい山岳民族は、ヴェトコンの思いのままでした。そこで、山岳民族を保護し仲良くするために、彼らを元の村からプレシュテのような最高地の村に移すことを考えたのです。この地帯では、六十七村のうち、すでに五十八村が移転しました」

当然のことだが、それは、もはや村ではなく、家が立ち並ぶ囲い地でしかなかった。確かに、家はこの土地特有の造りである。木造で杭上住居であり、上るための梯子がある。しかし、強制収容所のように、縦に平行に配置され、家々の周りには一本の木もなかった。山岳民族にとって木のない家は神のない家である。

「村人たちは反抗することなく従ったのですか?」デレックが尋ねた。

「すんなりとはいきませんでした」アメリカ人は答えた。「事業は困難なものだとおわかりでしょう。彼らの自尊心や風習を尊重することは大切です。同時に、我々が慈善家ではないかという疑いを抱かせることなく、彼らを文化的な生活に導かねばなりません。それはそうと、彼らはもう英語を少し覚えましたよ」

神のいないこれらの家は、驚きの表情で、不安げにうずくまっている。そして、高地の村にとって、わずかなアメリカ人では、今まで通りヴェトコンの思いのままになる。プレシュテはとてもよく防護された高地の村であり、アメリカ人は十二人いる。そして、その結果、哀れな山岳民族にとっては、互いに敵対心を生む駆け引きのゲームになっている。しばしば、死人が出る。

「英語を教えるのは、あなた方の戦略の一つですか?」とデレックが尋ねた。

「文明化の計画の一部と言えます」とアメリカ人は言った。その声はとても真摯な、確信に満ちたものであった。自分が行っていることに確固たる信念を持っており、そのためには死ぬ覚悟であった。宣教師のように。

「覚えるのが早いですよ」と満足そうに微笑んで言った。そして、チューインガムを嚙んでいる裸の少年に近づいた。「ハウ　ドゥ　ユー　ドゥ?」

「ヴェリー　グッド」その少年は音節を切りながら、素直に答えた。

「ビューティフル　デイ　トゥデイ（今日はいい天気だね）」

「ヴェリー　ビューティフル　デイ（とてもいい天気です）」

私たちは有刺鉄線の囲い地から出て、森の方へ下った。昔、エデンの園を流れていた渓流のほとりに、チューインガムの伝道師たちは、塀で囲ったシャワー室らしきものを造っていた。その前には二十人ばかりの山岳民族が並び、西洋の衛生学に従って体の洗い方を学ぶために、順番を待っていた。黒人の伍長が教えていた。伍長は聖書でも持つように石鹸を掲げていた。

「ディス　イズ　ソゥプ!（これは石鹸だ!）」

「ソゥプ!（石鹸!）」小さな山岳民族たちは声を合わせて言った。

「君、さあ、体を洗いなさい!」

「体を洗いなさい!」彼らは声を合わせて言った。

それから、一人ずつ、シャワーの下に行き、石鹸を体に塗った。だが、石鹸は手から滑り落ちた。伍長は苛立っていた。

「しっかり持つんだ、ちくしょう!」とか「あーあ、こんな猿どもに文明なんか教えられるもんか!」

伍長がこのような悪態をついていた、まさにその時、幼い子供が石鹸で滑って転び、頭に傷を負った。

確かに災難だった。しかし、アメリカ人から石鹸を与えられるたびに、その石鹸で転んで怪我をする結果になる。なぜかって？　なぜなら、アメリカ人とはそういう人間なのだ。私はヴェトナムで（ヴェトナムだけだろうか？）アメリカ人を見ると、フランソワが話した残忍な小話をよく思い出す。つまり、こういうことだ。アメリカ人のある家族が、休暇を過ごすために聖地へ行った。そこで偶然、ポンツィオ・ピラートがイエス・キリストを告訴するのに出くわした。その家族は優しい人が酷い目に遭っているのに、助けようとする人がいないのに驚いて、顧問弁護士に電話を掛け、虐待されている人を助けるために飛行機に乗って来てくれないか、いくら高くついても、一万ドルかかっても、百万ドルかかってもかまわないと言った。午後三時頃、弁護士はまだ来なかった。ゴルゴタの丘を指さしながら、末息子が叫んだ。「ママ、パパ！　見てよ、あのおじさん酷いことをされてるよ！」イエスは十字架に掛けられたのだった。アメリカ人の家族は、優しさと善意から、丘を駆け上がり十字架にたどり着くと、ペンチを手に梯子を上りながら言った。「私たちが来ましたよ、あなた、来ましたよ」そして、まず右手の釘を抜き、次に、左手の釘を抜いた。そのためにイエスは前に崩れ落ちた。十字架に両足でぶらさがっていた。

アメリカ人のやることはこんなふうだ。要するに、悪気はないが不器用なのだ。

夜。クィニョンで出会ったパイロット、あのミルトンに再会した。青いつなぎの服を着た、陽気で傲慢な男。プレイクの士官クラブでの夕食に誘ってくれた。ぜひにもということで。今、私はミルトンとレストランにいる。ミルトンは、今夜は女性と一緒であること、朝まで邪魔しないでほしいと仲間に告げていたことに、私はすぐ気が付いた。多くの目が私を窺い、多くの腕が肘をこずき合っている。ほら見ろよ、ミルトンの恋人だよ。私たちが長いテーブルに着くと、すぐにメモが回って来た。もう一つの席を用意するようにと、ミルトンが同室の友に書いたものであった。私がそのメモを取り上げて読むと、哀れなミルトンは真っ赤になった。それは誤解だと口ごもり、泣き出しそうな様子だった。なんてばかばかしい、つまらない夜だったことか。部屋の奥では韓国人のバンドがハープ・アルパートの曲を演奏していた。この韓国人たちもチューインガムの宣教師から、アメリカ文明に改宗させられている。さあ、みなさん始めましょう、いいですね！　ビィウティフル・デイ、トゥデイ。　ディス・イズ・ソゥプ。石鹸！　さあ、君、体を洗いなさい！　洗いなさい！　着きましたよ、着きました！　韓国人たちはオウムのようにしゃべっている。〝ホイップクリーム、ホイップクリーム……〟しかし、突然の出来事にバンドが演奏を止めた。二百人のパイロットが立ち上がり、ビールのジョッキを掲げて、天井に向け、楽しそうに叫び声を上げた。

そして、ビールをグイッと飲んで大いに笑った。

「ディックって誰？　あなた方の中にいるの？」ミルトンに尋ねた。

「そうだよ」

「その人の誕生日なの、今日？」

「そうじゃない」

「休暇がもらえるの？　兵役期間が終わったの？」

「違うよ」

「じゃあ、どうして祝福してあげるの？」

「祝福してるんじゃない。追悼してるんだ」

「なぜ？」

「今朝、死んだからだよ。撃墜されたんだ」

時には、とても酷い人間が、このように立派になれる。今夜、このことを確信することがなかったら、私はがっかりしたまま眠りについただろう。なぜなら、あのミルトンが、あの後、何を企んでいたのか、聞いてみるがいいわ。

夕食がすんだ。ミルトンは私と一緒に帰るところを仲間に見せびらかしたかったようだ。仲間の前でミルトンに恥をかかせたくはなかった。私がミルトンと寝たとあの人たちが思ったとしても、どっちみち、私にとってたいしたことではない。私たちはからかいの咳払いに送られて、一緒に席を立った。外に出ると、まっすぐ情報基地に送ってくれるように言った。喜劇は終った。ミルトンはすっかりしょげてしまい、なんとかして私に認めてほしくて「ぼくの飛行機でダクトーへ行きませんか？」とおずおずと言った
それは行きたいわよ。連れて行ってくれるなら、無礼を許そう。ミルトンのジープに乗り飛行場に向かった。彼の飛行機に到着した。それはバードドッグという偵察機だった。この種の飛行機は敵を探し出し、爆撃の位置を知らせ、後でその結果を偵察して回るものである。また、低空飛行をするために、無駄に墜落するという危険がある。

「シーッ！誰にも言わないでくれよ」ミルトンは駆け寄ってきた整備士二人にささやいた。「すぐに戻

って来るから」

「でも……少佐……少佐……」

「静かに！　さあ、離れて」

「おそらく厳重注意がありますよ、少佐」

「心配するな。黙るんだ。もう何も言うな、君たち」

ミルトンは飛行機に飛び乗った。私は後ろの偵察者の席に座った。ヘルメットを被り、シートベルトを締めた。パラシュートはつけなかった。エンジンが掛かり、飛行機は離陸態勢に入った。ライトの帯の中で整備士二人が、あっけにとられたように私たちを見ていたが、突然動揺し、両手を激しく振った。

ミルトンは気にしなかった。

「うるさいぞ、君たちは。この娘と飛んでくる。何も言うな、ばかもの。彼女と一回りしてくる」

飛行機はダクトー方向に二千メートル上昇したその時、ミルトンの声がヘルメットの中に、無線を通して飛び込んできた。

「ぼくの……くそっ……声が聞こえる？」

「大きくはっきり。少佐、どうかしましたか？」

「大丈夫、くそっ……心配しないで」

「なぜ心配しなくちゃいけないの？」

「実は……」

「どうしたの？　少佐！」

「ぼくの座席！　ああ！ぼくの座席が固定しない、ローリングするんだ！　ああ！操縦できない！」

「戻りましょう、少佐！」

「できないんだ！」

「落ち着いて、少佐、お願いだから」

なんと、この私が、怖いと言い、恐怖の中で生活し、恐ろしい場面を想像し、怖い思いをしていることの私が、この間抜け男を勇気づけているなんて、おかしな話である。しかし、生き延びるためにはそんなことを言ってはいられない。科学技術の女神に背かれて、チューインガムの伝道師は、もうどうしていいかわからないでいた。彼は座席を押したり叩いたり揺さぶったりしている。飛行機は狂ったスズメバチのようだった。右に傾き左に傾き、くるくる回り、急上昇する。聖クリストーフォロは異端者を許してくれるだろうか？

「聖クリストーフォロ！」私は祈った。

「君、なんて言った、なんて言った？」ミルトンは尋ねた。

「聖クリストーフォロ！」

座席は固定された。私たちはミサイル攻撃が繰り広げられているダクトーに向かった。しかし、鼓膜を突く、真っ赤に焼けた針のように、ふたたび苦悩する声が耳を刺した。

「大変だ！」

「少佐！　またですか？　今度は何⁉」

「ガソリン！　ガソリンがほとんどない！」

「あの二人が言いたかったのは、たぶんこのことよ」

「いいですね……あ、あわてるんじゃないよ！」

「あなたこそ、あわてないで！　私を戻してよ！　何をためらっているの？」

私は腹を立てていた。それはもう、腹を立てていた。ミルトンを罵っていた。燃料の最後の一滴まで使い果たして着陸した時も、怒りはおさまらなかった。整備士二人が大声を上げながら駆け寄って来た。

「大成功ですね、少佐！燃料がほとんどないと言いたかったのですよ！」

なぜか、アメリカ人はよくこういうことをする。

## 五月二十日

ふたたびダクトーに来ている。着いたのは夜明けであった。少々興奮している。この戦争に初めて対峙したのがダクトーであった。十一月だった。私はそれまで戦闘を目の当たりにしたことはなかった。軍服のポケットには、フランソワが書いてくれたメモ「恐れるな」を入れていた。そうしようと思っていたが、とても怖かった。そのせいで、おそらく私の目はそれまでになく大きく見開いていたと思う。いろんなことを思い出す。山脈、蛇行する川、滑走路、仮小屋。仮小屋は少し変わっていた。たとえば、記者用のテントは以前より大きく、下に避難壕が掘られていた。でも、ピアーズ将軍はもういないし、ネズミのような鼻の中尉も、ノーマンも、ボブもいない。戦死したのだろうか、それとも郷里へ帰ったのだろうか。黒人のノーマンは一月に郷里へ帰るはずだった。金髪のボブは四月の予定だった。十年、二十年たっても、はっきりと描写できるほどに、私の記憶に刻まれている人たちの中で、再会したのは一人だけであった。その兵士は、十一月二十三日の朝、八七五高地の戦闘に加わった。

その兵士は、土嚢の壁にもたれて座り、爪を噛もうとしていたが、歯が爪を捕えられないほど手が震えていた。歯は何かに取り憑かれたように、がちがち音を立てて震えていた。

「こんにちは、私のこと覚えてる?」

「ええ」

「あなたの名前は……」

「アレン」

「ねえ、アレン。ヘリコプターであそこへ行くのね」

「ええ」

「八七五高地へ」

「ええ」

「感謝祭の日だったわね」

アレンは爪を噛まないで、左手を右の脇の下に隠した。その震えを私に知られたくなかったのだろう。そして、吐き捨てるように言った。「感謝祭の日だって! ふん!」

「アレン、どうしてそんなに震えてるの? 寒いの?」

「いいえ」

「熱があるの?」

「ないよ。苛々するんだ。苛々してるだけだよ」

「お医者さんに診てもらった？」

「ええ、でも、なんでもない、怖じ気だろうって言うんだ」

「あの頃の誰が残ってるの、アレン？」

「知らないよ。ぼくがいるよ。ぼくが」

「よかった。うまく切り抜けたのね、アレン」

「うまくだって！　まだ四か月もいなければならない。四か月も！」

カチャ、カチャと歯の音が激しくなった。歯の間に爪を入れるのを止めさせようと、タバコを一本与えた。アレンは顔から手を離した。整ったいい顔をしていた。痩せていたが美男子だった。しかし、汚れていて見られたものではなかった。たとえば、鼻からは乾いた鼻汁が垂れ下がっていた。目は、今気付いたのだが、目やにがハチの巣のようだった。

「大丈夫よ、アレン、きっと。郷里に帰ったら八七五高地のことを忘れるわよ」

「その後の方が悲惨だった」

「どこ？」

「カンボジアとの国境で。十二月十日と十一日だった。震えが始まったのはその時なんだ。ヘルメットをなくしたから。ヘルメットを探したけれど見つからなくて、パニックになった。幸い、少尉が負傷していた。そのヘルメットを取ったら、気分は落ち着いたけれど、震えは止まらなかった。それより後だよ、震えが酷くなったのは。一月二十五日だった。砲座25で、キャンベルが死んだ。キャンベルのこと、覚えてるよね？」

キャンベルのことはまったく思い出せなかった。

「キャンベルはぼくの学友で、ジョージアのぼくの家の近くの農場に住んでいた。キャンベルを覚えてないの？　その十七日前の一月二日に着いたばかりだった」

それなら、私はキャンベルには会っていない。でも、アレンにはキャンベルを知らないとは言えなかった。平手打ちを食らわすようなものだから。

「そうそう、思い出したわ」

「キャンベルを忘れるはずないよ。あのキャンベルを。最初に死ぬなんて、機関銃で頭を撃たれて、キャンベルは戦いはしなかった。ぼくはいつも言ったんだ。キャンベル、ヘルメットをなくしてはいけないよ。でも、なくした。顎革を締めなかったから。顎革を締め忘れちゃいけない。そうでしょう？　ぼくは感じた、なぜか感じたんだ……いいか、祈るんだ。撃って祈れ、祈って撃て。たとえ標的が見えなくても。ぼくはもう、キャンベルの割れた頭以外、何も見えなかった。でも、茂みに向かって撃った。あいつらは撃たれても、なぜか声を立てることもなく死ぬんだ。信じられる？」

「あなたがそう言うなら、信じる」

アレンはタバコを投げ捨てた。半分残っていた。

「本当のことだから言ったんだ。あいつらは、まったく大声を上げることはない。じっと黙っている。どうしたらそうできるのだろう？　感心するよ。ぼくたちは撃たれたとたんに叫ぶ。大騒ぎする。キャンベルだけは叫ばなかった。即死だったから。ぼくが何を言いたいかわかる？」

「いいえ、何？」

「ぼくは誰も殺したくないと言ってるんだ。キャンベルを殺したやつでもね。ぼくが言いたいのは、つまり。ここではみんながこんなふうに考えてる。あんたがぼくの友を殺したから、ぼくはあんたを殺す。そして殺す。すると、あんたが殺した男の友人が、あんたはぼくの友を殺したから、ぼくはあんたを殺すと言う。そして殺す。際限なく続く、何の役に立つと思う？　死んだ者の命が戻るのか？　ぼくはあんたを殺したくない。北ヴェトナム人もヴェトコンも殺したくない。なぜかって？　敵はぼくたちと同じ若者じゃないか？　敵もヘルメットを失くしていないか？　ここではみんなが言ってるよ。あいつらを憎め！　とね。ぼくは憎めない。ビル神父はぼくが正しいと言ってくれる。ビル神父を知ってますか？」

「知らないわ」

「知らないだって？　ビル神父はピーターズ神父の死後、その後任としてきた人だよ。ピーターズ神父は八七五高地で死んだウォーターズ司祭の後に来た人だけど。ぜひ会うべきですよ。ぼくは、そうだ、ぼくは神父さんと話している時は震えが止まる。ほら、あそこ、十字架をつけたテントにいますよ。見えるでしょう？」

「ええ、ねえ、聞いて、アレン。重要なことをあなたに聞きたいの。ピップという人を知ってる？　ピポン軍曹よ」

「うーん、誰だろう？」

「ピップよ。ヘリコプターで墜落した人。第一二歩兵隊の第三大隊に属し、一三八三高地にいた人よ。

いつも陽気で面白い顔の……」

「さあ、知らないなあ。それにヘリコプターはたくさん落ちたし、ビル神父に聞いてみたら？　あの人はなんでも知ってるよ」

記憶の断片を探し求めること。それはこのジャングルの中に散らばっている数知れない薬莢の中から、一つを探し出すようなものだった。すでに、五、六人に尋ねていた。誰もピップを覚えていなかった。「司令部に行くといい」と言われた。しかし、司令部が何を知っていると言うのだ。それに、ピップは隊の仲間と長く行動を共にすることはなかった。高地を転々とし、ほかの大隊の情報も集めていた。ビル神父に会ってみよう。


夜。神父もピップのことを知らなかった。二月、三月はここで多くの犠牲者が出たそうだ。名前を突き止めるのは不可能だとのこと。それでも、よく考えてみよう、手掛かりを探る手伝いをしようと言ってくれる。様子を見よう。ところで、アレンがその人の前では震えが止まると言っていたこの人物、ビル神父はどのような人なのかを述べよう。麦藁色の髪、青い目、日焼けした顔、鼻の皮膚の擦り剝けた、三十四歳の青年である。戦場の神父は兵士たちと見分けがつかないという事実は別としても、紳父らしくない。襟につけた二つの小さな十字架がなければ、神父だとわからない。ともかく、私がテントの中に入った時、上半身裸でベッドに寝そべっている男がいるだけであった。今思い返してみると、靴も脱いでいた。神父は静かに立ち上がった。裸のままで、靴も履かずに、私にウイスキーを勧めてくれた。そんなふうに午後は始まり、その間ピップのことはほとんど忘れていた。なんという人だろう、このビル神父という人は。たとえば、神父になる意志はほとんどなかったと言う。マイアミ大学で法律を学んでいる時にはFBIになろうと思っていたそうだ。

「当時、FBIはとても尊敬される職業で、警察官と同じように役立つことができる」ところが、突然考えを変え、それ以上に役に立てると思える神父になる決意をしたのだった。フロリダの、ある教区教会を任され、彼はそこで約十年間過ごした。

「老婦人たちと、その道徳的な問題でうんざりだった。我慢ならないことを一つ上げるとすれば、それは夜明けにミサに行くベギン会修道女たちだ」

「それで、神父さん?」

「それで、ときどき私は悪態をついていた。わかるでしょう? そして、ヴェトナムに出征する若者たち。毎月三、四人は出征していた。そのことを考え始めて自問した。ビルお前は若くて逞しい、それなのに、ここでベギン会修道女の罪を許すことに携わっている。若者たちと行動をともにする方が賢明ではないだろうか、と。それで、私は入隊し、一か月の訓練を受けました。ボーイスカウトのように森の中で生き抜く方法や、鉄条網を潜り抜ける方法などを教えるコースを学び、軍事訓練なども受けた後、ピーターズの後任として、ここに送られました。私の人生で初めて、神父である前に一人の人間であると感じている。ここでは僧服や聖職者用カラーの下に身を隠してはいられませんからね。ここでは、事は単純です。もし、人間らしくなかったら、尻を蹴飛ばされる」

「では、あなたが、神父である前に人間であるとわかったのはいつでしたか、ビル神父?」

「死人を見た時からだと思います。私が知っていた死人は病院にいた。死体はきれいだし、シーツが掛けられていて、ベッドの頭の方には看護婦がいた。戦場では、死人は汚れていて、独りぼっちで、血にまみれている。祖国の誰が汚れた死人を知っているだろうか？　少なくともテレビでは見る。モノクロ映像だし、西部劇で見るように称賛される。画面は銃撃戦を映した後、血まみれではない死体を映し出す。テレビには血の赤い色は写りませんからね。カラーテレビができればいいのですが。そうすればわかります。たとえば、私の母などは、戦争で死ぬのは英雄的行為だと信じている。英雄的行為について話した最初のやつが忌々しい。昨日、第二五砲兵隊に母がいたらなあ！　母も知っていた三人の若者が戦死したのです。一人は十七歳、もう一人は十八歳、そして、もう一人は十九歳。なんてことだ！」

神父はテーブルとして使用している箱に、大きな拳を叩きつけた。それから、ウィスキーを流し込むように飲んだ。

「私は戦闘があると、兵士たちとともに行きます。兵士たちはとても動揺しているし。怯えている。神のことも、天国のことも話して聞かせることはありません。ここに来た当時は宗教について語り合いたいと思っていたが、語り合ったことはありません。兵士たちには勇気を与えることだけに努めています。こう言ってやります。心配しないで、苛々しないでと。彼らは私の言うことを聞いてくれる。無神論者だと断言している一人を除いて。たぶん、偽善者になりたくないのでしょう。殺すなかれ……いいやつだ、私は好きだ。そして……そして、戦死した彼らを私が免罪します。死なくても彼らを免罪します。アメリカ人でも、北ヴェトナム人でも、ヴェトコンでも」

「北ヴェトナム人やヴェトコンも？」

「もちろん！　私にとってはみんな同じです。みんな鼻が一つ、腕が二本、足が二本ある人間です。命令されたから戦っている。兵士たちに罪はない。殺すなかれ……という第一の戒律を破る兵士に会ったことはない。引き金を引くのは兵士の指ではなく、命令する者の指です。戦争というのはね……カインがアベルを殺した当時から、戦争は人間の本質の一つになっている。でも、私はこれを認めない。私は戦争を支持するためにここへ来たのではありません。戦争を強いられている人たちを救うために来ています」

神父はもう一度ウィスキーを飲んだ。

「ときどき聞かれます。神父さん、なぜぼくたちはヴェトナムに送られてきたのですか、と。彼らにはまだわかっていない。私にもわからない。共産主義を阻止するためだと言うけれど。私の答えはね、共産主義は銃弾でも、ナパーム弾でも止められないと言うことです。思想は肉体を抹殺しても死なない、逆効果です。体ではなく、頭に働きかけねばなりません。それにしても、アメリカ人が世界の警察を続けることはできない。この点ではハノイの長老の言う通りです」

神父に銃を携帯しているかどうか聞いてみた。持っていると言った。カトリック教会は銃の使用を認めているかどうか聞いてみた。神父は、教会は認めていると言った。「緊急事態の時だけ撃つことを許されている。でも……」

「でも？」

「撃ったことはないし、決して撃つことはないでしょう。ただ、もし……」

「もし？」

「いつかお話しします」

明日、神父は、北西にある丘で、砲座25でミサをあげる。私も行きたいと思っている。何か珍しいことがその戦場で見つけられないだろうか？

フランソワは韓国で、ストラディヴァリウスを見つけたことがある。本物のストラディヴァリウスを。どこかの美術館で盗まれたのだろう。それを海兵隊の伍長が手に取って、弾いてみた。しかし弾くことはできなかった。歌の音合わせをしている時、弦が一本切れてしまったのだ。その歌は「ねえ、スザンナ！　ぼくとダンスを踊ろうよ！」だったのだが。

五月二十一日

空は抜けるように青く、目に痛いほどであった。森は緑があまりにも鮮やかで、胸を刺すほどであった。その緑と青の間を、戦争を忘れて飛んでいた。そして、ヘリコプターは急に向きを変え、高度を下げて丘に向かった。

「着きましたよ」と神父が言った。「ここには二五砲兵隊がいます」

一目見た時から、私は嫌な予感がした。いずれにしても、それは丘ではなく、木も草もないむき出しの山頂だった。その土地には、五、六基の砲座と、埃と汗にまみれ、髭を伸び放題にした百人ほどの兵士だけが認められた。後ほど神父が説明してくれたが、北ヴェトナム軍が、あたり一帯の丘と、この山頂の付近を占拠しており、彼らは一日に二度臼砲で攻撃し、週に一度激しい攻撃を仕掛けてくるそうだ。

「彼らがいまだにここを攻略できない理由は、攻撃のたびにダクトーからファントムが何機もやって来て、ナパーム弾を浴びせるからですよ。ここでは少なくとも二、三人の死者が出ない夜はないというのも事実です」。つまり、二五砲兵隊はケサンの縮小版であった。

「聖具一式を入れたカバンを揺らしながら、ビル神父は空き地に行き、祭壇の準備を始めた。手順は次の通りである。まず、空の臼砲を二つ、柱のように立て、その上に紙箱を乗せる。カバンを開けて水と葡萄酒が入ったプラスチックの小瓶を二つ、聖杯として使う紙コップを一つ、聖体の包み、十字架を取り出し、それらを箱の上に並べた。最後にヘルメットを脱ぎ、制服の上に祭服に仕立てた迷彩服、ポンチョのようなものを羽織った。それから、「おーい！　ミサを受けたいのは誰だ?」と大声で言った。

三十人ほどの兵士がやって来た。指揮官が「神父さん、急いですませてください。爆撃はもうすぐです」と言った。

「ビル神父、ぼくは懺悔したいのですが」一人の兵士が言った。

「ぼくも！」

「ぼくも」

ビル神父はどうしようかと少し迷った。指揮官をちらと見た後、周囲の丘の方を見て命じるように言った。「みんな、ひざまずきなさい！」

兵士たちは従った。

「ヘルメットを脱いで！」

「兵士たちは、ぶつぶつ言いながらヘルメットを脱いだ。

「静かに！」

兵士たちは従った。

「父と子と聖霊のみ名において、アーメン。これでいいかい?」

「それだけですか。ぼくたちに何も聞かないのですか、ビル神父?」

「君たちは私に何を聞いてほしい! この六メートル四方で贖罪されたいと思うなんて、いかにも悲しいことではないか?」

そして、神父はミサを行うために祭壇の後ろに立った。兵士たちは祭壇の前に座った。ある者は地面に、ある者は土嚢に。ある兵士は猿を連れていた。猿は兵士の首にしがみついていた。

二十分ほどの間は何事もなかった。その間ミサが行われていた。南東方向十キロの地点で、二機のファントムがナパーム弾を投下していた。青空に黒い雲が広がった。その少し先、北西の地点では大砲が轟いていた。ここは無事だった。神父は聖杯の紙コップを掲げ、主に祈りを捧げた。顔を手で覆い、兵士たちは神に祈願した。完全な静寂の中で、沈黙してミサは執り行われた。それから、兵士たちは静かに立ち上がり、一列に並んだ。ビル神父は聖体拝領を行った。舌の上に小さな聖体(ホスチア)、ハッカドロップのようなものを載せた。猿も一つほしがったが、ビル神父は「駄目だよ、お前にはあげないよ。お利口さん!」と耳元でささやいた。猿はおとなしくなって、両手を兵士の頭に置き、唸るような声を立てながら優しくその頭を撫で始めた。こうして二十分が過ぎた。二十分の間、私は不審に思っていた。なぜ北ヴェトナム軍は私たちを襲って来ないのだろうと。双眼鏡があってもなくても、よく見えているはずだ。それなのに、なぜ撃って来ないのだろう? ミサが終わるのを待っているのだろうか?

ばかげているとは思うが、それでも、ミサが終わるのを待っていたのだと思う。なぜなら、ミサが終わり、ビル神父が十字架と小瓶を元に戻したその時、最初の臼砲が襲ってきたからである。まさに陣営の真ん中に。

私はすぐに避難壕に飛び込んだ。二発目が落ちた。三発、四発、五発。砲兵隊は応戦した。着弾と発車弾が入り乱れて爆発し、地面は地雷の爆発のように揺れた。私は目を閉じていた。すると、それまでよりずっと近くでヒューという音がして、目を開けた。私の上にビル神父の、皮膚のむけた鼻があった。ビルは微笑みを浮かべて、左腕を私の肩に回していた。「大丈夫ですか？　攻撃はたいしたことはない。すぐ終わりますよ」ところが、すぐには終らなかった。私たちは長い間、爆撃が下火になった時も避難壕の中にいた。攻撃が中断した時「その場を動くな！」という声が聞こえた。神父が話し掛けてきたのはその中断中であった。私を慰め、勇気づけようとしたのだろう。神父がどんな話を切り出したのかよく覚えていない。教会について何か言っていた。今の教会は発酵する大樽であり、その中でブドウが発酵する間は、良い葡萄酒ができ上がるのか、酢なのかを知ることができない。だから、その大樽の中にいる神父は多くのブドウの粒に混じった一粒のブドウのような気がして、逃げ出したくなる。その様な話だった。私が神父にした質問はよく覚えている。「あなたは信仰を失いかけている。そうでしょう、ビル神父？」それに答えた神父の言葉をはっきり覚えている。「いいえ、信仰は変わりません。むしろ信仰は深くなりました。神はこの世の出来事に責任はなく、責任は我々にあります。キリスト教文明のこの二千年の間、我々はあまりうまくやってきたとは言えないでしょう？　我々がやってきたことと言えば、戦争を煽り、特権を拡大することだけで、新しい理念には目をつむってきた……」また、こんなことも覚えている。地面が揺れている時に、壕の中でこのような話をすることに矛盾を感じたことや、慈父のように私の肩に腕を回していた神父に、女の人がいないのは寂しいですかと尋ねたら、彼は寂しいと答えたことを。

「もちろん。でも、それはたいしたことじゃない。つまり、女の人がいなくても大丈夫だからです。セックスは重要ですが、どうしても必要というものではない。深刻な問題は肉体を襲うのではなく、精神を襲うのです。我々は挑戦と好機に満ちた時代を生きているのに、いまだに馬に乗っていた時代のように行動している。たとえば共産主義者も、彼ら独自の方法で祈り、神を求めていると言うことが、我々には理解できない。それに、戦争……戦争は人間を良くすると思いますか、それとも悪くすると思いますか?」

「見ての通りよ、神父さん。言うなれば、獣です」

「そうではありません。良くなっています。あなたのように幻滅している人もいます。信仰をなくする人もいるが、責めることはできない。地獄のような場面に遭遇したら、神を恨むのは自然なことです。けれど大半の人は、神は人間を苦しめて楽しんでいるのではない、つまり、チェスで遊ぶ悪者ではないということを知っている……頭を下げて!」

攻撃は激しくなった。手榴弾が私たちの壕のそばで爆発した。石混じりの土埃が舞い上がる。

「神とはなんですか、神父さん?」

「神は我々の中にいて、我々に好機を与えてくれる良心です。しかし、我々はそれを拒絶している」

「戦争が終わったら何をしますか、神父さん?」

「たぶん聖職者であることを止めるでしょう」

「なぜですか?」

「まだわかりません。わかっていると言いましょうか、多くの不正を見ていると、与えられたこの銃を構え、キリストと叫んで悪いやつらを撃ってやりたいと思うことがあります」

ちょうどその時、叫び声が聞こえた。しかし、それはキリストの名ではなく、母を呼ぶ叫び声だった。

「ママ！　ママ！　ママ……」

ビル神父は外へ飛び出した。私は後を追った。それは猿を連れていた少年だった。顔と両手のほかはひどい状態だった。

ビル神父はその少年の上にかがみ込んだ。

「父と子と聖霊のみ名において。安らかにお休み。いい子だから」

その後、攻撃はおさまった。ビル神父は呻き苦しんでいるほかの兵士たちのところへ行ったが、すぐ戻って来て、指揮官が私をダクトーに戻らせたがっていると伝えてくれた。

「指揮官は攻撃がまた始まるのを気にしています。ヘリコプターは待機している。行きなさい。私はここにいなければならない。私の義務ですから」

そういうわけで、私はヘリコプターに乗った。離陸する直前に神父は片手を頭上に上げて、大声で言った「ピップのことだが、一三一四高地へ行ってごらんなさい。グリッズリー少佐を探すのですよ！きっと、ピップのことを知っています」

五月二十二日

薬品とレモンを積んだヘリコプターでダクトーに着いた。私もかなり危険な体験をした。ジャングルの茂みの中に光が一つ、あるいは鏡だったかもしれないが、ピカッと光った時だった。銃手が「VC!」と言った。パイロットは確認のために機体を下げた。十分間、生きた心地がしなかった。ヴェトコン隊とアメリカ軍の銃撃戦。結局のところ、レモンが私を心筋梗塞になる不安を忘れさせてくれた。旋回するとレモンは小さな爆弾のように落ちてきた。すると、誰にも頼まれはしなかったが、任務を与えられたような気になった。レモンを無事、基地に運ぶ任務である。ただ見ているだけでなく、何かしなければならなかった。ともかく、私はレモンを半分以上は救った。それ以上の損失を出さなかったと考えるのは悪くない。ばかげた交戦は、弾丸とレモンを浪費しただけのことだった。

今、私が考えているのはレモンのことではない。一三一四高地に来て、土嚢の間に座り、グリッズリー少佐と話そうとしている。ピップのことを考えている。ビル神父は、人を無駄に戦場に行かせる人ではない。月曜からか火曜にかけての夜、つまり、二四砲兵隊の前に、ビル神父は彼なりに探して、ピップの記憶の断片がこのあたりにあるとわかったに違いない。これらの枝に隠れ、木の枝に潜り込んで、塹壕の入り口近くにいたことはほぼ間違いない。仮にそれが水滴のひと雫だったら、日光に反射するのが見えるのだが。でも、なぜグリッズリー少佐はテントから出て来ないのだろう？　ブレイクからわざわざやって来た、二人の将軍と会談中だと聞いている。いったい彼に何を話しに来たのだろう？　暑くて目がくらみそうだ。塹壕の中では土が粉のように崩れる。兵士たちは上半身裸で鉄骨のアーキトレーブを運んでいる。彼らの背中に汗が流れている。兵士たちのほとんどが黒人であり、ピップの友人はいない。あのグループの中ではグリッズリーしか残っていない。当時、彼はすでに第三大隊の指揮を執っていた。グリッズリーとはあわただしい会見だった。一三八三高地の山頂に行く前に、シェール大尉を紹介してくれた。大尉は頬が丸く、口元の優しい筋肉質の美男子だった。

夜。ところが、私のところにやって来た男は老人だった。瘦せて、疲れていて、顔の張りは吸い取られていた。筋肉は溶けたかのようで、頬には深いしわが刻まれ、唇は垂れ、生気のない目で相手を見つめていた。私はグリッズリーに質問をした。ヴェトナムに来てどれぐらいになりますか？ 六か月になるが、あと一年いなければならないと答え、グリッズリーは片手を、どこまでも続く緑の起伏、山、山、また山を指さした。その声は怒りに震えていた。

「感じないか、やつらの目を？ 我々を見ている。それなのにどうすることもできない。できないんだ、やつらが外へ出て来ないと。やつらは、我々がどこにいるか知っているのに、我々にはやつらの居場所がわからない。どうすることもできない。ただ待っているだけだ。この静けさ、この不動の時が何週間、何か月と過ぎていく。出て来い、この野郎！」

しかし、出て来る者はなく、グリッズリーをからかう木霊さえなかった。もうすぐモンスーンがくる、そうすれば空は雲に覆われ、空軍はB52以外は使用できなくなる。その時、その時だけ、黄色い肌の男たちが隠れていた陰から出て来て、幻影でしかなかった者たちが静寂を破る。雨も、泥も、風も、物ともせず基地を目がけて登って来る。その時、この男グリッズリーは、ついに対峙することになるだろう。幻影に向かい、出て来いと言っていたこの静寂の時を思い返し嘆くだろう。私はグリッズリーの話を聞いた後、ピップのことを尋ねた。彼はピップのことをよく覚えていた。

今、私は知るべきことはすべて知ったと思う。そう、私はピップの記憶を取り戻した。それは私の手中にあるごくわずかな光であり、それをどうすればいいのだろう。

ピップは知らないが、この高地でのことだった。昨年の二月二十六日、その日に一三一四高地を征服するための戦いが始まった。一か月前から、第二歩兵隊は155口径砲で砲撃していたが、橋頭堡を築き上げ、その日、二中隊が五人乗りヘリコプター四十二機で爆撃していた。すぐにヘリコプター二機が撃墜され、一基は全員死亡し、もう一機は負傷者が一名救出された。この負傷者がピップだとは誰も言わないが、その男は一三八三の軍曹であり、膝に重傷を負ったことを覚えている者が何人かいた。その男を運び出すのにかなりの時間を要したという。橋頭堡はコッシュ中尉に指揮されていたが、コッシュ部隊は援軍もなく、長い間動けなかった。彼らは爆弾でできたクレーターの中に逃げ込んだ。北ヴェトナム軍は、息つく暇も与えず銃撃してくる。ブラヴォ中隊の兵士たちは、戦火を潜ってそこに到達するのに午前中をすっかり費やした。それでも戦闘は止まなかった。三日間続いたのである。三日間のこの激戦を、北ヴェトナム軍の指揮官であったチェウ・ホイ大尉は降伏し、次のように言っている。これは今まで体験したことのない最悪の戦いであった。彼の部隊だけで百十五名の死者を出してしまったと。

負傷したピップはそこにいて、すべてを見たのである。隠れることも逃げることもできず、それらの死体のそばで。ショックが大きすぎて、自分の記憶を停止させ、頭の中からこの日のこと、ヴェトナムに滞在したことを消し去り、楽しい部分の一瞬一瞬だけをこの忘却の中に残しているのだろう。きっとそうだ。シェールの顔、私の花束、花束ではなく木の枝だったのだが、ピップの空想によって、いたわりや優しさを望む気持ちが、その枝に花をつけたのだ。さあ、どうしようか？　ピップにそのことを話そうか？

私はサイゴンまで乗せてくれる輸送機を探すために、プレイクに戻った。ダクトーを去った。ダクトーにはいたくなかった。出発する時、滑走路には軍隊が群れ集まっていた。第四師団の第三部隊、第五〇六師団の第二大隊、第一〇一空挺部隊の二個中隊。そして、その他にC130の胴から蟻の行列のように出てくる者たちがいる。この兵士たちの何人が、今夜のこと、明日のこと、ヴェトナム滞在中の体験を忘れたいと思うだろうか？　だから、なぜピップが覚えている必要がある？　何のために？　それが何になる？　あの日苦しんだように苦しむため？　あのおびただしい死体や爆弾跡の穴の中のコッシュのことを思い出すため？　それは違う。私の捜索は無駄だった。無理だろう、私がピップの恐怖心を取り除くことは。

私がこのわずかな光をどうするか見るといい。私はそれを地面に叩きつけ、軍靴で踏み潰し、消してしまう。ほら、もう燃え残りしかない。

# 10
## ロアン将軍との会見

　ヴェトナム滞在の最後の頃、私は推論の結果を、ある種の〝請求書〟を探していた。この問題を中途半端にはできないと思ったからである。私がしたような体験をし、私がしたように実証したことは、やるだけの価値があっただろうか？　ところが、〝請求書〟はあった。罪を犯しながら訴追を免れ得る、本当の意味で悪党そのものであると思ってきたあの権力者、グエン・ゴック・ロアン将軍に招待されたのである。これは私がサイゴンを永久に去ろうとしていた数時間前に書き留めたものである。毛糸玉は、ほどき終わると、中に隠れていたものを見つけられる。それは幼い頃に学んだ遊びのひとつである。私が幼い頃、母は糸のかせを買ってきて玉に巻いていた。糸を巻く時、母は紙で芯を作った。紙は白紙だったり、新聞の切れ端だったり、酒屋の請求書であった。いつも知りたくてたまらなかったので、母がゆっくりセーターを編んで、毛糸玉が小さくなっていくのを見つめながら、何が入っているのだろうと、わくわくしていた。毛糸玉がなくなると、紙の芯を摑んで、小さな手でもどかしく広げたものだ。白紙の時がよくあった。その時はとてもがっかりした。でも、その紙に何か書かれていた時は、母のところに持って行き読んでちょうだいと言い、その話をうっとり聞いていた。酒屋の請求書の時も、母は話をしてくれた。ある日の午後、紙の芯にはおとぎ話が書かれていた。ほら、人間の姿に変身するヒキガエルの話。

ロアンとは多少の違いはあっても、これに似ていた。数か月前には、ロアンの心の中に何があるのだろうと考えていた。フランソワは私にいろいろ話してくれたが、私自身で確かめたかった。白紙なのか、ありふれた秘密なのか、それとも人間に変身するヒキガエルのおとぎ話なのかを、確かめたかった。おとぎ話が入っていたのである。私は嬉しくなった。ヴェトナム滞在の最初の頃に書いた日記をお見せしよう。その頃も探している答えがまだ見つからなかった。ところが、ずっと後になって、ほかの場所で答えを見つけることになったのである。

## 五月二十四日

信じられないようなことであった。ロアンが私と会ってくれるなんて。「いつ?」私は興奮して、フランソワに尋ねた。「今、すぐだ。君を待っているよ、さあ」グラール病院へ大急ぎで行かねばならない。不思議なことだが、突然、ロアンに質問することがなくなった。もうそのようなことはどうでもよかった。ロアンに会えるというだけで嬉しかった。

午後。誰に咎められることもなく、ロアンの部屋に入った。警備する警官も兵士もいなかった。ヴェトコンが侵入し、難なくロアンを殺して逃げることができそうだった。ドアをノックしたが返事はなかった。私は中に入り、ベッドの足元に近づいた。サイゴンの恐怖、ヴェトナムでいちばん残忍な男、ほかの将軍たちを震え上がらせた将軍がここにいる。毛布の中でまどろんでいたが、子供のように罪のない無防備な姿であった。部屋にいるのはおとなしい顔の慎ましい女と、新聞を読んでいる老人の二人だけであった。女はじっとしていたが、老人は私に手を差し伸べて小声で「私はこの男の父で、こちらが息子の妻です。まだ話し掛けないでください。息子は眠っています」と言った。しかし、ロアンは目を開けて私を見た。私に笑いかけようとしたができないようだった。頭を上げようとしたが、枕に沈んだ。苦しそうな呻き声で「足が！」と言った。私は掛ける言葉がなかった。

「将軍……わたしは……こんにちは、ロアン将軍」

ロアンはすぐに泣き始めた。すぐに。私から視線をそらし、天井を見た。みるみる涙が光り、大粒の滴となり、頬を伝い、鼻を伝い、とめどなく流れた。

「その椅子にお坐りなさい」

その声は、いつもの低い苦悶に満ちた哀歌のようであったが、不思議な優しさがあり、いつもより柔らかく響いた。

私は椅子を持ってロアンの近くへ行った。

「もっとこちらへ、もっと近くへいらっしゃい」

私はさらに近づいた。ロアンは片手で私の手首を掴み、もう一方の手でパジャマのポケットを探りキリストの聖画を取り出した。棘の冠を被り、苦痛に顔をゆがめ、口を少し開いたキリスト。

「キリストが……キリストが私を守ってくれました。キリストが……キリストが私を愛してくれているのです。ここのところを読んでください。さあ、読んでください」

私はあっけにとられていた。次のように書かれていた。「あなたを守り、愛し、あなたの苦しみに意味を与えるために、あなたの上にかがみ込むキリストのことを考えなさい」

その聖画をロアンに返した。ロアンはずっと泣いていたが、その聖画に唇を振れた。

「本当にそう思っています。あの日の朝は多くの者が死んだから。ところが、私は……キリストが守ってくれたのです。あなたは私に神を信じているかと聞いたでしょう？　信じていないと言いました。本当のことを言わなかった。時には、自尊心や臆病から人は嘘をつくことがある。私は神をずっと信じてきました。ああ！　泣いたりしてすまない……どうしても泣けてくる、それほどほっとしている……私が足の痛みになんとか耐えられるのは、この胸の中にある苦悩……」

ロアンは私の手首を放し、その手を胸に置いた。しかし、その後で、また私の手を摑んだ。強く握った。私の手が離れるのを恐れるかのように。

「あの時、あなたにこんなことも言いましたね。あなたは私を信じていないと。あの日……覚えていますか?」

あの日、私はひどく喉が渇いていた。ロアンは何度も、「ウィスキーですか、ビールですか?」「ビールですか、ウィスキーですか?」と飲み物を勧めてくれた。私はビールをお願いしますと何度も答えたが、ビールは一度も出されず、喉の渇きはおさまらなかった。この男は、あの日と同じ男だろうか?

「あの日、あなたに言いましたよ。私は軍人とか警察官になるために生まれたのではない、戦争は嫌いだと。戦争に興奮し、戦うことを楽しむ者もいるが、私は違う。戦闘では、ただ恐怖……戦う前の恐怖、戦った後の恐怖……それしか感じない。私は自分の職業が嫌いだ。ずっと嫌いだった。好きでもない職業に就いているのは悲惨なことです。ふつうの服を着て、遙か遠くへ行くことを夢見ていた。軍服は嫌いだ。この毛布でさえ嫌いだ！」ロアンは自分のベッドの軍用毛布を腹立たしそうに払いのけた。「私は望みもしない軍隊に入ったのです。意志が弱かったために、友人たちに嫌だという勇気がなかった。それだから、何度も逃げ出そうと思いました。遠くへ……タイとか、フィリピンとか、日本とか、マレーシアとか。私を受け入れてくれるところならどこでもよかった。しかし、その後、駄目だできない、逃げてはいけないと自分に言い聞かせるのです。すでにこの戦争に巻き込まれていたのです。どんなことがあってもここにいなければならない。もう平穏な場所へ逃げることはできない、好きな音楽や、詩や、バラとともに」

信じられないことに、要求したわけでも質問したわけでもないのに、ロアンは自らすべてを告白したのである。私は口を挟むことができなかった。こう言って止めたかった。将軍、もう止めてください。そのようなことを言ってはいけません。あなたらしくありません。あなたはロアン将軍、サイゴンの恐怖、ヴェトナムでいちばん残忍な男ですよ。あなたが子供のように泣いているのを見たら、私の手首を握っているのを、聖像に唇をあてているのを見たら、世間はなんと言うでしょう。将軍、どうか止めてください。さもなければ、私を帰らせてください。

さらに信じ難いことには、父親も妻も、ロアンの涙や言葉や失望を気にしていないようであった。二人はロアンを慰めようとも、落ち着かせようともしなかった。妻は薬を片付けていたし、父親は黙って新聞を読んでいた。無関心なのか、慎み深いのか？　それから、父親は新聞をたたみ、フランス語で、出掛けてくると言った。

「ああ、行ってらっしゃい」とロアンは言った。そして、ハンカチを出し、目を拭い、鼻をかんだ。それから、妻の方を向き「行きたければ、君も行っておいで」と言った。

うつむき加減に、従順に、妻はカバンを持って義父の後を追った。「行って来ます」フランス語でささやいた。妻の背にドアは閉まった。私はロアンと二人きりになった。ずっと抑えられていた言葉が私の口からすんなりと出てきた。それ以上我慢できなかった。

「あなたにとても憤りを感じています」

「わかっている。わかっている。誰もが私に憤慨しています」

「私が言っていること、本当におわかりですか、将軍?」

「わかっている。わかっている」

「今になっては問題にすることではありませんが、でも、なぜあのようなことをなさったのですか?どうして?」

「あの男は扇動者だった……多くの人を殺した……」

「あの男は囚人でしたよ、ロアン将軍。両手を縛られた」

「いや、両手を縛られてはいなかった……」

「いいえ、両手を縛られていましたよ、間違いなく」

ロアンは顔を壁の方に向け、苦々しく、辛そうにむせび泣き、体を震わせた。

「将軍、あなたに同じ質問をした人がいると思うのですが、つまり、あなたはその男を知っていましたか？　あなたの味方の一人でしたか、と」

「いや、違う」

「あなたは気分が悪かったのですか？　酔っぱらっていたのですか？」

「いや、そうではない」

「本当のことを言ってください。実際、酔っていらっしゃったのなら、まだましでした」

「そうじゃない、違うんだ！」

「それなら将軍、なぜですか？」

　ロアンは壁を見るのを止めて私の方を向いた。私のもう一方の手首を摑み自分の顔に近づけた。彼の溢れる涙は私の腕に落ち濡らし続けた。

「泣かないでください、将軍」

「気が安まるのだ、泣かせてほしい……」

「それでも、泣いてはいけません」

「お願いだ。泣かせてほしい。私があなたを理解するように、あなたは私を理解してほしい。あなたの考えていることはわかっている。あなたの立場なら、おそらく同じことをするだろう。ロアンのところへ行って言うだろう、ロアン、なぜあのようなことをしたのですか？　至福を愛し、バラを愛するあなたが、一方では、人をあんなふうに殺す。ロアンあなたは殺人者です。泣いてはいけません、と。しかし、私はあなたではなく、私なのです。それに、好き嫌いにかかわらず、私は軍人でありこの戦争の一端を担っている」

「あのヴェトコンも軍人でしたよ、将軍。格子柄のシャツを着ていましたが軍人でした。彼もこの戦争に加わっていました」

「あの男は軍服を着ていなかった。軍服を着ないで銃を撃つ男を私は尊重しない。都合がよすぎるじゃないか。人を殺しても気付かれない。北ヴェトナム兵には敬意を払っている。私のように軍の制服を着て、私同様、危険に身をさらしているからね。ところが、制服を着ていないヴェトコンには……怒りを覚える。私は怒りのために理性を失った。私は自分に言い聞かせた、ヴェトコンであるお前はこの軍服に敬意を払っていない、一般市民にまぎれ込むことができる……だから、私は彼を撃った」

「それが本当の理由ですか？」

「そう、それが理由だ」

「では、なぜそうおっしゃらなかったのですか？」

「自分を正当化する必要がなかった。公にする必要もなかった。テトの攻防戦で私は三度負傷したが、誰も知らなかった。それに、誰に正当化する必要がありますか？　新聞社にですか？　それともアメリカ軍にですか？」

「ご自身にですよ」

「そうしたよ。ところが、今でも私の怒りが悲しみに変わることはなく、もっと現実的に、もっと正確に物事を見るということもなく、今でも恥じる気持ちとか後悔はない。そうしたいと思う時もあるが、できない。私を悪人だと思っているのだろうね？」

「わかりません、将軍。もう、わかりません」

「このベッドに寝ていると、考えることしかできない。自問ばかりしている。たとえば、自分は悪人だろうか？　夜には足の痛みがひどくなる。締め金が効かない、足を切断することになるだろう。そういうわけで眠れない。これは神の意志による罰ではないかと思っている。お前は本当に間違っていたのかと自問する。そして、そうじゃないと答える。私がほかの者より悪かったわけじゃない。私が悪人だとすれば、ヴェトコンも悪人であり、アメリカ人も悪人であり、我々以前にやって来た者たちも、後から来る者たちもみな悪人である。なぜならば、悪いのは戦争であり人間ではない。戦争では、温厚で優しい人でさえ悪人に変わるんだ！　おそらくあの日、私は本当に酷いことをした。私が殺した男は、まさか、私より優れた男だったのか？　どうか答えてほしい。あの男は私より優れていたのか？」

そこで、私は、いいえ、たぶんそうではないでしょう。あなたが殺した男はあなたに優っていたとは思えないと答えた。でも、それなら良いとは言えませんよ、ロアン、はっきり言えば、悪かったかどうかは関係ありませんよ、ロアン、と言い添えたかったが、その時、ドアをノックする音がして、二人の兵士が大きな封筒を持って入って来た。ロアンはようやく泣くのを止めて私の手を離した。私の手首は赤くなっていた。封筒は月給袋で、中には二万七千六百三十リラ六十チェンテシミ入っていた。開封する前に五枚の領収書にサインしなければならなかった。二人の兵士が去り、ふたたび私たちは二人きりになった。言葉を付け加えたいと、また思った。でも、それでいいとは言えませんよ、ロアン、そんなことではありません、ロアン将軍、と。しかし、ロアンは私に丸薬と一杯の水を取ってほしいと言ったので、薬と水を与えた。飲みやすいように、頭を持ち上げるのを助けた。頭を持ち上げたのはまさに私で、されるがままになっていたのはロアンであった。その後、私たちは一時間ほどそこにいて、もう涙を見せることのないロアンと落ち着いて話をした。ロアンはフランス軍と戦った時のことを話してくれた。最初の会見の時から知りたいと思っていたことを教えてくれた。私が「どちら側についていたのですか、将軍?」と尋ねた時のことであった。ロアンは「申し訳ないが、そのことはお話しできない」と言った。

「将軍、もう話してくださってもいいでしょう。どちら側についていらっしゃったのですか?」

「共産党側だった。ヴェトミン側にいました」

その後、チ・クァンのことが話題になった。チ・クァンが殺されないように捕虜にしたと教えてくれた。「二度、命を救ってやったのに、残念ながら彼はそのことを知らないのだ!」私たちはヴェトコンのことを話し合った。ロアンはヴェトコンが同胞であったのは確かだと言った。ヴェトミン時代にともに戦ったヴェトコンは同胞であり、理解し合っていた。しかし、「今ではもう理解し合えない」と言った。ヴェトコンに関しては、ロアンの部下が捕虜にしたある少女のことにも話が及んだ。ロアンは「暴行という卑劣な行為に我慢ならなかったから」ヴェトコンたちが少女に与えた仕打ちを許さなかった。今回の会見と、以前の会見と、どちらが嘘なのか私にはわからない。でも、前回の会見が嘘だと思わざるを得ない。この日、私の前にいた男は気高い善人であったからだ。悪意のかけらも窺えないほどの気高い善人であった。私にはとても有意義なひと時であった。

「私はもうなんの価値もない、私にはもうなんの権威もない。しかし、できればザップと話がしたい。ホー・チー・ミンと話がしたい。そして、協調しよう、血を流すのを止めよう、外国と戦争するのは止めようと言いたい。我々は互いに敬虔になり、勇気を持ちましょう。敬虔であるためには勇気が必要です。しかし、私には言えないし、この悲惨な事態の解決策がわからない。私は実践家、現実主義者だが、この戦争の終結が見えない。多くの者が戦争をすることに大いに関心を持っているし、みんなが平和について語るが、誰も本気でそれを望んでいない。だから、ヴェトナム人同士が殺し合いを続けている……」

医師が入って来た時も、まだ私たちは話をしていた。医師はフランス人であったが、無作法で、背の高い、髭を生やした男だった。彼がロアンの足を診察すると、ロアンは呻き声を上げた。医師は首を振り、疲れるようなことをしたり、苛々することのないようにと言った。

「また泣いていたのですか、将軍？」

「ええ、気が安らぐのですよ」

「気が安らぐだって！」そして、私を見て「この人を休ませてください」と言った。

私は帰る支度をし、立ち去る前にロアンに何か必要なものはありませんか、本とか新聞とか？ と尋ねた。ロアンは不可解な笑み、優しさに満ちた笑みを浮かべて、あなたが来る前にそう言ってくれた人がいると言った。そして、テーブルの方に手を伸ばし、トポリーノの小冊子、パペリーノのものが一冊、バットマンが一冊、そして、〝首飾りの事件〟という題名のもの、それは確か王女が首飾りをなくしたが、青の王子がその首飾りを見つけて王女に届けるという話だったが、それらの本を見せてくれた。

「将軍、これを誰が持って来たのですか？」

「面白い青年……面白い青年なんだよ。変わった男だろう？ しかし、素晴らしい青年だ。きっと、自分の息子から取り上げたものだろうね。ここに持ってくるために。何年か前に、好きな本のことを、彼に話したことがあった」
私はこの〝子供新聞〟のことを知っていた。昨日、フランス通信社でちらと見ていた。フランソワのテーブルにあった。

五月二十五日
サイゴンの滞在も、今日と明日の二日だけになった。なすべきことよりも、言うべきことの方が多い一日である。今さら、無駄に怖い思いをして激戦地を探しに行きたくはない。それより、事務所にいて、デレックとフランソワが私のために即興で演じてくれる、素晴らしいリサイタルを聞く方がいい。デレックはヴェトナムのアメリカ軍司令部報道課の公報を手に持っている。フランソワの方は、私が返した「パスカル」を手にしている。めいめい自分の机の前に座り、交互に朗読するのだが、必ず立って読むことになっている。
デレック「昨日、B52の部隊がダクトーの西方と北西に、ミートーの南方と南東に、ホイアンの東方と南西に十一回の爆撃を行った。ほかに空軍がヴェトナム全域で百二十三の攻撃を実施した」
フランソワ「人間は狂気にならないために、別の狂気になるのが必要なほど、どうしようもなく狂気である」
デレック「クァンチ県、クァンナム県、タンティエン県、クァンティン県、トゥアンタイン県、ハウギア県、バースエン県で激戦が繰り広げられた」
フランソワ「クレオパトラの鼻。もしその鼻がもっと低かったなら、歴史は変わっていただろう」

デレック「敵の死者。ドンハーの北東六マイル地点で北ヴェトナム人百三名、チャンヒエンの南東四マイル地点で百二十二名。ダクトーの南西八マイル地点で三十六名。フーミーの北東六マイル地点で三十三名。ホイアンの北西十マイル地点で五十三名……」

フランソワ「なぜ君は私を殺す？　でも、どうして？　君は川の対岸に住んでいるじゃないか？　友よ、もし君がこちら側に住んでいたら、君を殺せば私は殺人者になるだろう。君を殺すことは法に背いているからだ。でも、君は向こう側に住んでいるのだから、私が君を殺すことは勇敢なことであり、正義をなすことである」

私は朗読に口をはさんだ。戦争の定義は「将軍が楽しむゲーム」だと教えてくれたでしょうと言って。でも、今、そのゲームのやり方を教えてほしい。

「やり方は簡単だ」すぐにフランソワはパスカルを置いて言った。「人間の肉に鉄の破片を打ち込むのだ、大きなもの、小さなもの、尖ったもの、四角いもの、円いもの、かけらを。鉄の破片があれば傷つけ殺せる」

「でも、自然の状態の鉄ではない」とデレックは付け加えて言った。「偉大で、月に行く人間の英知で造り出された鉄だ」

フランソワは頷いて、青銅色の銃弾を一つ手に取った。それは長さが約二センチ、直径五ミリほどであった。それを親指と人差し指で持ち、高く掲げて私に見せた。

「美しいだろう？　優美だよね。これはM16の銃弾だ。一つ、たった一つで一人の人間が殺せる。集中射撃などする必要はない。この銃弾は音速に近い速さで、うまくバランスを取りながら飛び、着弾してもほかの銃弾のように肉体の中で止まることはない。止まらずに腕や脚を突き抜けるのでもない。この銃弾は向きを変え、身をよじらせ、ずたずたにし、引きちぎり、わずかの間に血液をすっかり空にしてしまう。ヴェトコンたちの傷があんなに小さい理由がわかるだろう？　M16で負傷したヴェトコンたちは、負傷したまま長く生きることはなく、必ず死ぬというわけだ。ほら、これをニューヨークに持って行くといい、記念品として。この銃弾に感嘆してじっくり調べたが、火薬の種類がわからなかった。でもついに突き止めたよ。デュポンの火薬だった。デュポンは銃に残留物を残さないというわけだ……」

私はその銃弾を受け取り鑑賞した。実に素晴らしい製品だった。誰が発明したのだろう？　ある男が発明した。そして、ある日、この男は自分の科学と想像力と技術を駆使して、その発明に根気よく取り組んだ。形、火薬の重さ、速度、弾道、着弾のモーメントを計算し、この計算の後、製図を描き、企画し、その企画をある企業家に持ち込んだ。その会社は興味を示し、技術者を集め、その銃弾の試作品を造ることを命じた。ほかの企業にその構想を盗まれないように極秘にし、ついに完成させる。出来栄えに満足して、その銃弾を企業家のもとへ届ける。企業家は、まるでエメラルドかサファイアであるかのように、それを眺めて言った。「では、効力を確かめてみよう」実験が行われた。銃弾が発射されたのだ。誰に向けて？　何に向けて？　犬に？　猫に？　鉄板を目がけて？　人間を撃たないのは確かである。私は、できれば人間を的に選びたい。たとえば、発明者とか、当事者である企業家とか、あるいは、その両方を選びたい。ところが、発明者も企業家も無傷のままである。そして、企業家はマホガニーのテーブルを囲んで重役会議を開く。銃弾を見せ、特許を申請すること、途方もない量の銃弾（軍隊がヴェトナムで使用したように）を製造することを提案した。重役会議で承認された。そこで、銃弾を製造する労働者でいっぱいの工場に目を向けてほしい。マルクスに保護され、労働組合に守られた、無産階級の労働者たち、その労働者たちには、まったく責任はない。責任は企業家にあり、貧しい労働者は命令に従っているだけである。労働者は家族を支えるために働かねばならないし、分割払いで車を買わなければならない。そうでしょう？　でも道義的な問題を考える時間や機会はある、違いますか？　それなのに銃弾を造っている。勤勉に、良心に恥じながら、欠陥商品を周到にはじき出す。銃弾に欠陥があれば、二十歳で戦っている黄色い肌の少年を引きちぎり、ずたずたにし、血液を空にしない。あるいは、白人の男、または黒人の男の場合もある。なぜこの種の銃弾が米軍側以外にも行き渡っているのかといえば、モスクワや北京でも製造しているからである。企業家が指示しているのではなく、国家が指示しているのである。まったく同じ商品であり労働者も同様、というより、ずっと勤勉でずっと従順である。私はいつの日か銃弾の工場を見学したいと思っている。シカゴか、キエフか、上海の工場を。そして、しっかりとこの目で見たいと思っている。労働者、経営陣、企業家たちすべてを。そして、発明者をこの目で見たい。発明者はいちばん素晴らしい、重要な人物なのだから。その男の父親はギロチンを発明し、祖父は鉄の首かせを発明したのだ。父親は立派な男であり、祖父は立派な男であったし、この男も立派だった。それは確かである。善良な市民であり、忠実な夫であり、愛情溢れる父親である。シカゴかニューヨークかロサンジェルスに住んでいるとしたら、敬虔なキリスト教徒である。カトリック教徒であれば、日曜日の朝はミサに行き、金曜日には魚を食べる。動物保護協会に入会していたら、ベルゲンやハリファックスにおけるアザラシの虐殺に対する抗議の手紙を書いている。「拝啓、市長殿、あなたの町で毎年行われている虐殺のことを、強い嫌悪感を持って読みました。無防備な小さなアザラシ、生まれたばかりのアザラシが、取り乱した母アザラシの恐れおののく目の前で、まだ生きているうちに皮を剝がれ、その後、ボール遊びに使われるという残忍な仕打ちにさらされているということを……」その妻はアザラシの毛皮は二度と着ないと言うだろう。私はその妻のことも知りたい。というのは、夫が発明した銃弾で作った首飾りをその妻に贈り、アザラシの毛皮といっしょに身につけてほしいと言いたい。似合いの一揃いだ。

「もうそのことは考えるなよ、落ち着けよ」フランソワは私の手から銃弾を取り上げて言った。

「あの男は、アザラシの虐殺に断固として反対すると思わない？」

フランソワは苦笑いをした。

「先週、ホンコンの中国人と知り合った。とても穏やかで心優しかった。M16の銃弾を見つめながら泣き出さんばかりだった。そして、私をホンコンのとあるレストランへ食事に誘ってくれた。その特別料理に驚いたよ。なんだか当ててごらん」

「なんだったの？」

「サルの脳なんだ。それがだね。生なんだ。聞くところによるとサルは捕えられ、縛られる。そして、客のテーブルに運ばれる。そのサルをナイフで切ったり、タバコの火であちこち焼いたりし始める。たとえば目をね。サルが怒ったぞ！　サルが怒った、怒り狂った！　サルが怒ると脳に血がのぼる。そこでサルを摑み、ザクッ！　頭骨が半分開けられる。そして、血の滴る脳を人は食べる。「とてもおいしい。本当においしいね。最高！」

サイゴンの空は灰色だ。中国の海から吹く風がダクトーに向けて雲を運ぶ。モンスーンの季節が近づいてる。この季節に、アザラシやサルの虐殺が最も多くなる。「サルがかんかんに怒ってる！　脳は最高！」無邪気な子供の目をしたアザラシの写真を載せて、イラスト新聞は動物虐待も人間虐待も基本的には同じだと説いている。そして、生きたまま皮を剝ぐやり方で、毎年、幼いアザラシが十八万匹殺され、大人のアザラシも同数殺されているという。「もし、この無分別な虐殺が続けば、一九七二年までに、遅くても一九七五年までにはアザラシは一匹もいなくなるだろう」確かにそうだ。アザラシの虐殺は止めなければならない。では、人間の虐殺は？　ヴェトナム戦争では、すでに五十万人以上が死んだ。八十万人ほどだという人もいる。

「それならば、動物愛護協会に人間という動物も保護してほしいと言ったらどうだろう？」とフェリックスが大声を上げた。フランソワは不意に立ち上がって、すぐに戻ってくる、チョロンをちょっと見てくると言って出ていった。その時、フェリックスが教えてくれたが、フランソワはこの数日、しばしばチョロンへ行っているという。チョロンを恐れ嫌っている彼なのに。

「チョロンで何をするのか聞いてごらん。ぼくの古本屋のブリック・ブラック商店がまだあるかどうか見たいんだ、と答えるよ。あるいは、捕虜の中に中国人がたくさんいるかどうか見たいんだとか、ルアンに会いたい、と答えるだろう」

ルアンは、ロアンとまったく関係はなく、市警察の所長である。二週間前に、フランソワは彼から中国製の銃ＡＫ50型をもらった。

「ぼくも同席していたが、ルアンという人はとても立派な人だと思うよ。太り気味で、温厚で、良識ある男だよ」

しかし、フランソワには銃弾を込めずに銃を与えた。そこで、狩りに行くこともなく、ゴキブリさえ殺せない、あの変わり者のフランソワがどこへ行ったかというと、フェリックスは繰り返し言った。

「どこへ行ったかというと、ＡＫ50の弾倉をなんとか手に入れようと出掛けたのだ。でも、ぼくはそうではないと思っている。チョロンには何か別の目的で行くのだと思う。生きていると感じるために命を懸けるあの快感を覚えるためとか、絶えず狂気と理性の限界で勝負するとか、戦争だけが与えてくれる、試練を試すとか。フランソワはヴェトナムを去りたくなくて、最後の最後まで、ヴェトナムを知り尽くそうと思っている」

フェリックスの言う通りだ。私が明日ヴェトナムを発つと考えると、私も残念に思う。不思議なことじゃない。


夜、フランソワは異常なほど興奮して帰って来た。もう少しで命を落とすところだったと言う。「ヴェトナムのレンジャー部隊とヴェトコンの間で銃撃戦があり、空軍が大量の発煙筒を投下していた。ＡＫ50型銃の弾倉を大量に持って死んだ男を見た。煙幕で自分の姿は見えないだろうと思っていたのに、見つけられてしまった。明るい色のズボンでわかったに違いない。パン、パン、パン！　ぼくは地面に伏せた。歩道だった。銃撃が止んだので、立ち上がり駈け出した。すると、パン、パン、パン！　ふたたび始まった。もう一度地に伏して二十分ほどの間死んだ振りをした。この通り、戻って来たよ」

「そうだったの、フランソワ。でも、何のためにそのようなことを？」

「これを手に入れるためだよ」フランソワはＡＫ50型銃の弾倉を二個机に置いた。

「それをどうするの？」

「何もしない。これらは使い道もない、M16型の銃弾に撃たれている」

「その弾倉のために行ったんじゃないわね。そうでしょ、フランソワ」

「もちろん、そのためじゃない」

「でも、戦争にはうんざりしてるんじゃないの、フランソワ？」

「うんざりしているのは確かだ。ぼくは出発しないんじゃないかな？　ひょっとして、ぼくはヴェトナムの門を閉めなかっただろうか？　しかし、何度も、何度も、また開けてもう一度ヴェトナムを見たい、知りたいという衝動に駆られて……ヴェトナムを去りたくない」

「あなたは愛惜の念を覚えているのよ、そうでしょう？」

「そうだね」

「どんなふうに、フランソワ？」

「そうだな……この国の歴史を知り尽くすということを放り出して、中途半端のままにはしたくない。できればすべてを見たい。ダラスの悲劇をすべて見たように。ルービーがオズワルドを撃つ瞬間までを見たように。ルービーが素早く飛び出して発砲する時、彼はぼくのすぐそばにいた。できればルービーがオズワルドを撃つ日、ここにいたいんだ」

「私もそうよ。では、なぜここを発つの？」

「自分の人生のすべてをヴェトナムで過ごすことはできないし、世界にはほかにも見なければならないものがあるからね。もう戻って来られないかもしれないと思いながら、朝家を出るのが嫌になったからだ。ぼくには息子が一人いるし、仮に負傷しただけだとしても、ずっと後悔し続けるだろうし。この戦争はまだまだ続きそうだし」

「あなたはヴェトナムを離れたら、とても寂しく残念に思うでしょうね。ここを離れる私たちみんなそうでしょうね、不思議だけど」

「そうだね。つまり、ブラジルに行くことは、ぼくにとってまったくどうでもいいことだ。ブラジルの海を眺めるたびに、ヴェトナムの海を思い出すだろうね。ブラジルの熱い太陽を浴びるたびに、ヴェトナムの太陽を思い出すだろう。この小さな国は我々に多くのことを教えてくれた。人間であることの意義を教えてくれた。戦争についてのパスカルの言葉を覚えているかい？」

私は覚えていた。「戦争をするべきかせざるべきかを決定するのは、多くの人間を殺し、多くのスペイン人に死刑の宣告を決定でき、しかも当事者である唯一の男がいる。その男は無関心な第三者である」

「その通り。ぼくはたとえかかわっていても、無関心な第三者だと思っている。また、戦争に反対する我々の意見がどんなに立派でも、英雄的行為と言われる出来事を軽蔑してはいけない。人を守ることはその人の肉体の死を阻止するというだけではない。その人が人間でいられるように手助けすることであり、人間であるためには、時には死ななければならない」

「いいえ、それは違う！」

「ところが、そうなんだ！　だから、この小さな人たちは世界でいちばん強力な軍隊と戦ってきたし、今も戦っている。何年もM16型銃や、何千キロもの爆弾やナパーム弾に身をさらしている。降伏することもなく、この小さな人たちはシニズムに溢れ、現在と未来のあくなき欲望に満ちた劇場にいることを知っている。しかしながら、この小さな人たちは降伏しないで、この戦争を人々に認めさせようとしている。そういうわけで、世界でこの人たちだけが、今、自由のために戦っている。あの驚くべき命知らずの者たちは、裸足で戦車に向かって行き、夜は戦闘に戻るために眠らない。死にに行く時は、彼らの存在を後に伝える写真すらなく、ひっそりと死ぬ。たいていは死んだ時に写真を撮られる。きっとぼくはヴェトナムを懐かしく思うだろう。どの時代にもなかったような英雄の戦場だよ、ヴェトナムは。英雄的行為がなくては生きられない」

「そうかしら？　私はそう思わない。わかったのよ、フランソワ。これまでの人生の長い間、私は英雄的行為について思い悩んだことがあった。ここヴェトナムで新たな衝撃を受けた。でも、今は英雄的行為を拒否すると誓って言うわ。英雄的行為を認めれば、戦争を認めなければならないから。私は戦争を認めてはいけないと思うし、認めることはできないし、認めたくもない。あなたが二者択一はスイスだと言うのなら、私は、おいしいチーズや最高のチョコレートや精巧な時計を製造するのに悪いことは何もないと言うわ。ここにはぞっとする照明弾があり、不気味な流星のように暗黒の空から降ってくる。しばらくすると、一つが爆発する、そして次から次へと爆発する。B52型機は、今夜、存分に役目を果たすことでしょう。夜が明けてB52の仕事が終わると、ヴェトコンの迫撃砲が続く。昨夜ミサイルが小児病棟に落ちて新生児室で爆発し、三人が死に、十人が負傷したそうよ。それは市の中心地を標的に、激しい砲撃をする前触れですって。市民を攻撃することで、パリ会談に影響を及ぼすためだとか。サイゴン中がパニック状態になり、富裕層は海岸地帯やサン・ジャックに避難している。決して死なないのがこういった裕福な人たちなのよ。時には、お金で死さえも避けられるのだから。でも、そうね、フランソワ、人はチーズやチョコレートや時計を製造していればいいってものじゃないものね。生を受けた奇跡を誇り高く生き、特権や、不公平や、隷属に反抗するために人は生きている。エズクッラや、キャントウェルや、ピゴットや、ララミーや、ビルヒや、殺す必要のなかっただろう多くの人々を殺した、とんでもない愚か者たちは……本当にとんでもない愚か者たちだわ。私はきちんとした結論を得ないまま、ここを発つ」

**五月二十五日**

私はヨーロッパに向かおうとしている。フィレンツェで少し休んだ後、ニューヨークへ行く。もう二度と戻ることはないので、みんなに挨拶をした。別れ難い人もあった。たとえば、外交官のトルネッタがそうだった。トルネッタは「世界のどこかでお会いしましょう。しかし、同じ状況ではないでしょう」と言った。フェリックスもそう言った。可哀そうなフェリックス。あと三か月サイゴンに滞在しなければならない。

「じゃあ、あなたはこの戦争の終結を目撃するのね、フェリックス」

すると、フェリックスは「目撃したよ、別の戦争の終結を。一九五四年にここにいたんだ。ぼくはヴェトナムで戦争が終わるのを待ってばかりいる。終戦、そしてまた開戦、終戦、そしてまた開戦。終わりを見るのに間に合わなくても、また始まるのに間に合うよ」と言って歌い始めた。

ぼくの優しいおばあさん
ぼくは、きっと、中国人と戦うでしょう
けれど、ひと月もたたないうちに
家族のもとへ帰れることを願っています

これは百年前のブルターニュの唄で、インドシナにいたあるフランス兵が祖母に宛てた手紙である。百年前にもヴェトナムで、祖母宛の一通の手紙とともに、一か月をなんとか生き延びることができると信じる人がいた。

フランソワは私を空港まで送ってくれた。しかし、別れを悲しんでいる様子はなかった。まるで、次の汽車に乗って行く人を見送っているかのようだった。それに、不安な気持ちや動揺、そして、どうしようもない愚か者について語り合った昨夜の会話などで、私は自信を失くしていた。英雄的行為なくして生きることはできないという妄想にとらわれていた自分は、浅はかだったと気が付いた。英雄的行為を認めれば、戦争を認めることになる。英雄的行為をなさんがために南東の滑走路から飛び立つファントム隊列を、私は見続けていた。最後の隊が出発した時には、雲に吸い込まれて見えなくなるまで、その姿を目で追った。そして、カラヴェルのテラスであの夜に作った祈りの言葉をつぶやいた。

「天にまします我が父よ、現在、毎日のように殺戮を我々に委ねられています。あなたの御子が我々に与えてくださった憐れみの心、愛、教え、から解放してください」

「なんて言ってるの？　訳してくれる？」とフランソワは言った。

「いつか訳してあげるわ。それが正しいと自分で納得したら」

「何のことを言ってる？」

「そうね、なんていうか。私の傷ついた自尊心のことというか。抗議しても無駄だろうという懐疑というか。私がやってきた仕事は何かの役に立つと思う？　どうせ、あなたが何を言ったって、証明して見せたって、あの人たちは互いに殺し合い、私たちを殺し続けるのよ。どちらからでも。どうしようもないのよ、フランソワ、まったく！」

「人間の愚かさを示すことは、決して無駄なことではない。人を信じているならば」

フランソワはそう言った。その通りであってほしい。

# 11 メキシコ三文化広場の惨劇

「生命《いのち》って、なあに？」と言ったエリザベッタの言葉が、頭から離れたことはない。ヴェトナムに行く前の「生命《いのち》は生まれた時から死ぬ時までの期間よ」という答えより、もっといい答えをずっと探し続けてきた。でも、見つけることはできなかった。幼い子供に同じ幻滅を感じさせていいものだろうか？ 私の気持ちとしてはそうしたい。だから、ウサギや、チョウや、守護神の童話はもういい、ありきたりの誤魔化しはもういい、人は生まれる時には、幸福と優しさと善意に満ちた奇跡のような世界に出て来る。成長し、そして、チョウは毛虫であり、ウサギは食べられ、守護神はいないということを知る。だから、最初から真実を話して聞かせてもいいのではないか？ 暴力と残虐と横暴の闇に入って行ったこの夏は、どれもが私をそうするように急き立てる。一九六八年の夏を覚えている？

私がふたたびニューヨークに入ったのは、ロバート・ケネディーが暗殺された時から十二時間後であった。四月にマーティン・ルーサー・キング、六月にロバート・ケネディー。流血の地を出て、また、流血の地にやって来た。シーラン・シーランの愚鈍な顔、その獣のような眼は、私の疑問を楽天主義の方に導く助けにはならなかった。市民社会がシーラン・シーランを電気椅子で処刑しようとしていたとしても、私にはなんの助けにもならなかった。なぜなら、もしシーラン・シーランが戦争で、たまたま、誰かを撃ち殺したいという願望を満たしたとしたら、当局は電気椅子ではなく、祖国のために尽くしたとして勲章を与えるに違いないからである。私はそう考えていた。つまり、ボブの血から視線をはずしたら何が見える？　様々な写真が見える。飢えによって、あるいは爆弾によって死んだビアフラの子供たちの、アラブ人とイスラエル人の争いの、プラハにソビエトの戦車の、チェ・ゲバラの名前を叫ぶ中産階級の学生たちの破壊行為の、写真が見える。ところが、その学生たちは、空調設備が整い、調理人のいる家に住み、父親の高級車で学校へ行き、ナイトクラブではレースのシャツをひけらかしている。エリザベッタ、こちらへいらっしゃい。お話をしてあげるわ。この金髪の男の人は大統領になりたくて、握手しようと進み出て、突然倒れてそれっきり立たなかった。それが生命なの。この黒人の子はね、頭が骸骨のようでしょう、わかる？　それが生命なの。この裸足の兵士はね、飛行機からの機関銃攻撃を受けながら、砂漠の中を這って逃げようとしているの、わかる？　それが生命なの。赤い星をつけた装甲車の列、わかる？　それが生命なの。この長い髪の男の人はわけもわからずバリケードを張っている振りをしている、わかる？　これも生命なの。それなのに、パリでは権威あるキニク学派の代表者らが平和を模索している振りをしている。豪華なシャンデリアが並び、ふかふかのカーペットが敷かれ、金色の軒蛇腹の大広間で。そして、キー将軍は妻に付き添ってサントノレ街へ行き、FLNの代表女性は美容界の最新の髪型をひけらかそうと、まとめ髪をほどいてもらった。

サイゴンからはますます悲惨な手紙が送られてくる。

「十日前から」フランソワが書いてきた。「――サイゴンは新たな恐怖に襲われている。現在、ヴェトコンの爆撃が中心地、トゥゾー通り、レロイ通り、ザーロン通り、パストゥール通りを襲っている。迫撃砲がぼくのガレージに、もう一つは台所に、そして、もう一つは庭に落ち、隣の住宅に三発落ちた。明け方ずっと、ヒュー、ヒュー、ドカンという音が聞こえた。ぼくは息子をマットレスの下に隠れさせた。ふと静まったその時に、外に出てみた。道路は死体の山で、隣の住宅では全員が死んでいた。フェリックスの家も砲撃されていた。迫撃砲が玄関に飛んできて、その破片が二人の女の首をはねたのである。迫撃砲が郵便局に落ちたよ。君が記事を送っていたあの部屋に。教会の前のマドンナ像は半分壊れてしまった。君はもう知っていると思うが、ルアン署長、ぼくに中国製の銃をくれたあの男は、アメリカ軍のヘリコプターが誤爆したロケット弾で死んだ。正直いって、早くリオデジャネイロへ行きたくてたまらない」

「ケサンはほとんど避難してしまったので、防備を解かれるだろう」トルネッタ外交官が書いていた。「――つまり、もう誰もいない街になった。通り過ぎる者はいても留まる者はいない。ほかのいくつかの前哨地区は、同じように人のいない地区という運命をたどってきた。ダクトーが同じ運命をたどろうとしている。残念なことに、多くの死という犠牲を払って。ロアン将軍は足を切断しなくてすんだ。足を引きずりながらも、歩く練習をしている。しかし、彼はもう過去の男であり、あなたが気付いたように、あの男は変わったが、その変身は彼を幸せにはしなかった。側近たちに見放され、トランプをして時間を過ごしている。すべての職権を剝奪された。国家警察は連隊長のチャン・ヴァン・ハーイを後任にした。内気で、無口で、ロアンより冷酷な男だ。そして、私たちのことだが、何を話せばいいだろうか？　爆撃は日常のことだし……」

　さて、あの夏、私がどんな結論に達したかと、あなたに聞かれていたら「まったく、何も」と私は答えたでしょう。ふたたび平和になるということをまったく信じられないほど絶望していた。疑問を持つことすら救いにはならなかった。人類を信じ、人類のために戦うですって、なぜ？　樹や、魚や、ハイエナではなく、人間として生まれたことを誇りに思うのはなぜ？　ジャーナリストの見解として、日常のありふれた話題ではなく、特異な話題を述べていると思わないでほしい。世界の運命は、実際は日常のありふれた出来事に左右されるのだろうか、それとも、ジャーナリストが関係する特別な事件に左右されるのだろうか？　歴史は、気付かれることなく行き過ぎる善人たちが作るのだろうか、それとも、権威を笠に着て、適法とされた罪を犯した悪人たちが作るのだろうか？　道路を造るブルドーザーが作るのだろうか？　あるいは、道路を破壊する戦車が作るのだろうか？　私は戦車の方だと言おう。なぜなら世界を変えた善人の話を聞いたことがない。ひょっとして、キリストが変えたのか？　仏陀が変えたのか？　あなたはそうだと言うかしら？　では、説明してほしい、ヴェトナム、ビアフラ、中近東、チェコスロヴァキア、シーラン・シーラン、抗議する市民のことを。説明して、納得させてくれれば、私は人間として生まれたことを誇りに思えるでしょう。樹や、魚や、ハイエナとして生まれないで。でも、事件は起こる。メキシコ市には、オリンピック競技とともに秋がやってきて、そしてあの虐殺、戦争で見たどんな虐殺よりもひどいことが起こった。なぜかと言うと、戦争は武装した人間が武装した人間を撃つことであり、よく考えれば、戦争はあなたが私を殺すのも、私があなたを殺すのも正当性に基づいている。あなた一人を殺すだけではなく、ほかに三百人も殺すとなれば、それは虐殺である。

あの夜は五百人殺されたと言う人もいる。若者たちが、妊婦たちが、子供たちが……ヘロデ王の大虐殺、成人になる前にキリストを抹殺するため、常に復活するヘロデ王。私の内部で激震が起こり、精神を調整した。私はエリザベッタの質問に対する答えを見つけた。答えを見つけたが、私はその代償を払った。今、私には傷跡が三か所ある。三つの傷跡がなんだっていうの？　些細なこと、本当に些細なことよ。それに、この職業には危険はつきものだと、あなたが言うのもよくわかる。銃撃する場所へ行けば、遅かれ早かれ弾に当たる可能性はわずかながらある。でもね、私にこの三つの傷がなかったら、非常に哀れな気分になっていたでしょう。なぜなら、私はいまだに、生まれることの意味や、死ぬことの意味を考え続け、そして、私が見た死、人の手に掛かって死んだ人々のすべての死は無意味だと思うことでしょう。日光浴をしているトカゲのように無関心で、まったく動かず、まどろみながらあくびをして、じっとしているでしょう。ヘロデ王の虐殺に居合わせるまでは、私が激震を受けるまでは、そんなふうにじっとしていた。だから、一九六八年十月二日、金曜日のあの日、何が起こったか、そして、そのことから何を学んだかを話そうと思う。

三文化広場と名付けられた広場がここにある。ピラミッドの遺跡のアステカ文化と、チンクエチェント教会のスペイン文化と、高層建築群の近代文化、この三つの文化の象徴が集合しているのがその名の由来である。多くの進入路と進出路を持つ広大な広場である。学生たちはヘロデ王に対する抗議集会に、この広場をよく利用する。メキシコでは学生、労働者、学校教師、誰でもヘロデに反対する勇気を持つ者はみな、体制上の革命党と呼ばれ、社会主義者と言われているが、社会主義としてはメキシコの貧民層は世界で最も貧しい民に属し、畑に出て週八百リラを稼ぎ、もし騒ぎを起こせば警察は機関銃掃射で鎮圧する、ということは知られていない。学生たちはこのことに対しても抗議していた。それに加え、軍隊が大学を占領し、教室に陣を張り、器物を壊すことにも、当然、不満を持っている。メキシコオリンピックにも反対しないわけがない。学生たちの言い分は、忌々しいオリンピックには莫大な資金が必要であり、人民が飢えて死ぬというのに、オリンピックに大金を使うのは恥ずべきだと言うことである。メキシコの学生は、イタリアやフランスやアメリカの学生と同じではない。高級車もレースのシャツも持っていない。とりわけ理工科の学生は農民や労働者の息子たちであり、おそらく彼らも労働者になるだろう。さて、広場の話に戻ろう。広場は長方形であった。その一方から陸橋が伸び、反対側に階段で終わっていた。その階段を下りて行くと、チワワと呼ばれる大きな建物に行き着く。チワワはあたりでは最も高い建物で、そこからはスペイン教会はもちろん、左手にはアスティカ遺跡、右手には高層建築群、下方に陸橋、そして下に大階段が見えた。チワワの各階には長さ十メートル、幅五メートルのバルコニーがついていた。バルコニーには高さ一メートルほどの欄干と高さ三メートルほどの開口部があった。ヘリコプターから我々を銃撃するとして、それは考えられるギリギリの広さである。バルコニーへは左右の階段から出られた。エレベーターでも行けたが、その扉は長い方の壁に開いていた。ところが、アパートのドアは短い方の二面の壁についていた。バルコニーは、とても快適で、五十人収容できる広さがあり、演説するのに聴衆は十分であった。

学生会の執行部はいつも三階のバルコニーを使った。その建物の住人の許可を得て、欄干に旗やマイクを取りつけ、そこで演説をした。私は四日前の政治集会は見ていた。それは七月の死者と九月末の死者を追悼するもので、悲しい集会であった。雨が降っていて薄暗かった。若者たちは雨の薄暗い中でじっとしていた。その後、雨は止んだ。誰かがマッチに火をつけると、次々に火をつけ、ライターの火も加わって、ついに広場は大階段から陸橋に至るまで、ゆらめく小さな炎でいっぱいになった。誰が思いついたのか、新聞を巻いて松明を作った。ほかの者たちもそれに倣った。会場は巨大な松明、明るい炎の帯に変わった。そこから「ゴーヤ、ゴーヤ、カチュン、カチュン、ララ！　カチュン、ララ、ゴーヤ、ゴーヤ、ウニヴェルシダ！」と合唱が流れた。そして、また別の合唱「ゲウ、ゲウ、グローリア、ア、ラ、カチュン、ポーラ!ピン、ピン、ポーラ！　ポリテクニコ、ポリテクニコ、グローリア」私がなんて言ってるのと尋ねると、なんの意味もないよ、この国の唄だよ、子供の唄なんだと言う返事が返ってきた。つまり、オリンピックとメキシコ政府の信用を危うくしているこの学生たち、この恐るべき学生たちは子供だったと言うわけだ。確かに私は子供のひたむきさ、子供の純真さ、子供の浅薄さが好きだから親しくしていた。私の最初の友人は理工科に登録している鉄道員のモーセであった。モーセはほころびたシャツと継ぎはぎだらけのジャケットを着た、小柄で臆病な醜男だった。私がヴェトナムにいたことに興味を示し「オリアーナさん、ヴェトコンはとても手強いんでしょう？　とても勇敢だそうですね？　とても」と私に聞いた。二人目の友人はアンジェロと言い、ビートルズと毛沢東に夢中の、数学と物理学専攻の学生で、サヴォナローラのような陰気な顔であった。そして、十八歳の女学生マリビッラ、優しく、生き生きした瞳の、生命力に溢れたその顔は、兎唇のせいで顔のバランスは崩れているとはいえ、可愛らしい。そして、ソクラーテ、彼はどんな犠牲をも払う覚悟の革命家のエミリアーノ・サパタを思わせる青年で、髭を生やしていた。そして、もう一人はゲヴァラ、哲学専攻の、卒業を控えた学生で、物静かで頑固であった。私はあの火曜日の朝、警察庁長官であるクゥエート将軍に会見していた時、この若者たち一人一人を思い浮かべていた。クゥエート将軍は、我々ジャーナリストはいつも誇張すると、私に言っていた。「ご心配には及びませんよ、あなた、なんでもありません、まったくのデマですよ、誰も学生を撃ったりしません、学生は自分たちの政治集会を開くだけですからね、私が許可したのです」学生たちには集会の許可を与えたのだから、何も起こらないと何度も言っていたのに、命令はすでに下されていたなんて。銃撃せよと。

政治集会は午後五時頃に予定されていた。五時十五分前に着いたが、広場はすでに半分ほど埋まっていた。四千人はいただろうか。しかし、一人の警察官も機動隊員も見当たらなかった。私はバルコニーに出た。そこで、ゲヴァラ、マリビッラ、モーセのほかに見知らぬ五、六人と一緒にいるソクラーテを見つけた。イタリア語を話すコンセルヴァトーリオ（音楽学校）の学生、巻き毛で黒い髪の学生、そして真っ白なプルオーバーを着た学生、そのプルオーバーの白さは格別だったので、立ち止まって見とれるほどだったのを覚えている。状況はどんな具合かを尋ねると、学生たちは申し分なしと答えた。カスコ・サント・トマスまで行進することができる。そこには機動隊員に占拠された学校がある。その時、アンジェロがやって来た。息を切らし、顔は真っ青だった。「通り抜けることができなかったんだ。軍隊が周囲二、三キロを包囲している。軍用トラックに乗っている。重機関銃やバズーカ砲が見えたよ。カスコ・サント・トマスを行進するのは自殺行為だろうね」と彼は言った。

「広場の方に向かって来るのか？」とゲヴァラが聞いた。

「ぼくはそう思う」

「それなら、広場に集まるのを止めなければならない」とマリビッラが言った。

「今さらどうする?」ゲヴァラはそう言って、膨れ上がる聴衆の方を指さした。

今ではもう、八千人から九千人はいるだろう。ほとんどは学生だが、子供も多い。子供たちは集会にまぎれ込んで楽しんでいる。子を持つ女学生の友の会に所属する多くの女性たち、団結の証として加わった鉄道員のグループと電気技師のグループ。プラカードには「我ら鉄道員は学生運動に協調する」「教室は兵舎ではない」「犯罪と独裁の政府」と書かれている。その人たちが胸を張って堂々と、大階段に差しかかろうとしていた。モーセは不安そうに彼らを見つめていた。この集会に誘ったのはモーセだったからである。

「ぼくの仲間です、オリアーナさん、ぼくの仲間ですよ!」

「ここで、あなたたち、なんとかするのよ。みんなに知らせるのよ」

「この群衆に誰が話す?」

「ソクラーテ。君が話してよ、ソクラーテ」

「わかった」ソクラーテはそう言うと、マイクを手に取りバルコニーから身を乗り出した。暗くなり始めていた。

「落ち着くようにと言うんだよ、ソクラーテ」

「わかった」

「でも、ハンストのことは言ってくれ」

「わかった」

ソクラーテの唇が震えていたのを、私はよく覚えている。唇と一緒に髭も震えていた。

「同志諸君……軍隊が我々を包囲している。武装した無数の兵士たちが。あわてないで。我々はこの集会を平穏なデモにしたいということを、彼らにわからせよう。あわてないで。同志諸君……カスコ・サント・トマスへ行くのは止めよう。この集会が終わったら、静かに散会し、家に帰ってほしい……」

「ハンストのことを、ソクラーテ！」

「今日、我々が諸君に告げるのは、オリンピックに反対する証として、ハンストの実行を決定したということである。このストは、月曜日にオリンピック用プールの前で始める。そして……」

ちょうどその時、ヘリコプターが現れた。緑色の軍用ヘリコプターであった。ヴェトナムで見ていたのと同じものである。開いた窓から機関銃を構えていた。その機関銃はヴェトナムのものと同じであった。同心円を描きながら下降していた。ヴェトナムで見たようにどんどん低くなり、どんどん近くなり、ヴェトナムで体験したようにしだいに騒音が大きくなり、しだいにあの時の感覚が甦って来た。もうたくさん、私は思った、もうたくさん。そう思っている時、照明弾が二発落ちてきた。何か月もの間、ヴェトナムで見ていたのと同じ照明弾であった。黒い煙を後ろに曳きながらゆっくり落ちる死の流星である。一つの星が私たちの方に、もう一つは教会の方に降りてきた。

「気をつけて！」私は叫んだ。「合図よ！」

学生たちは肩をすくめた。

「だめよ！　合図だってば！」

「照明弾は、銃撃の位置を決めるために落とすのよ」私はなおも言った。

「あなたはヴェトナムと同じように考えている！」

「みんなに話してよ、ソクラーテ、話してよ」

「諸君！　オリンピック用のプールで再会しよう。そして……」

しかし、今度も言葉を結ぶことはできなかった。戦車や軍用トラックの轟音に、その声はかき消されたのだ。陸橋に、左右の道路に、道路という道路すべてに侵入して来た。兵士たちが銃を構え大声を上げながら、トラックから飛び出した。装甲車には機関銃が銃撃の態勢にあり、ただ命令を待つだけであった。事態を悟った群衆は逃げ始めたが、逃げ場所はないだろう。広場は、今や罠であり鍵を掛けられた鳥籠であった。ソクラーテは青くなり、マイクを強く握りしめた。

「諸君、逃げないで、諸君！　ただの挑発だ、諸君、落ち着いて！　落ち着いて！　落ち着いて！」

最初の銃弾が弾けた。それは待ち望んだ命令であった。なぜなら、その後一斉に銃撃が始まったからである。陸橋から、高層ビルから、大階段の下から、組織的な絶え間のない銃撃にすっかり包囲されてしまった。パン、パン、パン、人が倒れ始めた。私が見た最初の人は労働者であった。その男は「犯罪と独裁の政府」と書かれたプラカードを高く掲げて走っていたが、持ち続けていたそのプラカードを手放し、兎が撃たれた時にするような飛び方で、前に大きく跳んでそれきり動かなくなった。次に見たのは黄色い服の女であったが、その人もすぐには倒れず、まず十字に腕を広げた後に倒れた。腕を十字に広げ、切り倒される木のように硬直して、うつ伏せにドサッと倒れた。いたるところで人は倒れ、多くの人が大階段に沿って倒れていた。特に、女の人たちが逃げ道を求めて、大階段の方へどっと押し寄せたのだが、階段の奥までたどり着けなかったのだ。このことを私は新聞の記事として書いたが、戦艦ポチョムキンというロシア映画を見ているようだった。その映画では群衆が大階段伝いに逃げている時、次々に撃たれ、頭から階段を転げ落ち、頭を下に足を上にして倒れた。そのような状態で倒れている、黒いストッキングの老女がいた。黒いストッキングを履いた両足は、パンティまでものぞかせる無様な姿であった。私はこの話はしたが、話していないこともある。実は、私は入院していたのである。傷が刺すように痛み、手術をしたばかりで、頭がぼうっとしていて、たとえばあの子供のことは話さなかった。その子は十二歳ぐらいだったと思う。顔を覆いながら走っている時、銃弾を頭に受け、頭が割れて噴水のように血しぶきが飛び散っていた。まだ話していないもう一人の子供、その子は地面にうずくまっていたが、それを見て立ち上がり、撃たれた子にしがみつき「ウベルト！　何をされたんだ、ウベルト！」と叫んだ。そして、その子は背中を撃たれ、二つに裂かれた。

バルコニーで凍りついて、私は身を隠そうともせずに見つめていた。ヴェトナムであれば、もっと早く避難所を探していただろうが、ここでは頭を低くすることさえ思いつかなかった。ヴェトナムでは体験したことのない状態にあり、動揺と信じられないという気持ちで何もできないでいた。大きな声がして我に返った。階段の下からだった。「くそったれのせがれ！　どこへ行く、くそったれのせがれ！上だ、上がるんだ！」私は振り返った。周りに友人は誰もいなくなっているのに気付いた。ソクラーテも、アンジェロも、モーセも、ゲヴァラも、マリビッラも、誰もいなかった。不思議だった。自分たちが逃げて行く時、私に何も言ってくれなかった。自分たちは避難するのに、私をここに残して行った。私もここを離れてどこかへ行かねばならなかった。でも、どこへ、エレベーターでは間に合わなかったし、階段はもっと悪い。走るのを見られたらすぐに撃たれるだろう。動かない方がいいと考えていた。その時、二十人ほどの男がなだれ込んできた。銃を構え、モーセや音楽学校の男子学生、白いセーターの青年、黒い巻き毛の青年、ドイツ人記者二人、AP通信社のメキシコ人カメラマンらを急き立てていた。衝撃だった。銃を構えた男たちは全員白いシャツ姿で、左手は白い手袋あるいは白い包帯を巻いているようだった。後に知ったのだが、それは精鋭の公安であるオリンピア大隊の証であり、その日オリンピア大隊は攻撃しやすいように市民に変装していたのである。そして、例の学生たちの中で最初に殺されたのはマリビッラであった。逃げまどっているところを、背後から三発撃たれた。「なぜ？なぜ？」と叫びながら倒れた。もう一発、胸を撃たれた後は何も言わなくなった。

「共産党員！　扇動者！」

その言葉があからさまに私に浴びせられたが、すぐには私に向けられているとわからなかった。銃口が私に向けられているのを見て、初めて理解した。白い手袋をはめた手が、私の髪を摑み、私を力いっぱい壁の方に投げ飛ばした。壁に頭を撃ちつけて、私はしばらく気を失った。壁にもたれて、モーセや、例の音楽学校の学生や、白いセーターの学生や、黒い巻き毛の学生や、そのほかに何人かがいた。広場からは、鋭い、途切れることのない銃撃音がますます激しくなり、空からはヘリコプターがパチパチと音を立てながら繰り返し降下していたし、いたるところから叫び声、呪いの言葉、呻き声が聞こえてきた。一発が、バルコニーに飛んできて、エレベーターのドアを射抜いた。モーセの頭上数センチ上を飛んだのだった。

「オリアーナさん！」モーセの声は震えていた。

二発目、そして三発目が飛んできた。下にいる軍隊が撃ったのか、それとも私たちの後ろにいる警察隊が撃ったのだろうか？　私たちは背中を向けていたので見ることはできなかった。

「私たちを撃ったのは誰なの、モーセ？」

「警察隊ですよ、オリアーナさん」

「お前たち、黙れ！」

「せめて地に伏せることを許してほしいわね、モーセ」

耳をつんざく破裂音がチワワ館を揺るがした。手榴弾だろうか、バズーカ砲だろうか？

「お前たち、伏せろ！」

私たちは顔を床につけて伏せた。

「手を上げろ、手を上げろ！」

私たちは肘から先を上げた。欄干の低い壁のそば、唯一の避難場所に私は伏せた。白い手袋の男たちは、引き金に指を掛けたまま、リボルバーを私たちに向けていた。私たちめいめいに一人がついていた。私に向けられたリボルバーの銃口は、頭から一メートルも離れていなかった。私が目にしたあらゆることの中で、これは最も理不尽で非常識で、恐ろしいことであった。これに比べれば、戦争は品位あるゲームに思えてきた。戦争では塹壕に飛び込んだり、何かの陰に隠れることができる。それを邪魔する警官はいないし、ましてや頭に銃口を向けるなんて。つまり、戦争では逃げ道があるが、ここに逃げ道はなかった。私たちがいる壁は、まさに死刑執行の壁であった。動こうものなら警察隊に殺される。長い間、夜になるとこの悪夢に悩まされたものである。火に取り巻かれた一匹のサソリの悪夢を。サソリは火の中に飛び込む以外どうしようもない。そうしなければ突き殺されるからだ。

「オリアーナさん、ぼくたちを許してくださ い、オリアーナさん」

　モーセの声は、辛うじて聞き取れるほどのささやきであったが、それは頭から被っているジャンパーから漏れていた。

「私が何を許せばいいの、モーセ？」

「あなたはぼくたちと一緒にいてはいけなかったのです。あの二人のジャーナリストのように、あちら側にいるべきでした」

　ドイツ人ジャーナリスト二人は、警察隊と壁のそばに伏せていた。ＡＰ通信社のカメラマンもそうだった。白い手袋の男たちは、階段のあたりでその三人を見つけて登って来たが拘束はしなかった。その三人を学生と間違えるはずはなかったからである。ところが、私は間違えられてしまった。私はマリビッラだと思われていた。後になって知ったことであった。

「仕方がないわ、モーセ」

「警察官に話した方がいい、あなたはジャーナリストだと、オリアーナさん。きっとあなたを壁のそばに連れて行ってくれますよ」

「手遅れなのよ、モーセ。もう信じてくれないでしょうね」

「静かにしろ！」

　それからは地獄だった。ふたたびダクトーや、フエや、ダナンや、サイゴンや、その他いろんな場所で起こったことが展開した。そこでは、どんな社会層の人であっても、どんな民族、どんな文明、いわゆる文化に属していたとしても、人間が人間ではなく、単なる獣に成り下がることを証明したのである。

なぜなら、ここが大事なところだが、M16型銃やその銃弾を、良心の咎めを感じながらも勤勉に製造し、不良品の銃弾を注意深く選別し、放棄する労働者とまったく同じである。市民の息子たちを兵士にするのを、きっぱりと止めてはどうだろう？　一九六八年十月二日の夜、市民の息子たちを虐殺した者たちは、市民の息子たちではなかっただろうか？　命令に従ったのだと言う。銃弾を製造する労働者のように。アイヒマンも命令に従っていた。良心の咎めを持っていながら、残酷に振る舞う。彼も市民の息子たちも、狙いを定めて、たとえば空に向けて発砲したことを決して忘れないだろう。最初の臼砲は私たちの上の建物に命中した。二番目の臼砲は下の階に当たり、重機関銃の集中射撃は多くの窓を破った。そして今、ヘリコプターが機関銃を撃ち始めた。銃弾はエレベーターの壁一面に穴を開けていたが、しだいに床の方に移り、三階にいる私たちが標的だとすぐにわかった。バルコニーの開口部の中に向けて発砲しながら、まさに私たちを狙っていた。私たちは学生の先導者だと思われていたのだ。警察隊もそう思っていた。ところが、彼ら警察隊が特権を持つ立場にあるにもかかわらず、なぜ彼らが隠れていた壁に斜めに銃弾が飛んできたのだろう。彼らはパニックになり、叫び声が続いた。

「撃つな！　撃つな！」

「オリンピア隊！　ここはオリンピア隊だ！」

「頭、頭を！」

「下げろ、下げろ！」

「助けてくれ！　オリンピア隊……！」

オリンピア隊は空にリボルバーを向けて叫び続けていた。もう私たちを狙いはしなかったが、それでも弾は降ってきた。絶え間なく、次々と。私とその警官の間を弾が通り抜け、目の前をはがねの花が筋を引いて通り過ぎた。すぐに「アアーッ！」という声を聞いた。苦しげな息遣い。視線を移すと、白いセーターの学生が見えた。今はもう白いセーターではなく、胸のあたりが真っ赤に染まっていた。学生は起き上がろうとしたが、口からどっと血を吐き出し、血に顔を埋めて倒れた。次に、黒い巻き毛の学生が撃たれた。銃弾は心臓を命中した。左肘で体を支えて「マ……」と言った後、すぐに倒れた。次に、その奥に伏せていた女が撃たれた。アパートの三〇六号室の住人だったと思う。その人は何が起こったのか見ようと自宅から出てきたのだが、警察隊は彼女が家に戻ることを許さなかった。彼女は肺を撃たれた。次に、モーセが首と手を撃たれたが負傷ですんだ。次に撃たれたのは私だった。私は真理の井戸の底で待っていた。ずっと触っているのに両手でしっかり触ることがなく、いつもちらっと見えるのだがいつも見失ってしまう真理の井戸の底で待っていた。三十分ほど待っていた。

もう駄目だと確信して待つ時間の長いこと、生命の最後の瞬間を生きるのは。後に、どんな気持ちだったか話してくれる、と聞かれた。もちろん話せる。ほとんどあきらめの気分だった。でも、何もしないあきらめではなく、思考するあきらめだった。思考は次々に思考を生み出す。際限のない鏡のトリックのように。だから、鏡の中を見つめ続けると、見失っていたものがまた見えてくる。人に対する愛が。非常識なことだとわかっている。人間がもはや人間ではない時に、自分はもう死ぬと思った時に、そんなことがわかるなんて。でも、このことに気付いたのである。笑いたければ笑ってもいいし、否定したければ否定してもいい。本当にそのことに気付いたのだから。はっきり覚えている。拒否され、忘れられたこの愛を私は見つけた。まさに井戸の底で見つけた。その一方で、こんなふうに殺されて死ぬのは納得できない、老いて死ぬのはいい、病気で死ぬのは納得できるが、こんなふうに死にたくはないと考えていた。しかし、私にできることは何もない。ただ、母があまり悲しまないでくれるといいのだが、あの心臓では母も死ぬかもしれない。悲嘆にくれることなく、わかってくれるといいのだが、運命であったと言ってほしい、あのバルコニーに行くために私は戦場を切り抜けてきたのだ。戦争。フランソワ、あなたは私に戦争の定義を教えてくれた。将軍たちが楽しむゲームであり、人間の体に鉄片を射るという公式も教えてくれた。でも、これは戦争ではないのに鉄片を刺し込まれる。ここでもヘリコプターが、ダクトーの戦闘でヴェトコンが聞いていたに違いない、あのパチパチという羽音を立てながら降下してくる。あの時、私たちはヴェトコンの上に降下して、レモンを無駄にした。そして、A37に乗ったあの日、みんなまともじゃなかった。フォークでスープを飲んだら、お前はおかしいと言われ、精神病院に送られるだろう。千人もの人間を虐殺しても何も言われず、精神病院に送られることもない。ここでは何かをする必要が、阻止する必要があるだろう。あちらでは、すでにどれだけ多くの人が死んだことか、しかし、ヴェトコンには理由があり、たとえ間違いを犯すことになっても、潔い生き方を犠牲にしても、戦うことが必要なのだ。イグナシオ・エズクッラ、ビルヒ、ピゴット、ラミー、キャントウェル、そして、そのほかの人たちのように。それが夢の代償である。ほら、撃ってきた。今度は私たちに当たらなかったが、かわりに誰かが殺された。可哀そうな人、でも、どうしたら人々を、いつも虐待され侮辱され犠牲になっている人々を、愛さずにいられるだろうか？　そして、どうすればすべてが無駄だということを、また、何のために生き何のために死ぬのかということを告げることができるだろうか？　樹木や魚ではなく、人間であることが必要である。正義は存在するから、正義を求める必要がある。正義がなければ、正義を存在させなければならない。そうすれば重要なのは死ぬことではなく、正義の側について死ぬことである。だから、私は正義の側で死ぬ。モーセのそばで。白い手袋の警官のそばではなく、いつも貧しく虐げられ侮辱され辛い思いをしていた、モーセのそばで。ヘリコプターが戻ってきて降下してきた時、ヴェトコンはこんなふうに考えるに違いない。そして神に祈るだろうか？ 神だなんて、神は私たちが創造したもので、神は存在しないとは言わないが、もし存在して私たちのことを考えているとしたら、あのような殺戮を許さないだろう。白いセーターの若者や、黒い巻き毛の若者や、三〇六号室の女や、ウベルトと名前を呼んでいた子供や、ウベルトが殺されるのを放っておかないだろう。だから、神にではなく人に助けを求めねばならないし、人を守り人を助けるために戦わなければならない。なぜなら、人は作り物ではないし、フランソワ、あなたの言う通りね。フランソワ、あなたは言ったわね。人間であるためには、時には死ななければならないと。

するると、不意に、私がわかったと思った考えは、間違っているのじゃないかという気がした。そこで私は脇腹の筋肉の力を振り絞って、芋虫のように這いずりながら前に進んだ。それを見て警官が「動くな！」と金切声を上げ、ふたたび私の額に銃口を向けたが、私は気にしなかった。今恐れなければならないのは、銃ではなくヘリコプターだと思っていた。ヘリコプターは低く飛び、機関銃をバルコニーの開口部に照準をあてていた。私は目を閉じて、見ないようにし、耳を塞いで、聞こえないようにしたが、長く続く連射は見え、聞こえた。突然激痛が襲った。火のナイフが三か所に突き刺さるのを感じた。大きく背中に一本、足に二本、ナイフは切り裂き焼いた。背中のナイフを探したが見つけられなかった。大きく腫れているだけだった。足のナイフを探したが見つからず、ただ血がひどく流れていた。その時、戦場で聞いた言葉を思い出した。重傷はとても幸運なことだ。なぜなら二度の負傷はまずないからである。私はほっとした。もう殺されはしないと思った。その後、戦場で聞いた別の言葉を思い出した。一か所の傷でも出血によって死ぬことがあるということを。「私は負傷しています。どうか助けて。血が止まらないの」しかし、銃を持った警官は「静かにしろ！」を繰り返し、銃を構えなおして私を黙らせた。私は三か所の激痛を抱えてじっとしていた。激痛は波のように襲ってきた。同時に眠気が襲ってきたが、ときどきベッドの上で眠っているように感じていた。ベッドの上で、不意にはっと目が覚めたが、すぐにまた眠ってしまった。夢にはモーセの「オリアーナさん、ねえ、オリアーナさん！」と泣きながら呼ぶ声があった。また、こんな声も聞こえた。「お願いです！　この女性は重傷です。死にますよ！」死にかけている女性って誰かしら？　なぜ死ぬの？　なぜモーセは泣いているのかしら、誰のために？自分のために、それとも私のために？　私が運ばれる時には、モーセをしっかり摑んでいたので、私と一緒にモーセも運ばれたのだ。私はきっと、モーセを救ったのだ……。

後に知ったのだが、私は一時間半以上も血を流しながらあの場所にいたそうだ。あまり覚えていないが、ただAP通信のカメラマンが警官隊の中にいて、床に身を伏せ、こっそり写真を撮っていたのだけは覚えている。そして、誰かの手が私の髪を摑み引きずっていたのを覚えている。その時、私は必死でモーセを摑もうとしていた。モーセはそれに気付かなかった。私は音楽科の学生を摑んでいたので、その学生がモーセのかわりに運ばれたのであった。そして、兵士たちがたくさんいた階段を覚えている。そのうちの一人が私の腕から腕時計を抜き取り、笑いながらそれを奪ったのを覚えている。それから、白い手袋の警官隊でいっぱいの部屋や、床に置かれた担架や、天井から流れ落ちる汚水のしぶき、排泄物が混ざったその汚水が、お腹の上にあたって跳ね返っていたのを覚えている。トイレの壊れた排水管から流れたのだった。誰かが兵士たちに向かって叫んでいた。「あの女の人を移動させてよ、お願いだから！」兵士たちは笑っているだけで私を動かそうとはしなかった。私をそこに倒れたままにして楽しんでいた。私のそばには老人の死体があり、脇に小さな菓子包みのようなものを抱えていた。いたるところに奇妙な姿勢の死体があり、壁に沿って拘束された学生たちがいた。学生の一人がセーターを脱ぎ私の濡れた顔に投げてくれ、「君にあげるよ！　顔にかけなよ！」と大声で言った。別の学生が「がんばれ、オリアーナ！」と言った。止むことのない銃撃、ますます激しくなる爆撃、ヘロデの悲劇は夜中まで繰り広げられた。そのような状況が五時間以上も続いたことになる。

私が救急車で運ばれたのは夜の九時頃だった。その時にはチワワをバズーカ砲による砲撃が始まっていた。三階のバルコニーにも手榴弾が三発落ち、警官も一人死んだ。広場では多くの人が死んだが、大部分は銃剣で刺し殺された。喉を掻き切られた子供、腹を切り開かれた妊婦。こんなことは信じられないだろうが、写真を見てくれれば、信じないとは言わないだろうし、私と一緒に入院していたら信じるだろう。どれだけ多くの人が、どんなに酷いことをされたことか。ある少女は顔が半分しか残っていなくて、その半分の顔に唇が辛うじてくっついている。医師はガーゼの束で支えるのだが、ガーゼはたちまち血に染まる。医師は「どうすればいいだろう？　死ぬのを待つだけか？　もう助けられない」と言っていた。医師の中には目に涙をためている者もいた。ある医師が私のそばを通り過ぎる時、小声で言った、「あなたが見たことを、すべて書いてください。書いてくださいよ！」と。その後、一人の役人がやって来て、私がカトリック教徒かどうかを知りたがった。私が「むかつく！」と答えると、指さし非難して叫んだ。「あんたはカトリック教徒じゃない！　カトリック教徒なもんか！」でも、このことはおおむね話した。私が話さなかったのは、音楽学校の学生を病院という安全な場所に来させると、私に感謝の意を示し、私を〝共産主義者で扇動者〟であると表明した。そのため、新聞は私の正体が暴かれた、私が三階のバルコニーにいたのは、ほかの学生たちを扇動するためだったと書いた。なぜ人間はこうなのだろう。メキシコ市のイタリア人たちは、イタリアファシズムの亡命者であるほとんどのイタリア人は、同じことを言っただろうし、私は負傷していない、私のお腹には穴が開いていないと付け加えただろう。人間とはそういうものだから。そして、オリンピックは、当然実行され、一つの代表団も辞退することはなく、ソヴィエトの代表団が、まず政府に敬意を払った。人間とはそのようなものだから。すると、ゲバラやほかの二千人とともに拘束されていたソクラーテが演説をし、同志や仲間たちに表明した。人間とはそういうものだから。では、なぜそういう人たちを愛することができるのかと聞かれたら、私はほかの人たちは黙っているからと答える。何日間も拷問されるがままになるヴェトナムでは目や生殖器に電気を掛けられたり、銃殺に見せかけて、殺されるようなことになっても裏切らない。人間はなぜこんなことまでするのだろう。生き残った者たちはふたたび集まり、ふたたび自由について語り合う。警察に追われ、時には捕えられ、殺される者がいるにもかかわらず。ラファエルは哲学科三年生であったがまさにその例である。さる歩道で見つけられ、銃剣で突かれて殺されたのである。仲間のことを話すのを拒否したために、押しつけられたタバコの吸い殻にまみれていた。なぜ人間はそんなふうになれるのだろう。たとえ私が人間に憤りを感じようと、軽蔑することがあろうと、あの夜も、軍服を着た獣たちは人間だったということを忘れはしなくても、グエン・ヴァン・サムが私に言った言葉

「無知である、それゆえ人間である」を考える。すると、私にとって人間はモーセなのである。

バルコニーでの大殺戮では奇跡的に助けられ、モーセは拘束され、軍の拘置所へ連行された。そこで、お金も証明書も靴も取り上げられ、九日間暴行を受けた。九日目に、お金も証明書も靴もなく追い出され、街に向かって三時間歩いた。足は血が滲み、熱があり、首の傷は化膿していて、頭を動かすことができなかった。涙が溢れた。泣きながら、同乗させてくれないかと車を止めようとした。車はそのまま通り過ぎるか、運転者が彼の乗車を拒否する。そんな状況で私を探しあてたのであった。私は体調がすぐれない上に、薬の影響もあって意識がぼうっとした状態でベッドに寝ていた。誰かが優しく私を撫でている夢を見ていた。目を開けると、本当に私を撫でている人がいた。モーセだった。ぼろぼろの服を着て、顔を腫らし、汚れきっていた。辛い思いをし、いつものけ者にされ、こずかれ、利用される運命の、生来の貧しい顔つきで、モーセは私を撫で、私のために明るく振舞っていた。「オリアーナさん！　生きていたのですね！　生きていたのですね！」なんと、私はモーセを抱きしめていた。とても臭くて息が詰まるほどだったのを覚えている。でも、再発見した人間性を抱くようにモーセを抱いた。そして、しばらくの間信じていた祈りの言葉を恥ずかしく思った。

「その祈りって、どのような？」

「あなたには言わない方がいいわ、フランソワ」

「ぜひ聞きたいね」

「じゃあ、言ってあげる。天にましますわれらの父よ、日々、我らに殺し合いの場をお与えになりますあなたの御子が、我々に与えてくださった慈悲と愛と教えを免除してください。どうせ何の役にも立ちません、まったく役に立たないのですから」

「確かに、何の役にも立たないだろうね」

「そうよ」

「何の役にも立たないというのは確かだ」

「そうよ」

「でも、役に立つかもしれない、役に立てた方がいい、殺戮を阻止しなければならないとも言える」

「今はわかるわ」

「それを理解するために、君は銃で撃たれる必要があったのか？」

「そうかも知れないわ、フランソワ」

私たちは、私は足を引きずっていたが、リオデジャネイロの海岸通りを歩いていた。数日前にアンジェロは警察に追跡されたが、常に情報に通じていたので、私のところにやって来て、すぐにメキシコから出るように勧めてくれた。「ラファエルのように、不幸な事態が起こるかもしれません。今夜、最初の便に乗りなさい」夜の最初の便はリオ行きだった。リオには私の親しい知人がいた。フランソワだ。さっそうとした足どりで近づいてくるフランソワ、その若々しいハンサムな顔、そしてその不釣り合いなグレイの髪、オーヴェルニュの農民風のぶっきらぼうな物腰を見るのはなんて嬉しいことか。「元気？　いつも運がいいね君は、重傷なんだね？」趣味のよいグレーのスーツ、上質のネクタイ、袖口にカフスボタンをつけた上質のシャツを身につけていたが、フランソワは、まったく変わっていなかった。きちんとしたスーツ姿は窮屈そうで、フランソワはリオの穏やかな空気を息苦しそうに呼吸し、私の背中の痛みを、銃弾による傷というより、リューマチによる痛みであるかのように扱っていた。しかし、モーセの話をした時には、目に涙を光らせていた。

「人を逃してやるモーセのような人間は必ずいるんだ。それで、ほかの人たちは……グエン・ヴァン・サムは君になんて言った？」

「こう言ったのよ。無知である、それが人間たるゆえんだ」

「まさにそうだな」

「フランソワ、グエン・ヴァン・サムはどうなったの？」

「きっと銃殺されただろうね」

「それなのに月に行くことを話している人々がいる」

「そうだ」

「ところで、ここには、何か変わったことはあるの、フランソワ？」

「全然、何もないよ。銃で撃たれる人もなく、月へ行く人もない。太陽があるだけだ」

「私たちのグエン・ヴァン・サムの、私たちのヴェトナムの、あの同じ太陽ではないでしょう、フランソワ？」

「そうだね。同じ太陽でも、同じ海でも、同じ人々でもない。見たいかい？」

もちろん、私は見た。数えきれないほどの人たちが、コパカバーナの海岸に体を横たえ、周辺の出来事、世界の出来事に関心を示すこともなく、責任も感じず、じっとしているのを。トカゲたち。富める者も貧しい者も、白人も黒人も、若者も老人も、男も女も。日光浴をしているトカゲたち。そのトカゲたちが日光浴の場を離れるのは、マラカーナ競技場へ行く時だけであった。旗をひるがえしていたが、どんな旗だと思う？　サッカーチームの旗だ。

「何も感じることなく、楽天的に」

「でも、次のヴェトナムがここで起こると言われているわ、フランソワ」

「そう思っていたよ、来て見るまでは。チェ・ゲバラのことを思って言っていた。人々と別れて、別の人々に会う、あの大陸に大搖れが起こったら見に行こうとね。だが、チェ・ゲバラは死んだ、日光浴を楽しみながら、人々はチェ・ゲバラを殺した。だから、もうあの地は激しく搖れることはないだろう。あの人たちにも注射が射たれたのだ」

「それは……何？」

「注射だよ。権力者によって作られ、今はアメリカ人に使用されている昔からある薬だ。効き目は絶大。いつでも、どこでも効力を発揮する。ヨーロッパでも、アジアでも、ここでも」

「薬ですって？」

「そうだよ。一センチの立方体、一ミリの立方体で、どんな人にも、十分免疫をつけることができる」

「何に免疫をつけるの？」

「革命、反抗、それに不満や勇気に対してだよ。君は何に免疫をつけたい？」

「それで、誰が投与するの？」

「アメリカの外交官、ＣＩＡ、企業連合、政府、教会。状況に応じて」

「秘かに?それとも合法的に?」

「合法的に、慈善事業で。どの方法でもいい」

「なんていうものですって?」

「注射だよ」

「それだけ?」

「そうだ。昔はどう言ったか知らないが、今はそう言っている」

「でも、どんな物なの、フランソワ?」

「とても複雑であると同時に、とても単純な製品だ。原料の数は多いけれど特殊な物は使用されていないからね。つまり、幸福、健康、民主主義、シンジケート、性、テレビ、クリネックス、ジャズ、虫歯予防歯磨き、プラスチックの花、ホリディ・イン・モーテル、月。そうだ〝月〟も。我々もそこに降ろし、モーセのような人々、グエン・ヴァン・サムのような人々をすっかり忘れさせる」

「つまり、害を与えるのね。毒を盛るのね」

「いや、違う!その逆だよ。君がその注射を打たれたら、とてもいい気分になるんだ。麻痺状態になり、幸せな気分になる。つまり共産主義国の夢はそのような注射や薬を与えることではないのか? 本質的には、マルクス主義はそれと同じ成果を得ようとしているのではないのか?」

「でも、薬は害を与えるわ。注射にしても、害を与えないと証明できる?」

「もちろん、アメリカ人は誰をも苦しめようなんて思っていない。常に正直であろうとしている。覚えているかい、二人の旅行者のこと。キリストを十字架から降ろそうとして、両手の釘を抜き始めたのを？」

「ええ、キリストは頭を下にしてぶら下がった。アメリカ人が山岳住民に対して何をやっているかを見た時のことを思い出した」

「ぼくはどこへ行っても思い出す。そのたびに、〝その人たちにかまうな！　余計なことをするな！〟と叫びたくなる。でもできない。自分はそうできるほどの男じゃない」

「そう、それなら何か悪い影響があると思うわ、この注射を射てば」

「ひとつ。ひとつだけ」

「どんな？」

「思考の邪魔をする。そのために、反抗し、いがみ合う。結局同じことなんだ」

「麻痺して、幸福な気分になったトカゲたちは、コパカバーナの太陽で肌を焼いていたが、私たちと同じ偽善者の意識を持って、確かに反抗はするが、反抗するだけであり、イタリアや、アメリカや、ロシアで見られるトカゲたちとまったく同じだ」

「それはみんなが射たれる注射なの、フランソワ？」

「誰が拒む？　ほとんど全員だよ。ヴェトナムという小さな国の少数国民以外はね。君が疑問を抱きながらサイゴンを発つ時に、ぼくが言ったことを覚えてるかい？」

「現在、自由を求めて戦っているのは世界でこの国民だけだって言ったわね」

「そして、自分たちの子孫の尊厳のために。だから、君は彼らを愛さずにはいられない」

「死んでゆくメキシコ人も見たわ、フランソワ、あなたは彼らを愛さずにはいられない」

「当然だ。そして、二年前にインドネシアで虐殺された四十万人の中国人も、君は愛さずにはいられない。あらゆる町や村で、豚のように喉を掻き切られ、数日間で四十万人の人間が世界に知られることなく、アメリカが偽善者ぶって介入することもなく殺されたんだ。彼らが毛沢東主義の陰謀を企んでいるらしいという嫌疑で、四十万人も殺したんだ。しかし、彼らは殺されるままになっていた。ここに問題がある。殺されるままになればいいということはない。殉教はよくないし、何の役にも立たない」

「何の役にも立たないの?」

「そうだ。一か月もすれば、君の見たメキシコは、もう話されることもなくなるだろう。インドネシアのことがもう話題にされていないように。でも、ぼくたちが見たヴェトナムは、永久に語られるだろう」

こうして、私たちが立ち止って、以前と同じではない海を眺め、以前と同じではない太陽を浴びているのを、巨大なキリスト像がコルコバードの頂上から祝福していた。夜、特殊な効果をかもし出す光景は、奇跡が起こるのを驚かせ信じさせるために、空から落ちてきた星と見まがうほどに魅惑的であった。しかし、そこに登ればそれは星でも幻覚でもなく、千百四十五トンの石像がジェネラル電気のスポットライトを浴びて輝いている美しい像であることがわかる。私たちはいろんなことを話し合った。たとえば、注射を拒否して受ける犠牲について、首を掻き切られないで死ぬのに必要な勇気について、そして、いつも頭を離れなかったあの質問のことを、私はついに言ってしまった。

「フランソワ、ヴェトナムに行く前に幼い妹が私に質問をしたことを、まだ話していないわね」

「うん、なんて尋ねたの?」

「こう言ったの、生命って何？」

「それで、君は答えたの？」

「答えることができなかった」

「だろうね」

「でも、今は答えてやりたい。生命って何？」

「生命……この地球上に三十億の人間がいて、一人ひとりが生命の説明をしてくれるだろう……生命は同じではない、何も知らずに生まれて死ぬインディアンの生命、注射を配るアメリカ人の生命、銃に三発の弾を込めて戦車を襲撃するヴェトコンの生命……生命とは……」

「生命って何、フランソワ？」

「わからない。でも考えたことはある。舞台なんじゃないかと。人は舞台に有無を言わせず放り出される。そこに放り出されると人は舞台を横切って行かねばならない。横切る方法は様々だ。インディアンのやり方、アメリカ人のやり方、ヴェトコンのやり方……」

「それで、横切ってしまったら？」

「横切ってしまったら、終わり。生ききったんだ。舞台を降りて死ぬのだ」

「じゃあ、早く死ぬ人の場合は？」

「同じことだよ。舞台を多少急いで横切れた。重要なのは横切る時間ではなく、その方法なんだ。大切なことは上手に舞台を横切ることだ」

「上手に横切るというのはどういうこと？」

「プロンプター・ボックスに落ちないということだ。戦うということだよ。ヴェトコンのように。むざむざ殺されてはいけない。だらだらと日光浴をしないこと、注射で麻痺しないこと、無駄話をしないこと。偽善者のするようにしていればいい、つまりは我々も。何かを信じて戦うことだ。ヴェトコンのように」

「もし間違いをしたら?」

「仕方ないよ。間違いをしても、何もしないよりはいい」

「フランソワ、私がサイゴンでいろんなことを書いていたノートのこと覚えてる?」

「あのひどいノート、覚えてるよ」

「そのノートをもとに本を書こうと思ってる」

「いいね。君が間違っているとしても、仕方がない」


そんなわけで、私は本を書きました。あなたに進呈します。もし私が間違っていたとしても、間違っていても、間違うかも知れないとしても、大目に見てください。そして受け取ってください。これは私の人生の一年です。これを書き始めてから一年がたちました。冬の風が、私のいるトスカーナの森をふたたび凍らせ、エリザベッタは私のベッドに潜り込んできました。小さくて、無防備で、幸せそうに。「月よ、ねえ見て、月よ!」三人の男たちが乗った宇宙船が月を回っています。すぐに別の宇宙船が月に着地するでしょう。そのことは我々人類の悪意と苦悩の限界を広げることでしょう。見てごらんなさい、ほら、テレビの画面を。

私は月が大好きだった。月に行ける人が羨ましかった。でも、今、私が見ている月は灰色で、空漠としていて、善も悪も生命もなく、我々に罪や愚行を忘れさせ、気をまぎらわすために利用されている。フランソワ、私はあなたが言った言葉を思い出しています。「月は、夢を持たない者の夢なのだ」と。私はこの緑と白と青の、そして、善と悪と生命に満ちた地球という球体が好きです。それは毒された球体だとわかっています。そこにほんのしばらくいた後に死ぬとわかっています。フランソワ、生命には必ず終わりがあります。あなたがそれを言ってくれなかったのには理由があるのですね。私たちは死を免れることはできないのだから、立派に人生を通過しなければなりません。一歩たりとも無駄にしないで、一秒たりともうとうとしないで、間違えることや、壊れることを恐れないで進み続けなければならない。人間である私たちは、天使でも獣でもなく人間であるということ。

「こちらへいらっしゃい、私の大好きなエリザベッタ。生命《いのち》が何かって、私に聞いたことがあったわね。今も知りたいと思ってる?」

「うん、生命《いのち》って、なあに?」

「それは、時間を無駄にしないで、ちゃんと満たすものよ。たとえうまく満たしたとしても壊れてしまうの」

「壊れた時は?」

「もうどうすることもできないの。どうすることも」

(完)

オリアーナ・ファッラーチ（Oriana Fallaci）

1929年イタリアのフィレンツェに生まれる。ジャーナリスト、作家、政治インタビュアー。晩年はニューヨークに移り、肺がんとの闘病生活を送るが、その死の前日にイタリアに帰国し、生まれ故郷のフィレンツェの病院で生涯を閉じた。著書に、*Un uomo*（邦題：ひとりの男）、*Lettera a un bambino mai nato*（邦題：生まれなかった子への手紙）などがある。

高田美智子（たかだ・みちこ）

京都府舞鶴市に生まれる。高知女子大学（現在の高知県立大学）卒業後、愛知県の中学校で英語教師となる。結婚を機に退職後は、英語のほか、フランス語、イタリア語、スペイン語などの外国語の修得に励む。本書の翻訳をきっかけに、最近ではベトナム語にもチャレンジしている。現在、愛知県春日井市在住。

**戦争と月と** ***NIENTE E COSÍ SIA***

2015年11月10日　初版1刷発行

著　者　オリアーナ・ファッラーチ

訳　者　高田美智子

発行人　髙橋正義

発行所　株式会社人間社

〒464-0850　名古屋市千種区今池1-6-13　今池スタービル2F
TEL：052-731-2121　FAX：052-731-2122
振替：00820-4-15545　e-mail:mhh02073@nifty.com

印刷製本　株式会社シナノパブリッシングプレス

＊定価はカバーに表示してあります。
＊乱丁・落丁本はお取り替えいたします。
Printed in Japan 2015
ISBN978-4-931388-88-8 C0098